1

L'osservazione del magnifico panorama di Manhattan, sessantasei metri più in basso, fu interrotta dall'allarme.

Non aveva mai sentito quell'urgente pulsazione elettronica mentre era di turno.

Ne conosceva il suono per via del corso sulla sicurezza che aveva frequentato, ma niente di più. Il suo livello di competenze e la complessità dell'affare da un milione di dollari che aveva sotto di sé garantivano che quel suonaccio non invadesse mai l'abitacolo in cui si trovava.

Scrutò i monitor venticinque per venti che aveva davanti... sì, adesso lampeggiava una luce rossa.

Ma, nonostante l'insistenza del dispositivo elettronico, Garry Helprin sapeva che si trattava di un errore. Un problema di sensori.

E infatti, qualche istante dopo, la luce si spense. Il suono cessò.

Diede un colpetto ai comandi per sollevare il carico di diciassette tonnellate e i suoi pensieri tornarono a dov'erano un attimo prima.

Il nome del bambino. Suo padre sperava in William e la madre di sua moglie in Natalia. Nessuno dei due sarebbe stato accontentato. Bei nomi, per carità. Ma non per lui o Peggy, non per il loro figlio o la loro figlia. Lui aveva proposto di prendere un po' in giro i loro genitori, facendogli credere che la scelta definitiva fosse Kierkegaard, se maschio, e Bashilda, se femmina.

Quando Peggy aveva fatto questi nomi, Garry aveva replicato: «Bathsheba, vorrai dire. Dalla Bibbia».

«No. Bashilda. Il mio pony immaginario di quando avevo dieci anni.»

Kierkegaard e Bashilda, avrebbero detto ai genitori, per poi passare in fretta a un altro argomento. Che reazione avrebbero…

L'allarme riprese a suonare, la luce a lampeggiare. E stavolta sul monitor comparve un nuovo riquadro esagitato: l'indicatore del momento di carico. L'ago si stava muovendo a sinistra, sopra le parole *Sbilanciamento del momento*.

Impossibile.

Il computer aveva calcolato il peso del braccio mobile anteriore, lungo quanto un Boeing 777, e quello del braccio posteriore. Aveva poi aggiunto al calcolo il peso del carico anteriore e quello dei contrappesi di cemento posteriori. Infine, aveva misurato la distanza dal centro, dove lui sedeva nell'abitacolo della gru.

«Coraggio, Big Blue. Non scherziamo.»

Garry tendeva a parlare con le macchine che manovrava. Alcune sembravano rispondergli. La Baylor HT-4200 in questione era la più loquace di tutte.

Oggi, però, taceva, fatta eccezione per il segnale acustico.

Se l'allarme suonava lì in cabina, allora suonava anche nel rimorchio del supervisore.

«Garry, che succede?» crepitò la radio in cuffia.

Garry disse nel microfono: «Dev'essere un problema al sensore LMI. Se c'era momento cinque minuti fa, c'è momento anche adesso. Non è cambiato niente».

«Vento?»

«Macché. Sensore, sono…» Tacque.

Avvertì l'inclinazione.

Rizzoli

Jeffery Deaver

La mano dell'Orologiaio

Traduzione di Rosa Prencipe

Rizzoli

Pubblicato per

Rizzoli

da Mondadori Libri S.p.A.
Proprietà letteraria riservata
© 2023 by Gunner Publications, LLC
© 2024 Mondadori Libri S.p.A., Milano

ISBN 978-88-17-18654-4

Titolo originale dell'opera:
THE WATCHMAKER'S HAND

Prima edizione: ottobre 2024

Questo libro è il prodotto dell'immaginazione dell'Autore. Nomi, personaggi, luoghi e avvenimenti sono fittizi. Ogni riferimento a fatti o a persone reali è puramente casuale.

Realizzazione editoriale: Netphilo Publishing, Milano

La mano dell'Orologiaio

*Per Jerry Sussman,
patriota, padre di famiglia e amico*

e5ccebd2f80138b22ab8c840a6c5a9277d53bcff0c66b-
8033525dc8f6cbfd648

La traduzione in funzione di hash di:
«Il tempo è un'illusione»
ALBERT EINSTEIN

I

PERSONA INFORMATA DEI FATTI

«Cavolo» disse in fretta. «È un'anomalia del momento. Il braccio anteriore è punto tre e nove gradi più in basso. Aspetta, adesso punto quattro gradi.»
Il carico stava forse slittando da solo verso l'estremità del braccio reticolare blu? Il carrello si era staccato dai cavi di azionamento?
Garry non aveva mai sentito di un'eventualità del genere. Guardò davanti a sé. Non vide niente di anomalo.
Adesso: –.5 gradi.

In un cantiere edile, niente è più soggetto a regolamenti e ispezioni della stabilità di una gru a torre, in special modo una gru che raggiunge un'altezza simile e ha all'interno del proprio perimetro una mezza dozzina di strutture e centinaia, forse migliaia, di anime. Il carico – in questo caso diciassette tonnellate di travi a flangia quindici per dieci e relativi contrappesi, vale a dire rettangolari blocchi di cemento – è sottoposto a calcoli minuziosi per garantire che una particolare gru sia in grado di sollevare e spostare il carico utile. Una volta convalidate, le informazioni sono immesse nel computer e il magico equilibrio si mantiene muovendo i contrappesi posteriori avanti e indietro in maniera chirurgica, così da lasciare l'ago sullo zero.

Momento...
–.51
Si voltò a guardare i contrappesi. Fu un gesto istintivo: non sapeva cosa avrebbe potuto vedere.
Non si vedeva niente.
–.52
L'allarme continuava a suonare.
–.54
Toccò l'interruttore, spense l'allarme. La spia *Allarme* lampeggiò; lampeggiava anche *Sbilanciamento del momento.*
–.55
Il supervisore disse: «Dalla diagnostica non risultano problemi ai sensori».

«Lascia perdere i sensori» replicò Garry. «Ci stiamo inclinando.»
–.58
«Passo ai comandi manuali.» Spense il controller. Aveva manovrato gru a torre negli ultimi quindici anni, da quando aveva firmato per la Moynahan Construction, dopo la parentesi come ingegnere nell'esercito. I comandi digitali rendevano il lavoro più facile e sicuro, ma lui si era fatto le ossa manovrando gru manualmente, usando diagrammi e grafici e un blocco per fare i calcoli fissato alla coscia e, naturalmente, un indicatore di equilibrio per determinare alla perfezione il momento di carico. Adesso strattonò il joystick per spostare il carrello del carico più vicino al centro.

Poi, passando ai comandi dei contrappesi, allontanò le zavorre dalla torre.

Teneva gli occhi fissi sull'LMI, che continuava a segnalare uno sbilanciamento in avanti.

Spostò ancora più indietro i contrappesi, che ammontavano a cento tonnellate.

Questa manovra *doveva* ristabilire l'equilibrio.

Per forza.

Ma non ristabilì un bel niente.

Garry tornò al braccio anteriore.

Azionò il carrello per avvicinarlo di più alla cabina di comando. Le travi a flangia oscillarono. La manovra era stata più brusca del previsto.

Guardò la tazza di caffè.

La poltroncina – imbottita, comoda – non era dotata di portatazze. Però Garry, patito di infusi e simili, ne aveva montato uno, a parete. Ben lontano da tutti i dispositivi elettronici, che sia chiaro.

La superficie della bevanda marroncina era orizzontale; il fondo della tazza no.

Un'altra occhiata all'indicatore LMI.

Un buon 2 per cento in meno nella parte anteriore.

Manovrò il comando del carrello e avvicinò ancora di più il carico di travi.

Ah, sì, adesso si ragionava.

La spia dell'allarme si spense e l'indicatore di equilibrio prese a scendere adagio a $-.5$, poi a 0, poi 1 e continuò a salire. Questo perché i contrappesi erano in posizione molto arretrata. Garry li manovrò fino ad avvicinarli quanto più possibile. Lo spostamento portò la lancetta dell'LMI a 1.2.

Era un valore normale. Le gru sono fatte per essere leggermente inclinate all'indietro quando non c'è il peso di un carico sul braccio anteriore, che, a riposo, dovrebbe essere a un grado circa. La stabilità è data soprattutto dall'enorme base di cemento, che la tiene in posizione eretta quando non sono in atto operazioni di bilanciamento.

«Fatto, Danny» comunicò alla radio. «Stabile. Ma avrà bisogno di manutenzione. Deve esserci qualche problema di contrappeso.»

«Ricevuto. Credo che Will sia rientrato dalla pausa.»

Garry si mise comodo e bevve un sorso di caffè. Poi ripose la tazza e ascoltò il vento. Ci sarebbe voluto qualche minuto prima dell'arrivo del meccanico. E c'era un unico modo per raggiungere la cabina di comando da terra.

Dovevi arrampicarti su per la torre.

Ma la cabina si trovava a ventidue piani dal suolo. Il che equivaleva ad almeno una o, forse, due soste di cinque minuti durante la scalata.

Nei cantieri tendevano a credere che, se eri un gruista, allora eri in pessima forma fisica, dal momento che te ne stavi seduto tutto il giorno. Non tenevano conto della scalata.

Senza un carico da consegnare né un gancio autobloccante da manovrare con cautela fino a terra, poteva starsene lì a godersi l'indescrivibile vista. Volendo, sarebbe stato in grado di associare un nome a tutto ciò che aveva davanti agli occhi: i

cinque *boroughs*, i distretti della città, una grossa fetta di New Jersey, una sottile striscia di Westchester e anche una di Long Island.
Ma non gli interessava la geolocalizzazione.
A entusiasmarlo erano i marroni e i grigi e i verdi e le nuvole bianche e il cielo sconfinato... ogni sfumatura molto più ricca e intensa di ciò che doveva apparire agli occhi dei pedoni in basso.
Sin da bambino, Garry aveva saputo di voler costruire grattacieli. Li costruiva con i suoi Lego. Implorava i genitori perché lo portassero a visitarli, nonostante sua madre e suo padre sbiancassero all'idea di trovarsi su una piattaforma panoramica. Gli piacevano solo quelle aperte. «Sai» gli aveva detto suo padre, «a volte la gente impazzisce e si lancia dai luoghi alti. È la paura che prende il sopravvento.»
Macché, non era così. Non c'era niente da temere dall'altezza. Più in alto andava, più la calma lo pervadeva. Che si trattasse di scalare pareti rocciose, fare alpinismo o costruire grattacieli, l'altezza gli era di conforto.
Era «in paradiso», diceva a Peggy, quando era in alto, lontano da terra.
Ripensò al nome del bambino.
Kierkegaard, Bashilda...
Quale avrebbero scelto davvero? Nessuno dei due voleva posporre un *junior*. Né volevano i nomi in voga, quelli che potevi trovare senza difficoltà nei libricini alle casse del supermercato.
Fece per prendere la tazza.
No!
Il livello era cambiato di nuovo. Il braccio anteriore si stava inclinando ancora una volta.
−.4
Poco dopo, la coppia di segnalatori entrò di nuovo in azione e l'allarme, scattato in automatico, riprese a suonare.

L'indicatore di equilibrio balzò a –1.2.

Garry prese la radiotrasmittente. «Dan. Si sta muovendo di nuovo. Di brutto.»

«Merda. Che succede?»

«Non riesco a spostare il carico più di così. Devo mollarlo. Fa' sgomberare la zona. Dimmi quando.»

«Sì, va bene.»

Non riuscì a sentire l'ordine da lassù ma, attraverso il plexiglas davanti alle gambe, vide gli operai disperdersi alla svelta mentre il caposquadra di terra diceva loro di levarsi di mezzo.

Naturalmente, «mollare» il carico non era in senso letterale, ovvero aprire il gancio di blocco e lasciare che le diciassette tonnellate di acciaio piombassero a terra in caduta libera. Garry azionò la leva di discesa e il carico calò velocemente. Tramite gli indicatori e attraverso il plexiglas, poté seguire con precisione le varie fasi della discesa. A circa dieci metri da terra frenò e il carico si posò sul cemento. Forse qualche danno.

Peccato.

Regolò i contrappesi, azionò il rilascio del gancio e staccò il carico.

Senza sortire alcun effetto.

Ancora una volta, la parola «impossibile» gli balenò nella mente.

Spinse di nuovo indietro i contrappesi.

Questo *doveva* arrestare l'inclinazione in avanti.

Niente carico e i contrappesi all'estremità del braccio posteriore.

Eppure...

«Dan» disse alla radio, «siamo a meno cinque gradi, braccio anteriore. I contrappesi sono a fine corsa.»

–6.1

Una gru non è fatta per un'inclinazione superiore ai cinque gradi. Superata quella, il complesso scheletro di tubi, aste e placche d'acciaio comincia a cedere e a piegarsi. La ralla, cioè l'enorme piatto girevole che fa ruotare la gru in senso orizzontale, stava scricchiolando.

Garry udì il rumore, distante ma potente, di qualcosa che si spezzava. Poi un altro.

–7

«La sto perdendo, Dan» comunicò alla radio. «Aziona la sirena.»

Pochi istanti dopo si levò l'assordante segnale di emergenza. Non era associato nello specifico a un incidente con la gru, significava solo che stava per succedere qualcosa di parecchio brutto. L'altoparlante e la radio avrebbero fornito istruzioni.

«Garry, scendi da lì. Giù per la torre.»

«Tra un minuto…»

Se Big Blue stava crollando, voleva assicurarsi che la sua caduta provocasse il minor numero di danni a coloro che stavano a terra.

Osservò il paesaggio circostante. C'erano palazzi quasi ovunque.

Ma a una quindicina di metri a destra del braccio c'era un varco tra il complesso di uffici davanti a lui e un condominio. Oltre quello spazio, si intravedevano una strada e un parco. In una giornata mite come quella doveva esserci gente in giro ma, molto probabilmente, avevano sentito la sirena e guardato in direzione della gru inclinata.

Auto e camion con i finestrini alzati?

«Voglio evitare i palazzi. Qualcuno faccia sgomberare quel parco sulla Eighty-Ninth. E mandate un segnalatore in strada che fermi il traffico.»

«Garry, esci da lì finché sei in tempo!»

«Il parco! Sgomberatelo!»

Scricchiolii, cigolii, il vento…

Un altro schiocco esplosivo.

Azionò il comando dello snodo e la ralla urlò di protesta, piegandosi sui cuscinetti. Il motore elettrico era in affanno. Poi, lentamente, il braccio rispose ai comandi.

«Forza, forza...»

Dieci metri dal varco.

Da un momento all'altro. Lo sentiva. Sarebbe crollata da un momento all'altro.

Le auto scorrevano in un flusso ininterrotto.

La sua era una decisione logica, ma restava una pugnalata al cuore.

Ci sarebbero stati morti a causa sua. Forse di meno se non muoveva il braccio, tuttavia...

Sfilze di numeri si susseguivano veloci nella sua mente.

Distanza dal varco: sei metri.

LMI: −8.2.

«Coraggio» mormorò.

«Garry...»

«Sgomberate quel dannato parco! La strada!» Si strappò le cuffie come se le comunicazioni via radio potessero intralciare ancora di più il meccanismo.

Tre metri e mezzo dal varco, inclinazione di nove gradi.

Il joystick era tutto a destra e il braccio avrebbe dovuto oscillare all'impazzata. Ma il metallo massiccio della ralla aveva rallentato il movimento fino a un leggero dondolio.

Rallentato, non fermato.

Uno stridore improvviso. Unghie su una lavagna...

Il rumore gli fece digrignare i denti.

Tre metri, dieci gradi di pendenza.

Due metri e mezzo.

Ti prego... ancora un po' più avanti...

C'era quasi. Se Big Blue l'avesse tradito adesso, il braccio avrebbe tagliato a metà quattro o cinque piani di uffici, tutti open space, centinaia di impiegati alle loro scrivanie, nei cubicoli, alle macchinette del caffè, nelle sale riunioni. Riusciva a vederli. Alcuni erano in piedi, lo sguardo fisso sulla torre inclinata. Nessuno stava fuggendo. Erano impegnati a fare video. Gesù...

Due metri.

Il movimento si fermò per un istante e poi riprese, tra scricchiolii e cigolii sempre più forti.

Diede un colpetto a sinistra alla leva, che rispose arretrando di circa mezzo metro, e poi la spinse a destra. La ralla riprese a ruotare in quella direzione, superando il punto di stallo.

Un metro e mezzo dal varco, dodici gradi...

Crac.

Il sonoro schiocco alle sue spalle lo fece sobbalzare.

Cos'era stato?

Ah, ma certo.

Il portello sul pavimento che dava accesso al traliccio, alla scaletta, alla salvezza, si era piegato. Garry lasciò per un istante il suo posto e provò a tirare. Inutile.

C'era una sola altra via d'uscita: sopra di lui. Ma quella non dava alcun accesso al traliccio della gru.

Non era il momento di pensarci. Ancora un metro e avrebbe avuto campo libero.

Il braccio continuava a pendere in avanti ma l'indicatore LMI si era fermato a –13. Gli ingegneri, naturalmente, sapevano che non aveva senso andare oltre. Un braccio non avrebbe mai avuto una simile pendenza.

A un metro dal varco, la torre si inclinò all'improvviso in avanti. Garry scivolò dalla poltroncina e cadde. Atterrò di faccia sul vetro del finestrino. Da lì si ritrovò a guardare direttamente giù, ventidue piani più in basso, il cantiere. Fece un respiro profondo, lasciando un alone di condensa sul vetro. Strano a dirsi, aveva quasi la forma di un cuore.

Pensò a sua moglie.

E al loro bambino, che stava per nascere.

Kierkegaard o Bashilda...

2

A un certo punto, un'indagine aperta scivola oltre un confine invisibile e diventa un «caso irrisolto».
Chi può dire quale sia la tempistica? Per alcuni poliziotti potrebbe essere un anno, per altri un decennio.
A Lincoln Rhyme quell'espressione non piaceva. Era come se i conduttori di podcast e i produttori di documentari televisivi sfruttassero un crimine per vendere la narrazione, più popolare che mai, del malfattore che sfugge alla giustizia.
I casi irrisolti che attiravano maggiore attenzione erano omicidi, naturalmente. Il coniuge che spariva, l'informatore mafioso, il padre violento che «non aveva idea» di dove fosse finito suo figlio. Nessuno prestava troppa attenzione alle rapine irrisolte, a eccezione di quelle spettacolari: il furto di diamanti, l'assalto al furgone blindato, la fuga in paracadute da un Boeing 727 con duecentomila dollari di riscatto (e *tu* dove sei, D.B. Cooper?).
Per Rhyme, un caso irrisolto non era che un caso irrisolto, che fosse vecchio di ventiquattro ore o cento anni, e necessitava assolutamente di essere chiuso, furti compresi. Cosa che, al momento, stava impegnando parecchio del suo tempo.
Questo era vecchio di qualche mese e l'incapacità di risolverlo costituiva per Rhyme, oltre che per il New York City Police Department e la Homeland Security, motivo di una certa preoccupazione.
Una persona che avevano denominato «Soggetto Sconosciuto» – Sosco 212 – si era introdotta il 12 febbraio (da qui

l'appellativo) nel Department of Structures and Engineering della città di New York e aveva scaricato una vera e propria miniera di documenti relativi alle infrastrutture: planimetrie, diagrammi tecnici, mappe dei condotti sotterranei, appezzamenti di terreno, richieste di autorizzazione. Vale a dire ogni genere di informazione riguardante il mastodontico processo che contribuiva alla crescita e alla trasformazione dell'organismo New York City. Per sicurezza, forse, il sosco aveva inoltre trafugato centinaia di copie cartacee degli stessi e di altri documenti, nell'eventualità in cui i file digitali fossero stati criptati.

All'epoca del furto, chiunque aveva pensato: terrorismo. Sempre un buon movente standard per un reato del genere. Sarebbero stati piazzati ordigni esplosivi, dirottati treni della metropolitana, presi di mira edifici con missili o aerei.

Rhyme e sua moglie, nonché socia in affari, Amelia Sachs, erano stati convocati nel tentativo di identificare il sosco con l'ausilio delle scienze forensi. Malgrado l'uomo avesse accidentalmente fatto scattare un allarme e si fosse dato alla fuga, lasciandosi dietro gli attrezzi da scasso, non erano riusciti a trovare nessuna pista. La città era rimasta in stato di massima allerta per un po', ma non si era verificato alcun attacco terroristico.

E così, il furto di Sosco 212 restava un caso aperto e il suo soprannome era in alto sulla lavagna bianca delle prove, in un angolo del salotto della palazzina del diciannovesimo secolo di Rhyme, la sala operativa per i casi che lui e Sachs gestivano: lei nelle vesti di detective del NYPD e lui come consulente scientifico. Tra le forze dell'ordine, le lavagne erano note come «schede omicidi»; questa, però, illustrava i dettagli di un furto. Il reato in questione non aveva provocato morti né feriti. Rhyme e Sachs avevano distolto l'attenzione dal caso per un breve lasso di tempo, dovendo occuparsi di un paio di urgenti processi al crimine organizzato, che adesso si erano conclusi.

Non restava loro molto da fare, a parte aspettare di deporre: o lui o lei, naturalmente, mai insieme; gli avvocati della difesa avrebbero fatto i salti di gioia interrogandoli sulla natura della loro relazione. Quello non era affatto un motivo legale per escludere una testimonianza congiunta, ma i processi penali si basano su quattro cose: percezione, percezione, percezione... e per ultimo la legge.

Perciò, eccoli tornati al caso aperto, non «irrisolto», di Sosco 212.

Rhyme guidò la carrozzina motorizzata verso la lavagna. In seguito a un incidente sulla scena di un crimine che l'aveva reso tetraplegico, l'ex capo della Scientifica del NYPD era sempre alla ricerca di terapie mediche in grado di migliorare la sua condizione. Pur non essendoci, ancora, alcun modo per ripristinare la sensibilità dal collo in giù, complesse procedure comprendenti interventi chirurgici e soluzioni protesiche avevano restituito gran parte della motilità al braccio destro, che esercitava con regolarità. La carrozzina – un vero «prodigio della mobilità», sosteneva la letteratura medica – poteva essere manovrata anche dall'anulare sinistro, l'unica appendice scampata alle conseguenze del disastroso incidente.

Il corpo umano altro non è che un insieme di meraviglie e colpi di fortuna.

Sachs stava leggendo ad alta voce un rapporto del detective dei Major Cases incaricato del caso 212. «Nessuna persona informata dei fatti tra i funzionari municipali» annunciò. Spiegò poi che l'agente di polizia aveva interrogato i dipendenti del DSE pensando che potesse trattarsi di un lavoro fatto dall'interno, come spesso capitava nei furti di beni immateriali quando non erano coinvolti hacker. C'era un video del ladro che si introduceva nella sala dei server, dove scaricava i file su un hard drive. Una mossa astuta: di questi tempi, tutti si proteggevano da quei geniali e annoiati hacker esteuropei e cinesi, ma la sorveglianza dei dati in loco lasciava a desiderare.

C'era anche un video del sosco che lasciava l'edificio. Era pervenuto a Rhyme e agli investigatori tramite il Domain Awareness System della città.

Ovvero, secondo alcuni liberali, il Grande Fratello.

Il DAS del New York City Police Department era una rete di ventimila telecamere a circuito chiuso sparse per la città. Il sistema raccoglieva e conservava video e dati provenienti da una miriade di fonti: rilevazioni di targhe automobilistiche, citazioni, registrazioni di telefonate al 911, denunce, rapporti di polizia, mandati e notifiche di arresto. Le voci rientravano nell'ordine dei miliardi.

Una delle telecamere del DAS aveva ripreso Sosco 212 che usciva dal palazzo dell'Engineering, per poi sparire dietro l'angolo. Malgrado l'allarme che suonava, l'uomo manteneva un'andatura normale per non attirare l'attenzione su di sé.

Quanto era utile il video? Quella era un'altra faccenda. Aveva ripreso l'abbigliamento scuro, un cappello. Testa bassa, naturalmente.

La valutazione di Rhyme: inutile, a parte stabilire la corporatura dell'individuo. Media. Fatto anch'esso più o meno inutile, rifletté.

Lanciò un'occhiata alla porzione ovest del salottino, dove era allestito il laboratorio dietro a una parete di vetro che andava dal pavimento al soffitto ed era sigillata per scongiurare eventuali contaminazioni. Al di là delle apparecchiature e delle postazioni di lavoro – invidia dei piccoli laboratori di polizia e talvolta anche di quelli di medie dimensioni – c'erano scaffali marroni contenenti reperti catalogati. Il suo sguardo si posò sul piccolo kit di attrezzi in plastica rossa che 212 si era lasciato dietro dopo che, ottenuto ciò che voleva, aveva dovuto darsi alla fuga.

Avevano esaminato la cassetta quando il detective incaricato gliel'aveva consegnata ed era stato un lavoro accurato. Ma, per la somma irritazione di Rhyme, non erano stati rilevati DNA, impronte né altre tracce. Anche questa era stata una sorpresa. Le prove fisiche che vengono abbandonate in tutta fretta tendono a rivelarsi le più utili, non essendo state, per esempio, ripulite.

Sachs si mise le mani sui fianchi snelli, fasciati in un paio di jeans neri, e piegò la testa da un lato. I lunghi capelli rosso scuro ricaddero dritti, a piombo. «Cos'è che voleva?»

La domanda chiave, ovvio.

In un processo il movente è irrilevante e, nel corso di un'indagine, neanche Rhyme lo trovava di particolare interesse, preferendo le prove, equivalenti a frecce in grado di puntare verso il colpevole. Eppure, perfino lo scettico Rhyme doveva ammettere che, in assenza di concrete prove forensi, individuare un movente poteva condurre a un luogo utile all'indagine o perfino al colpevole. La sua metafora a lezione: se il movente può fornirvi il quartiere, allora l'analisi forense è il porta a porta che vi farà trovare il coltello insanguinato o la pistola che ha sparato di recente, se non ancora fumante.

Grossolana, ma gli piaceva.

Nel caso di 212, però, nessuno coinvolto nelle indagini né appartenente all'amministrazione cittadina era riuscito a capire perché il sosco avesse commesso il crimine. Sì, era in possesso di una grande quantità di informazioni su infrastrutture, gallerie, ponti, passaggi sotterranei, la cui presenza era talmente elevata sotto i cinque distretti da formare un'intera città ombra. Ma in che modo questo aiutava i cattivi a pianificare un attacco? Anche i terroristi più stupidi erano in grado di trovare obiettivi adatti – in questa città in effetti ricca di obiettivi – senza dover ricorrere a mappe di gallerie o diagrammi tecnici.

Il materiale sottratto mostrava anche quali passaggi erano situati sotto le banche o le gioiellerie o i magazzini di pellicce. Ma introdursi dal sottosuolo in un caveau per fare un colpo era roba da film per la TV degli anni Settanta, aveva osservato Amelia Sachs. E rubare contanti era inutile: i numeri seriali di ogni banconota da venti, cinquanta e cento dollari in circolazione entravano in un'unica chiavetta USB da cinquanta giga e ovunque erano in uso scanner per individuare banconote rubate.

Erano finiti i bei tempi.

«Mmh» fece Rhyme. Una variante di grugnito. Quando parlò, lo fece più o meno tra sé. «Nessun motivo evidente per il furto. Eppure i dati sono stati *rubati*. E l'artefice ha corso un grosso rischio.» Si avvicinò alla lavagna. «Per. Uno. Scopo. Ma quale?»

La frustrazione indirizzò il suo sguardo alla bottiglia di Glenmorangie su una mensola in alto. Il braccio e la mano destri di Rhyme erano grossomodo funzionanti, sì, e in grado di reggere una bottiglia, aprirla e versarla.

Non poteva, però, alzarsi e afferrarla dalla mensola sulla quale la sua mamma chioccia l'aveva riposta. Per puro caso, quello stesso individuo – il suo caregiver Thom Reston – entrò nel salotto proprio allora e notò lo sguardo di Rhyme. «È mattina» disse.

«So bene che ora è, grazie.»

Poiché Rhyme non distoglieva gli occhi dall'etichetta colorata, Thom ribadì: «No».

Era vestito in maniera impeccabile, come sempre. Quest'oggi in pantaloni beige, camicia celeste e cravatta con un motivo floreale. Magro ma forte, si era fatto i muscoli non con pesi o macchinari bensì occupandosi di Rhyme. Era Thom che lo metteva sulla carrozzina, a letto e lo aiutava in bagno.

Un altro grugnito e un'occhiata torva in direzione dello scotch.

Era presto, non si discuteva, ma il concetto di «aperitivo» era sempre stato un bersaglio mobile per Lincoln Rhyme.

Tornò a guardare la lavagna dedicata al furto al DSE, ma la sua meditazione senza esito fu interrotta dal ronzio del citofono.

Rhyme alzò lo sguardo. Era Lon Sellitto, il suo ex partner dei tempi prima dell'incidente. Dirigeva la Major Cases, dove era assegnata Amelia Sachs, ed era il detective che collaborava più spesso con Rhyme, quando veniva interpellato dal NYPD in qualità di consulente.

«Sembra pieno di energie» osservò Rhyme, ordinando al chiavistello elettronico di aprirsi.

Una volta dentro, l'omone, i cui capelli andavano diradandosi in maniera svogliata, si sfilò l'impermeabile marrone e lo appese. Non che a Rhyme importasse, ma sembrava che Sellitto comprasse solo gli indumenti più brutti presenti in un negozio. Esistevano altri colori oltre al fangoso marrone color cammello, no? Per di più, i suoi abiti erano spesso sgualciti, come oggi, opera del fisico rotondo dell'uomo, immaginava Rhyme. Così come immaginava che gran parte delle manifatture realizzasse indumenti da tessuti che, in partenza, non erano spiegazzati.

Ma, d'altro canto, cosa ne sapeva Rhyme? Erano Thom e Sachs a comprargli i vestiti, come i calzoni grigio tortora, la polo nera e il cardigan verde bosco che aveva adesso. Una volta qualcuno aveva fatto un commento sull'aspetto comodo di ciò che indossava. Thom gli aveva scoccato un'occhiata e la risposta automatica di Rhyme – «Non è che io possa saperlo con esattezza, dico bene?» – era stata sostituita da un sorriso insincero.

Sellitto rivolse un breve cenno del capo ai presenti. Poi la sua espressione si rabbuiò quando scorse lo schermo spento del Sony extralarge montato in un angolo della stanza. «Perché non è acceso sul notiziario?»

«Lon?»

«È questo il telecomando? No. Dov'è il telecomando?»

Thom lo recuperò da una mensola e accese l'apparecchio.

«Perché non ce lo dici tu, invece di aspettare il mezzobusto?» suggerì Rhyme.

«Un problema» rispose Sellitto, senza ulteriori spiegazioni. Prese il telecomando e sintonizzò il televisore su uno dei canali nazionali. Sullo schermo scorrevano le notizie dell'ultima ora, con un sottopancia troppo lontano perché Rhyme riuscisse a leggere, e il video di un incidente in un cantiere. Apparve un'altra scritta: *E. 89th Street, New York*. Poi: *Un morto e sei feriti nel crollo di una gru.*

Sellitto guardò prima Sachs, dopo Rhyme. «Non è stato un incidente. Qualcuno l'ha fatto di proposito. Hanno mandato una lista di richieste. E se non ottengono ciò che vogliono, lo rifaranno tra ventiquattr'ore.»

3

Il sindaco aveva ricevuto un'e-mail con un URL che lo aveva collegato a una chat room privata del forum anonimo 13Chan. Rhyme lesse il comunicato che Sellitto aveva inviato allo schermo del computer al centro del salotto.

> *Quasi 50 milioni di americani vivono in abitazioni che non possono permettersi. In 600.000 non hanno una casa e un terzo sono famiglie con bambini. Tuttavia, New York continua a incoraggiare la costruzione di grattacieli di lusso, cosa che fa sin dall'inizio del ventesimo secolo.*
>
> *La città è il più grosso latifondista della zona. Detiene un totale di 34 milioni di metri quadri ed e oscieno quanto poco di questa superficie sia destinato a un'edilizia accessibile. Enormi quantità di spazio sono inutilizzate e trascurate da qualsiasi progetto di sviluppo edilizio, cosa di cui siamo a conoscenza perché abbiamo visionato i registri immobiliari.*
>
> *La nostra richiesta è questa: la città istituirà un ente no profit; a questo ente trasferirà le proprietà che sono sulla lista e le convertirà ad abitazioni accessibili.*
>
> *Noi controlleremo l'andamento dei lavori tramite i registri governativi.*

> *Che la città di New York si prepari a una cata-*
> *strofe ogni ventiquattro ore fino a che l'ente non*
> *sarà creato e le proprietà trasferite.*
> *Il conto alla rovescia è iniziato.*
>
> Kommunalka Project

La pagina successiva mostrava un elenco di proprietà distribuite nei cinque distretti. Alcune sembravano terreni vacanti, ma in gran parte si trattava di costruzioni non ultimate e probabilmente abbandonate: scuole, un palazzone popolare, un ex molo ed eliporto a Brooklyn che era stato comprato dal dipartimento della Difesa, un laboratorio di ricerca che era stato di proprietà dei National Institutes of Health e trasferito poi alla City University of New York, magazzini dati in locazione allo Stato per conservare i registri dei censimenti, un ex arsenale della Guardia Nazionale.

«Il nome del gruppo?» domandò Sachs.

Non fu necessario scavare a fondo.

Una breve ricerca rivelò che la parola «Kommunalka» si riferiva a un programma urbanistico e sociale attuato dall'Unione Sovietica fino a dopo la Seconda guerra mondiale: una forsennata creazione di appartamenti popolari per far fronte all'emergenza abitativa.

Sachs diede una scorsa agli articoli. «Chissà se questi tizi hanno fatto i compiti a casa. Gran parte degli edifici sovietici è stata abbattuta e sostituita, indovinate un po', da costosi appartamenti borghesi.»

Rhyme era affascinato. Dal punto di vista forense, il sabotaggio non era affatto più interessante dell'attuale caso di furto di documenti tecnici. La scadenza, tuttavia, e il rischio di altri morti declassavano Sosco 212 a una priorità più bassa.

«Cosa ha usato? Uno IED?» chiese Rhyme.

«Nessuno ha sentito esplosioni» rispose Sellitto. «È riuscito ad arrivare in qualche modo ai contrappesi e li ha manomessi.

Il capocantiere non lo sa. Sta di fatto che l'equilibrio è cambiato e quell'affare è crollato. Oh, riceverai una...»

Il cellulare di Rhyme ronzò. «Rispondere al telefono» ordinò lui. «Pronto?»

Una tormentata voce femminile. «Capitano Rhyme?»

«Proprio così.»

«Prego, resti in linea per il sindaco Harrison.»

Poco dopo, la voce suadente dell'uomo parlò al vivavoce. «Capitano Rhyme.»

«Sindaco.»

Sapendo che Rhyme non badava a certe formalità, Sachs intervenne: «È in vivavoce con i detective Sachs e Sellitto».

«Lon. Sei lì.»

«Stavo aggiornando Lincoln e Amelia proprio adesso.»

«Volevo informarvi che non acconsentiremo. Sapete qual è la nostra politica.»

La città non pagava riscatti e non cedeva alle estorsioni.

«Anche volendo, non potremmo assecondarli» continuò il sindaco. «Chiunque ci sia dietro non ha idea di che cosa comporti ciò che ci sta chiedendo. Solo i documenti necessari saranno almeno un centinaio, e poi un'organizzazione no profit ha bisogno di un consiglio di amministrazione composto di tre persone, più presidente, vicepresidente, segretario, tesoriere, agente registrato e, Cristo, un milione di approvazioni: rendite dello Stato, fisco, protezione ambientale. Un budget, per la miseria. Ha bisogno di finanziamenti. Non possiamo firmare passaggi di proprietà fino a che non avremo fatto tutto questo, cosa che potrebbe richiedere settimane o mesi...»

«Non potete guadagnare tempo?» chiese Sachs.

«Hanno creato quella chat room su 13Chan. È chiusa al pubblico ma noi possiamo postare. Ho scritto che ci serve più tempo.»

«Hanno risposto?»

«Due parole. "Leggi sopra." Adesso vi mostro.» Recitò un complicato URL e Sachs lo digitò su un computer vicino. Apparve la testata del sito e, in una finestra per i messaggi privati, un disegno:

«Nient'altro» aggiunse il sindaco.

«Sono mai capitate azioni del genere per ottenere edilizia accessibile?» chiese Sachs.

«Proteste, roba pacifica. Gente che si incatena ai cantieri, lanci di uova. Mai violenza.»

Lo sguardo di Rhyme si posò sul disastro. Da lontano, le macchine sembravano fragili. Ma le immagini in primo piano dei video mostravano robuste sbarre di acciaio e staffe di sostegno.

Fra l'altro, c'era davvero questo Kommunalka Project dietro al sabotaggio?

«Tempistica?» chiese.

Una pausa. «In che senso, capitano?»

«La richiesta è arrivata prima o dopo il crollo della gru?»

«Oh, lei sta pensando che si sia trattato di un incidente e questo gruppo sia saltato sul carrozzone. È arrivata dieci minuti prima del crollo.»

Era la risposta alla sua domanda.

«Stiamo guardando il notiziario» intervenne Sachs. «Non parlano della rivendicazione.»

«No. Non vogliamo renderla nota. Si scatenerebbe il panico. Ho ordinato di sospendere la costruzione di grattacieli per il momento e stiamo mandando agenti in tutti i cantieri in cui c'è una gru a torre.»

«La gente si farà delle domande» osservò Sachs.

Disinvolto, Harrison replicò: «Darò la colpa ai federali o qualcosa del genere. Restate in linea».

Voci risuonarono urgenti in sottofondo alla telefonata del sindaco.

«Devo andare. Capitano, detective. Vi prego, fate il possibile. Le risorse della città sono a vostra disposizione. Collaborate con il Bureau e il dipartimento della Sicurezza interna.»

La chiamata fu disconnessa.

Rhyme osservò di nuovo lo sfacelo. Il blu della torre era brillante. Era stata dipinta così per motivi di sicurezza? O per scopi pubblicitari? O era solo una questione estetica?

Sellitto versò del caffè dal bricco che si era materializzato. Andò al monitor alla parete e, strizzando gli occhi, lesse il messaggio dei terroristi.

«Allora, non sono tipi svegli» disse. «Forse potremmo sfruttare la cosa.»

«Cosa intendi?» domandò Rhyme.

«Errori ortografici. "Oscieno". E la "e" senza accento.»

Rhyme schioccò la lingua. «Erano intenzionali, per farci pensare che sono stupidi. Non lo sono.»

«No?»

«Non ci sono altri errori grammaticali e la punteggiatura è giusta. Usano "che" e "cosa che" in maniera corretta. "Che" restringe il significato della parola precedente: "le proprietà che sono sulla lista". "Cosa che" fornisce informazioni aggiuntive. Per esempio, nel punto in cui dicono di aver appreso della mancanza di progetti di riqualificazione cittadina.»

«Linc...»

«E usano anche termini come "sin" e "detiene". Scelta accurata. E poi c'è il congiuntivo.»

«Il congiuntivo?»

«"È osceno quanto poco di questa superficie sia destinato..." Ci vuole il congiuntivo. O così mi hanno insegnato. Nessun altro conosce queste regole? Incredibile.»

«Gesù, Linc, quando i tuoi studenti fanno un piccolo errore nelle loro tesine devono sorbirsi tutta questa solfa?»

Rhyme aggrottò la fronte. «Una insufficienza. Naturalmente.» Un cenno al post sullo schermo. «La chat room è anonima. Ma l'e-mail originale. Chi l'ha mandata e come?»

«Indirizzo IP pubblico» rispose Lon. «Una caffetteria di Brooklyn senza videocamere di sorveglianza. Quelli dei Crimini informatici pensano che l'autore non fosse neanche lì dentro. Deve aver deviato il router dall'esterno.»

«Be', un elemento degno di nota: sono pratici di computer. Oppure lavorano con qualcuno che lo è.» Poi aggiunse: «Credo che il sindaco dovrebbe dare l'annuncio. Sarà costretto a farlo prima di domani mattina. Dare modo alla gente di stare alla larga dai cantieri».

«Harrison ha ragione» replicò Sellitto. «Si scatenerebbe il panico. E poi dovrebbe vedersela con gli eventuali emulatori. Ho usato bene il dannato congiuntivo?»

«È condizionale.»

Rhyme continuò a studiare il filmato della gru deformata e della distruzione causata tutt'intorno dal suo crollo. Era caduta in avanti, non di lato, e la lunga torre e il braccio in cima si estendevano dalla base di cemento al centro del cantiere tra due alti edifici, che aveva mancato per un pelo, fino a un parco dall'altro lato dell'elegante strada centrale. Appena un metro a destra o a sinistra e si sarebbe schiantata sui grattacieli di vetro. La conta delle vittime sarebbe stata di gran lunga maggiore.

«Quante gru ci sono in città?»

Sachs cercò la risposta sul telefono. Strizzò gli occhi mentre leggeva. «New York, tutti i distretti, ventisei. Siamo in basso nella classifica. Toronto ne ha più di cento. Los Angeles una cinquantina.»

Tutto lì? Ventisei? Rhyme pensava che ce ne fossero di più. Non usciva molto, certo, ma quando lo faceva gli sembrava di vedere ovunque quelle torri svettanti, con in cima le traverse in equilibrio precario.

«Chiamo Mel e lo faccio venire qui» disse. «Cosa sta facendo Pulaski?»

«È con la Omicidi» rispose Sachs. «Sta analizzando una scena a Midtown.»

«Quando avrà finito, lo voglio qui.»

«Lo chiamo io» si offrì Sellitto.

«E iniziamo a scrivere un diagramma.»

Sachs spostò da una parte la lavagna di Sosco 212, tenendola però sempre nei paraggi. Stavano aspettando aggiornamenti da parte del detective incaricato del caso, che sarebbe arrivato di lì a breve.

Nello spazio che aveva liberato, tirò avanti un cavalletto portablocco e iniziò un nuovo schema. «Che ne dici di dare al tizio il nome della strada? Sosco 89?»

«Battesimo perfetto» rispose Rhyme.

Con la sua bella grafia, Sachs scrisse il nome in cima al foglio.

«Pensi che c'entrino?» chiese Sellitto. «Una cellula? Dato il nome. Kommunvattelapesca?»

Rhyme scosse la testa. Stava ripensando a un corso di storia che aveva tollerato anni prima e si ricordò che i movimenti di sinistra nell'America della metà del ventesimo secolo amavano appropriarsi di termini sovietici: agit-prop, kompromat, intellighenzia.

«Ne dubito. I russi potranno anche avere un perenne interesse a destabilizzare la democrazia, ma dubito che la Madre Russia farebbe pressioni sulla città affinché distribuisca alloggi al proletariato. È un termine romano, comunque. Marx l'ha rubato.»

«Sono comunque d'accordo con il sindaco. Dobbiamo coordinarci con i federali. Potrei incaricare Lyle di gestire la faccenda.»

Recente aggiunta ai ranghi dei detective del NYPD, Lyle Spencer era un ex capo della sicurezza aziendale presso un impero dei media. Era una persona tranquilla, ma gli interrogati tendevano a collaborare quando era lui a fare le domande. Un uomo massiccio, un bodybuilder, e aveva uno sguardo feroce. Rhyme credeva di aver visto Spencer sorridere una volta, ma non ne era sicuro.

Sachs lasciò un messaggio al detective, illustrandogli la situazione e ciò che avevano bisogno che lui facesse.

Sellitto tirò fuori dalla valigetta un grosso plico di documenti. «Questo è da parte del capomastro del cantiere sulla Eighty-Ninth: planimetrie, cartine, schede SD di alcune videocamere di sicurezza, qualche altra cosa che riteneva potesse rivelarsi utile.»

Sachs tirò un tavolo da lavoro al centro della porzione non sterile del salotto e Sellitto vi dispose il materiale. Da quel mare di carte, Sachs scelse un grafico del cantiere e lo fissò con il nastro a una lavagna bianca. La veduta dall'alto mostrava la gru e l'edificio in costruzione. Le strutture circostanti erano solo abbozzate.

Guardò lo schermo televisivo e poi tracciò una freccia sulla lavagna. «È così che è caduta. In mezzo a questi edifici... Bene, vado a percorrere la griglia. Chissà, magari troviamo la ricevuta di quel ristorante cinese nel Queens dove gli aspiranti rivoluzionari russi si incontrano ogni mercoledì.»

Sellitto replicò con una risata ironica.

«Ah, succede eccome.» Rhyme stava guardando Sachs con aria accigliata. «Com'è che si chiamava? Quel serial killer. Staten Island. Dudley...?»

«Smits. Dudley Smits.» Poi si rivolse a Sellitto. «Gli cadde il biglietto da visita di una donna mentre si allontanava dalla scena del crimine. Sopra c'erano le sue impronte. Ci piazzammo nell'appartamento della donna e lo aspettammo. Dieci ore dopo si presentò con un coltello e un rotolo di nastro adesivo. La faccia che ha fatto, impagabile. È valsa l'attesa.»

4

A New York non esiste luogo che attragga i birdwatcher più di Central Park. La regione ospita riserve naturali più grandi ma il luminoso rettangolo verde a Manhattan offre una maggiore densità di volatili per ettaro quadrato.

Munito di un binocolo Nikon, l'uomo rimase immobile osservando la cinciallegra. Era stato a Central Park svariate volte e conosceva il considerevole inventario a cui i birdwatcher potevano attingere per completare le loro collezioni.

Indossava pantaloni sportivi da mezza stagione (neri) e giacca a vento (blu scuro). Fisico atletico e i capelli radi, sulla strada del grigio ma curati e ben pettinati.

Dopo un po', l'uccello guizzò via e l'uomo appuntò alcune osservazioni su un piccolo taccuino. Continuò a scrutare, adagio, da sud a nord.

«Stai avendo fortuna?»

La voce, quella di una donna, era rivolta a lui. L'uomo si voltò. A forma di pera e armata di binocolo, aveva adocchiato il taccuino che teneva in mano. Era vestita di rosso e giallo, come a voler affermare che il mimetismo non era un elemento necessario nel birdwatching.

«Ho visto un tordo acquaiolo fornaio» rispose l'uomo.

«No!»

«E invece sì.»

«L'hai messo su eBird?»

Un servizio online che avvertiva di avvistamenti rari.

«Non ancora. Tu?»
La donna fece spallucce. «Non molto. Sono appena arrivata. Ho sentito dire che c'è un cigno reale. Dopo vado a controllare i laghetti e il bacino idrico. Dov'era il tordo?»
«Vicino al museo.»
La donna si voltò in direzione del Metropolitan, dall'altro lato del parco, come se il melodioso uccellino potesse arrivare lì svolazzando in quel preciso momento. Quando si girò, si mise a osservare bene l'uomo. Non si poteva dire che fosse attraente, lui ne era consapevole. E dimostrava una cinquantina d'anni. Ma era in forma e possedeva uno speciale attributo che spesso faceva presa: l'anulare sinistro nudo.
«Io ho visto un fischione vicino alla darsena» annunciò la donna.
«Davvero?»
Calò il silenzio tra loro. Poi, all'improvviso, lei disse tutto d'un fiato: «Se fossi un uccello, ecco cosa sarei». Si corresse. «Be', un uccello acquatico di qualche tipo. Anatra, cigno, oca. Mi sembra più placido. Non un pellicano, però. Sono un po' stronzi. Io sono Carol.»
«David.» Il taccuino in una mano e il Nikon nell'altra evitarono la stretta di mano. Bastò un cenno del capo.
Una pausa. Poi: «Non credo di averti mai visto prima» disse lei.
I birdwatcher erano un gruppo molto affiatato. Soprattutto a Manhattan.
«Mi sono trasferito da poco.» L'uomo guardò l'ora sul telefono.
«Da dove?»
«San Diego.»
«Oh, l'adoro. È bellissimo lì.»
L'uomo sapeva che non c'era mai stata.
Un'altra pausa. «Sarà meglio che vada. Ho una riunione» disse.

«È stato bello parlare con te. Vado a cercare quel tordo. Magari ci rivedremo qui.»

«Lo spero» disse lui con un sorriso, e si incamminò verso ovest seguendo il marciapiede fino a un altro gruppo di cespugli, onnipresenti in quella zona del parco. Guardò oltre la vegetazione, senza il binocolo, e osservò un edificio dall'altro lato della strada. Una brownstone, anch'essa comune da quelle parti.

Notò, sul marciapiede dirimpetto, un uomo stempiato che indossava un completo scuro e largo. Alla cintura portava il distintivo dorato dei detective del NYPD. Saliti gli scalini, suonò il campanello e guardò la videocamera di sicurezza. Poco dopo, il portone si aprì.

Ah, eccolo lì…

Al di là del poliziotto, l'uomo nel parco scorse l'ingresso in penombra. E fece un avvistamento di gran lunga più eccitante di qualsiasi volatile. Cosa per cui non provava alcun interesse, se non come pretesto per girare nel parco munito di binocolo.

La persona che riuscì a vedere prima che la porta si chiudesse costituiva per lui un interesse particolare. Ossessivo, perfino. Il suo nome era Lincoln Rhyme ed era lui che il finto birdwatcher, Charles Vespasian Hale, noto anche come l'Orologiaio, era venuto a New York per uccidere.

5

Muoviti. Veloce.
Non è troppo tardi, ma lo sarà presto.

L'agente del NYPD Ron Pulaski stava pensando a quell'espressione che si sente di tanto in tanto, quella sulle «quarantotto ore»: se non trovi una pista solida entro i primi due giorni di un omicidio, il caso diventa sempre più difficile da risolvere. Era una stupidaggine, come ogni poliziotto sapeva bene, nient'altro che una frase a effetto dei film in TV. A contare erano i primi quarantotto *minuti*. Passati quelli, tracce e ricordi dei testimoni cominciavano a svanire.

L'omicidio in questione risaliva a ben oltre quel lasso di tempo. Era già vecchio di due giorni, in linea con i cliché dei programmi di cronaca nera.

Ed era per questo che stava facendo in fretta.

Agile, biondo e ben rasato, i lineamenti nascosti dalla tuta e dalla maschera di Tyvek della Scientifica, Pulaski stava osservando la scena: un pavimento di cemento, macchiato, crivellato e crepato da vecchi macchinari industriali, il cui aspetto e funzione erano impossibili da dedurre in base alla natura dei segni di usura sotto i suoi piedi. Acqua raccolta in piccole pozzanghere e ricoperta da una patina di olio blu intenso e rosso. Pareti di blocchi di cemento dalle quali spuntavano sbarre e tubi. Scaffalature arrugginite, vuote, ormai del tutto scrostate. La muffa era un elemento di design ricorrente.

Strette finestre si aprivano in fessure orizzontali in alto sulle pareti, tipiche di seminterrati come quello. Chiazzate e unte, lasciavano comunque entrare un po' di luce.

Una fornace ormai defunta, fatta di acciaio galvanizzato, dominava un'estremità dell'ambiente.

La magia in grado di condurre l'assassino di nuovo in quel posto era ancora lì? Oppure era evaporata o era stata digerita dai ratti o si era dissolta in un miliardo di molecole di materia oscura?

Quella traccia vitale c'era stata. Al momento dell'omicidio. Era stata assolutamente presente.

Secondo un francese morto nel 1966.

Edmond Locard aveva svolto la sua attività di investigatore forense e criminologo a Lione, dove aveva fondato il primo laboratorio di medicina legale del mondo. Il suo famosissimo precetto era semplice ed è ancora oggi valido: è impossibile che un criminale agisca senza lasciare tracce della sua presenza, o sulla vittima o sulla scena.

Ron Pulaski aveva sentito quelle parole un centinaio di volte dal suo mentore Lincoln Rhyme. Aveva finito per crederci.

E sapeva che lì, da qualche parte, c'era stato l'indizio per trovare la persona che aveva ucciso l'uomo che giaceva ai piedi di Pulaski, in quell'umido scantinato di un magazzino nell'East Side di Manhattan. Probabilmente c'era ancora.

L'avverbio era importante.

Probabilmente...

Perché, dopo tutto quel tempo, quelle famigerate quarantotto ore, era possibile che fosse svanito o trasformato in qualcosa di irriconoscibile.

Sapeva che l'indizio vitale non era qualcosa di tangibile come impronte digitali, gocce di sangue o un provvidenziale bossolo. Quegli indizi lampanti erano assenti.

Perciò, tutto si riduceva alla «polvere», l'affascinante termine con cui Locard indicava gli indizi fisici.

Pulaski guardò di nuovo la vittima: Fletcher Dalton.

In completo grigio, camicia bianca e cravatta scura, era disteso sulla schiena, gli occhi spenti fissi sul soffitto nero. Il trentaduenne era broker presso una società di trading di Wall Street e viveva da solo all'845 East di 58th Street. Il giorno prima non si era presentato al lavoro e a casa sua non c'era. Erano stati diffusi nome e fotografia. Due ore prima, un agente di pattuglia aveva notato per caso la porta semiaperta del magazzino abbandonato, in attesa di essere demolito. Gli era bastato fiutare l'aria una volta sola per capire e aveva chiamato la Omicidi.

Sebbene Pulaski lavorasse in genere con Rhyme e Amelia Sachs, i suoi rapporti della scena del crimine e la testimonianza in un processo in veste di esperto forense erano stati notati e, di recente, era stato reclutato per esaminare le scene in autonomia.

Pulaski aveva accolto con piacere l'opportunità. Era stato assistente di Rhyme e Sachs per alcuni anni, ed entrambi erano dell'idea che dovesse diversificare l'attività. Il lavoro forense si era rivelato molto più avvincente della criminalità di strada, ovvero l'ambito del suo incarico ufficiale, il servizio di pattuglia. Un altro vantaggio: aveva reso Jenny più felice. Le probabilità di diventare vedova si riducevano in maniera considerevole se il lavoro di suo marito consisteva nel raccogliere capelli con una pinzetta invece che affrontare gang fatte di metanfetamina.

Inoltre: era bravo come tecnico della Scientifica.

E la ciliegina sulla torta? Gli piaceva.

Quanto era rara la possibilità di coniugare ciò che amavi e ciò in cui eccellevi?

Rhyme gli aveva detto che alcune persone nascono per la Scientifica, mentre altre si limitano a fare un lavoro.

Ispirato contro razionale.

Artista contro meccanico.

Il criminologo non aveva specificato in quale delle due definizioni rientrasse Pulaski ma non era stato necessario; con

Lincoln Rhyme era tutto un lavoro di deduzione e il giovane agente sapeva interpretarlo.

Un altro attento esame della stanza dodici per quindici metri. La natura dell'omicidio sembrava evidente. Avevano sparato a Dalton fuori, sul marciapiede, e l'avevano trascinato nel seminterrato dopo aver aperto la porta con un calcio. Si trattava di un solo malvivente: a dirlo era la polvere sul pavimento.

Era chiaro che l'omicida avesse trascinato il corpo dalla porta, dritto fin dove l'aveva mollato, senza deviazioni. Ma, naturalmente, Pulaski perlustrò l'ambiente per intero.

Usò uno schema di sua invenzione: una spirale, partendo dal centro della scena del crimine e procedendo secondo cerchi sempre più ampi. Poi cambiò direzione e procedette al contrario, seguendo cerchi sempre più stretti. Lincoln era un fautore della «griglia», secondo la quale si setaccia la scena avanti e indietro, come se si passasse un tagliaerba. Poi si fa altrettanto in perpendicolare, procedendo nello stesso modo e ripercorrendo lo stesso terreno.

Pulaski rispettava la griglia, ma preferiva il proprio metodo; l'idea gli era venuta quando sua moglie gli aveva chiesto di servire un prosciutto tagliato a spirale il giorno del Ringraziamento.

Strizzò gli occhi per via della forte luce della mezza dozzina di fari alogeni issati su treppiedi e disposti in modo strategico nella stanza.

È qui da qualche parte...

Deve esserci, giusto, signor Locard?

Ma dove?

Trovala, disse a se stesso con fermezza, subito.

Il tempo stringe...

Completata la perlustrazione a spirale, si concentrò sulle parti più importanti della scena: il tragitto dalla porta al corpo e il corpo stesso.

E lì, sul bavero di Dalton, la trovò.

Rientrava nella cruciale categoria di prova su una scena: diversa da tutto il resto.

Era una fibra blu scuro. Un polimero sintetico. Data la composizione e la lunghezza, doveva provenire da una sciarpa o da un berretto di lana, cosa che l'agente sapeva avendo trascorso lunghe ore a studiare sciarpe e berretti di lana (e tanti altri tessuti, se è per questo), così che se si fosse imbattuto in un campione su una scena del crimine avrebbe avuto buone probabilità di identificarlo sul campo invece che in laboratorio, dove sarebbe stato possibile ottenere gli stessi risultati in un lasso di tempo molto più lungo.

Muoviti. Veloce.

Tornato fuori, Pulaski si sfilò la tuta di Tyvek, disse ai tecnici di raccolta prove di portare i reperti al laboratorio del Queens e lasciò il corpo al medico legale.

Abbandonò il luogo del delitto e raggiunse la stazione della metropolitana dalla quale Dalton, che aveva in tasca un abbonamento, doveva essere uscito mentre tornava a casa la sera in cui era morto, a tre isolati e mezzo di distanza (non prendevi l'autobus da Wall Street per l'Upper East Side).

E qui, lungo una fila di magazzini e edifici commerciali, trovò ciò che sperava.

Una telecamera del Domain Awareness System montata su un lampione.

Chiamò la centrale e gli passarono uno degli operatori DAS: ce n'erano a dozzine seduti davanti a sfilze di monitor, impegnati insieme ai colleghi algoritmici nella ricerca di cattivi e malefatte.

Pulaski si identificò e fornì la posizione della telecamera, l'ora e il giorno in cui Dalton doveva essere passato da lì.

«Okay» disse l'operatore. «Lo vuole adesso?»

«Sì, a questo numero.»

Chiusero la chiamata. Ben presto il suo telefono vibrò e Pulaski aprì il video. Allontanatosi dal sole per vedere meglio lo schermo, guardò il filmato.

Ah, ecco.

Appare un uomo magro, bianco, con dei baffi fastidiosi. Indossa pantaloni e giacca neri e ha la testa coperta da un berretto blu scuro, esattamente della stessa tonalità della fibra che Pulaski aveva appena trovato.

Mentre cammina verso est, i suoi occhi sono dall'altra parte della strada, forse su Dalton; quel lato non è coperto dalla telecamera.

La mano dell'uomo è lungo il fianco e tocca una volta la tasca. Potrebbe averlo fatto per una serie di ragioni, ma una potrebbe essere quella di assicurarsi che la sua pistola sia lì, ben nascosta.

È fuori dalla visuale. Torna quindici minuti dopo, velocemente.

Pulaski formulò una teoria su quanto era accaduto: da qualche parte lungo quella strada Dalton aveva assistito a qualcosa. Senza rendersi conto che si trattava di un crimine; se fosse stato così, il broker avrebbe chiamato il 911. Pulaski aveva controllato: le uniche chiamate da quel quartiere quel giorno riguardavano due attacchi di cuore e una brutta caduta.

Qualunque fosse il crimine, Cappello Blu non poteva permettersi di lasciare Dalton in vita.

Pulaski richiamò gli uomini del DAS e chiese se ci fossero altre telecamere nelle vicinanze.

No, nessuna.

Poi gli venne un'idea. Avrebbe provato qualcosa che era sicuro non avrebbe funzionato.

Ma lo fece comunque.

Diede all'agente DAS l'orario della registrazione video in cui si poteva vedere il volto di Cappello Blu più chiaramente e gli disse di fare uno screenshot e inviarlo per un altro tipo di operazione della NYPD.

L'identificazione facciale, la FIS, non è affatto l'operazione invasiva che la gente può pensare. Si abbinano le foto di possibili sospetti scattate dalle telecamere di sicurezza sul campo – o cattivi selfie occasionali – con foto segnaletiche o immagini di manifesti da ricercato al fine di stabilire le identità.

Pulaski aveva inviato circa sessanta immagini nel corso della sua carriera e mai nessuna corrispondenza era stata restituita.

Ma stavolta andò diversamente.

L'agente con cui era in linea disse: «Bene, indovina un po', Ron. Quell'immagine? La FIS ha restituito una corrispondenza probabile al novantadue per cento».

«Ed è buono?»

«Novantadue è praticamente oro.» Rise. «E ti darò oro anche per un'altra ragione. Non crederai a chi sia il tuo sospettato. Sei seduto?»

* * *

«Buongiorno, ecco a voi le ultime notizie economiche di WKDP. *Gli investitori hanno vacillato questa mattina in seguito al crollo di una gru in un cantiere edile nell'Upper East Side di Manhattan. Un operaio è stato ucciso e sei sono i feriti. Evans Development e Moynahan Construction sono le società coinvolte nella costruzione del lussuoso grattacielo di settantotto piani, le cui unità abitative hanno un valore che partirà dai cinque milioni di dollari. I funzionari amministrativi riferiscono che i certificati di ispezione di tutte le gru a torre in funzione a New York sono aggiornati, ma gli enti di controllo federali hanno sollecitato la sospensione delle attività in tali cantieri in attesa di un'indagine da parte del dipartimento di Urbanistica e del National Institute of Standards and Technology federale. Il* NIST *ha indagato sul crollo del World Trade Center e sull'attacco al Pentagono dell'11 settembre, nonché sul crollo del complesso residenziale Champlain Towers South a Miami. Le azioni di Evans Development, una società quotata in borsa, sono scese ai minimi storici.»*

6

Le luci non davano adito a dubbi riguardo al luogo dell'accaduto. A centinaia, bianche, blu, rosse.

Alla guida della sua Ford Torino d'epoca, la carrozzeria di un cremisi fiammante, Sachs filava lungo la traversa in direzione del macabro spettacolo, zigzagando in mezzo al traffico. Per poco non ricorse al marciapiede quando una fila di camion si rifiutò di separarsi e lasciarla passare. Su Third Avenue, un uomo reagì allo spazientito strombazzare del clacson facendole il dito medio, all'istante raggiunto dalle altre quattro dita per trasformarlo in un saluto amichevole – di quelli che si fanno ai bambini piccoli – quando vide il lampeggiante blu e il contrassegno del NYPD sul cruscotto.

Finalmente, un'interruzione del traffico, grazie agli agenti in uniforme che deviavano altrove auto e furgoni. Sachs accelerò al massimo e raggiunse il traguardo, fermandosi con una sgommata nei pressi dell'enorme cantiere su East 89th Street.

Le riprese televisive neanche si avvicinavano alla realtà del disastro. La gru, fatta di tubi blu molto più spessi di quanto apparissero da lontano, giaceva tra i due palazzi che aveva mancato per un pelo; un tornado di detriti e danni che si estendeva dalla base – un lastrone di cemento – fino al parco in cui la punta del braccio si era conficcata nel terreno. Ogni cosa sotto la gru era stata appiattita. Il luogo del disastro era un ammasso di tubazioni, parti metalliche, carte, lastre di cemento, macchinari, putrelle, polvere di calcestruzzo, pezzi di plastica, fili e cavi, scale a pioli piegate, scalini e ballatoi deformati. A quanto pareva, non ci si arrampica dritti in cima alla gru ma si sale su per una scaletta lunga circa sei metri, poi si passa a un'altra scala, con i pioli sfalsati in modo che un'eventuale caduta provochi ferite ma non la morte.

Sachs guardò la cabina: metallo schiacciato e vetro in frantumi. I danni erano considerevoli. L'operatore era senz'altro morto sul colpo, con un impatto di centosessanta chilometri orari, ma quanto dovevano essere stati orribili i suoi ultimi istanti, pensando al proprio destino mentre il terreno sfrecciava verso di lui attraverso gli ampi finestrini.

C'era del fumo, anche se non sembrava che ci fosse stato un incendio.

Come tutti i newyorkesi, Sachs aveva visto centinaia di gru durante gli anni trascorsi in città, senza però prestarvi particolare attenzione. Aveva sentito di alcuni incidenti, ma erano rari. Per lei quei macchinari segnalavano l'ennesimo problema: erano le bandiere dei cantieri, il che significava strade chiuse e ulteriore rallentamento di un traffico cittadino già lento.

Un'altra cosa che sapeva delle gru l'aveva imparata dal suo lavoro. I sicari e i boss del crimine organizzato le definivano «lapidi» perché si ergevano sopra i cantieri, luoghi particolarmente apprezzati per far sparire le vittime sotto colate di cemento.

Recuperò l'attrezzatura dal portabagagli e si avviò al cantiere, superando i curiosi e un senzatetto con un sudicio soprabito marrone a tre quarti. Aveva in testa un cappello peloso, marrone scuro e arancione, simile a quello indossato dai signori della guerra talebani. Incurante di quella vita perduta, stava curiosando nei paraggi del nastro giallo, puntando il bicchiere di caffè blu e bianco verso la folla crescente e chiedendo uno spicciolo. Ma in maniera svogliata. Era più concentrato sui detriti. Uno sciacallo, probabilmente felice di intascarsi il portafogli o i contanti caduti all'operatore morto. Patetico.

Il senzatetto lanciò una rapida occhiata nella sua direzione, notando il distintivo e lo sguardo gelido, e si allontanò.

Sachs si infilò sotto al nastro e si orientò, trovando la base della gru. Prima che potesse avviarsi, una donna grossa con il gilet giallo che recitava *Supervisore della sicurezza* la raggiunse e le consegnò un casco bianco. Sachs scosse la testa, pensando che l'ausilio potesse, anche in minima parte, contaminare la scena. «Io non...»

«Obbligatorio.» La donna si allontanò per consegnare un altro casco a qualcuno che poteva essere un dirigente o un ispettore governativo. Era munito di cartellina e valigetta.

«Dov'è il responsabile del caso?» domandò Sachs a un agente, mentre cercava di regolare il casco troppo largo.

L'agente le indicò un funzionario di polizia di mezz'età, anche lui con il casco, ma giallo. Andò a raggiungerlo.

«Capitano.»

«Lei è Sachs. Major Cases, dico bene? Lavora con Lincoln Rhyme.»

Un cenno di assenso.

«Sono strani questi cosi.» Il capitano diede un colpetto alla plastica del casco.

«Novità sui feriti?»

«Niente di nuovo. Una vittima, cinque in ospedale. Due in condizioni critiche. Oh, e un infarto. Sopravviverà.»

Un messaggio fece vibrare il telefono di Sachs.

Lon Sellitto aveva scritto:

> Il Project ha pubblicato un post su 13Chan. Hanno detto che pensano che la città stia cercando di far passare la cosa sotto silenzio. Malafede. Perciò hanno postato pubblicamente che la gru è stata sabotata e di aspettarsi altro fino a che le proprietà non saranno trasferite. Razza di stronzi. Vogliono il panico.

Be', tanti saluti all'idea di dare la colpa ai federali per la chiusura dei cantieri.

Certo, prima o poi il panico si sarebbe scatenato, perciò tanto valeva che si spargesse la voce. La notizia poteva indurre qualche testimone a farsi avanti.

Gli occhi di Sachs si posarono sul metallo aggrovigliato e sui cumuli di detriti. La torre della gru era di circa cinque metri quadrati, con il segmento inferiore fissato a un lastrone di cemento. Tutti e quattro i piedi erano ancora montati lì; la torre si era spezzata una decina di metri più in alto.

«Lon dice che hanno sabotato i contrappesi» disse Sachs al capitano. Un'occhiata alle enormi zavorre di cemento che giacevano su un lato come mattoncini lasciati lì da un bambino. «Ha idea di come?» Osservò il carrello a cui erano collegati. «Non ci sono segni di residui di IED.»

«La prima cosa a cui ho pensato, ma neanche io sono riuscito a trovarne. E nessuno ha sentito un'esplosione. Aspetto di parlare con il capocantiere. Sa, è al telefono con le famiglie. E l'azienda.»

«Dov'è?»

Indicò con la testa un uomo robusto sulla cinquantina, pantaloni azzurri e camicia blu dal taschino colmo di penne. Il casco giallo era inclinato in avanti e coperto di adesivi di produttori di attrezzature e associazioni.

Sachs comprendeva bene la difficoltà di dover fare quelle telefonate ai famigliari ma doveva cominciare a esaminare la scena.

Lo raggiunse. «Spiacente, signore. Ho bisogno di parlare con lei. Adesso, per favore.» Gli mostrò il distintivo. Lui guardò prima la sua arma, poi la scritta in piccolo.

«Ti richiamo.» Chiuse la telefonata e rivolse verso di lei gli occhi arrossati. Dal fumo? Dalle lacrime? Probabilmente entrambi.

«Sa che è stato intenzionale.»

S. Nowak, il nome cucito sulla camicia azzurra, era carico di rabbia, i denti digrignati mentre osservava il disastro. Annuì. «Me l'ha detto quell'agente laggiù, sì. Non riesco a credere che qualcuno abbia fatto una cosa del genere.»
«Lei o qualche suo operaio ha visto qualcuno che potrebbe essere coinvolto?»
L'uomo scosse la testa. «Ho chiesto a tutti. Nessuno ha visto niente.»
«Il detective con cui ha parlato prima» continuò Sachs, «il detective Sellitto?»
«Sì, tizio grosso. Completo marrone.»
«Proprio lui. Ha detto che hanno sabotato i contrappesi. Questo ha sbilanciato la gru.»
«Esatto.»
«Ha idea di come ci siano riusciti?»
Un cenno di diniego. «Ne hanno sganciati un paio. Nessuno di noi sa come ci siano riusciti. Sono fatti per restare sui binari qualunque cosa accada. Impossibile che cadano. Eccetto... Immagino di no.» Il suo sguardo era fisso sui contrappesi di cemento. «Si intende di fisica?»
«Se si applica ai motori delle auto, sì. A parte questo...» Un'alzata di spalle.
«Quindi conosce la coppia.»
«Certo. La forza che fa girare l'albero motore.»
«E il momento?»
«Momento?» ripeté Sachs. «Parliamo di tempo?»
«No. È quando c'è forza ma *niente* movimento. Le gru stanno dritte grazie al momento. C'è la forza peso sul braccio anteriore, quello che regge il carico. I contrappesi su quello posteriore devono eguagliare la forza sul davanti. Il momento è questo, è simile all'equilibrio. Mantenere il momento è ciò che fanno gli operatori, be', e i computer di cui si servono. Equilibrio» ripeté in tono quasi riverente. «C'è un carrello nella parte anteriore che regge il gancio destinato al carico e un

carrello in quella posteriore con i contrappesi. Muoviamo di continuo i pesi avanti e indietro per controbilanciare il carico.

«Il momento è così importante che nessuno combina mai casini. È proprio come i piloti che non dimenticano di abbassare il carrello di atterraggio. Perciò è quello che hanno preso di mira. Senza i contrappesi, era impossibile che il braccio non crollasse.» Si asciugò gli occhi. «Cos'è questa roba che ho sentito? Stronzate su alloggi equi o cose del genere? Gesù Cristo.»

«Alloggi *accessibili*.»

«Bel modo del cavolo di portare avanti una causa.»

«È possibile che abbiano hackerato il computer di controllo?»

«Macché. Non si può hackerare. Il sistema non è online. E comunque non era quello il problema» rispose rabbioso Nowak. «Hanno semplicemente scollegato i contrappesi.» Strinse di nuovo i denti quando il suo sguardo si posò su un ammasso di tondini, le sbarre d'acciaio che rinforzano il cemento. Erano una decina e si estendevano verso l'alto per circa due metri dal lastrone di cemento al quale erano ancorati. Il sangue secco e i brandelli di tessuto sopra di essi e le macchie sul cemento non lasciavano spazio a equivoci.

Gesù...

Nowak stava respirando a fondo, veloce, quasi in iperventilazione. «È caduto.» Un sussurro. «Da lassù, di testa. Ha colpito i tondini. Il suo corpo ha... tremolato. Non la smetteva. Era bloccato lì, a testa in giù. Ci sono voluti tre pompieri per liberarlo. Gesù. In tre... Vedrò quella scena per sempre...»

Dunque era così che l'operatore era morto. Non nella cabina. Ne era uscito prima che la gru crollasse e aveva tentato la discesa.

Impalato...

«Come potrebbe essere arrivato lassù il sospetto?»

Nowak tenne a freno le lacrime. «Arrampicandosi, come chiunque altro. Ma nessuno l'ha visto, o li ha visti. Abbiamo la sicurezza durante il giorno. Una guardia notturna, ma si trova all'ingresso. Non ha visto niente, gliel'ho chiesto. Per quanto riguarda il retro, chiunque potrebbe scavalcare la recinzione, se volesse.» Indicò con la testa i pannelli di legno alti due metri e mezzo. Vi erano dei fori perché i curiosi potessero osservare l'andamento dei lavori. «Per quanto riguarda la torre, sarà stata una faticaccia arrampicarsi. Ma i miei ragazzi lo fanno ogni giorno.»

«Ha consegnato al detective Sellitto alcune schede SD delle videocamere di sorveglianza. Ne ha trovate altre?»

«No.»

«È possibile che si sia trattato di un lavoro dall'interno?»

«Cosa? Intende uno dei miei uomini?» Quell'ipotesi lo fece ribollire di rabbia.

Sachs non rispose. Era una domanda che andava fatta.

Vide nei suoi occhi farsi strada la consapevolezza che si trattava di una supposizione sensata e che Nowak la stava prendendo in considerazione. Tuttavia, la sua risposta fu proprio ciò che Sachs stava pensando. «Non impossibile, direi. Ma ci pensi. Un membro di questa organizzazione terrorista si fa ingaggiare e lavora in un cantiere per qualche settimana solo per fare una cosa del genere? E ho sentito che hanno minacciato di farlo ancora. E quindi? Hanno gente negli altri cantieri in città?» La sua voce si affievolì e lo sguardo andò di nuovo alle sbarre macchiate di marrone. Sachs non riuscì a trattenersi; doveva guardare anche lei.

Ci sono voluti tre pompieri per liberarlo...

Poi arrivò il momento di mettersi al lavoro. Aveva raccolto abbastanza informazioni sulla scena. Iniziò a pensare in modalità forense. Osservò gli operai raggruppati vicino all'entrata, in attesa di sapere se potevano tornare al lavoro o andare a casa. Il sosco doveva essersi vestito come loro per passare inosservato: casco, scarpe antinfortunistiche e guanti. Perciò, niente impronte latenti e le orme lasciate dai suoi scarponi si sarebbero confuse tra centinaia di altre.

Per quanto riguardava il riconoscimento facciale, i caschi, le mascherine e le bandane lo rendevano impossibile, anche se avessero ottenuto un'immagine nitida da un filmato. Sachs notò un altro problema.

«Un sacco di occhiali da sole.»

«Lavorando sui ponteggi guardando a est la mattina e a ovest nel pomeriggio, hai bisogno di vedere esattamente dove metti i piedi quando sei a trenta metri di altezza.»

Sachs guardò i contrappesi.

«Dove sono quelli caduti per primi?»

Dovevano essere quelli che i terroristi avevano manomesso.

Nowak indicò un buco frastagliato nel pavimento di legno. «Copertura temporanea sul primo piano interrato. L'hanno attraversato come se fosse di burro.»

Sachs si avvicinò al buco e guardò giù. «C'è qualcuno là sotto?» Vide quello che poteva essere il fascio di luce di una torcia.

«Ho mandato qualcuno a vedere se c'erano dei feriti. Non ho sentito niente, quindi immagino di no.»

Dunque ci sarebbe stata una certa contaminazione delle poche cose che sapevano per certo che il sospetto aveva toccato: i blocchi di cemento e il meccanismo che li fissava alla gru. Ma quello era il lavoro della Scientifica; soccorrere le vittime aveva la priorità sulle prove.

«Ehi, Nowak!»

Entrambi si voltarono a guardare in direzione dell'entrata del cantiere. Due donne di mezz'età, in lacrime, stavano accanto a un altro operaio, l'uomo che aveva chiamato.

«Parenti. Devo andare a parlarci.»

Si avviò con passo lento e Sachs raggiunse la squadra della Scientifica, un terzetto, impegnata a indossare le tute dietro al furgone. Erano ECT, tecnici addetti alla raccolta prove, dipendenti civili del NYPD. L'amministrazione cittadina aveva fatto ricorso agli ECT sempre più di frequente negli ultimi anni. Così tanti reati, così tanto da analizzare, non aveva senso tenere occupati agenti o detective con il lavoro di manovalanza che molte scene del crimine prevedevano. Il loro addestramento era duro e lavoravano sodo, tanti di essi con la speranza di riuscire a entrare nelle forze dell'ordine.

Dopo averli ragguagliati, Sachs indossò una tuta bianca di Tyvek.

Il casco di protezione era un contaminante e non entrava sotto al cappuccio della tuta. Lo mise via, ma non senza dimenticare che la condizione di disabilità di Lincoln Rhyme era stata causata dalla caduta di una trave di legno che lo aveva colpito al collo mentre si trovava in un cantiere. All'esterno della tuta si agganciò una cintura multiuso, dotata di una fondina di plastica grigia nella quale infilò la sua Glock. Anche quella era una fonte di potenziale contaminazione, ma del tipo per cui valeva la pena rischiare. I criminali tornavano sulla scena con più frequenza di quanto si potesse immaginare. Era necessario un costante equilibrio tra la scena del crimine e la propria incolumità.

Dopo essersi ripetuta per la decima volta di smetterla di guardare il tondino insanguinato, si infilò i guanti, prese il kit di raccolta personale, quello contenuto nel suo portabagagli, e andò a un'apertura che conduceva al primo piano interrato. Veniva utilizzata una scala a pioli per accedere a quel livello e Sachs si calò giù.

Una volta scesa, si guardò attorno nel vasto spazio vuoto, illuminato appena dalla luce che entrava dai buchi nel soffitto. Andò verso il punto in cui erano precipitati i pesi e lo sconforto la assalì. Per raggiungerli, doveva attraversare un tunnel buio e angusto lungo otto o nove metri, alto un metro e largo una novantina di centimetri.

Figuriamoci, pensò sarcastica.

La più grande paura di Amelia Sachs erano gli spazi chiusi.

Be', meglio darsi una mossa. La scena non si sarebbe setacciata da sola e il Kommunalka Project probabilmente stava già scegliendo la prossima gru da far crollare.

D'un tratto le bruciò la gola e iniziò a tossire. Gli odori erano ciò che si aspettava: cemento umido, segatura, olio per motori e gas di scarico. Ma c'era qualcos'altro, un sentore chimico. Astringente. Forte. Quando erano atterrati, i contrappesi dovevano aver schiacciato un fusto di liquido detergente. Si infilò una seconda mascherina, che attenuò gli odori.

Sachs entrò nel tunnel, procedendo con cautela con le gambe e la schiena piegate.

Un metro, due...

Datemi un inseguimento a tutta velocità ogni giorno, pensò, con il tachimetro che sfiora il rosso.

Datemi uno scontro a fuoco con un tossico a East New York, corpo a corpo. Qualsiasi cosa tranne questo.

Tre metri...

Be', dannazione, più piano vai, più tempo resti qui dentro.

Finalmente uscì, ritrovandosi in un corridoio di dimensioni normali. In fondo al passaggio scorse le zavorre, illuminate dalla luce che filtrava dal buco provocato dalla loro caduta. Particelle di polvere fluttuavano tutt'intorno.

Qui, l'odore chimico e l'irritazione, che le facevano bruciare occhi e gola, erano peggiori. Parecchio peggiori.

Doveva avvicinarsi ai pesi. C'era la possibilità che il sosco avesse lasciato un briciolo di DNA o un'impronta quando aveva sabotato il meccanismo.

Valido quanto un biglietto da visita.

Dudley Smits...

Fece un passo e per poco non inciampò.

Puntando la torcia verso il basso, Amelia Sachs, la donna che di rado si lasciava sfuggire versi strozzati, adesso emise un verso strozzato.

Un operaio, forse quello che il capocantiere aveva mandato lì sotto a controllare la presenza di vittime, giaceva prono. Vicino a lui c'era una torcia; era quella la luce che aveva visto prima.

Gli occhi dell'uomo erano aperti ma fissi ed era evidente che fosse morto.

Tuttavia, un momento. Sembrava che le mani si muovessero. Sachs ne illuminò una con la torcia.

Un altro verso strozzato.

La pelle dell'uomo ribolliva e si stava dissolvendo. Quello della mano era un movimento di assestamento mentre si liquefaceva.

E la parte di faccia che poggiava sul cemento stava facendo altrettanto. Dal mento alla guancia, la carne si stava consumando, scoprendo man mano ossa insanguinate, lembi di muscolo e bordi di gengiva.

Sachs prese a tossire più forte.

Fece un respiro profondo per liberare i polmoni...

Errore.

Pessimo errore.

Non fece altro che aspirare ancora più agente irritante, che le trafisse bocca, naso e petto, provocando un attacco di tosse convulsa.

L'ustionante dolore del fuoco. Doveva andarsene. Alla svelta.

Mollando l'attrezzatura, Sachs fece dietrofront e tornò nel tunnel sulle gambe malferme. Adesso il temuto passaggio era diventato la sua ancora di salvezza.

Sbandando verso la scaletta, cercò di premere il pulsante per comunicare con il suo Motorola.

Mancò il bersaglio.

Il suo campo visivo sfrigolava, scurendosi ai bordi.

Continuò a barcollare in direzione della scala. La tosse ormai la soffocava.

Fece un passo avanti e, mentre la vista le si annebbiava sempre di più, si rese conto che stava cadendo.

Quando atterrò, ebbe un pensiero.

Che strano. Come ho fatto a sbattere così forte sul cemento senza sentire un...

7

«Detective» stava dicendo Ron Pulaski al telefono. All'altro capo della linea c'era Lon Sellitto che, nella mutevole struttura del NYPD, era più o meno il suo superiore. Ma in quel momento la gerarchia non contava. Pulaski aveva chiamato Sellitto perché Sellitto era esperto e rispettato e perché la notizia che Pulaski stava per riferire non poteva essere ignorata né perdersi in un rapporto. Sellitto si sarebbe assicurato del contrario.

«Pulaski» rispose Sellitto, senza aspettare di sentire quali fossero i programmi dell'agente. «Ti ho lasciato un messaggio. Lincoln ha bisogno di te per il caso della gru.»

«Va bene. Ma deve prima sentire questa. Ha presente la scena che ho appena analizzato?»

«Sì, per la Omicidi. East Side?»

Pulaski era fuori dal magazzino in cui Fletcher Dalton era morto. C'era ancora il nastro della polizia. I mezzi di soccorso erano andati via.

«Ho una probabile identificazione. È Eddie Tarr.»

«Un momento, vuoi dire…?»

«Il dinamitardo. Sì.»

«Accidenti. Ma non era sulla West Coast? Così diceva quel rapporto, l'edificio governativo a Anaheim o un posto del genere? L'ha fatto saltare in aria.»

«Adesso è qui» replicò Pulaski. Be', al novantadue per cento è qui.» Gli spiegò della percentuale di probabilità del riconoscimento facciale. «Ma secondo me è il cento per cento.»

«Quindi la vittima, l'operatore di borsa, questo Dalton, si è trovato nel posto sbagliato al momento sbagliato.»

«Così pare. Ha visto qualcosa che non doveva. Un trasferimento di denaro, direi.»

«Solo il riconoscimento facciale? È tutto ciò che hai? Nient'altro?»

«Forse qualcos'altro.»

«Cosa?» brontolò Sellitto.

Pulaski si ricordò che non era il caso di andare troppo per il sottile con un veterano come il detective. «Non c'era altra copertura DAS nella zona. Ma ho trovato una videocamera di sorveglianza in un negozio di abbigliamento.» L'agente l'aveva trovato un bel posto. In circostanze normali, vi avrebbe comprato qualcosa per Jenny, ma non adesso che il tempo stringeva e il limite dei quarantotto minuti era stato superato da parecchio. «Penso che Tarr sia salito su una berlina rosso scuro che forse aveva la targa del New Jersey.»

«Tarr... Lo sto cercando sul National Crime Information Center. Gesù. Vende i suoi ordigni in tutto il mondo. Qualunque sia l'orientamento politico. Se lo paghi abbastanza, lui ti costruisce uno IED senza fare domande. Non è lui a piazzarli. Li fabbrica e basta. I palestinesi li hanno comprati per far esplodere gli israeliani e viceversa. Allora, una berlina, dicevi? Forse del New Jersey?»

«Ho prelevato delle tracce dal punto in cui erano gli pneumatici. Forse mi daranno una pista.»

«Non è stato due giorni fa?»

«Come dice Lincoln, "improbabile è meglio di niente".»

«Penso che lui l'abbia detto con parole migliori» borbottò Sellitto.

«Probabilmente sì.»

«Ne parlo con Dellray al Bureau» disse Sellitto, «e conosco

un tizio all'ATF. Vorranno approfittare di qualsiasi pista su Tarr. Qui dice che c'è una taglia di mezzo milione sulla sua testa.»

«Continuo a indagare.»

«La gru, Pulaski.»

«Certo. Ma voglio questo tizio.»

«È un terrorista attivo. E interstatale. E internazionale. È una faccenda per i federali.»

«No, non del tutto» replicò Pulaski senza scomporsi. «Ha ucciso una persona qui. È omicidio. Ed è il mio caso.»

Una pausa. «Mi sembra giusto. Ascolta, un'altra cosa. Ho bisogno di parlarti. Non ci vorrà molto. Magari oggi a pranzo da Maggie's?»

«Posso dedicarle mezz'ora. Non di più.»

«Ottimo. Facciamo all'una?»

«Certo.» Pulaski fissava con aria assente la porta che Tarr, *se* Tarr era l'assassino, aveva sfondato con un calcio dopo aver sparato a Dalton alla nuca.

«Oh, aspetta, Pulaski... mi è arrivata una notifica. Sul tuo caso Tarr.»

Il cuore prese a battergli forte.

«Sì, eccola» continuò il detective. «Sarà meglio che prendi appunti.»

«Sono pronto.»

«C'è una vagonata di auto rosse nel New Jersey.»

Pulaski stava per replicare «Molto divertente», ma Sellitto aveva già riattaccato.

8

Tra gli alberghi in cui Charles Hale aveva alloggiato c'erano il Plaza Athénée di Parigi, il Marquis Reforma di Città del Messico, il Connaught a Londra, il bizzarro ma lussuoso hotel-battello a Singapore. Li aveva scelti non per l'arredo ultraraffinato e l'impeccabile servizio ma perché avevano un'importanza strategica per il suo lavoro: assassinare un principe saudita, screditare un proprietario di casinò, rubare una valigia contenente qualcosa di così prezioso che l'avevano pagato un milione di dollari per trafugarla... e altri incarichi dello stesso genere.

Hale parcheggiò il SUV in una strada tranquilla del Greenwich Village, percorse mezzo isolato e svoltò in un polveroso vicolo cieco, dove si trovava la sua temporanea residenza newyorkese. Mancava della ricercatezza di quei luoghi eleganti ed eccessivi ma era perfetta per la sua missione in città.

Si trattava di un modulo prefabbricato in fondo a Hamilton Court, poco distante dal fiume Hudson. Era un modello spazioso, quarantacinque metri quadrati. Un'ampia zona centrale e due uffici più piccoli su ciascun lato, uno dei quali fungeva da camera da letto. Un bagno, pratico anche se piccolo. Tavoli e mensole in quantità. Era stato scassinato mesi prima e alcuni svogliati graffiti ne decoravano le pareti ma, per il resto, non era stato vandalizzato. Adesso, con le luci quasi sempre accese e videocamere di sicurezza puntate su tutto il perimetro, chiunque si fosse preso la briga di infilarsi in quel vicolo per sbirciare l'avrebbe creduto occupato e si sarebbe allontanato, cercando un altro posto da derubare o altri muri su cui scrivere con le bombolette spray.

Hamilton Court era bordata da edifici parzialmente demoliti o prossimi a esserlo. Erano in programma nuovi condomini, ma i lavori di costruzione erano stati sospesi per tre mesi, a causa di una ingiunzione del tribunale.

E a Hale quel posto serviva solo per un altro giorno o due.

Si diresse al prefabbricato camminando sulla strada acciottolata: i marciapiedi erano stati spaccati dai martelli pneumatici e i pezzi di cemento non erano stati rimossi. Sembravano fiumi in miniatura pieni di frastagliati iceberg grigi.

Arrivato a destinazione, aprì le tre serrature: due elettroniche e una a chiave con catena impossibile da scassinare. Entrò e disattivò il sistema di allarme. Si sfilò la giacca e mise via l'attrezzatura da birdwatching.

L'interno era scarno. Hale considerava gran parte degli elementi decorativi una distrazione e uno spreco di tempo. Questo pregiudizio, però, non si applicava agli strumenti per misurare il tempo, dei quali ce n'era una mezza dozzina tra orologi e la riproduzione di una clessidra ad acqua, antenata di quella a sabbia. Ma quelli non erano soprammobili, erano i suoi compagni. Amici. Non li aveva portati con sé; le diverse sistemazioni durante i suoi viaggi non l'avrebbero consentito. Li teneva in un magazzino in centro, che aveva sgomberato da poco. Non ne avrebbe avuto più bisogno dopo quel lavoro.

Diversi di quegli orologi li aveva costruiti lui stesso. Il suo soprannome, l'Orologiaio, non era affatto metaforico.

Tavoli incassati in truciolato e scaffali di metallo contenevano documenti, strumenti meccanici ed elettronici, svariati computer, un router, una caffettiera, alimenti e bevande. Era tutto disposto in file perfette, come se Hale avesse usato un righello per sistemare gli oggetti. Qualsiasi cosa fuori posto lo innervosiva.

Il meccanismo di un orologio è l'ordine per eccellenza. Così come il tempo stesso. Nessuna deviazione è accettabile. Due semplici sedie erano posizionate nella zona centrale. Aveva anche comprato un televisore, un modello con l'antenna, così da non doversi abbonare a un servizio via cavo. Pur non guardando una trasmissione televisiva da sei anni e tre mesi, ne aveva bisogno per essere aggiornato su eventuali indagini sul suo conto. La CIA e altre agenzie di spionaggio si procuravano la maggior parte delle informazioni non tramite agenti in incognito o hacker informatici bensì tramite i media. Hale raccoglieva informazioni allo stesso modo. La polizia, per timore di non apparire sincera agli occhi dell'opinione pubblica, si lasciava sfuggire sempre troppo.

Sugli scaffali c'era qualche libro. In gran parte erano attinenti ai suoi progetti in città e diversi erano dedicati a Lincoln Rhyme. Alcuni vertevano sull'orologeria, lo studio degli strumenti per misurare il tempo, pochi erano sulla fisica del tempo. Malgrado l'ossessione di Hale per l'argomento, la teoria astratta non lo interessava: il continuum spazio-tempo, i buchi neri, i wormhole, la congettura di protezione cronologica di Stephen Hawking...

Tutto questo era meglio descritto nel *Doctor Who* televisivo: «La gente ritiene che il tempo sia una rigida progressione da causa a effetto ma, in realtà, da un punto di vista non lineare, non soggettivo, è più simile a una grossa palla di roba traballante e traballosa».

Hale si vide di sfuggita in uno specchio alla parete e l'immagine gli provocò un sussulto, malgrado tutti quei mesi ormai trascorsi dall'intervento chirurgico. A differenza di ogni altro fruitore di chirurgia estetica sul pianeta Terra, Hale aveva pagato, e anche parecchio, per trasformare il proprio aspetto – attraente, a detta di tanti – in quello di un uomo più anziano, con la faccia grinzosa e sformata. Era stato necessario perché il suo aspetto precedente era noto (gli avevano perfino scattato una foto segnaletica... grazie tante, Lincoln Rhyme) e, se avessero sospettato che aveva fatto ricorso alla chirurgia plastica, avrebbero dato per scontato che si fosse levato alcuni anni, non che ne avesse aggiunti. Adesso aveva perfino una bella pelata, meticolosa e dolorosa opera di una pinzetta e non di una rasatura rivelatrice.

Si preparò una tazza di caffè forte. Mentre beveva il primo sorso, ricevette la notifica di un messaggio accompagnata dallo sfondo del telefono che lampeggiava di rosso.

La sua app di sicurezza – sensori installati all'imboccatura del vicolo – aveva individuato una presenza.

Qualcuno stava camminando verso il prefabbricato, restando nell'ombra del lato est di Hamilton e guardandosi intorno circospetto. Teneva la mano lungo il fianco ed era facile vedere che impugnava una pistola. Quel metallo non rifletteva la luce del sole, era nero opaco, ma il distintivo dorato portato alla cintura dei detective del NYPD lo rifletteva eccome.

Hale andò alla porta e da un vano, nascosto dietro un certificato di collaudo incorniciato, estrasse una pistola simile: una Glock, anche se questa era dotata di silenziatore.

Proprio quando il poliziotto arrivò alla porta, Hale la aprì e, guardandosi intorno per assicurarsi che non l'avessero seguito, fece entrare Andy Gilligan. Questo era l'uomo che Hale, in veste di birdwatcher, aveva visto varcare la soglia di Lincoln Rhyme un'ora prima.

Il detective era ben ammanicato all'interno del NYPD, in gamba e grintoso... senza il suo aiuto, uccidere il criminologo sarebbe stato infinitamente più difficile.

9

CONTO ALLA ROVESCIA: 23 ORE

Rhyme l'aveva chiamata due volte, ma Sachs non aveva risposto.

Probabilmente perché era intenta a percorrere la griglia sul luogo del disastro della gru.

Come Rhyme, quando era concentrata nella ricerca di prove rilevanti, il mondo esterno spariva per lei. Era un aspetto delle loro vite che era servito ad avvicinarli.

Tuttavia, pensò, avrebbe ormai dovuto richiamarlo.

Il citofono ronzò. Rhyme guardò il monitor, premette un pulsante e il detective del NYPD Mel Cooper entrò nel salottino.

Con un perenne mezzo sorriso in faccia e l'abitudine di spingersi sul naso gli spessi occhiali dalla montatura nera a intervalli di pochi minuti, Cooper era il miglior tecnico di laboratorio forense in città. Anni prima, Rhyme aveva fatto ricorso a tutte le sue doti di negoziatore (e a incentivi economici) per sottrarlo al piccolo dipartimento di polizia di cui gestiva il laboratorio della Scientifica. Cooper si era adattato senza problemi alla medicina legale di città, anche se, di tanto in tanto, si diceva rammaricato di non lavorare a crimini come quello famoso nel suo paese natale, in cui erano coinvolti una volpe imbalsamata, un tronco d'acero e un razzo di fabbricazione casalinga. Caso che non si era mai deciso a spiegare a un affascinato Lincoln Rhyme.

Cooper aveva due passioni: la scienza e il ballo da sala, nel quale lui e la sua ammaliante fidanzata scandinava eccellevano.

Salutò Rhyme e Sellitto, che ricambiò con un cenno distratto mentre era al telefono.

Dopo aver appeso la giacca, il tecnico prese il tè Lipton che Thom aveva appena infuso per lui (gli piaceva dire di avere gusti semplici) e iniziò a prepararsi. Perplesso, si guardò intorno.

«Lo so. Non ci sono prove» disse accigliato Rhyme. «Hai sentito Amelia? Era sulla griglia al cantiere e ormai avrebbe dovuto chiamarmi.»

Cooper scosse la testa a quella domanda curiosa: perché avrebbe dovuto sentirla?

«Di che si tratta?» Si riferiva ai documenti forniti dal capocantiere: mappe del cantiere, diagrammi della gru.

«Solo documentazione» rispose Sellitto dopo aver riattaccato.

«Di. Nessun. Valore. Probatorio» aggiunse Rhyme con fermezza.

Cooper guardò lo schema sul quale Sachs aveva tracciato la traiettoria del disastro. «Terribile. Quanto era alta?»

«È un modello automontante...» rispose Sellitto.

«Un cosa?» chiese Cooper, sollevando un sopracciglio ironico.

Il detective sghignazzò. «È così che si chiamano. La torre si estende aggiungendo altri segmenti. Questa era all'altezza massima prevista. Circa sessantasette metri.»

E tu dove diavolo sei, Sachs? Rhyme guardò il telefono ancora una volta e poi si arrabbiò con se stesso per quel gesto puerile.

Senza prove da analizzare non c'era niente da fare al momento, a parte un compito che detestava profondamente: scorrere fotogramma per fotogramma i video della sicurezza del cantiere.

Provò per un attimo il desiderio di scaraventare il computer dall'altro lato della stanza.

Con tutta probabilità lo avrebbe fatto, se ne fosse stato in grado. Dio solo sapeva quanti scatti d'ira aveva avuto quando era a capo della Scientifica. Guai a chiunque, pezzi grossi compresi, contaminasse una scena o fosse troppo pigro per setacciare o indagare con l'accuratezza dovuta.

Il filmato andava avanti.

Non c'era un singolo dannato fotogramma della persona che si era arrampicata sulla torre per allentare o tagliare i contrappesi.

Niente, niente.

Un dannato niente.

«Cos'è che hai detto?» chiese Sellitto.

Rhyme, ignaro di aver parlato ad alta voce, scosse la testa.

Suonarono alla porta e Rhyme guardò il monitor. Era Sonja Montez, talentuosa tecnica di raccolta prove. Sapeva quanto fosse scrupolosa ed esperta; «faceva sue» le scene del crimine, le comprendeva. Parlava loro e loro le rispondevano. Questo era forse dovuto al fatto, ammetteva candidamente, che conosceva la strada, avendo fatto parte di una gang femminile ai tempi della scuola. Anche se, qualsiasi cosa avessero combinato, Montez ne era uscita con la fedina pulita.

Reggeva tra le braccia due contenitori di plastica simili alle cassette per le bottiglie del latte. Aveva suonato con il gomito.

Perché aveva portato *lei* e non Sachs le prove rinvenute sulla scena?

Qualcosa non andava.

Rhyme premette il pulsante sul tastierino e la donna entrò in casa. Smessa la tuta di Tyvek, Montez indossava una camicetta verde acceso e una gonna di pelle nera. I suoi tacchi ticchettarono sull'antico pavimento di rovere. Al collo portava un medaglione che Rhyme sapeva contenere le foto dei due figli piccoli. Gliele aveva mostrate con orgoglio la prima volta che era stata lì con una miniera di reperti da analizzare.

«Capitano Rhyme. Cos'è tutta questa roba?» Si era fermata

vicino alla macchina per i raggi x e ai rilevatori di esplosivi e radiazioni, e a una piccola camera per biotossine, nell'ingresso.

«Solo precauzioni.»

Un cenno di assenso. «Di questi tempi le precauzioni non sono mai troppe» disse seria.

Quando, qualche mese prima, aveva saputo che un assassino l'aveva preso di mira, Rhyme aveva chiesto a uno degli studenti più brillanti del suo corso di calarsi nella mente dell'aggressore e pensare al modo più logico per ucciderlo. Il giovane aveva deciso che il criminale avrebbe sfruttato un punto debole, qualcosa che Rhyme amava e a cui non poteva resistere: le prove. Avrebbe piazzato un ordigno o una tossina in un reperto proveniente dalla scena di un crimine.

Pertanto, fino a che l'assassino non fosse stato identificato e la minaccia eliminata, tutto ciò che entrava in casa ed era di origine sconosciuta veniva analizzato.

Cooper e Montez si salutarono, e il tecnico di laboratorio e Thom iniziarono a sottoporre buste e contenitori ai macchinari di sicurezza.

Alla fine, Rhyme dovette chiederglielo. «Sonja. Ho chiamato Amelia. Non ha...»

La donna lo interruppe, perplessa. «Vuol dire che non lo sa?» Si addentrò nel salottino per andargli vicino.

Il cuore di Rhyme cominciò a pompare furiosamente; poiché era insensibile dal collo in giù, se ne accorse solo per via del pulsare nelle tempie.

«Cosa?»

«È svenuta sulla scena... Era nel seminterrato del cantiere, è stata esposta a qualcosa. Sostanze chimiche. Le stesse che hanno ucciso un operaio.»

«E lei...?»

«Io sto bene» annunciò una voce roca dall'ingresso.

Amelia Sachs entrò in casa.

Rhyme aggrottò la fronte. Sachs si portava dietro una bombola d'ossigeno verde lunga mezzo metro, alla quale era collegato un tubo trasparente che terminava in una maschera.

Se la applicò al viso, inspirò a fondo e poi indicò con la testa un grosso barattolo di vetro nelle cassette delle prove. Al suo interno c'era un piccolo contenitore di plastica opaca. «Eccola. Lì dentro. Fate molta attenzione. È ciò che ha usato per far cadere i contrappesi. Ha ucciso uno degli operai. Mi ha stesa. I medici mi hanno presa...»

La sua voce si affievolì e Rhyme si chiese se stava per dire «appena in tempo». Ma era una frase troppo drammatica per Amelia Sachs. E la sua pausa serviva solo ad aspirare un'altra boccata di ossigeno.

Tuttavia, la sua affermazione iniziale non era del tutto esatta. Non stava bene. «Fragile» era una parola che non esisteva nel suo universo, ma qualunque cosa le fosse accaduto – Rhyme cercò il termine adatto – l'aveva *smorzata*.

Inalando altro ossigeno, Sachs si avviò alla porzione sterile, dove spesso restava in piedi per aiutare Cooper a districarsi tra le prove che lei aveva raccolto. Ma adesso deviò verso una delle rumorose, nonché antiestetiche, poltroncine di vimini a corredo della casa e che non erano state ancora buttate via. Vi si lasciò cadere pesantemente e riprese fiato.

«Sachs» cominciò Rhyme.

Lei scosse la testa.

L'ennesimo aspetto in cui erano simili: minimizzavano i malesseri fisici. Rhyme, per esempio, aveva problemi di pressione sanguigna – disreflessia autonomica – che richiedevano attenzione. Il rimedio era semplice – nitroglicerina al due per cento o qualche altro farmaco – ma lui tendeva a ignorare i sintomi e a restare concentrato sul lavoro. Lei soffriva di artrite e si limitava a ignorare il dolore e a buttare giù pillole, solo farmaci da banco, e andava avanti con le indagini.

Il debole movimento della testa di Sachs gli disse che stava facendo proprio questo: rifiutare di ammettere le sue attuali condizioni. Gli occhi, però, raccontavano tutta un'altra storia.

Sachs inspirò di nuovo a fondo e si rivolse a Sellitto. «Ho dovuto mandare un robot della squadra artificieri per recuperare il campione» disse a bassa voce. «E qualunque roba sia, ha fuso i copertoni e sciolto gli obiettivi fotografici. Manderanno il conto al dipartimento. Giusto per avvisarti. Sarà salato.»

* * *

Mentre caricava le foto scattate sulla scena del crimine, Sachs raccontò della seconda vittima, l'operaio che era sceso nel primo seminterrato, dove erano precipitati i contrappesi. A quanto pareva, era rimasto stordito ed era caduto sulla sostanza, che aveva iniziato a mangiargli la pelle. Era riuscito a trascinarsi per una decina di metri prima di morire.

«Sono state quelle esalazioni a colpirmi.»

Dopo un leggero accesso di tosse, aggiunse che, quando non aveva risposto alla chiamata radio di Sonja Montez, un paramedico era accorso sulla scena e l'aveva trovata ai piedi della scala che conduceva al seminterrato. Una squadra l'aveva portata fuori e le aveva subito somministrato l'ossigeno. Volevano accompagnarla al pronto soccorso ma lei si era rifiutata.

Montez era richiesta su un'altra scena. Sachs la ringraziò. Le donne si abbracciarono e, con un cenno di saluto agli altri, la tecnica di raccolta prove lasciò la palazzina.

Sachs sembrava stufa di starsene seduta. Si alzò, avvolse il tubo attorno alla bombola d'ossigeno e si accinse a mettere tutto via. Ma, con una certa irritazione, esitò, srotolò il tubo e diede altre boccate con la maschera.

«Gesù, Amelia» disse Sellitto, «stenditi un momento.»

«Più tardi» rispose lei in tono assente.

E ignorò di nuovo lo sguardo preoccupato di Rhyme.

Si rivolse a Mel Cooper, che aveva preso i campioni raccolti e li stava disponendo su una postazione di lavoro nella porzione sterile del laboratorio.

«Quel barattolo.» Sachs lo indicò con la testa. «Il capo dei pompieri ha detto di usare guanti in neoprene, grembiule e respiratore.»

Rhyme notò i suoi occhi spenti che fissavano le foto sul grande monitor sopra le lavagne delle prove: immagini della vittima nel seminterrato, la pelle disciolta, tessuti e sangue che ribollivano. Poi, Sachs distolse lo sguardo e tornò con loro, nel laboratorio. Tornò del tutto.

Cooper trovò i DPI adatti e li indossò sopra alla tenuta da laboratorio.

Un altro breve accesso di tosse da parte di Sachs, una smorfia di dolore e poi: «Non c'era granché da raccogliere, Rhyme. Sonja ha trovato orme di scarponi alla base della torre, nel punto in cui iniziava la scaletta. Era l'unico modo per salire. Ma corrispondevano a quelle del manovratore. Mi sono fatta mandare una foto dall'obitorio. Il nostro sosco deve aver usato copriscarpe per salire sulla gru e poi se li è sfilati quando è tornato nel cantiere, così i suoi scarponi sarebbero stati uguali a tutti gli altri.

«Ha piazzato un dispositivo sul binario del carrello dei contrappesi. Non saprei che tipo di dispositivo. La sostanza l'ha sciolto quasi all'istante».

Sachs spiegò che la sostanza, qualunque cosa fosse, aveva iniziato a corrodere il cemento dei pesi stessi. «Li ha resi più leggeri e la gru ha iniziato a pendere in avanti. Il manovratore ha fatto ciò che poteva ma alla fine due dei pesi si sono sganciati ed è andata come è andata.» La voce roca e stanca, Sachs fece una pausa per inalare altro ossigeno. Tossì forte e a lungo, si asciugò la bocca con un fazzolettino, a cui riservò un'occhiata discreta. Rhyme non scorse sangue ma la maschera ostacolava la visuale; si chiese se lei ne avesse visto.

Sachs ripeté ciò che gli aveva detto prima, riguardo a tutti gli operai con i guanti e gli scarponi. Vestendosi come loro, il sosco si era reso praticamente invisibile.

Assassinio in un cantiere...

«Il distretto ha mandato una decina di agenti a fare domande nei negozi e negli uffici dei paraggi. Nel caso abbiano visto qualcuno trasportare una cassa dentro al cantiere.»

Rhyme fece una smorfia. Video e testimoni, e reperti che entravano in appena due piccole cassette del latte senza neanche riempirle.

Assurdo.

Sellitto guardò Cooper, impegnato ad analizzare campioni. «Hai scoperto di che si tratta, Mel?»

Gli occhi sulle immagini della scena del crimine, Rhyme proruppe in una breve risata sorpresa. «Be', *sappiamo* cos'è. L'unica domanda è: siamo in grado di scoprire come ha fatto il sosco a entrarne in possesso?»

«Ti è bastato guardare le foto per capirlo?» chiese Sellitto.

«Certo. Quelle e i sintomi di Amelia.»

«E?»

«Se escludi le tossine radioattive e il botulino, è la sostanza più pericolosa sulla Terra.»

10

«Ehi» fece Andy Gilligan a mo' di saluto.
Charles Hale ricambiò con un cenno del capo e, attraverso la tendina sull'oblò della porta, scrutò ancora una volta Hamilton Court.
«Ho controllato» sbottò il poliziotto. «Non mi ha seguito nessuno. So cosa faccio. Non è il mio primo circo.»
Ma non si diceva «rodeo»?
Hale chiuse e sprangò la porta, rimise la pistola nell'alloggiamento, senza provare alcun bisogno di spiegare la propria cautela né di fare commenti sul fatto che lo stesso Gilligan fosse stato armato mentre andava a casa sua.
Si spostarono nella zona centrale del modulo prefabbricato e si sedettero al tavolo. «Caffè?» offrì Hale.
«No, sono a posto.»
«È andato tutto bene?»
Il detective schioccò la lingua. «Alla perfezione. Nessuno di loro sospetta niente. Allora, ecco a te» disse Gilligan, come sul punto di consegnare un regalo di Natale a un amico. Tirò fuori diversi fogli dalla tasca interna della giacca. Era davvero un bell'indumento. Il detective, aveva appreso Hale, godeva di svariate fonti di reddito, tutte esentasse, oltre allo stipendio pagato dal NYPD. Solo quell'anno lo stesso Hale aveva versato centomila dollari in un conto offshore di Gilligan.
«Di che si tratta?»
«L'ho fregato da un fascicolo a casa di Rhyme. Sarà utile.»

Hale aprì i fogli e studiò la lista di diciotto nomi. Molti erano depennati.

«Forse vorrai parlare con gli altri, quelli che non ho spuntato» disse Gilligan. «Potrebbe esserci un testimone.»

«Com'è il clima da Rhyme?»

«La faccenda della gru li tiene occupati. Totalmente. Il mio caso è finito in secondo piano.»

Si riferiva al furto presso il Department of Structures and Engineering. L'aggettivo possessivo «mio» era azzeccato in due sensi: era il caso di Gilligan perché era lui il detective incaricato, ma anche perché era lui il ladro, l'uomo che si era introdotto nell'edificio e aveva rubato documenti e drive.

Era *lui* l'uomo che Rhyme e Amelia Sachs avevano ribattezzato Sosco 212.

I materiali rubati al DSE erano ciò che adesso ricopriva il tavolo davanti ai due uomini.

«Ci sono novità che dovrei sapere sulla sicurezza a casa di Rhyme?»

«No. Ancora solo la macchina a raggi X per i pacchi. Il rilevatore di biotossine e quello per gli ordigni e le radiazioni.»

Quando aveva riferito a Hale che c'era un rilevatore di uranio, Gilligan aveva riso. «Rhyme pensa davvero che qualcuno voglia ucciderlo con l'atomica?»

Hale non si era preso la briga di spiegargli che le bombe sporche, quelle che diffondono materiale radioattivo, sono un pericolo molto più realistico di una reazione nucleare.

«E ancora niente metal detector?»

«No.»

«Il video che hai fatto? La scheda?»

Gilligan parve esitare quando consegnò a Hale una scheda SD. «Non ho granché. Non volevo, sai, farmi beccare mentre filmavo.»

Il detective aveva indossato una microcamera con un obiettivo a pulsante nelle occasioni in cui era stato a casa di Rhyme.

Uno dei motivi era consentire a Hale di vedere esattamente quali fossero i sistemi di difesa nella brownstone.

Hale voleva anche vedere il criminologo. Come un erpetologo, ha bisogno di osservare la sua specie preferita di serpente nel proprio ambiente.

Aprì sul laptop un programma per la visualizzazione di video, inserì la scheda e passò in rassegna le riprese di Gilligan.

La qualità era in gran parte buona. Il detective era rimasto fermo e aveva fatto una lenta panoramica. Tuttavia, aveva coperto spesso l'obiettivo con la manica... probabilmente per il timore di essere scoperto.

Hale fermò un fotogramma e si protese verso lo schermo. Stava guardando un'immagine particolarmente nitida e ben illuminata.

E la studiò con grande attenzione.

Lincoln Rhyme era un uomo attraente, dal naso prominente e folti capelli scuri e corti. Quelli costretti in sedia a rotelle a volte ingrassano o diventano macilenti. A Rhyme non era successa nessuna delle due cose. Faceva attività fisica, era evidente.

Gli occhi scuri erano acuti e un ciuffo di capelli gli ricadeva sulla fronte. Aveva la fronte aggrottata mentre guardava in direzione della parte di laboratorio sigillata da una parete di vetro. Si trattava dell'area sterile della stanza, il laboratorio. Questa tenuta ermetica ricordava le migliori case di orologeria, che mantengono un livello impressionante di pulizia per timore che la polvere o, peggio ancora, un granello di sabbia o graniglia possa finire nei meccanismi e rendere inutilizzabile l'orologio.

Gilligan interruppe le elucubrazioni di Hale. «Se vuoi, posso fare ancora un tentativo con il microfono.» Una breve pausa. «Certo, dovrei farti pagare di più per via del rischio.»

Avevano preso in considerazione l'idea di introdurre una trasmittente nella stanza.

Senza un metal detector all'ingresso, sarebbe stato facile portarsi dietro una cimice. Ma Rhyme o qualcun altro probabilmente passava al setaccio la stanza, soprattutto adesso che sapeva di essere nel mirino di un killer.

«No.»

Hale premette di nuovo il tasto con il triangolo di PLAY.

Adesso Gilligan aveva voltato le spalle a Rhyme e stava camminando lungo la fila di librerie. La videocamera riprendeva i titoli. Alcuni erano libri di giurisprudenza e sulle procedure di polizia, molti altri erano dedicati alle scienze, in particolare chimica, fisica, geologia e altre materie ambientali. Uno di essi era *Analisi e classificazione dei fanghi sulla Costa Orientale*.

La videocamera tornava indietro. Dopo qualche noiosa ripresa, lo schermo si fece nero.

Hale avrebbe voluto che Gilligan fosse riuscito a riprendere le lavagne delle prove, ma l'agitazione doveva averlo tenuto a freno.

Mentre Hale si metteva comodo e rifletteva su quanto aveva appena visto sorseggiando il suo caffè, Gilligan osservava gli orologi.

La clessidra ad acqua, in particolare, attirò la sua attenzione. Lo strumento era alto una quarantina di centimetri. La struttura era di ebano e i dischi, in alto e in basso, erano dotati di pulsanti di ottone decorati con i segni dello zodiaco.

«L'hai fatta tu quella?» domandò.

«La clepsidra? No. L'ho trovata in un negozio di antiquariato e mi è piaciuto lo stile.»

«Clep... cosa?»

«Clepsidra. Antenata della clessidra. Stesso principio per calcolare lo scorrere del tempo ma con l'acqua. Precedono i modelli a sabbia di duemila anni. Presentavano problemi, non potevano essere usate sulle navi per via del rollio. E poi c'era la condensa. Le clessidre come quelle» ne indicò due su una mensola vicina «arrivarono intorno al nono secolo. Furono

un'invenzione della Chiesa, per stabilire la durata di messe e funzioni.»
«A me non pare sabbia.» Gilligan stava strizzando gli occhi.
«No, la maggior parte non impiegava sabbia. Il marmo polverizzato o i gusci d'uovo carbonizzati erano più precisi. Questa? È ossido di stagno. Le clessidre ci hanno fornito il termine "nodi", per la velocità.»
«Sì?» fece Gilligan. «Ho una barca. Un bel modello.»
Che potrei essere stato io a comprargli, pensò Hale.
«I marinai facevano nodi in una corda e poi la fissavano a un tronco. Gettavano la corda in mare e usavano una clessidra per vedere quanti nodi scivolavano tra le loro dita in un dato lasso di tempo.»
«Fico. La racconterò ai miei compagni di barca.»
Hale finì il caffè, lavò la tazza e si asciugò le mani. «Ce li hai quindici minuti? Ho un'idea, sarà utile per entrambi, e vorrei sapere cosa ne pensi.»
Gilligan guardò il proprio orologio digitale. Scadente. Hale non intendeva giudicare. Un orologio del genere poteva perdere cinque secondi al giorno; un modello meccanico da un milione di dollari in genere ne perde il doppio. «Certo, credo.»
Hale controllò di nuovo i monitor. Via libera. Si mise in spalla lo zaino e i due uscirono all'esterno. Impostate le serrature, si incamminarono sull'acciottolato polveroso.
«Cimitero» borbottò Gilligan.
«Cosa?»
Il detective agitò un braccio, indicando gli edifici fatiscenti ai lati del vicolo cieco. «Assomigliano a grosse lapidi.»
Oltrepassarono la catena che fungeva da recinzione e proseguirono lungo la strada silenziosa, così tipica di quella parte del Greenwich Village.
«Meglio se prendiamo un'auto sola. La tua?»
«Devo essere a One PP tra mezz'ora» disse Gilligan. Si riferiva a One Police Plaza, il quartier generale del NYPD.

«Ho anch'io un appuntamento in centro. Prenderò il treno.»
Salirono a bordo della profumata e immacolata Lexus. Doveva avere pochi chilometri. Forse Hale gli aveva comprato quella e non la barca. Forse una porzione di entrambe.
Quando Gilligan mise in moto, Hale gli chiese: «Il GPS è disattivato, giusto?».
«Sì, ho controllato.»
«Va' verso sud. Poi a est. Andiamo tra la Webber e Blenheim.»
Dopo venti minuti tra le strette strade del centro, man mano più deserte, arrivarono all'incrocio. Un lotto vacante occupava metà isolato. Perlopiù terra, alcune zolle d'erba. Un albero morto. Rifiuti. In alcuni punti, i resti affossati di caseggiati in arenaria, tipici del Lower East Side nel diciannovesimo secolo.
«Cosa c'è qui?»
«Una parte dei miei piani per Rhyme.»
Il detective accostò l'elegante auto al cordolo del marciapiede. Con cautela, per timore di graffiare le ruote. «È proprio un arrogante figlio di puttana, sai?»
«Non ne dubito.»
Scesi dall'auto, andarono alla recinzione metallica alta quasi due metri che delimitava l'appezzamento di terreno. Le sbarre del cancello erano state allargate, perciò fu facile introdursi all'interno.
Hale indicò una fila di caseggiati abbandonati dall'altro lato del lotto.
«Stavo pensando a Rhyme» disse Gilligan.
«Sì?»
«Io e mio fratello andiamo a caccia. Da una vita. Siamo bravi, cazzo. A volte, Rhyme esce da casa sua.»
Rhyme va alla Manhattan School of Criminal Justice per i corsi in cui insegna, stava pensando Hale. Martedì e giovedì e a weekend alterni. La scuola distava settecento metri dalla brownstone. Di solito era il suo aiutante ad accompagnarlo a

bordo del furgone per disabili ma, nelle belle giornate, andava e tornava da lezione con la carrozzina.

«Potrei salire su uno di quei palazzi. Due colpi. Tutto qui. E un terzo per l'assistente, così non potrebbe fare niente per salvargli la vita. Ti farei pagare solo cinquantamila in più. Che ne pensi?».

Hale tacque. Poi: «No, credo che ci atterremo al mio piano».

Gilligan rise. «Vuoi contrattare? E va bene, trentamila.»

«Il piano.»

«Come costruire un orologio» commentò Gilligan. «Non si cambia il progetto a metà dell'opera.»

«Proprio così.»

Hale aveva rallentato e Gilligan l'aveva superato di qualche passo. Quando si voltò, si ritrovò a guardare la mano di Hale, che teneva una pistola con il silenziatore puntata verso di lui.

Nei suoi occhi balenò lo choc.

Anche l'incredulità, come se la scena di Hale che riponeva la Glock nell'alloggiamento accanto alla porta del prefabbricato avesse escluso la possibilità che possedesse *due* pistole.

11

«Allora, cos'è, kryptonite?» chiese Lon Sellitto.
Un riferimento alla cultura pop, immaginò Rhyme. Forse un'arma usata dal cattivo in un film.
«Un acido inorganico. Fluoridrico. Il simbolo chimico è HF. Tecnicamente, è classificato come acido debole.»
Quelle parole provocarono la risata di scherno di Sachs, e Sellitto brontolò: «Debole? Va' a dirlo a *lui*», indicando con la testa le fotografie dell'operaio morto.
«Significa solo che si dissocia parzialmente in acqua. È una questione di ioni. Può essere corrosivo quanto gli altri acidi. Ma con l'HF il vero problema non è la corrosione. È la combinazione degli elementi a renderlo così letale. È un doppio gancio destro. L'H, l'idrogeno, brucia così in fretta lo strato superiore della pelle che quasi non lo senti... anche se lo senti eccome dopo una o due ore. Poi, una volta che è nel tuo corpo, la F, il fluoruro, attacca le cellule interne. Il risultato è una necrosi liquefattiva. E il nome di tale condizione dice tutto. L'avvelenamento avviene per contatto o inalazione. Se lo respiri, ti brucia tutto fino ai polmoni. Dispnea, cianosi, edema polmonare.»
La descrizione coincise con l'ennesima boccata di ossigeno di Sachs.
«Gesù» mormorò Sellitto. «Ne occorre molto?»
«No, basta qualche goccia a ucciderti. Non esiste antidoto. E non puoi lavarlo via. Non puoi fare altro che curare i sinto-

mi. Dolore fortissimo e infezione.» Si rivolse a Cooper. «C'è altro aggiunto all'acido nel campione?»
«Frammenti e fanghiglia di cemento industriale, sabbia, acciaio, un po' di ferro, in tutti gli stati della materia: segno che sono stati disciolti dall'acido.»
«Qual è la concentrazione?» domandò Rhyme.
«Trentadue per cento.»
«C'è un errore. Analizzalo di nuovo o ricalibra l'attrezzatura.»
«Già fatto. Trentadue per cento.»
La concentrazione più alta di cui Rhyme fosse a conoscenza era venti e riguardava solo spedizione e conservazione, in contenitori speciali. Il prodotto subiva poi una notevole diluizione per la vendita ai consumatori finali. Sul mercato era, al massimo, tra il due e il quattro per cento. La concentrazione prelevata da Sachs sulla scena avrebbe corroso in fretta qualsiasi cosa tranne i rari materiali resistenti a tale acido, e il gas rilasciato quando esposto all'aria era in grado di uccidere in pochi minuti.
Era stata molto fortunata a non averne respirato altro nel tunnel sotto al cantiere.
Rhyme scoccò un'occhiata nella sua direzione. Sachs stava ascoltando solo a metà. Era impegnata ad aspirare altro ossigeno e a osservare alcuni tondini capovolti. Erano arrugginiti e due di essi apparivano più scuri. Sangue secco.
Il manovratore doveva essere atterrato su quelle sbarre quando era precipitato dall'alto.
Rhyme indicò un'altra delle sue foto sul monitor. Il carrello dei contrappesi. Un fumante blob scolorito indicava il supporto usato per veicolare l'acido.
«Dannazione. È salito lassù *in qualche modo*. La cima della gru. Dobbiamo lavorarci. Una volta piazzato, come è stato attivato?»
«Con un detonatore» rispose Mel Cooper, mostrando un altro contenitore di plastica trasparente. All'interno c'era

quella che sembrava una piccola scheda di semiconduttori, anch'essa deformata e carbonizzata dall'acido. Il tecnico stava parlando con addosso il respiratore, che aveva un microfono integrato.

«Una piccola carica, probabilmente la polvere da sparo di cinque o sei proiettili di grosso calibro.»

«Antenna?»

«Difficile dirlo.»

«*Certo* che è difficile dirlo. Si è sciolta del tutto. Ma se dovessi fare un'ipotesi?»

«Niente telecomando. Temporizzato.»

Come pensava Rhyme. «Reperibile in commercio?»

«No. Fabbricazione casalinga.»

Dunque impossibile da rintracciare.

«Quanto acido?»

Cooper fece spallucce. «A questa concentrazione, due litri. Forse tre.»

Sachs tossì. Un suono schioccante, doloroso. Ancora una volta, si portò con discrezione un fazzoletto alla bocca. Un'occhiata veloce. Con l'ennesimo moto di irritazione, se lo ficcò nella tasca dei jeans. Una boccata di ossigeno e poi: «Sapeva il fatto suo. Ha dovuto calcolare quanto peso sottrarre dalle zavorre per rendere instabile la gru. C'è questa cosa di cui mi ha parlato il capocantiere. Il momento. È...».

«Momento uguale forza per distanza. Espresso in newton per metro» disse Rhyme.

Sellitto stava annuendo. «Quindi ha una laurea in ingegneria. Scriviamolo sulla lavagna.»

«No» replicò asciutto Rhyme. «Scriviamo che è rimasto sveglio durante le lezioni di scienze alle superiori. Tutti conoscono quella formula.»

Lon Sellitto alzò gli occhi al cielo. «No, non *tutti*... Ma *una* cosa la sappiamo.»

Rhyme e Sachs guardarono il detective.

«È in ottima forma fisica. Visto che è salito lassù.»
«Niente ascensore?»
«No» rispose Sachs. «Scalette.» Andò al diagramma che il capocantiere aveva fornito a Sellitto – una veduta laterale della gru prima del crollo – e indicò con il dito diversi punti mentre spiegava. «Quassù è arrivato al gruppo di rotazione, dove si trova la ralla. Poi, tramite un'altra scaletta, è salito in cima e con una terza scaletta è sceso al braccio posteriore.»
Rhyme vide la passerella che portava alla parte anteriore. Culminava con una barriera alta un metro, sul cui lato opposto si trovava il carrello dei contrappesi. Fino a quel punto c'erano corrimano e cavi ai quali gli operai potevano agganciarsi come protezione anticaduta. Ma, dall'altro lato, il sosco avrebbe dovuto camminare, o strisciare, in equilibrio su uno stretto binario a sessanta metri da terra per raggiungere i contrappesi.

Per affrontare quel rischio e quella fatica, doveva aver voluto a tutti i costi che quella gru crollasse.

«Dobbiamo capire da dove arriva l'acido» ribadì Rhyme.

«Incaricherò qualcuno del laboratorio nel Queens di occuparsene» disse Sachs.

«Di' loro di cercare fornitori che vendono concentrazioni del trentadue per cento o più elevate. È possibile diluirlo ma non si può renderlo più concentrato, non senza parecchio tempo e fatica.»

Sachs fece la telefonata e, dopo qualche profonda inalazione, iniziò una conversazione con l'agente all'altro capo della linea. Mel Cooper continuò a esaminare i reperti. Scoprì che i risultati erano scoraggianti. I campioni di terra prelevati lungo il probabile tragitto del sosco per arrivare alla base della gru combaciavano con il terreno in tutto il cantiere. Quello che cercavano era terreno che *non* corrispondesse e che, pertanto, forse era stato lasciato dal sosco. Se di tipo unico e rintracciabile, avrebbe potuto condurre alla sua abitazione o nascondiglio.

Conclusa la telefonata, Sachs chiese: «I video che hai esaminato? C'è qualcosa?».

Rhyme sbuffò. «Niente. Tutte le dannate telecamere puntano in basso, a livello del suolo.»

Il sistema di sorveglianza aveva lo scopo di riprendere eventuali ladri, non acrobati che sabotavano attrezzature nel cielo sopra al cantiere.

Guardò l'orologio digitale sulla parete. Ancora ventidue ore prima del crollo della prossima gru.

Su una delle lavagne c'era una cartina di New York comprendente i cinque distretti. Il dipartimento che rilasciava i permessi edilizi aveva fornito un elenco di tutte le gru a torre al momento in uso. Thom le aveva contrassegnate con una X rossa.

Quale di esse sarebbe stata la prossima?

Sellitto ricevette un messaggio. Il detective guardò lo schermo. «Merda. È il sindaco. Vuole aggiornamenti.»

«Sei sempre stato qui, Lon. Abbiamo capito che il sosco usa un acido della cui provenienza non abbiamo ancora idea, che non lascia tracce, corporee e di altro tipo, rilevabili sulla scena. Brancoliamo nel buio riguardo a etnia, età, corporatura, a parte il fatto che ha gambe forti e un ottimo senso dell'equilibrio.»

«Allora dirò questo al sindaco. Hanno solo bisogno di un osso.» Lesse un altro messaggio e disse: «Sperava che annunciando che si è trattato di un atto intenzionale qualche testimone sarebbe uscito allo scoperto. Ma nessuno si è fatto avanti».

Non c'era da sorprendersi.

«E dov'è Ron?» chiese Rhyme in tono nervoso. «Ci serve qui. Non ha ancora finito con la scena dell'omicidio? Quanto potrà volerci?»

Nel momento stesso in cui lo chiedeva, gli sovvenne ciò che diceva ai suoi studenti. *Si cerca fino a quando non resta niente da cercare. Un'ora, dieci, settantadue.*

«Pare che la faccenda sia un po' più complicata. Il ragazzo ha fatto un colpaccio. Potrebbe aver collegato l'omicidio a Eddie Tarr.»

Be', questo sì che era interessante. Il dublinese ex perito industriale che impiegava le proprie notevoli capacità nella fabbricazione di ordigni intelligenti che distruggevano strutture progettate e costruite da uomini e donne altrettanto intelligenti. Ricercato in una dozzina di giurisdizioni, si diceva che il prudente e solitario Tarr vivesse in clandestinità da qualche parte nel Northwest.

Era lì per un lavoro o per incassare un pagamento di persona?

«Verrà qui ma so che vuole seguire una pista o due su Tarr.»

Rhyme e Sachs si scambiarono un'occhiata. Il criminologo vide che anche lei era felice per il loro protetto. Con quel caso, i pezzi grossi si sarebbero accorti di lui.

Il telefono di Rhyme vibrò. Era Lyle Spencer, che stava indagando insieme ai federali sui terroristi e le richieste che avevano avanzato.

«Lyle.»

«Lincoln. Ho qualcosa sul caso della gru. Non ho trovato niente sul Kommunalka Project. Né tramite l'NCIS, né tramite la Homeland Security e il Bureau. Ho perfino sentito la CIA e l'NSA. Zero riferimenti a quel nome. Neanche nella loro sede russa.

«Ma adesso esistono software, siti web, tramite cui i professori possono verificare se le tesi degli studenti sono un plagio o se sono state scritte usando un sistema di intelligenza artificiale, come ChatGPT. Ho sottoposto al web la loro lettera al sindaco e sono venuti fuori modi di dire di qualche anno fa. Il Kommunalka li ha ripresi parola per parola da un blog che sosteneva l'edilizia a prezzi accessibili. E questo tizio è stato arrestato per proteste politiche e atti di vandalismo.»

Ottimo ragionamento, quello di Spencer. Adesso la domanda altrettanto valida: «Abbiamo speranze di trovarlo?».

«Oh, altroché.» Spencer sembrava divertito. «Si tratta di Stephen Cody.»

«No, dai» bofonchiò Sellitto.
«E chi sarebbe?» chiese spazientito Rhyme.
Una pausa, probabilmente segno di incredulità. «Il deputato.»
Come lo sport, la politica era irrilevante per Rhyme, a meno che l'argomento non saltasse fuori nel corso di un'indagine. Un'eventualità rara. «Mai sentito.»
«Davvero? Rappresenta il tuo distretto, Lincoln. Anzi, il suo ufficio è proprio dietro l'angolo.»

* * *

«Qui Amber Andrews con il resoconto sulla situazione finanziaria di metà giornata. Il mercato azionario continua a far registrare valori negativi dopo che un gruppo di terroristi ha rivendicato il crollo di una gru in un cantiere dell'Upper East Side di New York, che ha provocato due morti e sei feriti. Si prevede un calo anche per il mercato immobiliare, dato dalla chiusura di cantieri di immobili commerciali e residenziali, essendo stati minacciati altri attacchi. Il gruppo, Kommunalka Project, chiede che l'amministrazione comunale realizzi più alloggi a prezzi accessibili e approvi meno grattacieli di lusso, come quello sabotato oggi su 89th Street. La polizia e le autorità federali stanno indagando. Ai residenti è stato chiesto di stare lontani da cantieri con gru.»

12

Era dietro le quinte.
Con tutti i suoi centootto chilogrammi di peso. Le braccia incrociate sul petto massiccio, continuava a tornare alla domanda: l'uomo che stava guardando era un assassino?

Lyle Spencer stava ascoltando, più o meno, le parole che venivano dal palco. Il dibattito si svolgeva entro il suo campo visivo, a una decina di metri di distanza, ma lui stava assistendo all'evento su un monitor. In questo modo, le espressioni si vedevano meglio. A Lyle Spencer piacevano le espressioni facciali, gli piacevano le angolazioni della testa, le braccia conserte o penzoloni, le mani che si stringevano a pugno, le dita allargate. Per quanto riguardava le gambe, gli piacevano quelle ferme e quelle che saltellavano.

Le gambe che saltellavano gli piacevano parecchio.

In quel caso, l'analisi cinesica – il linguaggio del corpo – era insidiosa. Aveva il sospetto che la verità fosse mimetizzata, trattandosi di un dibattito tra due politici.

Spencer si protese verso il monitor. Un uomo era contrapposto a una donna, che stava tenendo la sua arringa finale. Spencer non le prestò attenzione. Continuò a studiare il suo avversario, che si trovava a destra sul palco rispetto al pubblico. Alto, il fisico da ex giocatore di football quale era (Spencer aveva fatto i compiti a casa, come sempre). Indossava pantaloni scuri e una camicia blu con le maniche arrotolate. Niente cravatta. Folti capelli neri: arruffati di proposito, Spencer ne era certo. Sembrava bravo a coltivare un suo look.

Ah, sembrava onesto e attento.

Ma era un assassino?

Improbabile, ma niente affatto impossibile. Quando viveva su al Nord, Spencer aveva arrestato numerose nonne, maestre d'asilo e un sacerdote particolarmente cattivo. Erano l'innocenza fatta persona. Non lo sapevi mai con certezza fino a quando non cominciavi a scavare. E cominciavi a fare caso a sguardi elusivi e, sì, gambe che saltellavano.

Il luogo di questo duello verbale era un raffinato centro per le arti performative nell'Upper East Side di Manhattan. Sul palco c'erano i candidati al ruolo di deputato al Congresso per un distretto che comprendeva parti di Manhattan e del Bronx: quello in carica, Stephen Cody, l'uomo di cui Lincoln Rhyme non aveva mai sentito parlare, e una sfidante, una donna d'affari di Manhattan sulla cinquantina, Marie Whitman Leppert.

Cody prese un appunto.

Assassino? Non un assassino?

Be'...

Quel sacerdote torturava le sue vittime, le uccideva e poi tornava di sopra a scrivere sermoni al contempo poetici e motivazionali. Ama il prossimo tuo era un tema ricorrente. Non erano affatto male.

Gli applausi segnalarono la fine dell'arringa conclusiva della sfidante. Spencer sapeva poco sul conto della donna.

La moderatrice, una donna del settore audiovisivo pubblico con i capelli bianchi e il vestito rosso, disse: «L'ultima parola a lei, deputato Cody. Ha un minuto».

«La ringrazio, Margaret. E grazie a tutti voi della 92nd Street Y per aver ospitato questo evento.» Fece una pausa. A effetto. «Dunque, questo di oggi pomeriggio doveva essere un dibattito. Per me questo significa reciprocità e affrontare la posizione di un partecipante con una posizione contrapposta.

Ma non ho sentito che un attacco dopo l'altro. La mia avversaria non ha perso tempo a far notare quelli che ritiene siano i problemi delle mie proposte. Ma ha parlato dei pericoli e delle ingiustizie che quelle proposte intendono risolvere? No.»

Si rivolse all'altro podio. Da vicino i suoi occhi erano ardenti. «Ha attaccato i miei progetti sul cambiamento climatico senza però proporre alternative. Anche se, come ho dimostrato, secondo gli esperti metà città di New York sarà ormai sott'acqua entro la fine del secolo. Lei...»

L'avversaria non riuscì a trattenersi. «Il modo con cui li finanzierebbe è pura fantasia e...»

«Signora Leppert. Questa è l'arringa finale del deputato Cody.»

«È stata felice di fare a pezzi la mia proposta per creare un percorso per la cittadinanza, ma non ha detto niente su come *lei* aiuterebbe i milioni di lavoratori arrivati in questo Paese – come hanno fatto i miei e i suoi antenati – per sfuggire all'oppressione e trovare opportunità per le loro famiglie. Ha contestato il mio progetto di istruzione gratuita o agevolata per le università statali o i corsi quadriennali se, dopo la laurea, gli studenti acconsentono a programmi di lavoro a beneficio della società. Non ha detto niente su come risolvere l'oscena disparità di ricchezza come ho fatto io, con il mio piano di tassazione in tre punti...»

«Che deruba il ceto medio.»

«La prego, signora Leppert.»

«La mia avversaria parla del suo stato di servizio di procuratore federale in Texas, dove ha messo in galera membri del cartello. E le rendo merito per questo. Dio la benedica per il suo servizio. Ma quel lavoro non l'ha minimamente preparata ai problemi che ci troviamo ad affrontare qui: gettare in prigione incensurati per piccoli reati di droga...»

«Tempo, deputato Cody.»

«... rovinando in pratica la loro vita. Ora, sul...»

«Deputato?»

«Sul mio sito web, avrete modo di vedere in maniera chiara e dettagliata quali sono le mie proposte, che ho potuto solo illustrare a grandi linee questo pomeriggio. Saranno utili a tutti: conducenti d'autobus, banconisti di gastronomia, infermiere, uomini e donne d'affari. E, se vorrete onorarmi di una rielezione, mi impegnerò a lottare strenuamente per rendere ciascuna di quelle proposte una realtà. Grazie.»

Applausi, forse più sonori di quelli riservati all'avversaria, anche se Spencer non ne era sicuro. Sospettava che gran parte del pubblico stesse ormai pensando a dove andare dopo per un tè o un drink.

I due avversari strinsero la mano alla moderatrice. Leppert fu la prima a lasciare il palco, passando accanto a Spencer senza alcuna reazione alla sua presenza, e si mise a parlare con una giovane assistente, la quale si profuse in complimenti entusiastici con un fare servile che, intuì Spencer, irritò la candidata. Probabilmente da rimpiazzare al più presto.

Dopo una breve conversazione con la moderatrice, Cody entrò nello spazio in penombra, buio opaco, dietro al palco. Era alto all'incirca come Spencer, ben oltre il metro e ottantacinque, ma pesava una ventina di chili in meno. Adesso che, in assenza di pubblico, i due politicanti non erano più tenuti a comportarsi bene, sarebbero volati gli stracci?

No.

«Me l'hai proprio fatta, lassù» disse Leppert con un cipiglio scherzoso. «Non ho schierato l'artiglieria sulla legge 317 della Camera.»

«Eh. Se l'avessi fatto, saresti finito male. Ho corso il rischio. Come sta Emily?»

«In netta ripresa, grazie.» Leppert fece una smorfia. «Stagione finita, naturalmente.»

«Farà più male quello di tutto il resto.»

«Si sta già tenendo impegnata con altre cose, ovvero le *mie* cose. Come autista.» Leppert rifiutò la salviettina struccante che le porgeva la zelante assistente; un'occhiata allo specchio doveva averla convinta a tener su il lavoro delle truccatrici professioniste. Recuperò uno zainetto Coach, ne tirò fuori una collana e un anello di diamanti e li indossò. In occasione del dibattito aveva messo via gli eleganti accessori e tenuto abbottonato il colletto della camicetta, che adesso sbottonò.

Anche lei aveva un suo look.

La conversazione passò ai vuoti convenevoli di un casuale incontro a un cocktail party.

«Ci vediamo alla colazione di martedì» disse spigliata la donna d'affari.

«Piantatemi un paletto nel cuore» borbottò Cody, mentre lei si dileguava.

Poi si rivolse a Spencer. Cody agguantò una salviettina struccante e si mise all'opera. «Non ho ben capito chi è venuto a trovare. Immagino di essere io il vincitore. Chi la manda?»

Spencer mostrò il distintivo.

Il deputato si tirò giù le maniche e si infilò una giacca. Indicò con un cenno la direzione in cui era scomparsa Leppert.

«L'ha sentita dire "grazie" alla fine?»

«Ero distratto.»

«Anch'io. Non credo che l'abbia fatto, ma io sì. Quando si parla in pubblico, non bisognerebbe ringraziare l'uditorio. Stai facendo loro un favore presentandoti. Dovrebbero essere *loro* a ringraziare. Continuo a dimenticarlo.» Fece una smorfia. «Mi faccio prendere dalla foga.»

«Avete entrambi ringraziato la moderatrice.»

«Si *deve* ringraziare il moderatore. Anche quelli pessimi.»

«Un testa a testa?»

«Io sono molto più avanti nei sondaggi, ma non è finita fino a che eccetera eccetera. Marie ha preso un certo slancio. Un seguito fedele. Non è una che è passata "dalle stalle alle stelle". Diciamo più "dai grandi magazzini alle stelle"... e se l'è gua-

dagnato. Ha messo sotto chiave quella gentaglia dei cartelli. Allora. Cosa posso fare per lei, detective?» Da una valigetta tirò fuori un paio di occhiali dalla vivace montatura rossa e sostituì quelli neri. A quanto pareva, era convinto che il pubblico del mezzogiorno avrebbe preferito un candidato più studioso e meno alla moda.
«Lei studia oratoria?»
«No. Club di dibattito. Simulazione di processi.»
«Quanti ne fa all'anno?»
«Forse una dozzina.»
«Sa dell'incidente della gru?»
«Certo. Terribile. Un mio collega era sulla scena. È il suo distretto. Dicono che sia stato intenzionale. Sabotaggio.»
«Proprio così.»
«Terrorismo interno?»
Spencer annuì.
«Estrema destra?» chiese Cody. «Neonazisti? Razzisti? Ce ne sono un sacco in giro ma la gente dimentica che anche la sinistra ha la sua parte di cattive azioni. Un carro trainato da cavalli fatto saltare in aria davanti a J.P. Morgan nel 1920 che uccise trentotto persone. Furono sospettati gli anarchici.»
«In questo caso si tratta di alloggi accessibili.»
Cody ricevette un messaggio, lo lesse e inviò una breve risposta. Poi alzò lo sguardo. «Alloggi.»
«È uno dei suoi temi» continuò Spencer. «L'ho visto sul suo sito.»
«Un problema serio, quello degli alloggi. Chi è questa gente?»
«Si fanno chiamare Kommunalka Project, come un piano di edilizia pubblica nella Russia sovietica.»
«Mai sentiti.»
Spencer osservò occhi, mani, gambe. Il trucco nell'analisi cinesica consiste nello stabilire una linea guida, ovvero come l'interlocutore si comporta quando dice verità note, da confrontare con il suo comportamento quando gli vengono poste

domande indagatorie. Ecco il motivo delle domande di Spencer sulla sua esperienza in fatto di dibattiti, delle quali conosceva già la risposta. Adesso stava cercando una deviazione del comportamento.

«O sono nuovi oppure agiscono in profondità. Non riusciamo a trovarli. E comunicano solo tramite il dark web.»

«Cosa volevano ottenere con la gru?»

«Estorsione. Chiedono che la città converta una ventina di vecchi edifici in unità abitative.»

«E se non lo fa? Altre gru?»

«Proprio così.»

«È da malati.» Poi, annuendo: «D'accordo, detective, andiamo al punto. Il motivo per cui lei è qui. Ho un passato di attivista per il diritto alla casa. E un arresto, come probabilmente sa. Ma non è stato per gli alloggi. Era una protesta ambientale».

«Lei ha vandalizzato un ufficio di pianificazione e zonizzazione e una azienda accusata di inquinare un fiume nel Nord dello Stato. Si è incatenato ai cancelli di un cantiere per la costruzione di un deposito di petrolio a Brooklyn.»

«Non ha dovuto scavare a fondo per trovare queste informazioni. Sono sul mio sito. E nella Costituzione non c'è niente che impedisca a un pregiudicato di ricoprire una carica pubblica.» Una risatina. «Anche se qualcuno direbbe che è un prerequisito. Lei pensa che io sia coinvolto in questa faccenda. Ma non posso fare a meno di notare che non ha ancora tirato fuori le manette.»

«Ho letto le trascrizioni dei suoi ultimi tre discorsi. Non c'è un solo accenno alla distribuzione di alloggi a prezzi accessibili.»

«Come se volessi mantenere le distanze con i Kommunalkisti.»

Spencer fece spallucce. «Nel messaggio riguardante la situazione degli alloggi, hanno usato una sua citazione.»

«Ah. Ecco.»

«"La città è il più grosso latifondista della zona. Detiene un totale di trentaquattro milioni di metri quadri ed e oscieno quanto poco di questa superficie sia destinato a un'edilizia accessibile".»

«*Destinato*? Mi sa che non hanno letto la mia dichiarazione con *troppa* attenzione.»

«E hanno anche scritto male "osceno" e manca l'accento sulla "e".»

«Come l'ha trovato?» domandò Cody.

«Un sito per truffaldini.»

«Ashley Madison? Quel sito di appuntamenti per uomini sposati?» Cody era perplesso.

Spencer non riuscì a trattenere una risata. «Parlo di chi bara sulle tesine scolastiche. Un professore carica il lavoro di uno studente e il software cerca eventuali pubblicazioni precedenti per vedere se c'è un plagio. O se è stato un chatbot a scriverlo.»

Cody annuì. «Ho usato ChatGPT per scrivere un discorso. Non era male.»

Un uomo grosso e cupo, in completo nero, entrò nella stanza. «Signore. L'Alliance.»

«Arrivo subito.» Il trucco non c'era quasi più. Cody si esaminò la faccia, inumidì un fazzoletto di carta e terminò il lavoro. «Detective, devo chiederglielo. Usare una propria dichiarazione pubblica in una richiesta di estorsione? Non le sembra parecchio stupido?»

Spencer si strinse nelle spalle. «È in contatto con attivisti per il diritto alla casa? Dal documento programmatico del suo sito, direi di sì.»

«Vuole che faccia domande su questo gruppo?»

«Lo farebbe?»

«Lo farò.»

Spencer gli porse un biglietto da visita. Il politico se lo mise in tasca.

«Quando è arrivato qui oggi?» volle sapere Cody.
«Venticinque minuti fa. Trenta.»
«Quindi si è perso il mio impegno a introdurre una legge federale che garantisca alloggi a costi accessibili alle famiglie con un reddito di cinquantamila l'anno o meno.»
Oh.
«Non sto evitando la questione, detective. Immagino che si possa dire: così tanti problemi, così poco tempo.»

13

«Guarda quella falange.»
Ron Pulaski aspettò, inclinando leggermente la testa.
Lon Sellitto si spiegò meglio indicando. Uno stormo o un gruppo o, a quanto pareva, una *falange* di piccioni stava venendo dritto verso di loro. Un ingenuo turista, qualcuno l'avrebbe definito «idiota», stava gettando semi a terra lì vicino.
Si trovavano nella piazza davanti a One PP, dove si erano incontrati, ed erano diretti da Maggie's, una tavola calda di quelle vecchio stile. Una mangiatoia per poliziotti.
«Cos'è esattamente una falange?» chiese l'agente più giovane, mentre procedevano lungo il marciapiede.
«Traduzione greca di "un fottio".»
«Se mai parteciperò a *Jeopardy!* potrebbe tornarmi utile.»
«Io e Rachel giochiamo a fare i quiz. Gareggiamo. In un bar. Tu?»
«No.»
Sellitto aprì la porta. «Mantiene la mente attiva. Fino a che non bevi una birra. A quel punto si disattiva.»
Scelsero un separé e Sellitto si sfilò lo stazzonato impermeabile marrone, rivelando uno sgualcito completo marrone.
Pulaski non poté fare a meno di pensare al bel completo, liscio come una tavola, in cui era morto l'operatore di borsa Fletcher Dalton.
Dove diavolo era il dinamitardo dagli occhi verdi e i capelli rossi che aveva messo fine alla sua vita?

Una vagonata di auto rosse nel New Jersey...
La cameriera in divisa beige li raggiunse.
«Lon, Ron. L'-on minore e l'-on maggiore. Visto, ho detto maggiore. Non vecchio, Lon.»
«Sei un tesoro, Tally.»
Sempre armata di bricco del caffè, riempì due tazze senza che glielo chiedessero. Se non bevevi caffè, non andavi da Maggie's.
«Altro?»
Muffin per l'-on maggiore. Il minore ordinò un sandwich al formaggio grigliato.
«Quindi fa i quiz. Cosa significa *davvero* falange?»
«Non ne ho idea. Allora.» Sellitto alzò un palmo. «Ottimo lavoro con la pista su Tarr. Sono al settimo cielo, quelli della task force. Altra cosa che, a proposito, mi sfugge. *Settimo cielo*, intendo.»
Arrivò un enorme muffin di mais. Pulaski ricordò che, secondo Sellitto, i muffin di mais non facevano troppo male perché non avevano lo zucchero come quelli al mirtillo. E il mais era nutriente. Pulaski non ne sapeva abbastanza per dissentire o convenire. E poi, perché farlo? A tutti piacevano i muffin di mais.
Arrivò anche il sandwich. Un sacco di formaggio. Pulaski lo addentò.
«Come ci sei riuscito?» volle sapere Sellitto. «Con Tarr. Non me l'hai mai detto.»
Pulaski gli spiegò della fibra blu e del filmato del DAS.
«Dannazione.» Sellitto scoppiò a ridere.
L'agente più giovane si accigliò. «Continuo a controllare i rapporti dell'intelligence per vedere se qualcuno ha parlato di IED o lavoretti a New York. La valutazione dei rischi è la stessa da tutto il mese.»
«Sei con i servizi? Hai avuto il nullaosta?»
«Sì.»
«Quando?» Sellitto era colpito.

«Non lo so» rispose Pulaski, dopo un altro morso al poderoso sandwich. «Sei, otto mesi fa. Che fatica. Cavoli, controllano tutto. Parlano con i tuoi amici, la famiglia. Il poligrafo. Pensavo che mi avrebbero chiesto se tifavo gli Yankees. E la verità sarebbe venuta fuori. Sarei stato fregato.»

Il detective rise.

Strano, pensò Pulaski. Sembrava che Sellitto gli stesse prestando particolare attenzione. Molto particolare. Come se lo stesse studiando. Non era imbarazzante ma rischiava di diventarlo.

L'agente più giovane continuò: «Ho controllato dei tizi che potrebbero essere potenziali clienti di Tarr. C'è quell'organizzazione paramilitare. Quelle teste di cazzo di Westchester? Non gli piace il governatore. Quindi forse sono loro ad averlo assoldato».

Adesso Sellitto era concentrato. «Non la conosco. Come possono permettersi Tarr? Ho saputo che è un vero e proprio salasso.»

«Esatto. Questo mi fa pensare che non siano loro. Loro sono un centro commerciale di paese, lui è una galleria di grandi firme.» Un'alzata di spalle. «Si parla di una disputa territoriale, M-42 contro quella gang giamaicana, a Spanish Harlem.»

«No, quelli sparano, non mettono bombe.»

Pulaski annuì. «Immagino di sì. Ho sentito l'ATF e stanno controllando le intercettazioni. Potrebbe essere difficile trovare qualcosa, però. Al suo livello, sai. È prudente.»

Con tutti i dati in cui si riesce a ficcare il naso al giorno d'oggi, i cattivi intelligenti si affidavano sempre più a messaggi scritti a mano e a incontri di persona per comunicare e pagare servizi. Era stata quella strategia ad allungare la vita di Bin Laden di oltre un decennio. Erano esclusi anche i bonifici bancari, le criptovalute e perfino il contante: troppo rintracciabili. Diamanti e oro stavano diventando il metodo preferito di pagamento.

«Esaminerò» continuò Pulaski «tutte le tracce che ho raccolto nel punto in cui si trovava l'auto rossa. E andrò di nuovo in giro a fare domande.»
Tornò al sandwich. Il problema del formaggio grigliato è che il quarto morso non è buono quanto il primo e da lì tutto va a rotoli. Troppo della stessa cosa.
Arrivò altro caffè. Era davvero il migliore in città.
Sellitto ne bevve un sorso. «Ahi. Scotta, attento.»
Diventato serio, il detective chiese: «Ron, c'è la possibilità che Tarr o qualcun altro ti colleghino alla scena? Be', entrambe le scene, quella nel seminterrato e la strada dove hai avuto la dritta dell'auto rossa».
Pulaski annuì. «Forse. Ma l'omicidio è stato due giorni fa. Perché Tarr dovrebbe tornare oggi?»
Certo, se Tarr stava tenendo d'occhio il magazzino, non sarebbe stato impossibile trovare il detective incaricato del caso.
«Be', guardati le spalle. Allora» disse, andando avanti, «la questione della gru. Linc e Amelia vogliono che ci lavori.»
«Dovrò destreggiarmi. Ci vado subito dopo questo.»
E quella parola, «questo», era intenzionale perché indicava che Pulaski sapeva che quel pranzo non era solo un pranzo ed era impaziente di sentire di cosa si trattava.
Il detective capì al volo e allontanò da sé il cadavere del muffin. Un gesto sorprendente; il cibo, in particolar modo i dolci, nel mondo di Lon Sellitto era fatto per essere finito. Il suo sguardo si fece d'un tratto evasivo.
«D'accordo. Il fatto è che... Sai, a volte le cose succedono.»
Pulaski annuì, non tanto per convenire con il commento alquanto irrilevante del detective quanto per incoraggiarlo ad arrivare al punto.
«Niente dura davvero per sempre.» Questa dichiarazione fu altrettanto solenne.
E ambigua.

Di cosa stava parlando? Pulaski si allarmò. Sellitto non stava divorziando perché lui e Rachel non erano sposati. Forse si stavano lasciando, ma lui e il detective non erano così intimi da parlarne.

C'era altro di cui avrebbe potuto parlare? La pensione? Non riusciva a immaginarselo. Sellitto come guardia giurata? Che si dava alla pesca? Che giocava a bocce? Ah!

«Sai che abbiamo la Scientifica più grande del Paese, dopo il Bureau?»

«Certo.»

«Ma solo noi abbiamo qualcosa che la rende speciale. È Lincoln che fa la differenza. E non intendo dire solo che è intelligente. No, è anche indipendente. Niente politica, niente battibecchi, niente giochetti. Gestisce un caso, raccoglie le prove, presenta le prove e non una singola altra dannata cosa ha importanza.»

Pulaski sentì il cuore battere più forte rispetto a un momento prima.

Niente dura davvero per sempre...

«Dobbiamo mantenere questo... come potremmo chiamarlo? Questo *modello*, no? Dobbiamo mantenerlo intatto.»

«Detective?»

Sì, c'era un complice di boss mafiosi, Tarr, da catturare e un sabotatore di gru da fermare. Ma Pulaski aveva soprattutto bisogno che l'uomo sputasse fuori ciò che temeva di sentire.

Forse Sellitto scorse la preoccupazione nel suo sguardo. «Si tratta solo di una domanda. Non c'è niente di cui io sia a conoscenza, d'accordo? Ma... se dovesse capitare qualcosa a Lincoln, saresti in grado di subentrargli?»

«Cosa sa?»

«Niente. Dico sul serio. Tutto, come si dice, in via ipotetica.»

«Non sta male?»

«No, l'ho già detto. Non che io sappia. È solo che vogliamo capire se siamo in grado di continuare quello che sta facendo.

Se ne è parlato ai piani alti. Abbiamo guardato il tuo stato di servizio, i tuoi rapporti, i tuoi risultati.»

Una pausa. «C'è stata quella... cosa. Qualche anno fa.»

«Lo sappiamo.»

Non disse altro riguardo all'argomento.

Al quale Ron Pulaski pensava almeno una volta al giorno.

Poi, Sellitto tornò a perorare la sua causa. «Tu pensi come Lincoln, agisci come Lincoln.» Una leggera risata. «E non sei uno stronzo.»

Forse il detective aveva fatto un confronto con alcuni membri del NYPD ma, adesso, il termine di paragone doveva essere Lincoln Rhyme che, di tanto in tanto, lo era.

«Lincoln è un civile» replicò Pulaski. «Io non voglio dimettermi.»

«Ma no, resterai un poliziotto. Stipendio, bonus, tutto quanto. È solo che avrai... qual è la parola? Autonomia. Completa indipendenza. Come lui. Mantieni il tuo grado.» Lo guardò minaccioso. «E potrai prendere finalmente il distintivo da detective. Sempre che ti decidi a fare l'esame.»

«È mia intenzione.» Aveva sempre voluto diventare detective, ma studiare per l'esame richiedeva tempo che di rado aveva.

«Manterremo tutti i tuoi anni di servizio.»

Tally piombò su di loro con il caffè. Sellitto scosse la testa. Pulaski fece altrettanto. E, come uno di quei ciottoli che si lanciano, la cameriera andò a occuparsi di altri clienti.

Dopo un po', Sellitto disse: «Pensi che stiamo facendo questa cosa alle spalle di Linc? No. È stato lui a proporlo».

«Davvero?» Quasi un sussurro. «E Amelia?»

Una pausa. «Anche lei. Ne abbiamo parlato tutti insieme.»

«Perché non sarebbe Amelia a subentrare?»

«Non fa per lei. Percorre la griglia alla grande, questo lo sai. La vorresti al tuo fianco in uno scontro a fuoco o un inseguimento ad alta velocità. Noi vogliamo uno sbirro pensante. Stazioni della metropolitana, fibre blu, DAS, berline rosse.

D'accordo, ho detto la mia.» Aggrottò la fronte. «Si dice la mia o il mio?»

«Non saprei.»

«T'interessa?»

Pulaski fece spallucce. «Solo se un terrorista l'ha scritto in un manifesto e può aiutarmi a inchiodargli le chiappe.»

La faccia di Sellitto si aprì in un grande sorriso, cosa per lui rara quanto lasciare un muffin a metà.

Chiese il conto e pagò.

Una volta usciti, Pulaski guardò in alto. Niente uccelli a falange o in altre formazioni. Solo qualche piccione solitario e un gabbiano.

«Non mi piace pensare che a Lincoln possa succedere qualcosa, tenente» disse dopo un po'. «Ma, se dovesse capitare o se andasse in pensione, o qualsiasi cosa, sì, ci sto.»

Poi accadde una cosa mai successa da quando i due uomini si conoscevano. Sellitto allungò la zampa che aveva per mano e afferrò quella di Pulaski. Si scambiarono una salda stretta di mano.

«Perché non mi chiami Lon, a questo punto?»

14

L'affare svettava sulla sua testa e lei pensò: mi ricorda qualcosa. Cosa?
Di tanti anni prima. Quando era bambina.
A un'occhiata veloce, la gru somigliava a una creatura di uno di quei film sui Transformer. Ma non era quello. Non andava granché al cinema. Era qualcos'altro.
Un'enorme bandiera americana era fissata alla traversa, sessanta metri più in alto, e il vento la agitava tendendola e facendola schioccare.
Aggrottò la fronte. Il braccio stava forse oscillando avanti e indietro?
Sì.
Interessante.
Come un segnavento, ruotava lentamente e l'imponente traversa veniva esposta alla brezza costante di quella giornata. A quanto pareva, era un movimento automatico. Il meccanismo doveva essere libero. Non c'era nessuno nella cabina. Anzi, non c'era nessuno nel cantiere, a parte qualche uomo all'entrata. Guardie. Il sindaco aveva ordinato di chiudere tutti i cantieri fino a che i terroristi non fossero stati catturati.
Poteva essere quello il prossimo bersaglio?, si domandò Simone, ricordando che la scadenza era prevista per le dieci dell'indomani mattina.
Guardò di nuovo in alto.
E cos'era che le ricordava?

C'era quasi, ma il ricordo continuava a restare sfuggente.

Tornò a interessarsi a ciò che aveva appena scaricato dal furgone a noleggio. Una mezza dozzina di scatoloni senza coperchio contenenti pacchetti, barattoli, vasetti e piccoli elettrodomestici. Cartoni sigillati. Una scatola pesante sul cui fianco era scritto *KitchenAid Bread Maker Deluxe*. Tutto depositato sul marciapiede accanto al furgone.

Era una scena familiare. Veniva in città di rado ma aveva notato i numerosi scatoloni piazzati davanti ad appartamenti e villette in tutta la città, in attesa che ditte di trasporti, cognati, sorelle di confraternita dessero una mano con il trasloco.

Alcune di queste persone andavano a stare meglio. Altre, sfortunate, andavano a stare peggio. Alcune lasciavano del tutto i cinque distretti. New York può sfinirti, immaginava.

Simone tirò fuori dal retro il carrello a mano. Colpì il cemento con un clangore. Infilò la piastra del carrello sotto al grosso elettrodomestico, che fissò al telaio con dei lacci di tela. Iniziò a spingerlo verso il civico 744. Era una struttura identica alle altre presenti in quella strada perlopiù deserta, in fondo al West Side. Ex complesso industriale, adesso era occupato da loft vuoti, spazio grezzo. Il 744 era duecento metri quadri di bellissimi e antichi pavimenti di rovere, un bagno funzionante con lavabo, illuminazione a faretti e nient'altro.

«Ehi, vicina.»

Voltandosi, si ritrovò a guardare un uomo prossimo ai trenta che scendeva adagio le scale della struttura accanto alla sua.

Era attraente, con i lineamenti scolpiti, capelli folti che puntavano disinvolti al cielo, un look popolare. Jeans e una t-shirt con una scritta che aveva subito fin troppi lavaggi per essere ancora leggibile.

«Ciao.» Un sorriso. Una delle sue caratteristiche più *ammalianti*, le avevano detto. Guardò l'appartamento alle spalle dell'uomo. «L'agenzia mi ha detto che le altre case in questa strada erano ancora sfitte.»

«Be', eccomi qui. Il tuo giorno fortunato.» Non stava flirtando. Voleva solo essere carino. La voce suggeriva che fosse cresciuto nel New England.

Aprì e chiuse la mano destra. Sembrava fatto per gli sport di squadra. «Giorno di trasloco. Fico.»

«Giusto qualcosina che avevo nel vecchio appartamento. In periferia. Il grosso arriva il prossimo weekend.»

Con discrezione, lui osservò i capelli biondi fissati in una treccia perfetta, le dita lunghe (senza gioielli), la figura snella; sebbene con fianchi appena più larghi di quanto, in una giornata no, gli sarebbe piaciuto. Non avrebbe avuto modo di scrutare nessun'altra parte del suo fisico, come Simone sentiva che era tentato di fare. Era coperta dal collo alla vita da una larghissima felpa blu royal. L'uomo dovette accontentarsi del viso a forma di cuore. Uno degli hobby di Simone era la poesia, tanto leggerne quanto scriverne, e c'era senz'altro in lei qualcosa che faceva pensare a una pudica letterata elisabettiana del Lake District, in Inghilterra. Mary Shelley, Annabella Byron... Era quello il suo look.

Malgrado la tuta, Simone era un'esca allettante per gli uomini come lui, in particolare quelli un po' più giovani di lei. Adesso le si era avvicinato, fermandosi proprio al limite di quel confine personale, invisibile ma ben definito, che circonda tutti noi.

Guardò l'edificio davanti al quale lei aveva parcheggiato. «Anche il tuo è allo stato grezzo?»

«Vuoto come...» Una risata. La poetessa che era in lei non riuscì a trovare una similitudine.

«Come lo Shea Stadium a ottobre.»

Sport, giusto. Ecco cosa le toccava per aver indossato la felpa di una squadra.

Lui si trasformò in un'entusiasta guida turistica. «Più avanti, dietro l'angolo, c'è un cinese. È okay. Niente per cui valga la pena scrivere a casa. Accanto, c'è una gastronomia mediorientale. E due locali indiani.»

Gli occhi di lei mostrarono interesse. «Amo il cibo indiano. Uscivo con uno di Nuova Delhi. Quell'uomo sì che sapeva cucinare.»

La rivelazione dell'orientamento sessuale gli fece un immenso piacere. Così come il fatto che aveva parlato del fidanzato al tempo passato.

«Palestre?» si informò Simone.

«Si vede che ti alleni» disse lui. Una scusa per squadrarla, dalla testa ai piedi. «Sì, niente male… il centro fitness, intendo.»

Lei non rispose a quel palese tentativo di flirt e lui continuò.

«Quando hai intenzione di cominciare i lavori?»

«Sto facendo dei preventivi. Tu?»

«Tre, quattro settimane. Lascia che ti aiuti.»

«Non sei tenuto. Davvero.»

Lui assunse un'espressione seria. «Temo che dovrò insistere.»

«Cosa sei, un avvocato?»

«Broker.»

Lei aggrottò la fronte. «È gente che insiste parecchio?»

«È quello che facciamo per vivere. Non puoi dire di no a un broker.»

«Solo, fa' attenzione, per favore.»

Lui si impadronì del carrello e lo spinse, un gradino alla volta, su per le scale. Sì, con attenzione. Simone lo seguì con le scatole. Arrivati in cima, infilò la chiave nella toppa e aprì la porta, lasciando entrare prima lui.

«Allora, fai dolci?» Un cenno allo scatolone.

«Un passatempo.»

«Una bella vicina che sforna dolci. Jackpot!» Si guardò intorno, osservando le pareti scrostate, i soffitti coperti di fuliggine, un pilastro di metallo arrugginito. «Ti aspetta parecchio lavoro.» Indicò una chiazza di verde sul pavimento. «Attenta alla muffa.»

«Verrà qualcuno. La prima telefonata che ho fatto.»

«Riesco già a vederla finita. Devi assolutamente mettere il letto lì.» Le indicò un angolo.
«Potrebbe funzionare.»
Era un sorrisetto, quello che le aveva rivolto?
Chiuse di nuovo a chiave e tornò al furgone.
«Hai sentito di quegli attacchi?» le chiese lui, lo sguardo alla gru.
Ma cos'era che le ricordava?
«Sì. Terribile. Terroristi o qualcosa del genere?»
«Teste di cazzo.»
Simone si accigliò. «Se dovesse cadere, finirebbe da questa parte?»
Lui studiò la gru. «Non credo. Ma, sai, il prossimo attacco dovrebbe essere domani mattina.»
«Ho sentito. Alle dieci.»
«Potrebbero aver progettato anche altre cose.» Con lo sguardo verso l'alto, lui fece qualche rapido calcolo. «Se vuoi, la butto lì, magari potremmo andare fuori città in giornata. Ho una BMW. M8. Decappottabile. È fantastica.» Gli brillavano gli occhi.
L'apprezzabile tentativo le strappò un sorriso. «Facciamo la prossima volta?»
«Ci sto.»
«Birra?» propose Simone.
Lui rimase interdetto. «Certo.»
L'uomo doveva aver pensato a un bar, ma Simone salì sul retro del furgone e lui la seguì nello spazio in penombra. Stavano entrambi con la testa abbassata e le spalle curve. Un frigo portatile era legato con un cavo elastico al sedile del conducente. Simone vi rovistò dentro e gli porse una birra.
«Donna dei miei sogni.»
Aprirono le bottiglie e bevvero.
Lui ne vuotò subito metà, il che fu un'ottima cosa. Ci vollero solo pochi secondi perché le sostanze facessero effetto.

Lasciò cadere la bottiglia sul pianale del furgone, ebbe le convulsioni per qualche minuto e poi giacque immobile.

Dopo essersi infilata un paio di guanti di lattice, gettò la bottiglia in una busta della spazzatura e asciugò la birra corretta con dei tovaglioli di carta. Anche questi finirono nella busta, insieme alla sua bottiglia aperta ma ancora piena.

Simone non beveva mai sul lavoro.

Uscì dal furgone. Prima di drogarlo, si era assicurata che non ci fosse nessuno in giro. La situazione non era cambiata.

Ah. Un fugace sorriso.

Aveva finalmente la risposta.

Una mantide religiosa.

Ecco cosa le ricordava la gru. Un'estate aveva scoperto una creatura sul corrimano della veranda della casa di famiglia. Era perlopiù immobile ma ondeggiava impercettibilmente quando le passavano accanto delle formiche, guidate dal loro deciso ma sconosciuto intento formichesco.

Chiuse il portello del furgone, andò al lato guida e si mise al volante. Un'occhiata all'orologio. Aveva un vicino cascamorto di cui sbarazzarsi e un veicolo da bruciare fino ai cerchioni. Doveva avviarsi adesso per arrivare in tempo all'appuntamento.

15

CONTO ALLA ROVESCIA: 21 ORE

Esplosivi, benzina, veleni e polvere da sparo sono come le impronte digitali. Unici. Ciascun campione rinvenuto sulla scena di un crimine ha caratteristiche che possono condurre direttamente a un luogo di produzione o di vendita, all'ingrosso se non al dettaglio. E, in quel luogo, potreste trovare un portale per il vostro sosco...

Un brano tratto da un capitolo del libro di Rhyme sull'analisi forense nel quale trattava la tracciabilità di sostanze tramite lo studio della loro composizione chimica. Proseguiva con un esempio: la benzina.

È circa cinque per cento alcani, tre per cento alcheni, venticinque per cento isoalcani, quattro per cento cicloalcani, dal venti al cinquanta per cento sul totale composti aromatici. Poi ci sono gli additivi: agenti miscelanti, sostanze antidetonanti, antiossidanti, deattivatori metallici, mangia-piombo, lubrificanti della parte superiore dei cilindri, detergenti e coloranti. Ci sono letteralmente mille sostanze diverse in una qualsiasi marca di benzina.

Unici...
Non era il caso della sostanza che Sosco 89 stava usando per far crollare le gru della città.
L'acido fluoridrico contiene idrogeno e fluoro. E, se diluito, acqua. Niente fronzoli.

Se c'era altro in grado di guidare la loro ricerca di una fonte, era la concentrazione.
Eppure, neanche quella discriminante si stava rivelando utile.
Gli agenti mandati a fare domande nel Queens, insieme a Cooper e Sachs, avevano trovato diciotto ditte nella Tri-State Area che vendevano la sostanza chimica nella ricca concentrazione che aveva impiegato il loro sosco.
Sachs si schiarì di nuovo la voce, lanciò uno sguardo all'ossigeno ma decise di astenersi. Rhyme la stava tenendo d'occhio. L'esposizione all'HF tramite inalazione, come aveva spiegato poco prima ai presenti nel salottino, ha un effetto più immediato rispetto a quella da contatto. Ma ciò non significava che non ci fosse un residuo dell'acido che si stava lentamente facendo strada nei piccoli canali dei bronchi e in quelli ancora più sottili dei bronchioli.
«Sachs? Ti hanno fatto una radiografia?»
«No.»
Certo che no, non laggiù per strada... ma non era quello il senso della sua domanda. Le stava chiedendo se non fosse il caso di andare al pronto soccorso e farsene fare una in radiologia.
Lei tornò a guardare il telefono.
«Trovati altri due fornitori» annunciò Cooper dall'altro lato del divisorio di vetro. Disse nomi e indirizzi, e Sachs li annotò con la sua elegante scrittura sulla lavagna.
Diciannove, venti...
Meraviglioso, pensò Rhyme al massimo della sua modalità sarcastica.
E comunque, rifletté, anche se avessero trovato il fornitore, il sosco doveva aver preso precauzioni per nascondere la propria identità, pagando in contanti.
Ben presto, i riscontri arrivarono a quota trentasette e si fermarono.

«Non sapevo che fosse *così* comune» commentò Rhyme.

Nell'area sterile del laboratorio, Cooper, leggendo da una delle più affidabili fonti usate dalle forze dell'ordine – Google – disse: «È uno dei prodotti industriali in più forte espansione sul mercato». Proseguì spiegando che la domanda di HF faceva registrare una crescita annuale di circa il dieci per cento e presto avrebbe raggiunto un miliardo di dollari di fatturato. «Ha più utilizzi di quanti tu possa immaginare. Incisioni, pulizie, raffinazione del petrolio, produzione di Teflon e fluoxetina, cioè il Prozac. Ti senti mai depresso, Lincoln?»

«Non è il momento.»

«Per deprimersi?»

«Non è il momento di fare pubblicità all'HF.»

Dunque era impossibile isolare una provenienza dell'acido tanto quanto lo era risalire a una Smith & Wesson non registrata.

Rhyme scrutò la lavagna. Dalla A di Albert Industrial Products alla Z di Zeigler Chemicals...

Dannazione.

Rispose a una telefonata di Lyle Spencer.

«Lincoln.»

«Cos'hai scoperto sul politico di cui dovrei sapere tutto ma di cui non so niente?»

Una breve risata. «Sono convinto che il deputato Cody non c'entri niente. Il Kommunalka Project ha semplicemente ripescato un articolo che ha scritto anni fa. Il suo linguaggio del corpo? Mi ha detto che l'attacco è stato una sorpresa per lui.»

A differenza delle osservazioni dei testimoni e del profiling psicologico, Rhyme riteneva che l'analisi cinetica effettuata da un esperto fosse più o meno affidabile. Una collega in California, Kathryn Dance, che lavorava con il CBI, gli aveva dimostrato in svariate occasioni che tali tecniche erano utili per stabilire se un interrogato fosse credibile o meno.

Pertanto, il deputato era da escludere dalla lista di persone informate dei fatti.

«Dice di non aver mai sentito di una fazione violenta all'interno del movimento per alloggi accessibili» continuò Spencer. «Ma conosce degli attivisti e li contatterà.»

«Va bene» bofonchiò Rhyme. Un altro vicolo cieco. O, perlomeno, dalla vista compromessa.

Chiusa la chiamata, Sachs annotò sulla lavagna le conclusioni del detective e poi fece una telefonata. «Detective Sachs... Esatto...»

Lo sguardo di Rhyme prese a vagare fuori dalla finestra. Anche solo da quella visuale ristretta, riusciva a scorgere tre gru che svettavano sull'East Side, tutte immobili. Quella staticità era spettrale.

Sachs mise via il telefono e, dopo una boccata d'ossigeno, disse: «In centro. Forse un testimone al cantiere. Vado a parlargli». Dopo un altro ricorso all'ossigeno, si infilò la giacca di pelle nera e si avviò all'ingresso. Una pausa. Tornò indietro e, senza una parola né un'occhiata a nessuno, agguantò la bombola e si affrettò a uscire. Poco dopo, Rhyme sentì rombare il motore della sua auto. Quel suono rauco gli fece venire in mente la sua voce dopo l'esposizione all'acido.

Il rumore si era appena dissolto quando il telefono di Rhyme ronzò. Era Sellitto.

«Lon.»

«Devo dirtelo, Linc. Appena saputo.»

«Un altro caso? Una gru?»

La scadenza della richiesta era prevista per l'indomani ma estorsori e rapitori sono noti per improvvisare.

«No. Si tratta di Andy Gilligan. È morto. Gli hanno sparato.»

Rhyme e Mel Cooper si scambiarono un'occhiata.

«Dettagli?»

«Potrebbe essere un professionista. Doppio colpo, petto e poi faccia. Un lotto vacante, Lower East Side.»

«Cosa ci faceva lì?»
«Non ne ho idea. Non lo sa neanche il supervisore. Niente testimoni e i primi sulla scena dicono che aveva ancora addosso portafogli, contante e chiavi dell'auto. Una Lexus nuova. C'era anche l'auto.»
«E i suoi casi?»
«Reati minori del crimine organizzato. Un paio di furti d'auto. Qualche container scomparso. E poi quello a cui stiamo lavorando insieme, il furto al DSE.»
«Dov'è Pulaski?»
«Sta venendo da te.»
«Mandami l'indirizzo della scena di Gilligan. Anche a Pulaski.»
«D'accordo. Oh, Linc? Ho parlato con Ron di quello che ci siamo detti tu e io. A lui sta bene.»
«Buono a sapersi.»
Chiusero la chiamata e Rhyme ordinò al suo telefono di chiamare Pulaski.
Uno squillo dopo: «Lincoln. Sto arrivando...».
«Ho una scena da farti esaminare. Lon ti sta mandando l'indirizzo.»
«Il caso della gru?»
«No. È Andy Gilligan. Sembra il lavoro di un professionista.»
L'agente tacque. Poi: «Una coincidenza...».
«Cioè?»
«Il furto al DSE, i documenti sulle infrastrutture cittadine. Forse l'assassino è Sosco 89. Gli servivano i documenti per gli attacchi alle gru. Gilligan ha trovato una pista e Ottantanove l'ha attirato in una trappola e l'ha fatto fuori. Che ne pensi?»
«C'è solo un modo per scoprirlo.»
«Esaminare la scena.»
«Fammi sapere cosa trovi.»

16

«Circolare.»
Un lavoro facile.
Vigilanza, in pratica, ma ancora più facile.
Sorvegliare qualcosa che nessuno vorrebbe.
Dennis Chung, ventottenne agente di pattuglia di un distretto vicino, era uno dei prescelti per tenere d'occhio le macerie del cantiere su 89th Street.
In divisa di ordinanza e giaccone di lana, l'agente stava vicino al nastro della polizia sul versante nord del cantiere. La gru era caduta in quella direzione, abbattendo tutta la recinzione, due bulldozer, due autocarri e una vagonata di pallet di materiali vari. La polvere di gesso e cemento copriva ogni cosa.
Chung aveva un compito facile, certo, ma doveva comunque essere all'altezza della situazione. La parte del «nessuno vorrebbe» si riferiva al fatto che tutti i materiali di valore che rischiavano di essere trafugati erano stati messi in sicurezza dall'altra parte del cantiere, nei pressi dell'entrata principale. Se volevi sgraffignare una o due lastre di cartongesso, potevi trovarne qualcuna lì, ma perché rischiare l'arresto per ciò che potevi comprare da Home Depot per venti verdoni?
«Circolare, prego.»
Il vero rischio era uno che vent'anni prima non sarebbe esistito: i selfie.

E, a quanto pare – lui non era sui social –, era una cosa popolare farseli sul luogo di un disastro. E più eri vicino alle macerie, tanto meglio. Se ne infischiavano del nastro della polizia. Evidentemente, la traduzione delle parole *Vietato oltrepassare* in netti caratteri neri era: «Entrate pure e fate tutte le foto che volete».

Quindi non era lì per fermare ladri ma per salvare la pelle alla gente. Gran parte dell'acido usato nell'attacco era stato neutralizzato: il FDNY aveva spruzzato litri di qualche sostanza sui contrappesi e sul braccio posteriore della gru. Ma c'erano cumuli instabili di detriti, travi e altre sostanze chimiche rovesciate in grado di assicurare un viaggio al pronto soccorso.

Eppure, eccoli che si facevano i selfie...

Negli ultimi anni era diventata una fonte di preoccupazione per Chung. Tutte quelle dannate foto che la gente scattava.

Fino ad allora, era finito in due o trecento foto mentre era in servizio.

Alcune persone gli chiedevano di stare con loro nella fotografia. Lui declinava l'offerta, naturalmente, ma spesso finiva sullo sfondo senza volerlo. L'agente della Patrol Services svolgeva parecchi incarichi per la Street Crime Unit, che affrontava alcune delle gang più pericolose della città. Non c'erano solo idioti in mezzo a loro e Chung era convinto che avessero parecchia dimestichezza con i computer. Forse passavano al setaccio le pagine Facebook e gli account X della gente e sottoponevano le foto dei poliziotti presenti sullo sfondo a qualche programma di riconoscimento facciale per ricavare i loro nomi e indirizzi.

Forse inverosimile.

Ma con tutta la tecnologia di oggi... niente sembrava impossibile.

«Ehi, circolare.»

I due ragazzi erano piegati sopra al nastro per scattare foto ai tondini sui quali era atterrato l'operaio precipitato dalla gru. Un'altezza di sessanta metri. Gli adolescenti sembravano di buona famiglia. Westchester, forse? O Connecticut? Chung sperava quasi che gli facessero una predica sul Primo emendamento.

A quel punto li avrebbe arrestati per violazione di proprietà privata.

Ma, purtroppo, misero via i telefoni e se ne andarono.

Un'altra occhiata di ricognizione.

Un messaggio di sua moglie sulla cena con i genitori di lei. Sarebbe passato lui a prendere il dessert dopo il turno. Nessun problema.

Mise via il telefono.

Fu allora che vide un movimento all'interno del nastro giallo. Parecchio all'interno. Poco lontano dalla base della gru crollata, della quale restavano in piedi una decina di metri, il resto piegato e spezzato per la caduta.

Chung strizzò gli occhi.

Sì, c'era qualcuno che si muoveva da sud a nord, dalla direzione dell'entrata principale verso dove gli operai stavano smantellando la gru armati di torce e motoseghe a catena diamantata.

Accidenti.

Era qualcuno che aveva già visto prima.

Un senzatetto. Gli era passato proprio davanti mezz'ora fa.

Indossava uno strano copricapo, come quello di un rivoluzionario francese o un guerriero afghano. Era marrone e arancione, a strisce. Gli altri indumenti erano un cappotto marrone, sporco e strappato, che sembrava fin troppo caldo perfino per una giornata come quella. Pantaloni sformati e macchiati. Scarpe spaiate. Aveva la faccia sporca e le unghie nere, cosa che disturbava parecchio Chung, che aveva una fissazione per le mani pulite.

Com'era riuscito a entrare?

Con ogni probabilità, si era messo a girovagare lì attorno, in virtù del fatto che era invisibile.

Tutti i senzatetto lo sono.

E a Chung quell'uomo sembrava particolarmente triste. Sui cinquantacinque, pelle cerea sotto le chiazze. Malato, forse. Nessun famigliare o una famiglia dalla quale era stato allontanato. Tuttavia, aveva violato una proprietà privata. A Chung non sarebbe venuto in mente di denunciarlo né tantomeno di arrestarlo. Ma doveva mandarlo via dal cantiere prima che potesse farsi male. I buchi nel pavimento dell'edificio, provocati dalla caduta dei contrappesi, erano segnalati solo con il nastro arancione. Non c'erano recinzioni tutt'intorno, cosa a cui Chung avrebbe provveduto. Un passo falso e avrebbe fatto una caduta di dieci metri.

E c'erano tondini anche laggiù.

«Ehi, tu!»

L'uomo era a una ventina di metri di distanza e, con il rumore delle seghe elettriche che stridevano contro l'acciaio, Chung pensò che la sua voce non fosse arrivata alle orecchie del tizio.

Per la miseria, pensò. Si infilò sotto al nastro e, dopo aver ammonito un paio di turisti pericolosamente vicini a un pezzo instabile della torre, si fece strada tra le macerie verso dove il senzatetto procedeva arrancando.

Lo chiamò di nuovo e, stavolta, il suo grido risuonò durante una pausa tra lo stridore delle motoseghe.

L'uomo guardò nella sua direzione e si bloccò.

Chung agitò un braccio per indicargli la strada ma l'uomo rimase lì fermo, lo sguardo assente. Ubriaco, forse.

Vedendolo immobile, Chung si avviò verso di lui. Dovette piegarsi per passare sotto ad alcune strutture della gru distrutta. Sembravano solide ma ciascuna di esse pesava tonnellate. Uno sfortunato crollo l'avrebbe schiacciato a morte.

Costretto ad abbassare la testa, il poliziotto perse di vista il senzatetto. Quando riemerse, scrutò nella direzione in cui l'aveva visto l'ultima volta.

Niente.

No, un momento. Eccolo. Non era andato via ma si trovava nella parte di cantiere in cui la cabina del manovratore si era schiantata al suolo.

Maledizione.

Se mi rompo una gamba, finisci al fresco, stronzo...

L'uomo si voltò a guardarlo e riprese a dirigersi verso nord.

Poi Chung notò qualcos'altro di lui. Quando l'aveva visto prima, chiedeva la carità con uno di quei bicchieri da fast food, blu e bianco. Ce l'aveva ancora nella mano sinistra ma, nella destra, teneva qualcosa di scintillante, metallico. Ecco cosa ci faceva lì: non stava usando una strana scorciatoia, era alla ricerca di oggetti di valore. Aveva trovato qualcosa che apparteneva al manovratore morto? Chung avrebbe potuto aggiungere «furto» all'accusa di violazione.

Sciacallaggio sul luogo di un disastro. Impossibile scendere più in basso di così.

Il senzatetto vide Chung venire verso di lui e si mosse più in fretta, sorprendentemente in fretta. Nel giro di pochi minuti, si era infilato in un varco nella recinzione fracassata.

Chung continuò l'inseguimento ma rallentò, attento alle insidie nascoste tra le macerie; quando infine emerse dal cantiere, dell'uomo non c'era più traccia.

Restava solo una cosa: il bicchiere blu. Doveva essergli caduto mentre oltrepassava la recinzione.

Se si fosse trattato di un vero reato, Chung avrebbe raccolto la prova con le mani protette dai guanti per conservarla fino all'arrivo della Scientifica.

Ma, pur essendo incazzato con quel tizio, neanche per sogno avrebbe avviato un caso.

Agguantò il bicchiere e, dopo aver preso gli spiccioli – li avrebbe donati alla Ronald McDonald House o qualche altro ente benefico –, lo gettò nel cassone di un camion dei rifiuti pieno di detriti.

Cosa aveva trovato quel tizio di così prezioso da indurlo ad abbandonare le monete nel bicchiere? Chung si affrettò a tornare alla sua postazione, dove un gruppo di ragazzine aveva oltrepassato il nastro giallo. Il quartetto era proprio dentro il cantiere, impegnato a fare – santo Iddio – un balletto coordinato per TikTok o chissà cosa, davanti a un cellulare appoggiato a quello che doveva essere sembrato loro un perfetto treppiede: un bagno chimico ridotto a un piccolo cubo dal peso dell'enorme torre.

17

CONTO ALLA ROVESCIA: 20 ORE

Ron Pulaski fermò l'auto davanti all'adunata di mezzi di soccorso con i lampeggianti accesi. Blu, rossi e bianchi.
Blu, come le uniformi della polizia.
Rossi, come il sangue.
Bianchi, come un cadavere.
Si impose di pensare in maniera fredda e razionale. Scese dall'auto, si sistemò la pistola e osservò il luogo in cui era stato ucciso Andy Gilligan.
Una dozzina di veicoli, il doppio di uomini.
D'accordo, signor Locard, cos'hai in serbo per noi qui?
Mentre si orientava, guardò per caso in fondo alla via, bloccata da un'autopattuglia. Dall'altro lato, ferma in mezzo alla strada nord-sud, c'era una berlina. I finestrini del veicolo rosso scuro erano oscurati e Pulaski non riusciva a vedere chiaramente il conducente. Forse si era fermata, come tante altre auto, solo per capire cosa fosse quel trambusto.
Poi, nell'istante in cui aguzzò la vista concentrandosi sulla berlina, il conducente si allontanò a gran velocità.
Guardati le spalle...
Passò davanti al furgone della Scientifica, chiedendo «un minuto» ai tecnici di raccolta prove del Queens.
Sulla strada, vicino al nastro giallo, c'era il detective che Lon Sellitto aveva assegnato al caso. Stava dando istruzioni a due agenti perché andassero a fare domande nei negozi dei dintorni. Pulaski non aveva mai lavorato con Al Sanchez, ma

lo conosceva. In servizio a One PP, l'uomo tarchiato dai capelli folti e ondulati, era un veterano della Omicidi. Sellitto aveva scelto un investigatore anziano, immaginava Pulaski, invece di un graduato del distretto di zona, per via della vittima: un detective del NYPD.

Nel raggiungerlo, Pulaski si identificò.

«Sì, Lon me l'ha detto che avresti esaminato la scena» rispose Sanchez. «Lavori con quel Lincoln Rhyme.»

«Esatto.»

«Devo conoscerlo prima o poi. Okay. Lascia che ti mostri cosa abbiamo.» Oltrepassarono il nastro giallo e si infilarono sotto a una recinzione metallica. Il corpo era poco distante. Sanchez schioccò la lingua. «Un professionista. Tre proiettili. Due al petto, uno al volto.» Fece spallucce. «Non so perché si trovasse quaggiù. Non so neanche a cosa stesse lavorando.»

«Reati minori riguardanti il crimine organizzato. Perlopiù il caso del DSE.»

«Cos'è il DSE?»

«Department of Structures and Engineering. Hanno rubato schemi, diagrammi, cartine, richieste di permessi edili, programma delle ispezioni. Roba del genere.»

«Perché?» Sembrava perplesso quanto lo sarebbe chiunque davanti a un furto che non prevedeva denaro, diamanti, segreti industriali e simili.

«Non ne ho idea.»

«Avete un sosco?»

«Non ancora. Ma...»

Intendeva dire che, con la morte di Gilligan, forse avrebbero fatto qualche passo in quella direzione.

Sanchez sghignazzò. «Rubi un mucchio di scartoffie e poi spari tre colpi allo sbirro che conduce le indagini? Un criminale da strapazzo.»

Pulaski si guardò intorno. «Strano posto per un omicidio. Non sulla strada. E come avrebbe fatto ad avvicinarlo?»

Rhyme gli aveva insegnato che non esiste una sola scena del crimine.

Il corpo, se parliamo di omicidio, è il mozzo della ruota. Il sosco ha dovuto arrivare lì e poi ha dovuto andarsene. Quei raggi sono importanti tanto quanto dove l'azione è stata commessa.

Il corpo era quasi al centro di un campo spianato da un bulldozer, accanto a una fossa che doveva aver contenuto le fondamenta di un vecchio caseggiato, di cui ce n'erano in quantità in quel quartiere. Pulaski aveva fatto controlli sulla proprietà e non c'erano progetti a riguardo. Nessun permesso per edificare, non dal 1978. E l'imprenditore edile non aveva mai completato le scartoffie.

L'assassino poteva averlo raggiunto dal cancello d'ingresso, a una mezza dozzina di edifici dall'altro lato del campo, un percorso che conduceva alla strada accanto, distante un isolato. Era sbarrato da una rete metallica ma una barriera del genere, alta neanche due metri, avrebbe fermato solo gli assassini più fuori forma.

«È quella la sua auto?»

Una Lexus bianca era parcheggiata accanto al marciapiede.

«Già.»

«Medico legale?»

«Ha finito. È tutto tuo.»

«Domande in giro?»

«Ho mandato una mezza dozzina di uomini.»

«Segnalazioni di spari?»

«No.»

Non insolito. Erano pochissimi quelli che riferivano di aver sentito colpi d'arma da fuoco. Perché offrirsi di denunciare una persona che, evidentemente, aveva con sé un'arma letale?

«Niente neanche da ShotSpotter.»

Questo, però, era strano. Il sistema di rilevamento spari impiegato dal NYPD era in grado di triangolare il suono del colpo d'arma da fuoco, fornire la posizione approssimativa e indicare se lo sparatore era in movimento. E a volte perfino determinare quale direzione aveva preso. Il sistema era attivo a Manhattan, malgrado non coprisse tutti i quartieri con uguale accuratezza.

Muoviti. Veloce. Pulaski lo rammentò a se stesso.

Raggiunse i tecnici di raccolta prove, due giovani uomini, entrambi con il taglio corto preferito dagli ECT maschi, convinti di ridurre così le probabilità di lasciare uno dei propri capelli sulla scena.

Questi ultimi sembravano felici di lavorare a un caso insieme a Pulaski. I loro occhi irradiavano... Cos'era? Ammirazione?

Probabile. E il motivo era perché lavorava con Lincoln Rhyme.

Eccolo lavorare al loro caso, il protetto di Lincoln.

Nonché successore?

A quel pensiero, lo stomaco di Pulaski fece una capriola.

Accantonò l'argomento e rivolse loro un cenno di saluto. «Diamoci una mossa.»

«Sissignore.»

«Io mi occuperò del corpo e dell'auto. Voi due esaminate quel sentiero fino alla recinzione. E passate al setaccio la recinzione. E poi quei due edifici laggiù. I primi piani hanno la visuale sulla scena.» Sarebbero stati posti perfetti dai quali sorvegliare Gilligan.

Mentre faceva qualsiasi cosa stesse facendo.

I due tecnici indossarono la tuta e si misero all'opera. Pulaski fece altrettanto. Si era appena avviato verso il corpo quando Sanchez esclamò: «Oh-oh».

Il detective accennò a una lucida berlina nera che aveva appena parcheggiato nelle vicinanze. L'occupante del sedile posteriore stava uscendo proprio in quel momento. Era prossimo alla sessantina, impeccabile completo grigio carbone, chioma d'argento. Una lunga faccia severa. Osservò la scena del crimine e poi scrutò la stampa, cinque o sei giornalisti e cameramen dietro l'ennesimo nastro, a una certa distanza dalla scena.

«Burdick» spiegò Sanchez. «Viceispettore, One PP. Lo conosci?»

«No.»

«Lo chiamiamo Mezzobusto Amber.»

Pulaski ridacchiò. L'irriverenza dei poliziotti era leggendaria. Amber Andrews era una popolare conduttrice per l'affiliata locale di un'emittente nazionale. I suoi notiziari erano sempre molto più incentrati su di lei che sulle vicende trattate. Ah, dunque Burdick era uno che andava a caccia di riflettori come un segugio in cerca di tartufi, di quelli che tenevano inutili conferenze stampa in cui mostravano pile di contanti e pacchetti di droga confiscati nelle retate.

«Ego e talento, sai» aggiunse Sanchez. «Com'è che si dice? L'uno non esclude l'altro. Non è un cattivo poliziotto. Era bravo sulla strada ed è bravo a One PP. È solo che vuole che tutti lo sappiano.»

Burdick raggiunse Sanchez a grandi passi, ignorando Pulaski.

Perfetto. Aveva del lavoro da fare. Si infilò nella recinzione e iniziò ad aspirare tracce lungo il tragitto fino al cadavere. Poi passò al corpo, esaminando gli indumenti della vittima, grattando sotto le sue unghie, prendendo campioni di capelli, cercando pallottole, che si rivelarono essere ancora dentro al corpo. L'anatomopatologo le avrebbe estratte e fatte pervenire alla balistica nel Queens. A parte l'enorme Desert Eagle .50 o la minuscola .17 HMR, è difficile stabilire il calibro del proiettile sulla base della ferita. La maggior parte delle pistole rientra nella gamma dei 9 millimetri, .380 o .38: in pratica, uguali. E questi proiettili sembravano all'incirca di quelle dimensioni. Ma, essendo migliaia le armi di quel calibro, era inutile fare congetture su marca e modello.

L'assenza di fori d'uscita era interessante. L'accuratezza dava a intendere che l'assassino non era lontano quando aveva premuto il grilletto. In genere, a quella distanza, i proiettili avrebbero penetrato la cavità toracica, se non il cranio, uscendo dall'altro lato. Il fatto che non fosse accaduto significava che forse aveva usato un silenziatore, che riduce in maniera drastica non solo il suono ma anche la velocità del colpo. Questa ipotesi derivava anche dall'assenza di chiamate al 911 per riferire colpi d'arma da fuoco o di segnalazioni su ShotSpotter. Malgrado quello che si vede nei film, i silenziatori non sono così diffusi. Rapinatori e ladri comuni difficilmente riescono a procurarseli. Crimine organizzato e killer professionisti, sì.

Perciò era come aveva ipotizzato Sanchez: l'assassino era probabilmente un professionista.

Niente bossoli. Era possibile che la pistola fosse un revolver, che non ne lasciava; inoltre, malgrado la distanza tra la camera e la canna, un silenziatore riusciva a ridurre il rumore. Una semiautomatica, invece, avrebbe espulso i bossoli. D'altro canto, i professionisti si portano sempre via i bossoli vuoti. Trovò, tuttavia, dove l'eventuale bossolo sarebbe atterrato: a destra di dove si trovava l'assassino. E così raccolse campioni di terra in un raggio da un metro e mezzo a due e mezzo rispetto a quel punto.

L'arma di Gilligan, una comune Glock 17, era ancora al suo fianco. Sul fianco opposto non c'era un caricatore extra, segno che il detective non svolgeva molto lavoro sul campo. Non ci si avventura mai fuori dall'ufficio senza almeno un caricatore extra.

Poi Pulaski cominciò con il prosciutto a spirale. La sua ricerca approfondita.

C'erano una mezza dozzina di orme, ma l'area era in gran parte argilla compatta, ghiaia ed erba, nessuna delle quali tratteneva impronte.

Lasciò al furgone quanto aveva raccolto e passò alla Lexus.

E tu cos'hai per me e il signor Locard?

L'interno conteneva le solite cose: una tazza di caffè vuota, due bottiglie d'acqua, patente e assicurazione. L'auto aveva appena un mese. C'erano documenti nel portaoggetti dello sportello e in quello centrale. Cose riguardanti l'auto, perlopiù. Ormai non c'erano più ricevute dei pedaggi. Quella informazione, spesso utile, si poteva richiedere solo tramite un mandato agli enti per la gestione di ponti, gallerie e strade a pagamento.

Trovò diverse ricevute di ristoranti, alcune recenti, ma nessuna di quella mattina.

Prelevò campioni di terreno dal tappetino, dal sedile passeggero e da quello posteriore, impronte latenti su volante, monitor touchscreen, altri comandi e superfici, maniglie delle portiere di entrambi i lati.

Nel portabagagli c'era un laptop. Imbustò anche quello.

Infine, un esame dei sedili. Sotto di essi naturalmente, ma anche *dentro*: un posto che nessun manuale sulla raccolta prove – neanche quello di Lincoln Rhyme – suggeriva di setacciare. Ma Pulaski passò le mani sulla morbida pelle, come se stesse perquisendo un malvivente sospettato di avere addosso armi o droga.

Ed ecco che lo trovò, sotto a un taglio praticato nel lato del sedile posteriore, dietro a quello del conducente.

Qualcosa che metteva l'omicidio di Andy Gilligan sotto una luce tutta nuova.

18

Un sacco di persone avevano due telefoni – i gestori si premuravano di proporre ottimi affari per spolparti – ma quello di Gilligan era un usa e getta.

Lo si capiva perché era di marca ma un modello vecchio, superato da almeno tre anni, eppure in buone condizioni, senza graffi né ammaccature. Le compagnie di prepagati acquistavano le giacenze di telefoni come quello per venderli a una clientela variegata: quelli con pochi mezzi, adolescenti che imparavano a gestire le spese e... assassini e spacciatori.

Mentre lo infilava in una busta per le prove, Pulaski rifletté sul fatto che un poliziotto poteva senz'altro possedere un telefono usa e getta per motivi legittimi. Così poteva parlare con informatori e sospetti senza usare il proprio numero personale. Forse Gilligan faceva qualche lavoro sotto copertura.

Ma perché nasconderlo così accuratamente?

Se temeva che glielo rubassero, c'era il portabagagli o il vano portaoggetti.

Perciò Pulaski ipotizzò che Gilligan fosse coinvolto in qualcosa di illegale e utilizzasse quel telefono per comunicare con un socio, Mister X.

Pensa, si disse.

Gilligan era venuto lì per incontrare quella persona, che gli aveva teso un agguato?

Pulaski esaminò la situazione da un punto di vista logico. Gilligan era morto rivolto verso l'assassino. Se fosse stato uno sconosciuto ad aggredirlo, il detective avrebbe almeno tentato di estrarre la pistola. Ma, in base alla sua posizione da morto, questo non era successo.

Allora, doveva dare per scontato che fossero *soci* e che si fossero incontrati lì per qualche ragione. Pensa! Fa' congetture!

Audace...

Andò a esaminare l'asfalto davanti e dietro la Lexus. Non c'erano segni recenti di pneumatici. Forse Mister X aveva parcheggiato a una certa distanza.

Tornò da Sanchez. «Penso che si conoscessero. Gilligan e l'assassino.»

«Sul serio?»

«Penso di sì. Ho bisogno di sapere dove ha parcheggiato l'assassino. Non vicino alla Lexus, ma controlliamo lungo questo tratto. Potrebbe far sgomberare la strada?»

«Certo. Faccio allontanare tutti.» Sanchez chiamò gli agenti sul posto e comunicò l'ordine.

Una giovane agente chiese a Pulaski: «Signore, vuole che chiuda con il nastro tutta la zona?».

Signore? Avevano la stessa età.

«Sì, grazie.»

Con uno scatto della coda bionda, l'agente si voltò, andò a prendere un rotolo di nastro giallo e si mise all'opera.

I due tecnici di raccolta prove tornarono al cancello d'ingresso.

«Trovato niente?» domandò Pulaski.

Risposero di no.

Il che suffragava l'ipotesi secondo cui i due uomini erano insieme ed erano entrati da quel lato del lotto.

Forse era un omicidio su commissione, puro e semplice. Né Gilligan né l'assassino avevano affari da sbrigare lì, a parte, nel caso del secondo, uccidere il detective.

Pulaski andò al furgone della Scientifica e prese nuovi sacchetti per le prove.

Stava per mettersi a cercare segni recenti di battistrada quando Sanchez lo raggiunse. Non aveva un'espressione felice. «Non ha intenzione di farlo.»

«Chi non farà cosa?»

«Burdick. Dice che non c'è bisogno di espandere la scena. Che questo è ciò che fanno quelli della Scientifica quando non sanno cosa cercare.»

Pulaski si accigliò. «Cosa dovrebbe significare?»

«Te lo sto solo dicendo.»

Lanciò un'occhiata in direzione del viceispettore e, alle sue spalle, dei giornalisti.

Falange...

L'agente bionda, reggendo il nastro giallo, guardò Pulaski con aria incerta. Il viceispettore doveva averle detto di lasciar perdere.

Pulaski le andò vicino e le prese il nastro dalle mani. «Ci penso io.»

«Mi dispiace...»

«È tutto a posto.» Si girò verso Burdick e disse: «Dovrò chiedere a tutti di farvi indietro fino all'incrocio. Chiuderò la strada».

E, armato di nastro, aspettò che migrassero.

Alcuni giornalisti lo fecero, fermandosi però quando Burdick, con un tono più alto del necessario, replicò: «Agente. Come ho appena spiegato. Non è necessario». E lo guardò con l'espressione di qualcuno intelligente che parla con qualcuno che lo è meno. «Non è professionale. Tanto vale chiudere l'intero quartiere.»

E, per la milionesima volta, Pulaski ebbe quel breve lampo: sto combinando un casino. Sto facendo qualcosa di sbagliato.

C'è quella cosa che mi è successa...

Poi scacciò quel pensiero.

«Sulla base delle prove che ho trovato, ho bisogno che la strada sia isolata.»

«Quali prove?»

Pulaski non aveva intenzione di rispondere. «L'intero isolato.»

«Ma è un'assurdità.»

Pulaski immaginava che le scempiaggini che il viceispettore stava elargendo in merito alle dimensioni della scena decretata non avessero niente a che fare con le dimensioni della scena decretata. Burdick voleva solo apparire come l'uomo al comando.

Amber Andrews...

Tanto valeva che avesse detto: voglio restringere la scena di venti centimetri. O qualcosa di altrettanto assurdo.

«Posso parlarle in privato, signore?» domandò Pulaski.

A quanto pareva, la risposta era no.

Burdick rimase dov'era e alzò ancora di più la voce perché i giornalisti potessero assistere alla disputa interna. «Senti. Sono investigatore da prima che tu entrassi in servizio. Non c'è bisogno di allargare la scena.» Si guardò intorno e indicò un caseggiato abbandonato dall'altro lato della strada. Sembrava averlo scelto a caso. «E devi setacciare quell'edificio. È di fondamentale importanza. Lo so. Me lo dice l'istinto.»

Una struttura che era sbarrata da mesi se non anni, davanti alla quale c'erano un marciapiede e un ingresso polverosi che non mostravano andirivieni di orme recenti.

Pulaski abbassò la voce. «È sicuro che non vuole parlarne in privato? Basta che ci avviciniamo al furgone.»

«Sei in servizio alla Patrol, giusto?» chiese l'altro in tono gelido.

«Giusto.»

«Non sei in divisa.»

«Sono temporaneamente assegnato alla Scientifica.»

«Nome?»

«Ron Pulaski.»

«Be', Pulaski, Ron. Io sono un viceispettore. Non spetta a te darmi ordini. È il contrario.»

«Il punto qui non è l'anzianità. Ho bisogno che la strada sia sgomberata. Potrebbero esserci prove che chiunque sta calpestando in questo momento.»

«Non hai bisogno che la strada sia sgomberata. Hai bisogno di setacciare quell'edificio.»

Indicò, senza volerlo, la struttura accanto a quella di prima. Le aveva confuse.

«Questa è la mia scena del crimine» non demorse Pulaski. «Sono io che la controllo. Ho bisogno che vi spostiate di quindici metri in quella direzione.»

L'espressione sbigottita fu impagabile.

In uno schiocco di dita, si tramutò in rabbia. E poi, apparve un sorriso maligno. «Ghiaccio sottile, agente di pattuglia.»

Aveva messo in imbarazzo il viceispettore davanti alla stampa. Un peccato cardinale.

«Avevamo la possibilità di mantenere la faccenda tra noi» fu la replica a bassa voce di Pulaski. «Adesso dovrò chiederle ancora una volta di arretrare. E, se non lo farà, dovrò trattenerla per intralcio alla giustizia. E userò le fascette contenitive, se necessario.»

«Detective Sanchez!» chiamò Burdick. «Detective Sanchez!»

L'uomo arrivò senza fretta. «Signore?»

«Sospendo questo agente con effetto immediato. Sarà lei a mettere in sicurezza la scena fino all'arrivo di un altro agente della Scientifica.»

Sanchez guardò Burdick e poi Pulaski. Poi di nuovo Burdick. «È la sua scena, viceispettore. È lui a prendere le decisioni.»

«Ma non se è incompetente. E insubordinato. Lo sollevo dal comando.»

Pulaski aggrottò la fronte. A quanto ne sapeva, non esisteva una procedura del genere. L'espressione di Sanchez rivelava che era sconosciuta anche a lui.

«Non posso farlo, signore. Sa, lavora per Lincoln Rhyme.»
«Sì, sì, sì. Non mi fa né caldo né freddo.»

Mantenendo la faccia sorridente più calma che poteva – le fotocamere stavano scattando – aspettò che Sanchez si muovesse o che, perlomeno, Pulaski facesse marcia indietro.

Come Sachs gli aveva insegnato, Pulaski indossava la cintura di ordinanza all'esterno della tuta di Tyvek, così da avere l'arma sempre a portata di mano.

Così come le manette, che adesso fece per prendere.

«Non farai sul serio» disse Burdick spavaldo.

Il braccio di ferro durò solo qualche secondo. Poi, Burdick annuì appena. A voce più alta, disse: «Oh, stai dicendo che potrebbe esserci un uomo armato in azione nei paraggi?».

Burdick si rivolse alla stampa. «Questo agente mi ha informato che abbiamo appena saputo della possibile presenza di un uomo armato in zona. Sarebbe più prudente spostarsi in fondo all'isolato. Doveva dirlo prima, agente.»

Pulaski si mostrò mortificato. «Spiacente, signore. Errore mio.»

Il viceispettore fece segno ai giornalisti di arretrare, come se stesse salvando loro la vita, e Pulaski si affrettò a far passare il nastro attorno ai lampioni in fondo alla strada e a quelli dall'altro lato. Consegnò il rotolo a uno dei tecnici perché finisse il lavoro alla parte opposta dell'isolato.

Salì sul marciapiede e percorse la strada in tutta la sua lunghezza, a capo chino, cercando segni recenti di pneumatici, quelli dell'assassino, che sapeva essere lì.

Solo che non ce n'erano.

Ops! Si era sbagliato.

Ma la conclusione era decisamente migliore: significava che il killer e la sua vittima erano arrivati lì insieme. Pulaski ne ebbe la conferma rilevando impronte elettrostatiche dalla strada sotto al lato guida e a quello passeggero della Lexus. Le prime corrispondevano a Gilligan. Le seconde all'assassino.

Tornò al veicolo della Scientifica e osservò il lotto vuoto. Le targhette numerate, gialle con i numeri neri, indicavano il punto in cui era stato rinvenuto ciascun reperto.

Si rese conto che stava temporeggiando.

Qualche momento prima, aveva capito cosa doveva fare.

E adesso ne aveva paura.

C'era un'alternativa?

No, considerata la sua regola dei primi quarantotto minuti. Doveva dare subito una spinta in avanti al caso e c'era un solo modo per riuscirci.

Raggiunse un gruppetto di agenti in divisa. «Qualcuno può aiutarmi? Ho bisogno di un chewing gum.»

Un poliziotto annuì. «Juicy Fruit.»

«Fantastico.» Erano le sue preferite. Prese il rettangolino e cominciò a masticare. Poi si rivolse all'agente bionda che aveva iniziato a stendere il nastro. Accennò al suo borsello. «Spero che non lo consideri un insulto. Ma devo farti una domanda.»

19

CONTO ALLA ROVESCIA: 19 ORE

Lincoln Rhyme stava guardando le scatole di cartone che Ron Pulaski aveva appena portato dalla scena Gilligan e che adesso si trovavano nell'area sterile del salotto. Mel Cooper era impegnato a registrare i campioni per dare inizio alle analisi.

«Hai beccato un usa e getta» osservò Rhyme, accennando al sacchetto per le prove in mano a Pulaski.

«E allora? Sarà bloccato» brontolò Sellitto. «Sono sempre bloccati.»

«Questo no» replicò Pulaski.

«Davvero? Che superficialità.»

«*Era* bloccato. Io l'ho sbloccato.»

«Come?»

Un sorriso tirato. «Non è stata la cosa più piacevole del mondo. Ho ripulito la fronte di Gilligan da sangue e materia cerebrale, ho infilato un chewing gum nel foro di proiettile e rimesso a posto qualche osso. Poi mi sono fatto prestare i trucchi da un'agente. Temevo che si sarebbe sentita insultata, sapete, cioè, essendo una donna, *figuriamoci* se non aveva con sé qualche cosmetico. Ma lei non ha battuto ciglio.»

Rhyme proruppe in una insolita risata. «Hai fregato il riconoscimento facciale.»

Sellitto lanciò un'occhiata a Rhyme. «Il trucco del chewing gum-makeup. Mettilo nella prossima edizione del tuo manuale, Linc.»

«Una volta entrato nel telefono» continuò l'agente, «ho disattivato l'accesso con la password.»

«Sempre a pensare, Pulaski. Sempre a pensare. Be', vediamo cosa c'è dentro. Thom? Thom!» chiamò Rhyme.

«Sì?» L'aiutante entrò nella stanza.

«Mettiti i guanti e gioca allo sbirro. Dammi tutto quello che c'è su quel telefono. Registro chiamate, messaggi in segreteria, SMS. Speriamo di poter vedere le e-mail senza password.»

«Io?»

«Amelia sta seguendo una pista.»

«Mmh. Mi dai un aumento?»

«No, non ti licenzio.»

«Più tardi organizzo uno sciopero.» Thom infilò un paio di guanti di lattice e prese il sacchetto per le prove contenente il telefono.

«E non dimenticare...»

«La catena di custodia» concluse, mentre spariva in sala da pranzo per dare inizio agli scavi.

Pulaski riferì agli altri la sua teoria secondo cui Gilligan e l'assassino si conoscevano.

«Gilligan? Corrotto?» Rhyme, niente affatto contento, si guardò intorno. «In tal caso, non è stata un'idea brillante invitarlo qui.»

«Ricorda, però, Linc» replicò Sellitto. «Non l'abbiamo fatto. È stato lui a venire da noi.»

Ancora più inquietante... Voleva essere lì. Perché?

Cooper continuò a elencare i reperti di Pulaski. Un laptop. Tracce provenienti dalle scarpe di Gilligan, dal cadavere e attorno a esso, dal percorso logico fatto da vittima e assassino, dalla strada sotto le portiere dell'auto, dalla Lexus. Anche materiale trovato sotto le unghie e numerosi oggetti rinvenuti nell'auto.

«Proiettili?»

«Ancora nel corpo» rispose Pulaski. «Penso che l'assassino avesse un silenziatore.»

«Video?» Rhyme stava guardando la scheda SD che Pulaski stava inserendo in un computer.

«Ho trovato la ricevuta di un ristorante in cui Gilligan ha mangiato ieri. Ci sono passato mentre venivo qui. Mi hanno fatto una copia del filmato della sicurezza relativo al lasso di tempo in cui è stato da loro. Ottimo baklava, a proposito.» Aprì un programma per la riproduzione video, caricò il filmato in questione e iniziò a visionarlo fotogramma dopo fotogramma.

Mentre l'agente cercava, Rhyme disse: «Mel, le tracce. E, Lon, vuoi tu l'onore?». Un cenno alla lavagna.

«Sì, con la mia scrittura? Sorella Mary Elizabeth non mi dava voti fantastici alle elementari.» Prese comunque il pennarello e lisciò il foglio sul cavalletto, come un Picasso pronto a disegnare.

Cooper iniziò a riferire le conclusioni raggiunte dalla bestia da soma di tutti i laboratori della Scientifica: il gascromatografo/spettrografo di massa, che isola e identifica sostanze sconosciute.

Il grosso di quanto Pulaski aveva raccolto vicino al corpo e nel campo era costituito da sabbia e terreno argilloso. Corrispondeva ai campioni di controllo, il che significava che non aveva valore probatorio.

Poi, però, saltò fuori un campione che *non* corrispondeva. Proveniva da una fonte diversa dal campo in cui Gilligan era morto.

«Silice, allumina e magnesio, ferro, potassio, sodio e calcio» disse Cooper. «Terra alcalina. Materiale organico in decomposizione, fillosilicati di alluminio idrato.»

«Davvero? Interessante.»

Gli occhi di Sellitto compirono un ampio e sarcastico giro del soffitto. Rhyme lo ignorò.

«Dove è stato prelevato?» domandò.

«Sulle scarpe della vittima e nelle orme lungo il percorso fatto da Gilligan e dall'assassino. Abbondante sotto entrambe le portiere, lato guida e passeggero, e sui tappetini anteriori, tutti e due i lati.»

«Ah, eccellente! L'hanno raccolto *prima* di salire in auto. Ma dove? Ecco cosa vogliamo sapere. Il nascondiglio dell'assassino? Forse la casa di qualche boss del crimine organizzato? Voglio saperne di più. Mel, passa al microscopio un campione. Ottico.»

Altro strumento fondamentale nei laboratori della Scientifica, il microscopio composto, così chiamato per via delle molteplici lenti, non era niente di sofisticato. Il suo compito era semplice: far apparire più grandi le cose piccole.

Poco dopo, immagini di particelle apparvero su uno dei monitor vicini a Rhyme, mostrando ciò che Cooper stava osservando attraverso l'oculare del microscopio Mitutoyo, strumento di precisione del costo di diecimila dollari.

«Inserisci una scala» istruì Rhyme.

Apparve una griglia. Le particelle più piccole, color marroncino, erano di circa 0,002 millimetri o meno.

«Va bene» disse. «Con particelle così piccole e quegli ingredienti? È argilla.»

Una delle sei categorie fondamentali del suolo terrestre, insieme a scisto, terriccio, limo, torba e gesso.

Cooper continuò. «Calcio polverizzato, coerente con conchiglie, molto vecchie.»

«Argilla e conchiglie?» rifletté Sellitto. «Restringe il campo a un litorale, giusto? Perché quella faccia acida, Linc?»

«Perché, sì, hai ragione. Litorale. E New York ne ha più di ottocento chilometri. Più di Boston, Miami, Los Angeles e San Francisco messe insieme. Cos'altro? Voglio qualcosa di *unico*.»

«Carbone» continuò Cooper. «Pezzi di legno marcio coperti di vernice, fibre di cuoio e lana deteriorati. Rame, ferro. Poi alcol isoamilico, alcol n-propilico, epicatechina e vanillina. Tutto molto, molto vecchio.»

Rhyme osservò i risultati che Sellitto stava annotando nel suo corsivo. «L'ultimo? Qualche specie di liquore. Antico. Mmh. Bene. Adesso, quella traccia arrivata da una località diversa. Dove...?» Scandì la parola. «Pulaski, hai...?»

«Niente GPS nell'auto di Gilligan. Disattivato. Era quello che stavi per chiedere?»

«Sì.»

«L'altro telefono? Quello principale?»

«Non c'era. Deve averlo preso l'assassino.»

Dopo aver annotato questa informazione, Sellitto commentò: «Quest'uomo diventa più colpevole ogni minuto che passa».

Pulaski ricevette un SMS. Lo lesse e sulla sua faccia apparve un'espressione disgustata.

Sellitto lo guardò con aria indagatoria.

«Ho dovuto allontanare un viceispettore dalla scena.»

«E allora? È la tua scena.»

«Sì, be', diciamo che l'ho minacciato di intralcio. Davanti alla stampa. L'ho quasi ammanettato e trattenuto.»

La reazione di Rhyme fu divertita e anche un po' orgogliosa. Aveva fatto altrettanto in numerose occasioni e trattenuto un capitano del NYPD sul retro di un'autopattuglia per un'ora.

«Chi?» chiese Sellitto.

«Burdick.»

«Oh, lui» fece Sellitto. «Sì, be', ha un'attenuante.»

«E cioè?» Pulaski era perplesso.

«È un coglione.»

«Ho le scarpe» esclamò Cooper. «Entrambe 44 e mezzo. Suola liscia. Nessun identificativo del fabbricante.»

Ovviamente, il caso più comune. E il numero di scarpe ha una correlazione solo marginale con l'altezza e la corporatura. «Segni di usura?» chiese Rhyme. Tacchi e punte si consumano in alcuni modi che possono essere indice di certe professioni.

«Quelle di Gilligan sono più consumate di quelle dell'assassino, ma nessuna delle due ci dice niente.»

Cooper si chinò di nuovo sul microscopio. «Altre tracce dalla località misteriosa. Fibre che hanno la struttura cellulare dei peli di cavallo. Come il resto, vecchie.»

«Il computer?» chiese ancora Rhyme. «È senz'altro di Gilligan?»

«Sì» rispose Pulaski. «Il suo nome e il suo numero sono su un'etichetta sul retro, con la scritta Se lo trovate, per favore chiamate eccetera. Ci sono anche le sue impronte. Solo le sue. Ed è quello personale, non dotazione del dipartimento.»

«Come lo sai?»

«È un Core i7» rispose Pulaski. «Con una scheda grafica Nvidia. Troppo costoso per essere in dotazione alla polizia.»

«*Deve* esserci qualcosa che possiamo usare. Ti prego, dimmi che non è bloccato.»

Cooper batté qualche tasto. «Macché. Password.»

«E non ha il lettore di impronte per sbloccarlo» aggiunse Pulaski. I lettori di impronte nei dispositivi elettronici non leggono otticamente le creste, i solchi e le spirali. Captano la conduttanza, ovvero le cariche elettriche, sulle creste. Tuttavia, la conduttanza diminuisce rapidamente dopo la morte. Per il momento, il computer sarebbe rimasto inaccessibile.

«Trovato nel video del ristorante» annunciò Pulaski.

Rhyme si ritrovò a guardare una scena grandangolare in alta definizione dell'interno di un ristorante. Non poté fare a meno di esserne colpito. Il ragazzo, anzi no, il giovane, aveva fatto l'ulteriore passo di andare al locale e procurarsi una copia della registrazione filmata. L'aspetto significativo era la commistione tra lavoro della Scientifica e indagini sul campo. Era insolito e, avrebbe detto qualcuno, contrario al protocollo. Di solito, un agente forense consegnava i reperti a un detective, che si occupava di indagare. Questo processo in due fasi spesso portava a dei ritardi. Pulaski non voleva niente del genere. Voleva che si indagasse senza indugi sulle piste dedotte dalla scena. E questo significava farlo da sé. Una volta aveva spiegato a Rhyme la sua teoria a riguardo, la regola dei quarantotto minuti per chiudere un caso. Il criminologo non poteva dissentire.

Nel video videro Andy Gilligan entrare; l'illuminazione era buona. L'avevano accompagnato a un tavolo laterale, dove si era seduto di spalle alla videocamera. Aveva ordinato da mangiare, una tazza di caffè. Aveva consumato in fretta, non aveva fatto telefonate né inviato o ricevuto messaggi.

«Che strano» commentò Pulaski. «Sta da solo al ristorante e non usa dispositivi elettronici. Lui si limita a guardare fuori dalla finestra.»

«Perché si sente uno stronzo per quello che ha fatto» aggiunse Rhyme. «Oppure sta pensando a come spendere i soldi che gli ha dato l'assassino.»

Poi tacque e si sforzò di guardare meglio. «C'è qualcosa...»

«Cosa, Linc?»

«Voglio rivederlo. Dall'istante in cui entra. Velocità normale.»

Pulaski armeggiò con i comandi. «Hai trovato qualcosa?»

Non esattamente, fu la risposta. Ma le immagini avevano innescato una vaga associazione.

Un ricordo.

Era il ristorante?

No, non l'aveva mai visto prima di allora.

La vista all'esterno?

No, una strada come tante.

Forse era qualcosa nello stesso Gilligan...

Dopotutto, quell'uomo aveva trascorso alcune ore nel salotto di Rhyme per il caso del furto al DSE. Era stato lì proprio quella mattina.

Ma no, era in un contesto diverso dal lavoro di indagine che avevano fatto insieme, in casa sua.

I vestiti?
No...
Un modo di fare?
Poi: «Sì!».
Tutti e tre gli uomini presenti nel laboratorio si voltarono a guardarlo.
A essergli familiare era l'andatura di Gilligan.
E Lincoln Rhyme capì dove l'aveva già vista.
«Mel! Voglio il video di sorveglianza del furto al DSE. Mettilo sul secondo monitor.»
Rhyme si avvicinò allo schermo in questione. Andiamo, pensò spazientito. Andiamo.
«Lo sto facendo.»
A quanto pareva, non si era limitato a pensare.

Ben presto sullo schermo nero apparve un filmato della sicurezza, con il numero del caso e la data che lampeggiavano in giallo. La scena partì e videro quello che, secondo un sottotitolo, era il corridoio ovest, primo piano, della sede del Department of Structures and Engineering. Sosco 212 si stava allontanando dall'obiettivo, diretto all'uscita, i fascicoli dei documenti rubati stretti sotto al braccio destro.

«Guardate la camminata di Gilligan nel ristorante. Guardate come cammina il ladro del DSE.»

«Ma che cazzo!» imprecò Sellitto. «Sono uguali.»

Tra le forze dell'ordine era comune l'impiego di software di profilazione dell'andatura per identificare malviventi e testimoni. Tuttavia, non erano ammissibili nei processi in gran parte degli Stati. Ma, confrontare l'andatura di un individuo noto con quella di un individuo sconosciuto tramite video di sorveglianza come quello poteva aiutare gli investigatori in un'identificazione approssimativa del malvivente. Rhyme non aveva un programma del genere in laboratorio, ma non ne aveva affatto bisogno. Era evidente che i due uomini fossero la medesima persona.

«E anche l'orecchio» osservò Pulaski.

Ah, sì. In entrambi i filmati si tirava ossessivamente il lobo sinistro, un tic nervoso.

Non c'erano dubbi. Andy Gilligan era Sosco 212.

«Che diavolo di storia è questa?» si domandò Sellitto. «Il detective che gestisce il furto al DSE è anche il dannato colpevole? Qualcuno me lo spieghi.»

In quel momento, la voce di Cooper giunse chiara dall'altoparlante. In genere placido, adesso sembrava elettrizzato. «Be', qui abbiamo qualcosa. Avete presente che i bossoli sono caduti a terra e l'assassino se li è portati via? Indovinate cos'ho trovato nelle tracce?»

«Mel!» Rhyme sbuffò sonoramente. Non era in vena di momenti teatrali.

Impassibile, il tecnico si voltò verso di loro con un sorriso. «Acido fluoridrico.»

«Gesù» mormorò Sellitto. «Quindi l'assassino è stato sul luogo del disastro... oppure è lui Sosco 89.»

«È una coincidenza troppo grossa, trovarsi sulla scena della gru senza alcun motivo» replicò Rhyme. «No, è lui l'autore materiale, o interno al Kommunalka Project o assoldato da loro. E gli serviva un uomo interno all'amministrazione comunale. Paga Gilligan per farsi dare una lista di proprietà che vogliono trasformare in alloggi popolari. Ecco da dove arriva quella lista. E voleva diagrammi e mappe dei cantieri in città per individuare le gru da sabotare.»

Sellitto prese un biscotto da un vassoio che Rhyme non aveva notato prima. Thom, un talento con il forno, non faceva che lasciare in giro leccornie che gli ospiti gradivano ma per le quali il suo capo provava poco interesse.

Gli occhi di nuovo sulla lavagna, Rhyme mormorò: «E l'uomo misterioso, l'autore materiale... Chi diavolo sei?».

La risposta a quella domanda giunse un momento dopo.

Thom Reston entrò nel salottino. «Non c'è granché nel telefono di Gilligan. Niente dati, niente download. Solo registri di chiamate. Alcune locali, probabilmente ad altri usa e getta; ma ce n'erano alcune da e verso un numero in Inghilterra. Ho cercato il prefisso. È di Manchester. Se significa qualcosa.»

Rhyme tacque per un po', lasciando sedimentare lo choc.

«Significa tutto» disse. «Sosco 89, l'uomo della gru? È l'Orologiaio.»

20

Mentre aspettava la coppia che sarebbe morta di lì a poco, Charles Vespasian Hale si domandò se avessero figli.

Non voleva che i figli, se ne avevano, morissero né voleva che non morissero. Erano irrilevanti. La sola cosa importante era che il *marito* morisse per via di ciò che aveva visto e che sua moglie morisse perché lui poteva averle detto cosa aveva visto.

Se questo significava far diventare orfani eventuali figli, pazienza.

A meno che non fossero in compagnia dei loro genitori e stessero per entrare in casa insieme a loro.

In tal caso, non sarebbero diventati proprio niente.

Hale arretrò nel fogliame del piccolo parco dirimpetto alla loro modesta villetta nel Queens.

L'abitazione apparteneva a un operaio del cantiere in cui era precipitata la gru. Il suo nome era sulla lista che Gilligan aveva rubato dalla casa di Rhyme quella mattina. Hale aveva chiamato gli operai a cui Gilligan non era arrivato e solo quell'uomo si era rivelato un testimone, avendo visto qualcosa di «strano» al cantiere. Un SUV parcheggiato dove non avrebbe dovuto.

Si dava il caso che quello fosse il veicolo con cui Hale era arrivato sul posto per sabotare la gru.

Be', si era già sbarazzato della Chevy ma a preoccuparlo era il fatto che l'uomo avesse visto il *contenuto* del SUV.

Perciò, quell'uomo doveva morire.

Hale non sapeva che gli operai della Moynahan Construction avevano un parcheggio apposito. Aveva parcheggiato l'auto sulla strada e lasciato un casco di protezione sul cruscotto. Era quello ad aver attirato l'attenzione dell'operaio. E a firmare la sua condanna a morte.

Hale si era precipitato a casa dell'uomo e, non trovando nessuno dentro, vi si era introdotto per lasciare un regalo.

Adesso, Hale era nascosto nell'ombra del terreno incolto e aspettava.

Accanto, c'era lo studio di un avvocato. Impossibile sapere se il legale fosse bravo in tribunale ma di sicuro era un esperto linguista. Un'insegna sulla finestra informava che lì si parlava spagnolo, greco, armeno, turco e cinese. Hale aveva sentito dire che ben presto nel Paese i bianchi sarebbero stati una minoranza. Di tanto in tanto, veniva contattato da potenziali clienti che volevano assoldarlo per assassinare qualcuno in quanto appartenente a «una razza inferiore».

Sì, era stata utilizzata proprio quell'espressione.

Declinava sempre offerte simili perché riteneva disgustosi quegli incarichi ma anche perché quelli che sostenevano opinioni del genere erano immancabilmente stupidi. E quella caratteristica, in qualsiasi attività criminale, era un innegabile ostacolo.

Un'auto rallentò ed entrò nel vialetto. La coppia scese. Niente bambini. La risposta alla domanda. Anche se, un momento... la donna aveva il pancione. Perciò un mezzo bambino sì.

I bersagli sembravano una coppia nella media. Corporatura media, capelli nella media, andatura nella media. Camminavano tenendosi a braccetto. No... non era esatto. Era *lei* a sorreggere lui per un braccio. Probabilmente era uno dei feriti in seguito al crollo della gru. C'erano stati solo due morti, una delusione. Non che fosse di indole sadica, affatto (il sadismo era inefficiente); no, Hale voleva che gli attacchi richiamassero l'attenzione. Aveva bisogno che la città fosse concentrata.

I due, che gli sembravano prossimi alla trentina, superarono il cancelletto di legno bianco e, sì, il prato e il giardino nella media che dominavano la parte anteriore della villetta.

L'uomo, atletico e massiccio come molti operai edili, si fermò a guardare un cespuglio fiorito dai petali gialli. Hale se ne intendeva un po' di flora, ma solo quella importante per il suo lavoro. Quella velenosa, irritante o narcotizzante.

Poi proseguirono verso la porta d'ingresso, dipinta di un rosso vivace. Dopo averla aperta, l'uomo le fece il galante segno di entrare.

Lei entrò; lui la seguì, zoppicando, e chiuse la porta per quella che sarebbe stata l'ultima volta della loro vita.

Accertatosi che fossero nel raggio d'azione, Hale si avviò verso il suo nuovo SUV, di colore e marca diversi dal primo. Questo era un Pathfinder nero. Mentre camminava, fece una telefonata con l'usa e getta. All'interno della casa della coppia, il circuito del cellulare ricevente accettò silenziosamente la chiamata e diede inizio a un conto alla rovescia che, dando a Hale venti minuti per allontanarsi, avrebbe innescato un piccolo ordigno esplosivo. La carica sarebbe stata così leggera che avrebbero sentito solo un debole schiocco.

Il fatto che il suono fosse delicato, però, non significava che lo sarebbero state anche le conseguenze. L'esplosione avrebbe mandato in frantumi un contenitore di acido fluoridrico.

La forma liquida è una delle tossine dermiche più letali sulla terra ma il gas HF anidro è peggiore. Le esalazioni, materializzandosi quando il liquido incontra l'aria a temperatura ambiente, si sarebbero propagate velocemente dal punto di origine invadendo l'intera casa in meno di un minuto, dal momento che, quando aveva piazzato il congegno, Hale aveva impostato la ventola del condizionatore al massimo.

E la morte? Sgradevole, sì. Ironia della sorte, l'HF sulla pelle non era particolarmente doloroso all'inizio. Il gas che entrava nei polmoni, negli occhi, nella bocca e nel naso, tuttavia, provocava all'istante un'indicibile agonia. Ma non durava a lungo, non data la quantità con cui aveva riempito il dispositivo.

Adesso che la minaccia costituita dall'operaio guardone era stata eliminata, era tempo di tornare a ciò che aveva in programma.

Si trattava, senza dubbio, dell'aspetto più importante della sua missione.

Nonché quello che più lo incuriosiva.

21

CONTO ALLA ROVESCIA: 18 ORE

«Non credo di averti mai visto così sorpreso, Linc.»

Il che equivaleva a usare un eufemismo.

«Mi aspettavo...» disse adagio Rhyme. E ricordò loro un comunicato che gli era pervenuto poco tempo addietro per vie alquanto tortuose. Il British Government Communications Headquarters – nome innocente per una delle agenzie di spionaggio più efficaci del mondo – stava intercettando un flusso di comunicazioni tra terroristi e aveva appreso che esponenti anonimi, uno dei quali si trovava a Manchester, stavano tramando l'uccisione di Rhyme. Avevano informato l'FBI che, a sua volta, aveva allertato il criminologo.

Manchester era la temporanea base operativa di Hale.

«Mi aspettavo che Hale sarebbe arrivato prima o poi. Uccidermi non è il genere di incarico che darebbe in subappalto. Ma come diavolo è coinvolto con la faccenda delle gru?»

«Be', immagino che il Kommunalka Project l'abbia assoldato, no?» ipotizzò Sellitto.

Lo sguardo di Rhyme si spostò dalla lavagna delle prove alle finestre. «Forse. Ma la sua presenza qui apre un sacco di possibilità. Potrebbe spiegare perché nessuno ha sentito parlare dei nostri comunisti nazionali. Ripensandoci, un gruppo radicale clandestino che può permettersi le tariffe di Hale? Non è impossibile, soprattutto se il Kommunalka è la facciata per un'operazione più grossa, ma non per forza probabile. Forse dobbiamo prevedere tutt'altro.»

«Ottimo lavoro, Pulaski. Senza non l'avremmo mai saputo.»
Ma il giovane agente parve non sentire il complimento. Stava fissando la lavagna. «Sai cosa significa, vero? La morte di Gilligan? Hale ci proverà con te molto presto.»
«Già. Gilligan era qui per dare un'occhiata ai miei sistemi di sicurezza. Se Hale l'ha ucciso, ha saputo ciò che gli serviva. Agirà prima che io possa cambiare qualcosa.»
Sellitto stava scuotendo la testa. «Perciò Andy Gilligan era un venduto. Questa è tosta. Ma non proprio una sorpresa. Sai che ha un fratello?»
«No» rispose Rhyme.
«Sì. Mick Gilligan ha parecchi agganci. Una gang a Brooklyn. Lo sapevamo, naturalmente. E a volte si vedevano. Andy non ne faceva un mistero. Aveva informato il suo comandante. Diceva solo che non avrebbe partecipato a operazioni contro Mick. I pezzi grossi hanno chiuso un occhio.» Un'espressione torva. «Andy era un bravo poliziotto, dannazione. Chiudeva casi... Ma adesso? Ci tocca tornare a controllare tutti i casi che ha gestito. Esaminare gli inventari dei sequestri di droga e contanti. Vedere se ha fatto la cresta.»
Rhyme stava pensando allo scambio di telefonate con l'Inghilterra. Chiamò Thom. «A quando risale l'ultima?»
L'aiutante diede uno sguardo al foglio su cui aveva annotato le telefonate. «Tre giorni fa.»
«È quando è partito dal Regno Unito ed è venuto qui. Ma come è entrato nel Paese? Quell'uomo è su una decina di liste nere.» Rhyme ordinò al suo computer: «Invia invito Zoom. Fred Dellray. Organizza una riunione adesso».
Il computer eseguì il comando e, poco dopo, l'agente FBI apparve sullo schermo.
«Lincoln, Lon, e c'è il giovane Pulaski che dimora negli angoli.» Dellray era nel suo ufficio, nel palazzo federale in centro a Manhattan. Era un luogo anonimo, con le pareti dipinte

di beige governativo, una libreria alle spalle, piena di volumi ordinati con cura. Un computer da scrivania.

Suonò un altro telefono e Dellray alzò un dito ossuto, scuro come la pelle marrone della sua poltroncina. Rispose alla chiamata e silenziò Zoom.

Malgrado le lauree specialistiche, non c'erano certificati né pergamene alle pareti. L'unica decorazione era il poster di un uomo scarmigliato con la toga, con sotto la frase:

> La fortuna è ciò che accade quando preparazione e opportunità si incontrano.
> *Seneca*

Sotto ancora, una copia del Titolo 18 del Codice degli Stati Uniti. Lo statuto dei reati federali. Da esso spuntava una selva di Post-it. Erano rosa, azzurri e gialli.

Dellray indossava un completo molto poco FBI, azzurro polvere, abbinato all'altrettanto non convenzionale camicia gialla e cravatta rosa. Poteva offendere impunemente il fantasma di J. Edgar Hoover perché era il migliore a gestire agenti sotto copertura e informatori nel Bureau. E di tanto in tanto andava lui stesso in missione per impersonare l'oscenamente ricco signore della guerra o trafficante di armi o il corrotto funzionario governativo con il problema del gioco d'azzardo e ansioso di accettare una tangente da un imprenditore.

Terminò la chiamata e tornò su Zoom. «Allora. Qualcosa di interessante sulla vicenda della gru? Devo dirvelo, mi basta sbirciare dalla finestra per vederne una proprio qui davanti. Quelli dell'Antiterrorismo hanno deciso di traslocare nell'altro lato dell'edificio, nel caso faccia un bel capitombolo. È. Una. Distrazione. Di cosa avete bisogno?»

«Ingressi non autorizzati negli Stati Uniti circa tre giorni fa, relativi a un maschio bianco sui quaranta. In arrivo dal Regno Unito. Ma potrebbe essere stato in transito da qual-

siasi altra parte del mondo. Ho mandato una foto. Segnaletica.»
«Faccio qualche squillo in giro, Lincoln. Torno subito. Chi è questo arcicattivo?»
Rhyme aveva cercato di classificare la sintassi, la grammatica e il gergo di Dellray. Era impossibile.
«L'Orologiaio.»
Calò il silenzio. Una rarità con Dellray. «Be'...»
«Sì, Fred. So perché è qui.»
«Mantieni libera questa linea. Me ne vado a ovest, dove i miei impavidi colleghi si nascondono dalle gru che cadono. Torno presto.»
L'uomo dinoccolato scomparve.

22

Abby stava dando l'acqua alle gardenie, in un cestino appeso in veranda, quando sentì il rumore.
Cos'era stato?
Uno scoppiettio.
Proveniva dalla casa dei vicini.
La quarantaquattrenne madre di tre figli e bibliotecaria part-time guardò oltre la stretta striscia di cortili laterali la villetta che era quasi identica a quella che lei e suo marito possedevano; identica a tante altre, a dire il vero, in quella zona del Queens. Solo che la coppia della porta accanto aveva scelto la finitura rossa invece che gialla.
Abby aveva concluso che preferiva il rosso ma non si sarebbe mai sobbarcata la spesa di dipingere qualcosa che non aveva bisogno di essere pitturato. Quant'era stupido? E poi così avrebbe dato l'impressione di averlo fatto per via dei vicini e, anche se era la verità, non voleva che nessuno lo *pensasse*.
Un botto.
Con gli occhi sulla villetta, s'interrogò sul suono. Stava pensando a cosa dovevano aver passato le persone che ci vivevano. Quel povero marito, l'operaio edile che aveva rischiato di morire in quel terribile incidente con la gru.
Il marito di Abby, Tim, faceva il meccanico presso Harbey's Automotive – sì, non Harvey – e non si era mai trovato in pericolo, neanche durante l'incendio.

E la moglie incinta? Poteva partorire da un momento all'altro.

Che tempi...

Un sorso per te, pensò rivolta alla più grande delle piante pensili, in segreto la sua preferita.

Un sorso per te.

Buona bevuta a tutte.

Abby amava le sue piante. Parlava con loro ed era convinta che crescessero meglio grazie ai suoi discorsi.

Guardò di nuovo in direzione della casa.

Un momento, cos'era quello?

Si allarmò. Fumo? C'era un incendio?

Prese il telefono e fece per chiamare il 911. Poi si fermò. No. Si rese conto che stava guardando il bagno. Era vapore. Alcuni sbuffi sfuggivano dalla finestra semiaperta e si dissolvevano veloci. E non c'era traccia di fumo altrove.

Ecco cos'era. Vapore.

Anche lei amava i bagni caldi.

Abby entrò in cucina e riempì di nuovo l'innaffiatoio. Attraversò la casa, attenta a non versare gocce sul tappeto, e uscì sul portico anteriore, dove la aspettavano altre quattro piante.

«Un sorso per te» disse. E, rivolta alle altre, sussurrò: «Abbiate pazienza. È quasi il vostro turno».

* * *

Mentre aspettava che lo smilzo agente dell'FBI riapparisse, Rhyme notò altri aspetti dell'ufficio di Dellray: foto della moglie e dei tre figli. Dunque la coppia ne aveva avuto un altro... ma forse erano tre anche l'ultima volta in cui aveva parlato della sua famiglia.

Il criminologo era perennemente all'oscuro della vita personale dei colleghi.

Sellitto fece per chiedere qualcosa, ma Rhyme tirò su un dito mentre guardava dritto davanti a sé. Non la lavagna delle prove ma fuori dalla finestra. Rami e foglie e nuvole e un incredibile pezzo di cielo azzurro più oltre.

Tornò Dellray. Si lasciò cadere sulla poltrona da ufficio. «Ne ho una memorabile, Lincoln. Non è arrivata sulla mia scrivania perché sto impiegando il mio prezioso tempo e le cellule cerebrali a mettere sotto chiave alcuni skinhead razzisti. Allora, questo è molto interessante. Tre giorni fa, accaduto al JFK. Niente informazioni riservate, niente intercettazioni, niente allarmi per fumo in cabina. Niente. Di. Niente. Mi seguite tutti?»

«Lo farò quando mi dirai cosa hai scoperto.»

Una risatina. «Un 777, volo internazionale. Parcheggia al gate, tutti se la filano dall'uccello d'acciaio, passeggeri, equipaggio. È qui che la cosa si fa interessante.

«Volo successivo, qualche ora dopo, la prima agente fa un giro di controllo. Normale amministrazione. Dà un'occhiata all'aereo, qualche calcio alle gomme, si assicura che le ali siano ben fissate. E guarda bene nel carrello anteriore. E indovinate cosa trova? Non ci riuscirete, perciò ve lo dico io. Una bombola d'ossigeno, grande abbastanza per una riserva di otto ore, una maschera e un sacco a pelo termico scaldato da una batteria da dodici volt.»

A trentacinquemila piedi, le temperature possono arrivare a meno cinquantasei gradi, anche se la sgradevole sensazione non durerebbe a lungo. L'ipossia, la mancanza di ossigeno, vi ucciderà prima che l'aereo salga alla quota di crociera.

Ne ho una memorabile...

«Partito da dove? Manchester?»

«Altroché.»

Sellitto borbottò: «L'Orologiaio, proprio il genere di entrata trionfale che sceglierebbe».

«Tracce?» chiese Rhyme.

«Il PERT ha imbustato tutto e l'ha portato a Quantico.»
Quelli del Physical Evidence Response Team del Bureau erano bravi. E il laboratorio a Quantico era forse il migliore del mondo.
«Possono cercarmi subito un'impronta? Devo... dobbiamo averne la certezza.»
«Il nome è Hale, giusto?»
«Charles Vespasian Hale.»
«Aspetta in linea.»
Un lampo verde e giallo e sparì.
Lo sguardo di Rhyme tornò alla finestra.
Una gru pugnalava il cielo...
Nella sua mente, i pezzi stavano andando al loro posto.
Ma aveva bisogno della cruciale conferma da parte di Dellray.
Che, due minuti dopo, era di ritorno.
«È il tuo ragazzo, Lincoln. Niente di che nel reparto sorprese: Hale ha avuto l'intelligenza di indossare guanti a bordo dell'aereo, ma avrà pensato di dare nell'occhio nel terminal. Hanno rilevato un'impronta sulla maniglia del portello riservato agli addetti ai bagagli. Perciò l'Orologiaio è l'uomo della gru.»
«Così pare. Informiamo la Homeland Security. È anche sulla loro lista.»
Chiusero la chiamata.
L'Orologiaio. L'uomo i cui piani Rhyme aveva sventato diverse volte negli Stati Uniti e in Messico. L'uomo che Rhyme aveva arrestato e messo in carcere, nonostante fosse riuscito a evadere da una prigione dalla quale era difficilissimo evadere.
L'uomo che era, per usare il termine fin troppo romantico e ingenuo, la sua nemesi, osservò Rhyme.
Adesso fu Sellitto a guardare fuori dalla finestra. «È qui. Ma dove?»
Rhyme si soffermò a riflettere. «È ciò a cui stavo pensando e mi è venuta un'idea.»

23

CONTO ALLA ROVESCIA: 17 ORE

Il limite in quella zona era 30 km/h.
Amelia Sachs stava andando oltre i novanta all'ora, irritata dal fatto che dovesse rallentare agli incroci.
Aveva lampeggianti installati sulla griglia ma niente sirena. Doveva rimediare.
Accidenti. Un dissuasore di velocità. Scese a sessantacinque.
Tonfo. Botta.
Ahi...
Poi più veloce.
Sachs era alla guida della sua Torino, il motore che rombava, lungo una stradina residenziale del Queens, un isolato di piccole villette unifamiliari. Mattoni rossi, pietra beige, alcune con il telaio di legno, dipinte in colori tenui. Non diverso dal quartiere di Brooklyn in cui era cresciuta.
C'era un motivo per la sua velocità: un ritardo iniziale. Un accesso di tosse l'aveva costretta ad accostare, abbassare la testa e aspirare il dolce ossigeno attraverso la maschera fino a che le convulsioni non si erano placate. Anzi, si era fermata nel parcheggio davanti al pronto soccorso di un ospedale.
Combattuta.
Ma poi era riuscita a controllare la tosse e aveva proseguito per andare a incontrare il testimone.
Un nuovo, breve accesso di tosse la colmò di rabbia nei confronti dell'uomo che stava usando quella roba come un'arma.

Rabbia nei confronti dei propri polmoni per quella scarsa resistenza.
Lascia perdere.
Guida.
Superato un incrocio, schiacciò di nuovo l'acceleratore e l'auto scattò in avanti, sfrecciando ancora più veloce.
Era in vivavoce con il telefono. L'avevano collegata con le frequenze radio della polizia. Era in comunicazione con gli agenti che erano intervenuti all'indirizzo del Queens, dove viveva il testimone.
«Detective Cinque Otto Otto Cinque, la sentiamo. Passo.»
«Procedi.»
«Siamo sul posto. Sembra un incendio.»
«Negativo. Sono esalazioni di acido. State indietro. Una boccata e siete morti. Ho chiamato i vigili del fuoco. Arrivano con la squadra di decontaminazione.»
«Ricevuto, detective. È dappertutto, adesso, il fumo o le esalazioni o quello che è.»
«Mantenete la zona in sicurezza. E state indietro. Vi direi di cercare il colpevole ma non abbiamo identificazioni. Potrebbe essere nei paraggi, in attesa di vedere cosa succede.»
Tossì di nuovo e lanciò un'occhiata alla bombola d'ossigeno sul sedile passeggero.
No.
Non c'era tempo per fermarsi.
«Sta bene, detective?» chiese l'agente all'altro capo della linea.
«Sì.»
«Cos'è questa storia?»
«Il proprietario della casa era un testimone nel crollo della gru di questa mattina. Il sosco si è procurato il suo indirizzo. Ha piazzato uno IED. L'acido, non esplosivi. Dico sul serio, non avvicinatevi.»
«Ricevuto.»

Una svolta e una sbandata.

«Sarò lì tra quindici minuti» disse, e chiuse la comunicazione. Poi girò appena la testa e disse ai passeggeri sul sedile posteriore: «Come va là dietro?».

La donna, seduta proprio dietro di lei, rispose: «Credo che sto per vomitare. Mi dispiace».

«Ci siamo quasi.»

«Va bene.»

«E lei, signore?»

«Sto bene. Mi piace la sua auto.»

Nello specchietto retrovisore, Sachs vedeva la coppia. Lei sembrava sofferente. Lui si guardava intorno nella Ford come se fosse un potenziale compratore.

L'uomo era l'operaio, il testimone, che il sosco aveva appena tentato di uccidere.

La telefonata che Sachs aveva ricevuto nel salottino proveniva da lui. Si era identificato come uno degli operai del cantiere di quella mattina. Aveva deciso di interrogarlo personalmente e si era recata nel Queens.

In prossimità della casa, aveva fatto una telefonata.

«Pronto?» Era la voce del testimone che stava andando a incontrare.

Sachs si era identificata. «Volevo solo assicurarmi che foste in casa. Sono quasi arrivata.»

C'era stata una pausa. «Allora non l'ha chiamata?» aveva chiesto l'operaio.

«Chi?»

«L'altro detective. Mi ha chiamato dopo di lei. Pensavo che le avesse detto che ho rilasciato a lui una deposizione, sa. Non c'è bisogno che venga.»

Gesù... Sachs aveva avuto un tuffo allo stomaco. Ignorando l'impellente impulso di tossire, aveva spinto sull'acceleratore. «Uscite di casa. Adesso.»

Ma certo: la telefonata doveva averla fatta il sosco o un

complice. Chissà come, si erano procurati nome e indirizzo dell'operaio e, venuti a sapere che l'uomo aveva visto qualcosa, avevano deciso che doveva morire. Sachs conosceva la squadra che indagava sul disastro della gru e nessuno avrebbe chiamato un testimone senza coordinarsi con lei.

«Cosa...?»

Sachs l'aveva interrotto. «Non era un poliziotto. È l'assassino. È in pericolo. Sa che lei è un testimone. Andate via subito!»

«Oh, Signore.»

«Ci sono quasi. Uscite dal retro, attraversate il cortile della casa dietro la vostra e raggiungete Twenty-Fourth. Ci vediamo lì.»

In che modo li avrebbe attaccati?, si era domandata. Non ne aveva idea, perciò aveva chiamato l'Emergency Service Unit, il team SWAT del NYPD, e riferito alla centrale e alla squadra artificieri la presenza di uno IED.

Era arrivata proprio allora all'indirizzo e, assicuratasi che non ci fossero pericoli, aveva svoltato a gran velocità su 24th Street. Lì la coppia era salita in tutta fretta sul sedile posteriore – con la fretta che poteva permettersi una donna a gravidanza ormai avanzata – e Sachs era ripartita sgommando, lasciandosi dietro una nuvola di fumo azzurrino.

Adesso era diretta al distretto locale, dove li avrebbe lasciati in custodia cautelare. Poi sarebbe tornata alla villetta per percorrere la griglia.

E affrontare di nuovo le esalazioni. Aveva visto giusto riguardo al modus operandi: Sosco 89 aveva lasciato uno IED in casa. Una bomba all'acido.

A quel pensiero, i suoi polmoni furono colti dall'ennesimo accesso di tosse.

Raggiunse di nuovo i novanta, cercando un compromesso tra l'urgenza e le condizioni di uno dei passeggeri: sia la nausea sia la gravidanza.

Nel parcheggio del distretto, si fermò davanti all'ingresso principale e si voltò verso di loro.

«È veleno?» chiese la donna. «Acido?»

«Esatto.»

La donna si mise a piangere.

«E siete sicuri che l'abbia messo in casa?» volle sapere il marito.

«Sì, è esploso. Si è diffuso in tutta la casa. Gli agenti hanno visto i fumi.»

«Cristo» mormorò l'uomo. «Se fossimo stati dentro...» Poi chiese: «Tutto perché ho visto il suo SUV? È ciò che gli ho detto di aver visto».

«È possibile che l'abbia visto piazzare il dispositivo che ha usato per sabotare i contrappesi?»

«Forse. Ma non ricordo niente del genere.»

«Quanto era vicino alla gru?»

Ci fu un'esitazione quando marito e moglie si scambiarono un'occhiata. La domanda doveva averli colti di sorpresa, come se a Sachs fosse sfuggito un dettaglio di cui entrambi erano a conoscenza.

L'uomo disse: «Be', parecchio vicino. Ero il manovratore».

24

«Pensavo che il manovratore fosse morto» disse Sachs.
«Cosa?» Garry Helprin era confuso. Poi, la sua espressione si fece cupa. «Quello che è morto era Leon Roubideaux. Lavorava sulle travi. Nessuno era migliore di lui.» Una smorfia da cui traspariva la rabbia. «Si trovava nell'edificio, al ventunesimo piano. Stava cercando di far passare una tavola nella torre, per improvvisare un cavo di arresto. Una follia. Non avrebbe funzionato. Ma... Era un amico.»

«Mi dispiace.» Le tornò alla mente l'immagine: il tondino, scuro di sangue, chiazzato di pezzetti di carne e materia cerebrale. «È riuscito a scendere prima del crollo?»

«Si è calato di sotto.» Fu la moglie a rispondere.

Sachs rimase interdetta.

«Arrampicata e alpinismo sono i miei hobby. Tengo novanta metri di corda in cabina. Per sicurezza. Cioè, la "sicurezza" che avevo in mente era un guasto alle scale o un incendio. Mai avrei pensato di dovermi salvare da un crollo.»

«Sa dirmi qualcosa dell'uomo che l'ha chiamata spacciandosi per un detective?»

«Non molto. Nessun accento straniero né accento di qui, tipo del Sud o di Boston. Ha detto di chiamarsi Adams, credo. Non è che abbia detto granché di sé.»

«Identificativo chiamante?»

«Diceva "NYPD". Nessun numero. Ecco perché non mi è sembrato strano.»

«È facile fare una cosa del genere con il telefono. Succede di continuo. E cosa gli ha detto? Quel veicolo di cui ha parlato?»

Sachs aveva tirato fuori penna e taccuino.

«Un SUV beige, non sapevo di che tipo, con la targa del Connecticut, parcheggiato su un lato del cantiere. L'ho notato perché era fermo in un punto strano, non il parcheggio riservato agli operai. Ma sapevo che era uno dei nostri perché c'era un casco sul cruscotto. A volte li lasciamo lì, così gli addetti al traffico sanno che stiamo lavorando e ci lasciano in pace.»

«Cos'altro ha visto?»

«Nel retro c'era uno scatolone, un metro quadro circa come base, alto mezzo, forse. Senza scritte che io ricordi. Un paio di grossi guanti neri, di quelli che arrivano al gomito, un binocolo dall'aria costosa, non so di che marca, e un libro tascabile. Non ho visto bene la copertina ma erano colori vivaci, giallo e arancione. Si vedeva solo una lettera, la K. L'ultima lettera del titolo.»

«Ha un'ottima vista.»

«Gruisti... non facciamo che guardare.»

«Bicchieri o lattine?»

«No. E neanche incarti di cibo.»

«Adesivi sul paraurti?»

«Non credo.»

Cosa aveva visto Garry da spingere il sosco a tentare di ucciderlo?

Tenendo stretta la mano della moglie, l'uomo chiese: «Quando possiamo tornare a casa?».

«Non potete tornarci. Voglio che lasciate la città fino a che non l'avremo catturato. Sparite. Deve credervi morti.»

Garry annuì. «Così non saprà che le ho detto cosa ho visto.»

«Esatto.»

«Andarcene così?» chiese la moglie con un filo di voce.
«Senza vestiti? Senza soldi, niente?»
«Solo quello che avete nel portafogli o nella borsa. Tutto qui.»
Si scambiarono un'occhiata. Poi la donna disse: «Può venire a prenderci Benji. Possiamo stare da loro a Syosset».
Garry stava guardando fuori dal finestrino. «L'ha uccisa» disse con la voce bassa e rabbiosa.
Sachs inarcò un sopracciglio.
«Big Blue. L'avevo chiamata così. Come il bue di Paul Bunyan. Abbiamo tirato su trentaquattro palazzi insieme.»
«Coraggio, vi accompagno dentro» disse Sachs.
Entrati nella stazione di polizia, Sachs affidò la coppia alla responsabile per le relazioni con il pubblico, una donna dagli occhi gentili sulla cinquantina. Lei li condusse nella stanza di sorveglianza.
La moglie strinse Sachs in un forte abbraccio, anche se goffo, dato il pancione.
La detective tornò all'auto e piegò la testa all'indietro. Sembrava aiutarla con la tosse. Un po' di ossigeno. Una nuova sensazione, un bruciore al petto.
Pronto soccorso?
Radiografie?
No.
Tirò su la schiena, accese il motore e scrisse un SMS a Rhyme:

Il sosco era a casa del testimone. Queens. Si è procurato il nome. Ha piazzato uno IED. Sono al sicuro. Sento i vicini per capire se qualcuno l'ha visto.

Sessanta secondi dopo aver inviato il messaggio, ricevette una risposta.
Le parole furono un pugno allo stomaco.

Fatti rilasciare una deposizione ma abbiamo un'ID. Sosco 89 è l'Orologiaio. Gilligan lavorava per lui ma adesso è morto. Tracce sulla scena? Ci servono. Te la senti?

L'Orologiaio... Be', questo cambiava tutto.
La sua risposta fu semplice:

Sì.

Una veloce boccata di ossigeno, poi mise la bombola sul tappetino ai piedi del sedile passeggero e inserì la prima.

25

Pur non essendo mai inquieto, nel senso che chiunque darebbe al termine, chiunque di *normale*, un intenso brusio di trepidazione nervosa adesso pulsava dentro di lui.

L'intero piano di Charles Hale si basava su quanto stava per accadere.

A preoccuparlo non era la sicurezza; il complice che doveva incontrare era stato controllato numerose volte e comunque aveva preso precauzioni. Era solo che, come nel caso degli orologi, il minimo scarto rispetto alla tolleranza avrebbe fatto la differenza tra funzionante e inutile. E Hale aveva bisogno che il ruolo di questa persona nel suo piano funzionasse alla perfezione.

Come quando costruiva orologi e doveva affidarsi a un fabbro in Germania perché realizzasse le molle. Un'arte di per sé.

Un soggetto terzo esperto.

Proprio come adesso.

Il traffico lì a Harlem era fitto e sciamava lungo le strade come un banco di pesci al contempo incerto e assertivo. Infilò il Pathfinder in un parcheggio vicino al City College of New York e si avviò a ovest attraverso St. Nicholas Park, lungo un sentiero tortuoso luccicante per la recente innaffiatura. Fiutò odore di terra, gas di scarico, un aroma floreale da una fila di fiori gialli che non erano letali e, come aveva riflettuto poco prima, di scarsa utilità pratica per lui. Erano, comunque, piacevoli da guardare. Hale aveva poco tempo per l'estetica ma era umano, dopotutto, e sapeva commuoversi, purché l'emozione non costituisse una distrazione o una diluizione.

Uscì dal parco e si incamminò su 139th Street, parte di Strivers' Row, un progetto di edilizia residenziale del diciannovesimo secolo concepito da David H. King jr, l'uomo responsabile della costruzione dell'edificio del «New York Times» nel 1889, la base della Statua della Libertà e il secondo Madison Square Garden. Lì le brownstone, palazzine di mattoni gialli e arenaria, molte delle quali con le finiture di terracotta, erano gemme. Erano state vendute a bianchi del ceto medio, il gruppo demografico predominante a Harlem all'epoca della costruzione. Il progetto era fallito e i banchieri che si erano occupati del pignoramento avevano lasciato che le unità abitative rimanessero vuote per vent'anni prima di consentire, a malincuore, la vendita a compratori neri.

Hale lo sapeva, perché in quel quartiere c'era qualcos'altro che lo attraeva e che vide adesso: un orologio esterno che sporgeva sul marciapiede.

Del diametro di quasi due metri, risalente a poco dopo l'Harlem Renaissance degli anni Venti e Trenta, l'orologio era fissato alla facciata del Baker and Williams Building. Un tempo, l'edificio era stato sede di un produttore di strumenti musicali, specializzato in ottoni. Fieri del loro quartiere, e con più di un occhio alla pubblicità derivante, i proprietari avevano deciso di commissionare l'orologio.

La decisione relativa all'orologio aveva anche un altro motivo e risaliva a quando un vicepresidente della Merchants Bank and Trust di Wall Street aveva negato, senza alcun motivo fiscale, un prestito a Baker, che era nero. L'ingresso principale della banca sfoggiava un orologio simile. Quello che Baker aveva ordinato e fatto installare a Harlem era esattamente due centimetri e mezzo più grande di quello della banca.

La ditta era ormai chiusa da tempo e l'edificio era stato riconvertito. Adesso c'erano una caffetteria al pianoterra e appartamenti distribuiti sugli otto piani rimanenti.

L'orologio era semplice, non c'erano complicazioni, neanche la funzione indicante il giorno della settimana. Ma la cosa di cui era dotato, a differenza di tanti altri, era un quadrante trasparente. Si vedevano gli ingranaggi alla perfezione. Se gli capitava un lavoro a New York, era uno di quei cinque o sei orologi esterni dai quali si recava in pellegrinaggio.

Questo era forse il suo preferito. Sia per la realizzazione sia per la storia, che era la dimostrazione che il tempo esiste a prescindere da etnia, genere, nazionalità, orientamento. Si potrebbe dire che non aveva «tempo» per simili costrutti umani e per le divisioni che ne risultavano.

Un'interessante questione filosofica, alla quale avrebbe forse dedicato ulteriore riflessione.

Anche se, naturalmente, non adesso.

* * *

«Che noooooia.»
«Mmh. Ce ne stiamo seduti sulle chiappe con sandwich e caffè. Che c'è, preferisci dare la caccia ai tossici?»
«La guardiamo mentre la attaccano, ecco cosa facciamo.»
«Cosa?»
«Guardiamo mentre attaccano la carta da parati.» Una pausa. «Invece della pittura che si asciuga. Volevo fare una battuta. Non ha funzionato?»
«Mmh.»

Il giovane detective, autore dell'approssimativa metafora, si stiracchiò e sorseggiò la dolce e potente bevanda. Era seduto alla guida del furgone da idraulico, confiscato durante una retata antidroga e adesso usato per appostamenti e sorveglianza. Emanava un vago odore di metallo, che probabilmente proveniva dal metallo, ma forse anche dal sangue che quelli del parco veicoli del NYPD non avevano pulito a sufficienza.

Assegnati al vicino 32° distretto, lui e il suo partner, che poltriva sul sedile passeggero, avevano una leggera somiglianza. Erano entrambi bassi e atletici. La differenza più evidente era il colore dei capelli: l'autista biondo, l'altro bruno.

«Dobbiamo ascoltare quella roba?» chiese Bruno, appena più vecchio, con una superflua occhiata alla radio. Che trasmetteva soft rock.

«Allora cambia. Quello che vuoi. Quante probabilità ci sono che si faccia vedere quassù?»

«Non vuoi sapere davvero quante probabilità ci sono. Stai dicendo che secondo te è una perdita di tempo.»

Biondo: «E-sat-ta-men-te. No, quello è country. Cerca un'altra stazione».

«Hai detto quello che volevo. Ho scelto country.»

«Hip hop.»

«Un po' di hip hop mi sta bene.»

La regola non scritta del NYPD era che, durante gli appostamenti, si poteva ascoltare la musica perché tendeva a farti restare sveglio. Gli sport erano proibiti perché le partite distraevano dalla missione di osservare i cattivi che facevano brutte cose. Questa era difficile. Nove poliziotti su dieci amavano lo sport. Il resto erano teste di cazzo.

Appianato il compromesso culturale, si misero comodi a sorvegliare la strada.

«Mmh. Da chi sarebbe arrivata la segnalazione?» chiese Bruno.

Non aveva partecipato all'informativa. Biondo se l'era portato dietro perché andavano d'accordo e convenivano su parecchie cose. Cose importanti. Sport e politica. La musica non contava.

«Lo conosci quel tipo in sedia a rotelle? Ex poliziotto.»

«E chi non lo conosce? Rhyme. Capitano. Scientifica.»

«Qualcuno è entrato nel Paese» spiegò Biondo. «Terrorista o qualcosa del genere. Si è nascosto nel vano del carrello di un aereo. Dall'Inghilterra.»
«Mi sa di bufala. Non si può fare. Impossibile.»
«Cento verdoni?» Biondo tirò le banconote fuori dalla tasca. Le contò. «Ottantasette?»
Bruno si fece cauto. «Mettili via. Ma come cazzo...?»
«Bombola d'ossigeno e stufetta.»
«Ma dai.» Bruno era al contempo colpito dall'impresa e sollevato per non aver perso il costo di una cena per lui e sua moglie.
«Quindi c'è lui dietro la gru di stamattina.»
«E Rhyme gestisce il caso? Come funziona? È un civile.»
«Sellitto dei Major Cases, in centro? È lui il detective incaricato.»
«Ah, il musone.»
«Ma diciamo che è Rhyme a gestirlo.»
Passarono i minuti, altra osservazione della strada. «Ma davvero non può camminare?» chiese Bruno.
«Certo che cammina. Corre anche le maratone. Se ne sta tutto il giorno in carrozzina perché così tutti hanno pena per lui.»
«Era solo per dire.»
Bevendo altro caffè cubano, Biondo diede ancora un'occhiata alla stampata e scrutò di nuovo la strada, alla ricerca dell'uomo raffigurato sul foglio.
Charles Vespasian Hale.
Impossibile trovare un uomo dall'aspetto più ordinario.
Ma c'era un dettaglio chiave: l'uomo avrebbe probabilmente fatto visita ai leggendari orologi da esterno della città.
Anzi, l'aveva proprio detto, a sentire Sellitto. «Orologi leggendari.» Molti dei presenti nella stanza avevano faticato a non sghignazzare.
Rhyme ne aveva selezionati cinque e il dipartimento aveva assegnato a ciascuno di essi una squadra sotto copertura.

Bruno, seduto sulla punta del sedile, scrutò un passante. Anche Biondo lo squadrò. Il pedone non era lui.

Biondo continuava a ripensare alla conclusione della riunione informativa, quando aveva chiesto a Sellitto cosa dovessero fare le squadre in caso di avvistamento. Il detective aveva risposto: «Chiamate la centrale, seguitelo. Continuate a sorvegliarlo. Se attacca voi o qualcun altro, prendetelo». Sellitto aveva poi esitato e bofonchiato: «Seguite la procedura standard, ma...».

La frase rimasta in sospeso era parecchio tosta.

Stava parlando di forza letale, anche se non in maniera esplicita.

Gli agenti possono uccidere un sospetto solo quando la loro vita o quella di qualcun altro è in pericolo immediato.

Ma...

Con quella parola, Sellitto aveva lasciato intendere che Hale rientrava in una categoria diversa.

Cioè, senza bisogno di dirlo: fatelo fuori al *minimo* segno di pericolo.

Ma non sarebbero arrivati a tanto.

Biondo aveva deciso che Sellitto si sbagliava. Impossibile che Hale, se davvero era così in gamba, rischiasse di farsi acciuffare o sparare solo per vedere un cazzo di orologio, leggendario o no.

Soprattutto quello davanti al quale erano parcheggiati. L'orologio che si affacciava sulla caffetteria nel Baker and Williams Building, lì a Harlem, non era niente di speciale, concluse il detective.

26

Charles Hale procedeva lungo le strade affollate, un uomo come tanti a Harlem, che stava andando a mangiare qualcosa, a una presentazione commerciale, a trovare un cugino trasferitosi di recente, a incontrare l'amante per un pranzo veloce, a incontrare la moglie per un pranzo vero.
Né spavaldo né cauto.
In giro in modalità newyorkese.
Deciso ma distratto.
Lo sguardo dritto davanti a sé sull'orologio di Baker and Williams.
«Mi scusi.»
Si voltò e vide una donna sulla trentina, i capelli biondi legati in una stretta coda. Era abbronzata da una vita passata all'aria aperta, non dai lettini di un solarium. (Essendosi scurito per vari lavori, conosceva la differenza.) Indossava un tailleur blu navy, camicetta bianca, perle. Aveva in mano il sacchetto di un'elegante boutique su 58th Street.
Gli mostrò il proprio telefono. «Sto cercando questo murale.» Sullo schermo, c'era la fotografia di un ritratto di street art raffigurante il poeta Langston Hughes, figlio nativo di Harlem.
Hale guardò il telefono. Poi tirò fuori il proprio e aprì una mappa. Adesso era *lei* a guardare il suo schermo.
Puntini verdi apparvero nell'angolo in alto a destra di entrambi i telefoni: gli scanner della retina stavano facendo il

loro dovere. Questa modalità di sblocco del telefono aveva il minor margine di errore di tutte le misure di sicurezza biometriche.

«Ecco» disse Hale. I due voltarono le spalle all'enorme orologio ed entrarono nella caffetteria, sedendosi vicino alla finestra. Lui ordinò caffè nero. Lei una camomilla.

«Sei uscito agli Hamptons il treno non mi andava proprio il taxi non sapevo se l'avrebbero licenziata ma come previsto un minuto di troppo il risultato finale era un disastro...»

La conversazione sconclusionata, improvvisata, cessò all'arrivo delle bevande, quando entrambi ebbero assodato che quelli seduti nei paraggi non costituivano alcuna minaccia.

Guardandolo con i suoi intensi occhi azzurri, gli disse: «Brad mi ha detto che gli hai già subappaltato del lavoro in passato».

Brad era il capo del gruppo per cui lei lavorava la maggior parte del tempo. Erano mercenari a tutti gli effetti, nonostante la mezza dozzina operasse in maniera molto più discreta dei ceffi tatuati e barbuti in mimetica che quel lavoro evocava nella mente. Quando Hale gli aveva comunicato le proprie esigenze, Brad Garland gli aveva raccomandato senza indugi la donna seduta adesso di fronte a lui.

«Proprio così.» Hale non aveva bisogno di precisare che i risultati erano stati ottimi. In caso contrario, lei non sarebbe stata lì.

La donna bevve un sorso di camomilla e si mise comoda. «Per tua informazione. Qualcuno mi ha visto sul luogo dello scambio.»

Un dialettologo l'avrebbe collocata da qualche parte tra la Rust Belt e i campi di granturco.

«Sì?»

La donna spiegò che l'agente immobiliare che le aveva affittato il posto aveva mentito oppure si era sbagliata. Gli edifici ai lati del suo dovevano essere vacanti ma quello a ovest era stato venduto. Un giovane operatore di borsa l'aveva vista e aveva insistito per aiutarla a portare alcuni scatoloni nella casa nuova.

«Sarebbe stato sospetto rifiutare. Ma la questione è risolta.» Aggiunse, come se niente fosse: «Gli ho dato una birra corretta con tiopentale e midazolam. Una mia ricetta. Conosco il dosaggio. Resterà in coma per quattro, cinque giorni. Ho guidato fino al South Bronx per sbarazzarmi del furgone e ho scaricato lui lungo la strada. Non è una zona molto trafficata ma qualcuno lo troverà. Un ragazzo di Wall Street che compra droga in un brutto posto, overdose. Nessuno penserà che si tratti di altro».

«Sei sicura che si sveglierà?»

«No.» Alla cruda valutazione non seguì che un altro sorso di camomilla.

«Che nome stai usando?» le chiese. Gli pseudonimi erano comuni in quell'ambiente lavorativo.

«Con te, quello vero. Simone.»

«Io sono Charles.»

Ma si sarebbero attenuti ai soli nomi di battesimo.

Lui le guardò le dita senza anelli e notò che il polpastrello dell'indice destro sembrava calloso. Capitava, talvolta, quando si faceva pratica costante con le pistole, sparando centinaia di proiettili a sessione.

«L'hai fabbricato da sola?»

«Una parte. Non il software. So codificare ma avevo bisogno di qualcuno di speciale. Ho assunto uno bravo. È esperto di decodificazione dei codici sorgente. Devi conoscere Assembly per questo.»

Cosa che a Hale non diceva nulla. Non aveva mai gravato la mente con fatti o abilità che non impiegava nel suo lavoro. Una volta, aveva letto che Sherlock Holmes non conosceva la teoria copernicana dell'universo ed era convinto che il Sole girasse attorno alla Terra. E perché no? Se era possibile risolvere un caso sapendo che la mattina il Sole era a est e il pomeriggio a ovest, be', a cosa serviva saperne di più?

In questo, Hale e Lincoln Rhyme erano molto simili.

Si era informato parecchio sulla sua controparte.

Posò il caffè e si accorse che lei lo stava studiando. E non lo nascondeva.

La donna conosceva la sua età e probabilmente aveva visto le sue foto pre-chirurgia. Hale pensava che l'essersi sottoposto a un processo di invecchiamento e imbruttimento l'avrebbero sorpresa e spiazzata. Ma non sembrava quello il caso.

Simone girò la testa a sinistra, un movimento impercettibile.

«Il furgone da idraulico. Polizia o FBI?»

«NYPD.» Il veicolo, in appostamento a un isolato di distanza, dirimpetto al Baker and Williams Building, aveva una normale targa commerciale, non governativa. Ma Hale l'aveva controllata: era intestata alla città di New York. Un mezzo confiscato.

«Sono lì per via dell'orologio?»

«Proprio così. Significa che Lincoln sa che sono in città. È uno dei motivi per cui volevo venire qui, all'orologio. Per scoprirlo.»

Come ciò fosse successo, Hale non riusciva a indovinarlo. Il criminologo non mancava mai di sorprenderlo.

La donna gli consegnò il sacchetto che aveva portato. All'interno potevano esserci calze di seta o una cravatta di Brooks Brothers. Di certo c'era una busta, contenente un indirizzo e una chiave.

Dal taschino interno, Hale prese a sua volta una busta e gliela porse. Era leggera ma dentro c'era un quarto di milione di dollari in diamanti, del tipo privo di quel microscopico numero di registrazione che – la gente sarebbe sorpresa di sapere – quasi tutte le gemme al dettaglio hanno.

Alcuni clienti accettavano bonifici su conti offshore. Nessuno in quell'ambiente prendeva criptovalute. Se un cliente le proponeva, Hale lo scaricava all'istante.

«Quell'orologio? Quello grosso?» chiese lei.
Hale annuì.
Nessuno dei due si voltò a guardarlo.
«Si vedono tutti gli ingranaggi. Interessante.»
«Non si chiamano ingranaggi.»
«No?»
«Sono ruote.»
«Anche con i denti?»
«Sì. Gli ingranaggi sono quelli del cambio dell'auto. Negli orologi sono "ruote". Il meccanismo è detto ruotismo. O treno.»
«Ne stai facendo uno adesso?»
«Un orologio? Non qui.»
Lei inclinò la testa e disse: «C'è una gru sopra al luogo di scambio».
Lui non cercò l'indirizzo dentro il sacchetto. «Dove?»
«West Thirty-Eighth.»
Hale le rivolse un leggero, nonché raro, sorriso. «No, non è quello il prossimo obiettivo. Anche se sarebbe ironico. Sarà meglio andare.» Lasciò i soldi del conto sul tavolo. «Quel murale sul tuo telefono. Perché Langston Hughes?»
«Mi interesso di poesia.»
«Quindi vuoi vederlo davvero?»
«Sì.»
Perciò il giro a Harlem era un pellegrinaggio per entrambi.
Lei si alzò. Hale anche. Il copione prevedeva un bacio sulle guance e un sincero «grazie» per il tardivo regalo di compleanno.
«Ti mando un messaggio sul prossimo passo. Domani» disse lui.
Gli occhi ancora in quelli di lui, la donna replicò: «Il mio tempo è tuo». Poi si voltò, mescolandosi alla perfezione alla folla dei passanti.

27

CONTO ALLA ROVESCIA: 16 ORE

Sachs entrò nel salotto portando quella che non era neanche una scatola piena di reperti. Appena qualche sacchetto con attaccati i cartellini della catena di custodia.

Sottopose ogni cosa ai dispositivi di sicurezza installati nell'ingresso e poi consegnò il materiale a Mel Cooper. Dopo una boccata di ossigeno, spiegò a Rhyme, Sellitto e Cooper: «Il manovratore della gru è sopravvissuto. A morire è stato un altro operaio».

«Come diavolo ha fatto?» volle sapere Sellitto.

Sachs mise via la bombola e proruppe in una debole risata. «Si è calato con una corda dalla cabina poco prima del crollo. A quanto pare è un amante dell'altezza. Rocciatore, alpinista.»

«Oh, Signore» mormorò Mel Cooper, sfogliando i sacchetti delle prove. «Altezza.»

Sachs continuò. «Il sosco, be', l'*Orologiaio* ha scoperto che era un testimone e ha piazzato un ordigno per eliminare lui e sua moglie.»

«I vicini hanno visto qualcosa?»

«No. Una donna ha visto del fumo uscire da una finestra ma ha pensato che fosse vapore. Nient'altro.»

«In che modo è risalito al testimone?» chiese Rhyme.

«Un detective l'ha chiamato questa mattina per chiedergli se avesse visto qualcosa di sospetto. Stava facendo domande a tutti gli operai. Aveva un elenco. Sono sicura che Gilligan l'ha sgraffignato quando è stato qui e l'ha dato a Hale.»

Rhyme annuì e poi chiese: «Be', cos'ha visto il gruista di così importante da finire quasi ammazzato?».

«Un SUV beige parcheggiato dove non doveva. Dentro, un casco di protezione sul cruscotto. Una scatola sul retro, un metro per un metro e alta mezzo. Niente scritte che sia in grado di ricordare. Guanti che probabilmente erano di neoprene. Binocolo, modello costoso, e un libro, un tascabile con la copertina arancione e gialla. La K è l'ultima lettera del titolo. Nessun'altra informazione.»

«D'accordo» disse piano Rhyme. «Forse si è preoccupato per il SUV, ma sono certo che quello sia ormai sparito. L'Orologiaio non userebbe due volte lo stesso veicolo. La scatola di cartone, i guanti, il casco? Niente che potrebbe impensierire Hale. Il binocolo o il libro potrebbero essere qualcosa. Perché non vuole farcelo sapere?» Non si presentò alcuna risposta. Chiese a Sachs: «Sei entrata in casa del gruista?».

«No. Il comandante della squadra dei vigili del fuoco non ha voluto liberare la scena. Troppo acido e fumi. Ma ho dato un'occhiata da una finestra. Il dispositivo si era sciolto. Proprio come al cantiere, sui contrappesi della gru.»

Era un bene che non avesse insistito. L'esposizione che aveva subito era già abbastanza grave; ancora un po' e sarebbe finita in ospedale. E poiché adesso la loro preda era l'Orologiaio, non poteva permettersi di avere Sachs fuori gioco.

«E quello?» Rhyme accennò alla scatola che aveva preso Mel Cooper.

L'eccessivamente *minuscola* scatola.

«Ho trovato un'impronta di scarpa e tracce, ingresso principale e retro.»

Poco dopo, Cooper annunciò: «L'orma è al novanta per cento la stessa che Ron ha trovato sulla scena dell'omicidio Gilligan. Adesso passo alle tracce...». Con lo sguardo sullo schermo del GC/SM, disse: «Stessa dell'altra... argilla, batteri, legno marcio e fibre tessili. Liquore. Ancora una volta, vecchio, vecchio, vecchio... Ma un'aggiunta: ammoniaca e acido isocianico».

«Urea» concluse Rhyme.

Sellitto fece spallucce. «È passato dove qualcuno ha fatto pipì. Non ci dice niente.»

«È passato dove qualcuno ha fatto pipì tanto, tanto tempo fa. Quelli sono gli elementi in cui si degrada l'urea.»

Sachs annotò la scoperta sulla lavagna.

In confronto, sì, la grafia di Sellitto era tremenda.

Il detective guardò l'ora. «Me ne vado a casa, doccia e cena. Se avete bisogno, chiamate. Perché la gente dice cose del genere? Se avete bisogno, è ovvio che chiamerete.»

Lasciò la palazzina. Mel Cooper disse che avrebbe fatto altrettanto.

Ron Pulaski era in centro. Era passato temporaneamente al caso di Eddie Tarr e stava seguendo una pista sulla berlina rossa alla cui guida doveva esserci il dinamitardo quando aveva ucciso un testimone nell'Upper East Side. Sembrava, però, che la pista si fosse rivelata un nulla di fatto e adesso Pulaski stava tornando per accompagnare Sachs a fare il giro dei cantieri con le gru a torre che avevano individuato come possibili obiettivi. Serviva più che altro a verificare le misure di sicurezza, ma non era da escludere che potessero cogliere l'Orologiaio in flagrante.

Erano successe cose più strane.

Thom apparve sulla soglia. «Cena?»

«Penseremo anche a quello» rispose Rhyme con aria assente, mentre fissava la lavagna dell'omicidio.

In quel momento, apparve un'e-mail sul suo computer. Una richiesta di Zoom.

Il nome del mittente era uno di quelli sulla lavagna: Stephen Cody, deputato del Congresso al momento in corsa per la rielezione. L'uomo che Lyle Spencer aveva interrogato quel giorno.

L'uomo di cui Rhyme non aveva mai sentito parlare, nonostante fosse suo rappresentante a Washington, DC.

«Sachs, vediamo cos'ha da dire.»

La detective si sedette al computer collegato al monitor più grande della stanza e digitò. Poco dopo, si ritrovarono a guardare Cody, bello sul genere uomo d'affari, capelli folti un po' arruffati, le maniche della camicia celeste tirate su. Non portava la cravatta e il colletto era sbottonato. Gli occhiali da vista avevano la montatura rosso scuro. Rhyme si chiese di sfuggita se il colore influenzasse il suo processo visivo. Ipotesi interessante. Avrebbe condotto uno studio per vedere se il colore della montatura sortisse qualche effetto sulla capacità visiva. Qualcosa da tenere in considerazione durante le ricerche su una scena del crimine.

«Deputato Cody. Sono la detective Sachs.»

«Detective. E, capitano Rhyme, è un onore conoscerla.»

Rhyme annuì.

Cody spiegò di essere stato un procuratore federale prima di candidarsi e di aver saputo di Rhyme tramite il suo lavoro. Aveva anche letto alcuni libri di una serie su di lui, alcuni dei casi più famosi di cui si era occupato. Rhyme si era sempre chiesto perché l'autore si fosse preso la briga.

«Il detective Spencer mi ha chiesto dell'attacco alla gru. Ha parlato di attivisti impegnati per alloggi accessibili. L'emergenza abitativa è uno dei miei progetti elettorali. Un problema concreto ovunque, specie a New York. Le loro richieste non sono sbagliate: abbiamo così tanti metri quadri di cui il governo potrebbe fare buon uso, ma c'è resistenza. Forte resistenza.»

«Mmh. Un peccato» bofonchiò Rhyme. Sachs gli scoccò un'occhiataccia che significava: non fare il sarcastico, potremmo avere bisogno di lui. Per tutta risposta, le concesse un'alzata di sopracciglio.

«Ma sono certo che non le interessino le prediche. Le dirò

quello che ho scoperto: nessuna delle organizzazioni impegnate nella lotta per la casa sa niente di questo Kommunalka Project. E nessuno ha mai sentito parlare di terrorismo di questo stampo. Se ci pensa, non è una causa in cui la violenza funziona. Si può dare fuoco ai resort sulla neve, piantare chiodi negli alberi dei boschi destinati al legname, sabotare le ruspe addette al disboscamento. Ma sono atti diretti a un *nemico*: compagnie petrolifere, imprenditori edili. L'obiettivo della lotta per la casa non è impedire a qualcuno di fare qualcosa. Ma mettere a disposizione alloggi per chi non può permetterseli.»

«Utile» commentò Rhyme. Ed era sincero. Non ci aveva pensato.

«Se sento altro, vi richiamo.»

Sachs lo ringraziò e si congedarono.

«Voterai per lui?» gli chiese.

«Non lo so. Quando si vota?»

«Novembre. È sempre a novembre.»

«Ah sì? E contro chi corre?»

«Si chiama Leppert, anche lei ex procuratore. Ha dato la caccia ai cartelli nel Texas meridionale. Mi piace.»

«Davvero?» le chiese in tono assente. «Allora, penso che questa sia la conferma. Lotta per la casa? È solo una delle sue complicazioni.»

Charles Vespasian Hale era un assassino, artista della truffa, scassinatore e mercenario.

Ma era anche qualcos'altro: era un illusionista. Prendeva spunto dal concetto di «complicazioni» nell'ambito dell'orologeria, ovvero funzioni diverse da quelle che indicano l'ora. Le complicazioni potevano nascondersi all'interno dello strumento, come un meccanismo che scandisce i rintocchi. Oppure potevano essere visibili sul quadrante, come le fasi lunari, maree, stagioni. Gli orologi con molte di queste caratteristiche erano detti *grande complication*.

L'espressione poteva essere usata anche per descrivere le trame di Hale.

Rhyme aveva studiato a fondo l'argomento dell'orologeria per meglio comprendere l'avversario. Aveva appreso che l'orologio con più complicazioni era il Franck Muller Aeternitas Mega 4. Trentasei funzioni e quasi millecinquecento componenti.

Si chiese se Hale ne possedesse uno. Forse si era costruito un orologio con ancora più complicazioni.

«Va bene» disse adagio. «Per il momento, accantoniamo la lotta per la casa. Allora, chi l'ha assoldato e cos'ha davvero in mente?»

«Se si tratta di qualcos'altro, allora cos'ha a che fare con la scadenza?» rifletté Sachs.

Di lì a tredici ore, aveva promesso l'Orologiaio, un'altra gru si sarebbe schiantata al suolo.

«Ipotizziamo che continuerà. Qualsiasi cosa abbia in mente, il sabotaggio ne fa parte.»

Suonarono al citofono. Rhyme e Sachs guardarono il monitor, entrambi con un'espressione che diceva: a quest'ora della sera?

Un uomo anonimo, nero, di mezza età, aveva la faccia rivolta verso la telecamera. Indossava un completo scuro, blu o nero, e una camicia bianca con la cravatta. Alla cintura aveva il distintivo dorato dei detective.

«Sì?»

«Capitano Rhyme. Lawrence Hylton. Affari interni. Mi dispiace disturbarla a quest'ora. Posso parlare con lei?» L'accento era caraibico, stabilì Rhyme. Giamaicano, forse.

Rhyme lo lasciò entrare e Sachs andò ad accoglierlo per condurlo nel salotto.

Una volta dentro, scrutò l'impressionante laboratorio e poi si concentrò su Rhyme. L'ennesimo visitatore sulla cui faccia traspariva una leggera adulazione.

L'espressione di Rhyme era cupa. Non per via della presenza dell'uomo o del suo alquanto irritante timore reverenziale, ma perché si era appena reso conto di non avere la minima idea dei piani dell'Orologiaio.

Thom piombò nella stanza, sorpreso di trovarvi un ospite. Gli offrì del tè o caffè; ignorando, di proposito o meno, il cipiglio di Rhyme inteso a scoraggiare qualsiasi cosa potesse trattenere lì Hylton un istante più del necessario.

Ma il detective rifiutò con un riconoscente cenno del capo.

Sachs soffocò un colpo di tosse e gli fece segno di accomodarsi.

Cattive notizie. L'uomo si sedette. La sua permanenza poteva rivelarsi più lunga di quanto Rhyme avesse sperato.

«Abbiamo saputo che dietro al furto al Department of Structures and Engineering c'era il detective Gilligan e che stesse lavorando con l'uomo responsabile degli attacchi alle gru.»

«Sì, così pare.»

Hylton tirò fuori dalla tasca interna un logoro taccuino e una penna d'oro. Annotò qualcosa in cima al piccolo foglio. Data e luogo, probabilmente. Ai vecchi tempi, quando era detective, era ciò che faceva anche Rhyme. Perfino allora, però, si ritrovava a prendere più appunti sulle prove rinvenute sulla scena che su quanto i testimoni avevano da dire. A volte saltava del tutto la testimonianza.

«E chi è quest'altro uomo?»

Rhyme aveva allertato One PP e l'ufficio del sindaco nell'istante stesso in cui avevano saputo della presenza di Hale in città. Immaginò che gli Affari interni non venissero informati dei casi esterni alla loro giurisdizione, anche se, data la reputazione e i trascorsi di Hale a New York, era strano che Hylton non ne fosse a conoscenza.

«Charles Vespasian Hale. Criminale professionista. Il NYPD e l'FBI hanno un fascicolo su di lui, se vuole saperne di più.»

«È lui che ha ucciso il detective Gilligan?»
«Crediamo di sì.»
Appunti vennero annotati, esaminati e aggiunti. «E il motivo di ciò?»
«Sconosciuto, finora.»
Lo sguardo di Hylton tornò sul laboratorio. Sembrava sul punto di fare una domanda a riguardo, ma poi avvertì l'insofferenza di Rhyme. Con un mezzo sorriso, tornò a guardare il criminologo. «Quali prove ha contro il detective Gilligan?»
Rhyme rivolse un cenno a Sachs, che gli spiegò cosa avevano trovato.
Altre annotazioni e poi Hylton parve perplesso. «Cioè, tutto questo per rendere accessibili le case ai poveri?»
Un'alzata di spalle. «Abbiamo concluso che i piani di Hale sono altri» replicò Sachs. «Non sappiamo ancora quali.»
«Anche se conosciamo una delle cose che ha in programma» intervenne Rhyme. «Uccidere me.»
La penna d'oro si fermò.
«Un'organizzazione ha messo una taglia su di lei? Crimine organizzato, mafia?»
«No. È personale. Ed è questa una delle ragioni per cui Hale ha assoldato Gilligan. Per introdursi qui dentro e scoprire che sistemi di sicurezza ho.»
Hylton guardò lo scanner a raggi X e il rilevatore di nitrato. «Li avevo notati.» Poi chiese: «Avete idea di dove si trovi adesso questo Hale?».
«No.»
Se lo sapessimo...
«Il detective Gilligan vi ha detto qualcosa riguardo a eventuali colleghi con cui stava lavorando? A questo caso o ad altri?»
Rhyme e Sachs si scambiarono un'occhiata. Lei fece di no con la testa.
Il detective mise via taccuino e penna, si abbottonò la giacca e, dato un ultimo sguardo al salotto, si avviò alla porta. Poi,

si fermò e si voltò. «Allora, questo Hale ha preso di mira lei, e Gilligan lavorava con lui. Non so se sia importante o meno, ma c'è qualcosa che dovrebbe sapere. Dopo essere stati informati su Gilligan, abbiamo esaminato il rapporto sulle sue attività. La settimana scorsa, è andato all'Emergency Service e si è portato via sei granate stordenti e cinque cariche perforanti di C4.

«Se mettiamo tutto insieme, ce n'è a sufficienza per un'esplosione fatale. Abbiamo perquisito il suo ufficio e la casa. Non le abbiamo trovate.»

Hylton lanciò un'occhiata in direzione dello scanner a raggi X nell'ingresso. «Se arrivano pacchi da persone che non conosce, be', assicuratevi di controllare con attenzione. E non fateli cadere accidentalmente.»

28

Charles Hale alzò lo sguardo sulla gru a torre a cui aveva accennato Simone mentre erano nella caffetteria di Harlem.

Il braccio si muoveva come una banderuola segnatempo; la ralla era stata sganciata così che potesse girare e allentare la pressione del vento sulla torre. Una grossa bandiera americana sventolava rumorosa sessanta metri più in alto. Secondo lui poteva influire sul funzionamento della gru, ma non era un suo problema.

Si voltò a guardare l'edificio a ovest di quello che Simone aveva affittato come luogo di scambio. Si era quasi aspettato di vedere la polizia, venuta a indagare su come avesse fatto il giovane che viveva lì a finire in overdose con un cocktail di anestetici.

E invece no. Aveva la strada tutta per sé.

Con la chiave che lei gli aveva lasciato nel «pacco dono», aprì la porta. Guarda caso, era la stessa chiave che usava in tutti i suoi covi, compreso quello. Aveva una forma insolita, un pezzetto di catena. La serratura a cui corrispondeva era praticamente inattaccabile.

Una volta dentro, la mano vicina alla pistola nella cintola, accese i faretti verdi posti in alto e andò alla pesante scatola contenente il dispositivo realizzato da Simone. Lesse la scritta sul fianco del cartone.

KitchenAid Bread Maker Deluxe…

Il travestimento lo divertì. Si inginocchiò per sollevare il coperchio e guardare all'interno.

Il dispositivo aveva un design compatto, che ricordava quei generatori che si comprano nei negozi di bricolage. Una base di metallo brunito, sulla quale era disposta una serie di cassette metalliche e nere in fibra di carbonio, tubi, congegni e cavi. Su un lato, c'erano delle grosse batterie. In alto, la parte operativa: un tubo di alluminio satinato, lungo sessanta centimetri e dal diametro di quindici.

Gran parte dei dispositivi di distruzione aveva un aspetto disordinato. I veri IED sono un coacervo di cavi, circuiti stampati e pezzi di esplosivi. Senza ordine, sciatti e aggrovigliati.

Quello che Simone aveva creato, però, era fine, elegante, perfino sensuale. Faceva venire in mente lo stile Bauhaus tedesco degli inizi del ventesimo secolo.

Vi passò adagio la mano sopra, rimpiangendo la necessità dei guanti di lattice. Gli sarebbe piaciuto sentire la texture sulla pelle.

Orologiaio per vocazione, Hale aveva talento con gli attrezzi e la capacità di costruire qualsiasi cosa: il sistema di somministrazione dell'acido per le gru, per esempio, oppure quello che aveva ucciso il testimone nel Queens.

Ma questo era diverso. Era speciale, andava oltre le sue capacità.

E questo motivava ancora di più il suo rispetto. Richiuse il cartone e trasferì l'ingombrante affare nel retro del suo SUV. Con difficoltà, riuscì a farcelo entrare.

Tornò poi all'appartamento e trovò la scatola di cartone di cui Simone parlava nel biglietto che gli aveva lasciato a Harlem. Al suo interno, c'era quello che sembrava un sacchetto di farina e una lattina di grasso vegetale Crisco. Hale rovesciò il contenuto del sacchetto, una polvere metallica, sul pavimento vicino a dove prima c'era il dispositivo di Simone. Aprì la lattina e versò la gelatina marrone all'interno seguendo un percorso dalla porta fino alla polvere.

L'ultima cosa che estrasse dalla scatola era un petardo del Quattro luglio.

Sulla soglia, lo accese e lo lasciò cadere sulla gelatina, che prese fuoco all'istante. Il mix di benzina, naftalene e palmitato – napalm – cominciò a bruciare in direzione della polvere, che era ruggine di ossido di ferro e alluminio, conosciuta anche come termite. Il napalm bruciava a mille gradi, abbastanza per causare danni considerevoli, ma la termite avrebbe raggiunto una temperatura di quattromila gradi, garantendo che non restasse neanche una molecola di DNA.

Hale tornò al SUV e si diresse a ovest, verso il Greenwich Village. Lì, nei pressi del vicolo cieco di Hamilton Court, lasciò il veicolo in un garage che una delle sue società aveva affittato e tornò al modulo prefabbricato.

L'app di sicurezza lo informò che nessuno si era introdotto nel vicolo né nel rifugio, nel quale entrò. Chiusa la porta, disattivò il sistema d'allarme, andò in camera da letto, si sfilò gli indumenti esterni che indossava e li ripose nel piccolo armadio. Giacca e pantaloni del completo erano stati realizzati appositamente con un rivestimento di neoprene. Stava sempre attento quando piazzava l'acido ma, naturalmente, gli incidenti capitano, soprattutto con una sostanza chimica tanto instabile.

Nel minuscolo bagno, aprì l'armadietto dei medicinali e prese un vasetto di Penotanyl, prescrittogli dal medico che aveva eseguito l'intervento estetico. Svitò il coperchio e si cosparse la faccia, dalla fronte al mento, con la sostanza bianca. L'intervento per modificare il suo aspetto era stato così esteso che l'unguento era necessario per evitare che la pelle si seccasse e screpolasse. Hale era un uomo dalla disciplina ferrea, ma perfino lui aveva difficoltà a non grattarsi durante gli accessi di prurito.

Un'altra occhiata allo sconosciuto allo specchio. Ancora sconvolgente.

Ripose il medicinale e indossò jeans, t-shirt nera e felpa. La sua pistola, una Glock più piccola, una modello 43, andò nella fondina interna alla cintura. Nessun silenziatore per quell'arma. Nel corpo a corpo, ci vuole rumore.

Acceso il computer, digitò l'URL di un'emittente televisiva locale. Hale era uno di quelli che non rimpiangeva la caduta della carta stampata. Oh, era un vorace lettore di quotidiani. Aveva sedici abbonamenti anonimi, dal «New York Times» allo «State Daily» bulgaro, ma aveva bisogno dell'immediatezza delle edizioni online.

DETECTIVE DECORATO DEL NYPD
UCCISO NEL LOWER EAST SIDE

Il servizio spiegava che Andrew Raymond Gilligan, veterano con sedici anni di servizio, era morto in un agguato in stile malavitoso. Era probabile che l'assassino fosse un sicario della mafia, che aveva sparato a Gilligan per fermare un'indagine sul crimine organizzato alla quale stava lavorando. La polizia, però, non aveva individuato alcun sospetto.

«Era un bravo poliziotto e un brav'uomo» ha detto suo fratello, Mick Gilligan, 43 anni. «Non si meritava questo.»

Continuò a studiare altre fonti d'informazione e non trovò nulla sull'attacco con l'acido a Garry Helprin e sua moglie. Il che significava che erano morti. Prima o poi i loro corpi sarebbero stati trovati; con un po' di fortuna, a quel punto lui sarebbe già stato lontano.

Hale spense il computer. Si preparò una tazza di caffè e, dopo aver controllato i monitor di sorveglianza, si mise comodo a sorseggiare la bevanda calda.

Rifletté sull'articolo riguardo la morte di Gilligan. Era illuminante. La teoria secondo cui era stato ucciso da un sicario del crimine organizzato era una sciocchezza: un omicidio del genere provocava ai capi mafia più guai di quanti potesse scongiurarne. No, quell'articolo era una cortina di fumo. E *questo* significava che Lincoln e gli altri sapevano del legame tra lui e Gilligan, e che a sparare era stato Hale.

Era increscioso, ma non inaspettato.

Si sforzò di prevedere cosa avrebbe fatto Lincoln con quell'informazione.

Ma questo rimase un mistero.

Il piano di Hale, però, si stava dipanando in fretta; presto avrebbe finito lassù e si sarebbe dileguato.

Altro caffè. Bevve lentamente. A Hale venne un'idea per un programma di dimagrimento. La cosa principale da considerare? Non le calorie né i carboidrati o i grassi, bensì il *tempo*. Più lentamente mangiavi, più sazio ti sentivi e meno cibo immettevi nell'organismo. E ti godevi più a lungo la gioia del momento. Altra idea creativa che non avrebbe mai messo in pratica. Gli capitava, molto di rado, di rimpiangere quella costante ricerca di anonimato.

Il suo sguardo si posò sulla clessidra che tanto aveva incuriosito il defunto Andy Gilligan. Gli antichi romani facevano ricorso a meridiane e obelischi per tenere traccia del tempo, ma, quando era nuvoloso e di notte, usavano clessidre come quella.

Una volta, Hale aveva letto un aneddoto sull'imperatore Caligola. Uomo affascinante, fu il primo utilizzatore di Photoshop del mondo, avendo fatto attaccare una scultura della propria testa a una statua di Giove. Era anche completamente pazzo, vendicativo e paranoico. Si era messo nella mente deviata di uccidere un certo numero di ebrei che non lo adoravano con sufficiente adulazione. Ma un consigliere lo aveva convinto che la clessidra nei suoi appartamenti era magica e che lo aveva portato indietro nel tempo. Aveva già ucciso centinaia di persone appartenenti alla comunità ebraica, perciò non c'era alcun bisogno di ucciderne altre.

Credendo al consigliere, Caligola trascorreva ore a giocare con lo strumento, convinto di poter viaggiare nel tempo grazie a esso.

Mentre finiva il caffè, Hale lasciò che i suoi pensieri si allontanassero dalla Roma imperiale e da Lincoln Rhyme.

Un minuto dopo, prese un telefono usa e getta non ancora utilizzato.

«No» si disse, e lo mise via. Aveva parlato ad alta voce.

Poi riprese l'apparecchio e digitò un numero.

29

Guidando in direzione nord attraverso Tribeca, Ron Pulaski era al telefono con il supervisore dell'Alcohol, Tobacco, Firearms and Explosives.
«Le dirò, agente, ne abbiamo discusso.» Nate Lathrop stava parlando a gran voce, come aveva fatto per tutta la conversazione. Talvolta succedeva con chi svolgeva quella particolare professione. Per via dell'elemento «esplosivi» nel loro ambito lavorativo, l'udito di diversi agenti dell'ATF ne faceva le spese nel corso degli anni.
Pulaski indossava auricolari Bluetooth e prese il telefono per abbassare il volume.
«Va' avanti, Nate.»
«Cosa?»
«Va' avanti!» gridò Pulaski.
«Noi, il Bureau e la Homeland? Nessuna traccia di Tarr nelle intercettazioni. Né informazioni su eventuali obiettivi. Pensiamo che fosse in transito.»
«Quindi non è prioritario?»
«Perciò devo dirle che non è massima priorità» urlò Nate.
«Va bene. Ma avete cercato la berlina rossa, giusto?»
«La berlina? Sì. Ma...»
«So che ce ne sono un sacco ma vi ho mandato l'ora probabile in cui prende il ponte o la galleria per tornare nel Jersey. Voglio solo che qualcuno dia un'occhiata ai filmati.»
«Sì, è nel sistema.»

Pulaski fu sul punto di aggiungere: quando ne avete discusso avete parlato anche del fatto che, obiettivo o meno, probabilmente ha assassinato una persona?

Ma che senso aveva? Certo, si sarebbero interessati di un omicidio a Manhattan, ma mai quanto Pulaski.

Urlando, ringraziò l'uomo e chiuse la telefonata.

A dire la verità, non gli dispiaceva la piega che aveva preso la situazione: l'indagine su Tarr era solo sua. Non doveva dare conto ai federali, che a volte potevano essere invadenti. In quell'ambiente, le lotte per il territorio erano all'ordine del giorno. Tarr era suo e solo suo. Ottimo.

Svoltò e si orientò nel dedalo di strade di quella parte di Manhattan, vecchia e progettata quando carri e cavalli costituivano l'unico mezzo di trasporto. La pista si era rivelata un buco nell'acqua. Una telecamera aveva ripreso una berlina rossa all'imboccatura dell'Holland Tunnel, ma la videocamera ufficiale non funzionava bene e non aveva registrato la targa. Pulaski aveva esaminato i filmati di altre telecamere, ottenendo finalmente un numero di targa.

Era intestata a un uomo che faceva l'agente di commercio per una casa farmaceutica. Aveva verificato.

Adesso era tempo di tornare all'Orologiaio e alle gru. Insieme ad Amelia, sarebbero andati a controllare possibili obiettivi.

Guardò l'ora. Tardi. Aveva sperato che la ricerca lì, vicino all'Holland Tunnel, procedesse più spedita e poi avrebbe cenato con Jenny e i ragazzi.

Mentre guidava, rifletté sulla possibilità che Sellitto gli aveva ventilato, cioè subentrare a Rhyme.

Quella non la considerava una vittoria, dal momento che, per concretizzarsi, il criminologo doveva andare in pensione o... Be', non aveva alcun desiderio di finire la frase.

L'avrebbe detto a Jenny, naturalmente. L'avrebbe detto a suo fratello gemello, Tony, agente di pattuglia presso il 6° distretto a Greenwich Village.

Stava pensando a dove andare a bere una birra per parlarne. Il prossimo giovedì, la serata in cui lui e Tony uscivano da soli a cena e poi a bere.
Il cellulare ronzò. Era il laboratorio della Scientifica nel Queens.
«Pronto?»
«Agente Pulaski?»
«Sì.»
«Mi scusi se la disturbo così tardi» fece la voce di donna.
«Nessun problema. Dica pure.»
«Sto catalogando i reperti dell'omicidio Dalton. Quello di cui si è occupato stamattina, ha presente?»
«Certo.»
«C'è un problema con la catena di custodia, io...»
Un assordante clacson riempì la notte e l'auto di Pulaski finì a tutta velocità addosso a un SUV materializzatosi davanti a lui. La Hyundai che aveva colpito compì un giro su se stessa mentre la Accord che stava guidando Pulaski, la sua personale, sussultò da un lato e si capovolse, slittando sul tettuccio e scontrandosi con un lampione, che cadde. Due pedoni si scansarono con un salto.

Stordito, sbatté le palpebre per riprendersi e si assicurò di non avere niente di rotto. No. Tutto funzionante. Cercando a tentoni il telefono, lanciò un'occhiata all'altro veicolo. Doveva uscire dall'auto e controllare le condizioni degli occupanti.

Ma, quando si sganciò la cintura e cadde a testa in giù sul tettuccio, fiutò il potente e acre odore della benzina. E, con un ruggito sibilante, fiamme arancioni e azzurre apparvero veloci e sconvolgenti proprio come aveva fatto il SUV.

Danzarono intorno a lui, una scena vivace e giocosa in netto contrasto con la monotona strada notturna.

30

«Complicato» disse Hale.
L'illuminazione in quella parte del prefabbricato, l'ufficio convertito a camera da letto, era flebile ma lui era abbastanza vicino per distinguere i dettagli di ciò che aveva davanti.
«Quando hai imparato a farlo?»
I due erano distesi fianco a fianco sul sottile materasso coperto da lenzuola immacolate e piumone d'oca, sotto ai quali si trovavano al momento i loro corpi nudi.
«Giovane» rispose Simone. «Ero giovane.»
Hale esaminò di nuovo la sua opera, avvicinandosi ancora di più e, nel farlo, sentì i suoi odori, e i propri. Vide una cicatrice, che non le creava alcun imbarazzo: un taglio frastagliato sotto il seno sinistro. Un'altra appena sotto la gabbia toracica.
Aveva anche dei tatuaggi: un proiettile 5.56 millimetri, solo il profilo, su una scapola, e ideogrammi cinesi sull'altra. Hale non ne conosceva il significato.
«Posso?» Forse una richiesta ironica, considerando il modo in cui avevano trascorso l'ultima ora. Ma sembrava giusto.
«Sì.»
Le sollevò la treccia fulva e ne studiò le ciocche ritorte.
La simmetria, gli intervalli perfetti tra un giro e l'altro... colpirono Hale a livello viscerale, dandogli un insolito piacere.
«Tua madre, è stata lei a insegnarti?»
«Non ha fatto parte della mia vita.»

«Allora come?» Forse suo padre. Perché pensare che solo una madre potesse insegnare le trecce alla propria figlia era un concetto antiquato. Ma se per lei l'argomento della sua sovrastruttura materna era proibito, allora poteva esserlo anche quello paterno. «Se per te non è un problema» specificò.
«Certo. È stata la mia mentore. Una ex suora. Distribuiva cibo nell'Africa subsahariana. L'avamposto continuava a venire assaltato da un signore della guerra. Le aveva detto di ordinare il doppio del cibo che l'ente benefico le assegnava e di consegnarlo a lui. Se non l'avesse fatto, lui e i suoi uomini si sarebbero presi le ragazze del villaggio. Finiva comunque per portarsi via più della metà e anche qualche ragazza. Lei pregava che smettessero. Quando vide che non funzionava, lasciò la Chiesa. Il bandito non sopravvisse fino al loro incontro successivo. Lo crivellarono.»
«E in che modo è diventata la tua mentore?»
«Mi trovavo in Africa anche io. Ero lì con qualcuno.» Una pausa. «Le circostanze cambiarono. All'improvviso, ebbi bisogno di lavorare. Uno degli uomini che lei pagava per trattare con i miliziani le si rivoltò contro. Mi trovai nella posizione di porre rimedio alla situazione.»
Anche Hale usava eufemismi del genere nel suo lavoro.
Rimedio...
«A quanto pare, avevo talento.»
Non era propensa a spiegare neanche quell'aspetto della sua biografia. Hale ebbe la sensazione che non ci fosse niente nel racconto di troppo sconvolgente o delicato da condividere. Più probabile che la narrazione fosse tediosa per lei e, di conseguenza, per chiunque altro.
L'argomento originale, tuttavia, la animò. «Le trecce hanno una storia. Gli archeologi hanno trovato statue e statuette che hanno più di venticinquemila anni. Africa e Francia. Anche in Asia. Ne faccio una diversa a intervalli di qualche giorno. Possono essere così.»

Era una treccia semplice.

«O a spina di pesce, a cinque ciocche, a corda, a cascata. Alcune me le invento sul momento. Ci sono dei culti, perfino oggi, in cui alle donne è richiesto di portarle. I loro mariti insistono. Segno di sottomissione. Mi piace l'ironia.»

«Puoi anche tirarla su in fretta se devi combattere.»

La sua espressione gli disse che aveva fatto proprio così.

La treccia terminava in un fiocco blu.

Si girò verso di lui. I seni, compatti, premettero l'uno contro l'altro. Anche lui si voltò su un fianco e le mise una mano sulla spalla, vicino al tatuaggio del proiettile. I muscoli erano pieni, cosa che non aveva dedotto da quel tocco ma dall'impetuoso rapporto che avevano appena consumato. Anche le gambe. Immaginò che Simone andasse a correre. Era un tentativo di allentare una tensione, una preoccupazione, un fuoco dentro di lei? Si mostrava calma, quasi disincantata. Ma lui non ci credeva.

Aveva esaminato le sue cicatrici. Adesso lei fece altrettanto. Con l'indice reso calloso dal grilletto, toccò la pelle rialzata su una ferita da proiettile. Poi una più lunga. Risaliva a qualche anno prima, quando uno IED aveva fallito nell'intento di ucciderlo, pur avendo trasformato una lattina di Coca-Cola in un'improbabile ma efficiente scheggia.

Le toccò di nuovo la treccia.

Erano anni che non andava con una donna così, senza pagarla. Lo trovava logorante. E, per Charles Hale, farsi logorare era un evento raro. Poteva essere pericoloso.

D'un tratto, lei parve accorgersi del ticchettio di un orologio, una porcellana Royal Bonn, su una mensola vicina. Lo guardò e poi tornò a guardare lui. «Ti ho seguito. Quando Brad mi ha detto del tuo messaggio, gli ho detto che volevo l'incarico. Volevo lavorare con te.»

Hale si indicò la faccia, la testa. «Non ero esattamente chi ti aspettavi, vero?»

L'espressione di lei si irrigidì. La sua risata di scherno significava che l'aspetto di Hale non le interessava affatto. Lui ricordò il loro primo incontro, nella caffetteria, quando gli aveva rivolto un'occhiata frettolosa alla faccia, incuriosita dall'intervento chirurgico, e poi si era concentrata sui suoi occhi per tutto il resto del tempo passato insieme.

«Me lo sono chiesta. Perché gli orologi?»
«Quando costruisci orologi, la noia non è contemplata.»
«Ah, la noia.» Strinse appena le labbra. Capiva.

Le raccontò ciò a cui pensava di rado: la sua infanzia, nel deserto dell'Arizona, i genitori assenti. Lunghe ore da occupare. «Il tempo passava lento. Ero attratto da ciò che ne scandiva il passaggio. Studiare orologi, collezionare orologi, *costruire* orologi. Rendeva sopportabili quelle ore.

«Ma poi, gli orologi... non bastarono più. Avevo bisogno di applicare la teoria che c'è dietro a qualcosa di più grande. Altrettanto complicato, altrettanto elegante. Ma più intenso.

«Trovai la risposta quando la vita di un amico fu distrutta. Un ubriaco al volante. Finì in sedia a rotelle.»

«Come Lincoln Rhyme.»

«Mmh. Il conducente? Nessun rimorso. Zero. Decisi di ucciderlo. Ma mi resi conto che dovevo pianificare la cosa con la stessa attenzione con cui un orologiaio progetta la sua creazione. Non è difficile uccidere qualcuno. Lo...»

«Lo colpisci alla testa con un tubo.»

Hale fece una pausa. Le stesse parole che avrebbe usato lui, solo che l'arma del suo esempio sarebbe stata un mattone.

«Senza eleganza» disse Hale.

«E poi c'è la fuga.»

Un cenno di assenso. «E funzionò. Lui morì. Io la feci franca. Avevo varcato la linea.»

«Cos'hai in programma per dopo?» gli chiese.

«Clandestinità. Per un po', almeno. Con la morte di Lincoln, mi daranno la caccia.»

«Succede sempre con un bersaglio pubblico» commentò lei. Un altro cenno di assenso. «Tu?»

«Un omicidio. Cittadina universitaria. Nessuno collegato alla scuola. Un informatore del crimine organizzato. Ma userò la facoltà come copertura. Sarò una poetessa.»

Hale non riusciva a immaginare in che modo le ruote e le molle di *quel* piano avrebbero funzionato.

Simone si distese sulla schiena e si tirò su il lenzuolo fin sotto le ascelle. Non per pudore ma perché l'ambiente era pieno di spifferi. «Devi avere centinaia di orologi di ogni tipo. Ne hai uno preferito?»

«Sempre il prossimo, quello a cui sto lavorando al momento.»

Lei annuì. Comprendeva anche questo.

«Ma di quelli che ho costruito in passato? Un orologio fatto di ferro meteorico.»

«Camacite e taenite. Leghe di nichel e ferro. Per un lavoro ho dovuto essere una geologa.»

«L'unico tipo di metallo raccoglibile in forma naturale sulla terra. I meteoriti.»

Simone stava riflettendo su qualcosa, gli occhi rivolti al soffitto. «Ma... le molle? Il ferro non ha elasticità.»

«Niente molle. Ho usato uno scappamento con bilanciere. Ho ricavato una piccola catena dal ferro. Un altro preferito? Non una delle mie creazioni. L'ho comprato. Fatto di ossa. Ha un po' di metallo, certo. Ma penso che si potrebbe realizzare un dispositivo di trazione fatto di osso in grado di alimentarlo.»

«Ossa umane?»

«Non lo so. Immagino che si possa verificare. Forse è rimasto del DNA.»

«Chi l'ha fatto?»

«Un prigioniero in Russia. Prigioniero politico. Faceva parte di una squadra di lavoro e gli permettevano di avere at-

trezzi. Gli ci è voluto un anno. L'ha costruito per corrompere una guardia perché lo lasciasse scappare. Si potrebbe vendere per migliaia di dollari. È impossibile portarsi dietro così tanti rubli.»
«Funzionava?»
«L'orologio funzionava bene. Il suo piano, però, no. La guardia lo prese e gli sparò.»
«Come conosci questa storia?»
«Quello dell'orologeria è un mondo piccolo.»
«Tutti gli orologi di cui parli sono analogici. Ruote, molle, bilancieri, catene. Non ti interessano quelli digitali?»
«Li rispetto ma no, non proprio. A parte uno. L'orologio atomico.»
«Ne ho sentito parlare. Segna il tempo universale, giusto?»
Lui annuì. «Anche quando funzionano perfettamente, gli orologi meccanici, elettrici ed elettronici risentono della temperatura, delle eruzioni solari, dei campi magnetici, dei cambiamenti di altitudine. Il livello superiore, quasi infallibile, è rappresentato da quelli che misurano il tempo secondo la frequenza di risonanza degli atomi. Negli Stati Uniti, il National Institute of Standards and Technology usa atomi di cesio portati a una temperatura vicina allo zero assoluto.»
«*Quasi* infallibile?»
«Perdono o guadagnano un secondo ogni trecento milioni di anni.»
«La vita ha bisogno di essere così precisa?»
«Incontri d'affari, pranzi, sipari del teatro, matrimoni, no. Programmazione dei voli, tempistica delle emissioni radioattive nelle terapie contro il cancro, sì. Lo spazio aperto? Uno scarto di miliardesimo di secondo può significare un errore di posizionamento di quasi trenta centimetri al rientro. E l'astronave si disintegra. Adesso stanno sostituendo gli orologi atomici con quelli ottici. Ancora più accurati. Tu collezioni qualcosa? Poesie, suppongo.»

«E motori a vapore in miniatura. Vanno ad alcol.»
«Non so se ne ho mai visto uno.»
«Li trovo ipnotici. La fiamma azzurra, l'odore del fuoco.»
«Cosa fanno?»
«Muovono ruote e cinghie, ruotano regolatori. Ce ne sono alcuni funzionali. Ne ho uno in una casa sicura che riesce ad alimentare un generatore. Il vapore è in grado di fare tutto quello che fanno gli elettroni. Nel 1820, Charles Babbage aveva progettato un computer alimentato a vapore, che aveva chiamato Macchina Analitica. È rimasto incompiuto, ma ho sempre pensato che mi piacerebbe procurarmi il progetto e costruirlo io. Sono mai esistiti orologi a vapore?»

«Uno, anche questo nell'Ottocento, a Birmingham, in Inghilterra. Era in pratica un esempio dimostrativo della potenza del vapore. Adesso ce n'è qualcuno qua e là, attrazioni per turisti.»

«Sono precisi?»

«Tanto quanto lo scappamento. Il vapore non fa muovere le lancette. Solleva i pesi che azionano le ruote. Ce n'è uno nel Midwest. Invece di scandire le ore con un rintocco, emette un fischio.»

«Perché vuoi Rhyme morto?»

«Quando un orologiaio costruisce un orologio, l'ambiente è pulito come il laboratorio di uno scienziato che costruisce un telescopio spaziale. Non un solo briciolo di polvere, un pelo o un granello di sabbia. La stanza che utilizzo, in Europa, è a pressione negativa.»

«Come un laboratorio con rischio biologico.»

«Lincoln è un granello di sabbia che continua a finire nei miei ruotismi. Siamo in rotta di collisione da anni. C'era un lavoro che volevo, l'anno scorso. Un oligarca. A Londra. Massima sicurezza in città. Più che per il re.»

«Dmitrij Olshevskij.»

«Proprio lui. Cinque milioni.» Sentì montare di nuovo l'irritazione. «Sono stato scavalcato. Pierre LeClaire si è aggiudicato l'incarico. Il cliente non l'ha detto ma penso che sia per via di quello che Lincoln ha fatto alla mia reputazione.»
«E tu sei il *suo* granello di sabbia. Perché avrà pure sventato alcuni tuoi piani, ma sei ancora libero.»
Vero. Ma una magra consolazione.

Hale guardò per caso in direzione del monitor della videocamera di sorveglianza. Qualcuno – un uomo, sembrava – stava all'imboccatura del vicolo, proprio dall'altro lato della catena che sbarrava l'accesso. Se si fosse avvicinato ancora, l'allarme sarebbe scattato.

Non era insolito. La gente era incuriosita dal cantiere di demolizione.

Era solo un passante che aveva notato gli edifici fatiscenti? Un potenziale compratore del terreno?

Un potenziale ladro?

La staffetta di un'incursione? In tal caso, aveva pronto un piano di fuga: il furto di Gilligan delle mappe dei condotti sotterranei in città si era rivelato utile. E chiunque si fosse introdotto nel prefabbricato non avrebbe vissuto a lungo per trovare traccia dei suoi spostamenti.

Si alzò e premette un pulsante che accendeva un faretto installato sull'edificio accanto a dove si trovava l'osservatore.

L'improvviso bagno di luce parve non disturbarlo affatto. Perfino sotto il riflettore, i suoi tratti restavano indistinti e Hale riuscì a distinguere solo che era un bianco e di corporatura media. Teneva la testa coperta da un cappellino da baseball. Indumenti casual, niente abbigliamento da ufficio. Il visitatore era dietro a un cumulo di detriti, perciò non era visibile dal petto in giù. Rimase lì fermo per un momento e poi andò via.

Simone studiò la sua espressione.

«Niente.»

Simone si alzò e cominciò a rivestirsi.

Hale valutò la propria reazione all'imminente partenza di lei. Senza giungere a una conclusione decisiva.

«Non sta bene, Rhyme» disse Simone. «Ho letto.»

«È disabile. Comporta problemi. Ma niente mi induce a pensare che morirà per cause naturali nel prossimo futuro.»

Gli occhi sull'orologio che ticchettava, si abbottonava la camicetta con dita esperte. «Ha avuto una bella vita, direi. Meglio per lui, uscire di scena con dignità.»

Era il suo lato da poetessa a parlare. Il sentimento poetico non era una caratteristica di Charles Vespasian Hale. Anche in questo, era come Lincoln Rhyme.

Il modo in cui lui avrebbe descritto la fine ormai alle porte era più semplice: prima o poi, il tempo scade per tutti.

31

CONTO ALLA ROVESCIA: 12 ORE

Alle 22:15 di quella sera, Amelia Sachs annunciò: «Voglio andare a controllare i cantieri. Non ho ancora sentito Ron».

Mandò un altro SMS, come aveva già fatto svariate volte prima. Pulaski non aveva risposto. Non era da lui.

In jeans e t-shirt nera, stava osservando la cartina della città, sulla quale le gru a torre in funzione nei cinque distretti erano contrassegnate da X rosse. Si dondolava avanti e indietro sui tacchi degli stivaletti neri. Con il telefono scattò foto a una dozzina di esse, per registrarne gli indirizzi. Non c'era bisogno di spiegare il perché di quella selezione. Erano le più alte, quelle che avrebbero causato più danni quando si sarebbero schiantate al suolo il mattino seguente, se l'Orologiaio avesse mantenuto fede alla sua promessa.

Rhyme vedeva bene che era irrequieta, frustrata. Le piste non avevano portato a nessun passo avanti e questo accresceva la sua tensione. Si sforzò di tenere a freno quelle abitudini a cui ricorreva per alleviare lo stress: conficcarsi le unghie nelle cuticole, nel cuoio capelluto. Si impose di smetterla. I comandi funzionavano solo di tanto in tanto.

«Vado senza di lui.» Si infilò un giubbotto antiproiettile e regolò i legacci di velcro. Controllò arma e caricatori extra. Era ben più che superfluo; Rhyme l'aveva vista personalmente controllare l'equipaggiamento due volte quello stesso giorno. Ma sua moglie era fatta così: al contempo nervosa e freddamente professionale. Non erano caratteristiche che si escludevano a vicenda.

Lo sorprese a guardarla mentre si agganciava due fondine portacaricatori al fianco sinistro e un'altra alla tasca sinistra anteriore dei jeans.

«Se mi imbatto in Hale e si arriva al dunque? Mi limiterò a ferirlo.»

Rhyme fece spallucce.

Il NYPD proibiva di sparare per ferire. Le armi erano fatte, e portate, per uccidere. Non servivano ad altro scopo a meno che, in una giornata ventosa, non avessi bisogno di un fermacarte.

Ma quello era l'Orologiaio.

Rhyme lo voleva vivo.

Infilato di nuovo il giubbotto, Sachs prese le chiavi dell'auto dalla mensola. Ce n'erano due, uno per l'accensione, l'altro per il portabagagli, essendo la Torino nata in un'era precedente al miracolo, o maledizione, dell'elettronica digitale. I pezzetti di metallo tintinnarono come campanelli.

Rhyme riusciva a leggere nei suoi occhi l'ardente desiderio di trovare il killer. Ma quella sera l'intensità era attenuata da qualcosa: il respiro affannoso, l'equilibrio instabile.

La tosse.

«Sachs.»

Lei lo guardò.

«È un buon piano. Ma no. Non tu.»

Le sue labbra divennero una linea sottile.

«Niente radiografie al petto, d'accordo. È una tua decisione. Ma riposati un po'.»

«È *lui*, Rhyme. L'Orologiaio.»

«Quello di stasera è un turno di guardia. Potrebbe occuparsene chiunque. Spencer.»

E a confermare le parole di Rhyme, il suo respiro si fece balbettante e, a malincuore, Sachs aspirò altre boccate di ossigeno. Solo allora Rhyme notò che si trattava di una nuova bombola. Lei non aveva accennato a quella sostituzione.

«Se non riusciamo a scoprire dove sarà il prossimo attacco, ci sarà una scena da setacciare domani. È lì che avremo bisogno di te.»

Il sottinteso l'aveva irritata? Il fatto che lui fosse un ufficiale superiore? Escludendo dall'equazione la relazione, il matrimonio, tecnicamente lui era proprio quello, anche se in congedo. Lui era un capitano e lei solo una detective.

Il momento di tensione poteva trasformarsi in qualcosa di ancora più ostile.

Ma non accadde; gli occhi di lei lasciavano intendere che sapeva che lui aveva ragione.

Per un momento rimase lì ferma. Poi le sue spalle si afflosciarono. «E va bene.»

E Rhyme ebbe l'impressione che il sollievo l'avesse pervasa. Sachs si lasciò cadere su una sedia e fece una telefonata a Lyle Spencer, spiegandogli dell'intenzione di fare il giro di molti degli obiettivi più probabili e assicurarsi che la sorveglianza fosse al proprio posto... e cercare l'Orologiaio, nell'eventualità in cui stesse sabotando una gru a torre per l'attacco dell'indomani.

Chiusa la telefonata, accennò al piano di sopra. «Me ne vado a letto presto.»

Lui le rivolse un mezzo sorriso e stava per rispondere quando ci fu il suono della porta che si apriva – il visitatore doveva avere il codice del tastierino numerico – seguito dal rumore del traffico prima che si chiudesse.

Ron Pulaski apparve nell'ingresso che dava sul salotto.

Pallido, gli occhi sgranati, si fermò e fece una smorfia. Infine guardò prima l'uno poi l'altra.

«Ron, stai bene?» gli chiese Sachs.

«C'è stato un incidente. In centro. Sono finito addosso a qualcuno, un'altra auto.»

«Ma tu stai *bene*?»

«Solo stordito. L'altra auto ha preso fuoco, il conducente,

un ragazzo, uno studente, è all'ospedale. Ci sono andato di persona per vedere come sta. Non hanno saputo dirmelo. O non hanno voluto. Non sono un familiare...»

«Fatti vedere da un medico, Ron» disse Sachs.

«Mi hanno visitato sulla scena, i paramedici. Sto bene, solo un po' contratto.»

«Dicono che Tarr non abbia obiettivi» intervenne Rhyme.

«Non è così urgente, Ron. Un giorno di riposo non ti farà male.»

«Già» replicò lui in tono amareggiato. «Pare che sarà più di un giorno. Mi hanno fatto le analisi del sangue dopo l'incidente. Sono risultato positivo al fentanyl.»

Rhyme e Sachs si scambiarono un'occhiata.

Il criminologo chiese: «Per caso hai...».

«Sì, eccome. Ho tentato di salvare un tossico di questa gang che avevamo appena catturato. Non avevo i guanti.» Fece una smorfia. «Mossa stupida, con il fent.»

Rhyme conosceva i rischi di quello stupefacente. Era capitato che alcuni agenti arrivati per primi sulla scena perdessero i sensi anche solo toccando la vittima di un'overdose. Parecchi avevano rischiato di morire. Adesso ogni volta che intervenivano in una situazione del genere portavano l'antidoto, il Narcan, per sé e per le vittime.

«Sono in congedo amministrativo fino all'inchiesta.»

«Sarà una formalità» lo rassicurò Sachs. «È già successo in passato.»

«Sì, be', non so quanto potrà andare bene.» Pulaski sospirò. «Ho fatto un casino. È stata tutta colpa mia. Sono passato con il rosso.»

«D'accordo, Ron» disse Sachs. «Cercati un avvocato. Il sindacato si occuperà di te.»

Lui annuì, lo sguardo spento. «Sì.»

«Va' a casa. Riposati» disse Rhyme.

«Sei in auto?» chiese Sachs.

«Me ne hanno prestata una. Il direttore si è impietosito. Devo restituirla domani. Non so, la... la prenderò a noleggio, immagino.» Sembrava frastornato. «Volevo solo farvelo sapere...»
«Chiamaci domani.»
«Sì, certo. 'Notte.»
E, ingobbito, uscì lentamente dalla palazzina.
«Sarà tosta» commentò Sachs. «Droga, semaforo rosso e un ferito. Non avrà problemi con la narcotici ma le prospettive non sono buone. Conosco poliziotti licenziati per meno. E, Gesù, ci sono già giornalisti a caccia di nomi. Amano questa roba quasi quanto i poliziotti che sparano.»
«Faremo qualche telefonata» replicò Rhyme, malgrado pensasse che la propria influenza politica sul NYPD arrivasse fino a un certo punto, essendo il suo legame ufficiale con il dipartimento paragonabile a quello di un commesso del Rite Aid o di un autista Uber.
«Vado di sopra» disse Sachs.
Si diedero il bacio della buonanotte e, portandosi dietro la bombola d'ossigeno, lei arrancò su per le scale, rifiutandosi di arrendersi alla propria condizione al punto di prendere l'ascensore.
Quando se ne fu andata, lo sguardo di Rhyme andò alla lavagna del caso. L'intestazione *Sosco 89* era stata sostituita da *Hale*.
Lincoln Rhyme stava pensando.
Alfieri, torri e pedine...
Vedo muoversi i pezzi della nostra partita a scacchi, Charles.
Come sempre, si muovono con la tua puntuale precisione, rigorosa e priva di esitazione.
Sulle caselle nere e sulle caselle bianche.
Alfieri, torri e pedine...
Una casella alla volta, due, dieci...
Ma, Charles, quello che mi sfugge è la tua strategia. Come posso contrattaccare questa mossa o quell'altra senza avere idea di come pensi di conquistare il mio re?

Se, e fino a quando, Rhyme non l'avesse scoperto, il suo fallimento – di cui aveva l'acuta percezione – avrebbe avuto conseguenze mortali per i cittadini di New York.
E, naturalmente, per lo stesso Rhyme. Aveva ben presente un messaggio che Hale gli aveva mandato, un preludio al suo arrivo lì, un messaggio che non lasciava alcun dubbio circa le sue intenzioni:

La prossima volta che ci incontreremo – e ci incontreremo di nuovo, te lo prometto – sarà l'ultima. Arrivederci, per adesso, Lincoln. Ti lascio con questo pensiero, sul quale spero mediterai durante le tue notti insonni: Quidam hostibus potest neglecta; aliis hostibus mori debent.

Tuo, Charles Vespasian Hale

La traduzione della frase in latino era: «Alcuni nemici si possono ignorare; altri nemici devono morire».

II

UN GRANELLO DI SABBIA

32

Nascosto nell'ombra mattutina di un vicolo dirimpetto al suo prossimo obiettivo, Charles Vespasian Hale osservava il cantiere.

Nello specifico, la sua attenzione era rivolta a un gruppetto di uomini nei pressi dell'ingresso. C'erano altre due vie d'accesso ma erano state sigillate da grosse tavole di compensato. Gli uomini erano impegnati in un'animata conversazione. Sport? Programmi TV in streaming? Donne?

Ma, essendosi trasformati da operai a guardie, erano vigili, mossi senz'altro dalla speranza di conciare per le feste l'uomo che aveva pisciato sulla loro sacra professione.

Con indosso jeans, giacca a vento scura, cappellino da baseball nero, li stava studiando, quegli uomini robusti in tuta marrone, gilet giallo e arancione ed elmetto giallo. Avevano le mani grosse, la fronte ampia, la faccia abbronzata. Era un lavoro che pagava bene e Hale supponeva che anche loro, come il defunto Andy Gilligan, possedessero barche per svagarsi durante il weekend. Uno stava fumando di nascosto, violando una regola, mentre un altro beveva caffè. Di tanto in tanto, il terzo si portava alle labbra un sacchetto di carta marrone. Hale aveva appreso che un sorprendente numero di operai che costruivano grattacieli beveva, soprattutto quelli che lavoravano alle travi. I decessi dovuti alle cadute erano sottostimati.

Ogni tanto questi tre si guardavano intorno ma, essendo dilettanti nel campo della sorveglianza, si facevano sfuggire parecchio.

Compreso lo stesso Hale.

Alzò lo sguardo sulla gru a torre Swenson-Thorburg AB che svettava nel cielo, la struttura simile a un osso ricoperto di sangue. L'inconfondibile sfumatura cremisi dell'azienda.

L'unità rotante – l'enorme ralla – era sbloccata e, come in quella che aveva visto il giorno prima al luogo di scambio, il braccio si muoveva piano nel vento.

Dal suo punto di osservazione, la gru appariva come una creatura bruta. Ma, in seguito alle ricerche per il progetto lì a New York, Hale aveva finito per vederle come apparati dotati di grande raffinatezza. Il loro sviluppo, infatti, uguagliava l'evoluzione degli orologi. Dagli shaduf, pertiche girevoli alle cui estremità erano fissati secchi per prendere l'acqua dai pozzi, ai derrick (gru ribattezzate come Thomas Derrick, il famoso forcaiolo elisabettiano) alle torri degli anni Settanta, le gru, al pari degli orologi, azionavano i motori dell'industria e, pertanto, della società. A un certo punto, le città non avevano più potuto crescere geograficamente e restare città. L'espansione orizzontale non funzionava. Erano state le gru a far sì che le città tendessero al cielo, attirando un numero sempre maggiore di abitanti, e diventassero sempre più potenti.

Per Hale, tuttavia, c'era una differenza immutabile tra le gru e gli orologi. Mentre trovava inconcepibile la distruzione di qualsiasi tipo di orologio (a eccezione dei timer degli ordigni, naturalmente), l'idea di mettere in ginocchio uno di quei mostri non gli creava alcuno scrupolo.

E questo particolare capitombolo, di lì a poche ore, sarebbe stato spettacolare.

La gru in sé era solo appena più alta e pesante di quella che aveva fatto crollare il giorno prima. Ma ecco la differenza: nella cabina, non c'era un eroico operatore a dirigere il braccio verso dove avrebbe causato meno danni. La Swenson-Thorburg AB sarebbe morta portandosi dietro molte persone. L'edificio sul quale il braccio troneggiava era una costruzione degli anni Sessanta: la sovrastruttura, naturalmente, era in acciaio. Ma gran parte del resto era duttile alluminio e vetro, che sarebbe esploso nell'impatto come mille bombe a mano fatte di schegge acuminate, collassando su se stesso. Strato su strato di materiali edili, ossa e sangue.

Guardò l'ora.

Erano le 7:03.

Restava, certo, la questione di come piazzare l'acido sul carrello dei contrappesi. Questa volta sarebbe stato più complicato, considerando i sorveglianti.

I cui occhi scrutavano minuziosi la strada, il marciapiede, i pedoni, i veicoli in transito, in special modo quelli che rallentavano per consentire a conducenti e passeggeri di scoccare occhiate veloci e nervose alle rosse zampe da ragno della gru, che si allungava verso il cielo caliginoso.

Poteva essere uno di loro il killer della gru?

Ma, passato qualche minuto a osservare l'improvvisata sorveglianza, Hale decise che il rischio di essere scoperto in flagrante sabotaggio era minimo.

Il terzetto teneva gli occhi bene aperti, sì. Ma stavano guardando ovunque fuorché dove avrebbero dovuto.

33

CONTO ALLA ROVESCIA: 3 ORE

Nessuna fortuna con i produttori di acido.

Nessuna fortuna riguardo a chi poteva aver assoldato l'Orologiaio e perché, adesso che l'ipotesi dei movimenti di lotta per la casa era tramontata.

Nessuna fortuna in fatto di piste trovate dall'FBI sulla base del nascondiglio di Hale a bordo del volo diretto all'aeroporto JFK.

Nessuna fortuna con il terreno raccolto da Pulaski sul luogo del delitto Gilligan, integrato da ciò che Sachs aveva trovato a casa degli Helprin nel Queens.

Poi Rhyme si innervosì anche solo per aver pensato alla parola «fortuna», un concetto che non aveva posto nelle scienze forensi né in nessuna altra branca di studi seri... a dispetto del poster di Socrate nell'ufficio dell'agente FBI Fred Dellray.

La battuta di caccia di Lyle Spencer la sera prima aveva confermato che ogni cantiere dotato di gru a torre da cui era passato era sorvegliato da almeno tre individui: operai offertisi volontari o guardie giurate. Tutti gli accessi erano sigillati o sorvegliati e riflettori erano accesi per illuminare il terreno attorno alla base delle gru.

Alle 7:30 di quella mattina, però, si erano presi una pausa.

L'unità Reati informatici del NYPD aveva chiamato. Erano stati informati del fatto che c'era da craccare un computer rinvenuto su una scena del crimine. La divisione in sé non era dotata di supercomputer in grado di aggirare password ma si affidava a un servizio esterno. Sachs, che sembrava stare meglio quella mattina, aveva acconsentito a incontrare il detective dei Reati informatici per consegnargli il laptop di Gilligan.

Con un po' di *fortuna*, pensò caustico Rhyme, avrebbero potuto trovarvi informazioni in grado di condurli al covo dell'Orologiaio o di rivelare il prossimo obiettivo.

Dopo che Sachs era andata via, computer in una mano e bombola verde nell'altra, a Rhyme era capitato di guardare uno schermo lì vicino. Un'emittente locale stava trasmettendo il notiziario. Thom aveva fastidiosamente lasciato l'apparecchio acceso quando aveva portato la colazione nel laboratorio. Rhyme azionò la carrozzina per andare a prendere il telecomando e spegnere il televisore. Ma poi il servizio in onda catturò la sua attenzione.

Subito rivolse lo sguardo alla cartina della città, sfregiata dalle X rosse indicanti le gru.

«Thom! Thom!»

L'aiutante apparve, l'aria perplessa. «Sembri... Non lo so. Allarmato.»

«Affatto. Dovrei sembrarti *urgente*. È diverso.»

«Be', cosa c'è di così *urgente*, allora?»

«La tua nuova missione.» Gli occhi ancora sulla cartina, proseguì: «Hai la possibilità di aiutare a risolvere il caso e, ancora meglio, puoi farlo proprio come me. Seduto sulle chiappe».

* * *

«Questa mattina, gli investitori stanno migrando dal mercato dei mutui a quello del capitale di rischio e delle obbligazioni societarie a seguito dell'attacco attuato da terroristi interni ai danni di una gru nell'Upper East Side di Manhattan, con la minaccia di ulteriori attacchi se non saranno accolte le richieste relative alla creazione di unità abitative accessibili.

Il cantiere che ha subito il primo attacco è dove la Evans Development sta costruendo un grattacielo di lusso che raggiungerà gli ottantacinque piani di altezza. Con i tre piani inferiori destinati a negozi e uffici, il resto dell'edificio, progettato dall'architetto giapponese Niso Hamashura, ospiterà 984 unità di cooperativa abitazione, di dimensioni che vanno dai centosessanta ai milleduecento metri quadri.

Gli imprenditori edili in città hanno sospeso i lavori mentre polizia e autorità federali danno la caccia ai terroristi. Reggie Novak, presidente della Tri-State Developers' Association, ha avvertito che le società membri potrebbero rischiare la bancarotta se il blocco ai lavori dovesse proseguire nei prossimi giorni. I titoli sono al ribasso questa mattina.»

34

CONTO ALLA ROVESCIA: 2 ORE

Non il nerd che si era aspettata Sachs.

Mentre le andava incontro davanti alla sede centrale della Emery Digital Solutions, sull'acciottolata Marquis Street, Arnold Levine le rivolse un cenno del capo. Indossava scarpe lucide, camicia celeste, cravatta blu navy come il completo. L'unica nota stonata era il portadistintivo marrone fissato alla cintura nera. Poco male.

La divisa degli informatici non era tuta e felpa con il cappuccio?

Levine era supervisore presso l'unità Reati informatici del NYPD, l'ente principale del Paese a contrastare il terrorismo, lo sfruttamento minorile e le frodi in ambito informatico.

No, non aveva proprio niente di nerd.

Fino a quando non aprì bocca.

Stringendole la mano con entusiasmo, iniziò a sproloquiare: «Ho fatto pressioni su One PP per un supercomputer. Ero riuscito a trovarne uno decente: un HPE Cray SC 250 KW NA con scocca a raffreddamento liquido. Un affare, 235.000 dollari. Hanno detto di no. Perciò dobbiamo affidarci a ditte esterne». Un cenno all'edificio. «Se c'è qualcuno che può farlo, sono loro.»

Sachs inspirò e sentì l'odore delle mattine di New York, sature di gas di scarico e marciapiedi umidi. Il respiro tenne a bada l'impellente accesso di tosse ma la sensazione di bruciore era ancora lì. Pensò alla bombola verde in auto ma decise di lasciarla dov'era. Per certi versi, rappresentava un segno di debolezza.

Passarono davanti a un'auto della polizia e una berlina senza contrassegni con la targa governativa, entrambe parcheggiate in modo da avere un'ottima visuale dell'edificio. All'interno, furono accolti da due guardie: grossi uomini armati che esaminarono con attenzione le loro credenziali e verificarono al computer i loro nomi. Furono fatti passare attraverso un magnetometro e, emersi dall'altro lato, recuperarono i propri oggetti metallici.

«Aspettate qui» disse una delle due guardie. «Il signor Emery arriva subito.»

Levine, ormai in piena modalità nerd, bisbigliò in tono cospiratorio: «Oh, quel Cray? Il supercomputer che dicevo? Ho proposto di darlo in leasing quando non serviva a noi. Ma hanno detto no anche a questo. Una questione di sicurezza, a quanto pare. Ma chiunque potrebbe impostare un firewall con uno script. Potrei farlo io; potrebbe farlo *lei*. Quello che non volevano fare è...».

«Firmare un assegno di 235.000 dollari.»

«Proprio così.»

Aveva la fede al dito e Sachs si chiese se sua moglie fosse costretta a sorbirsi discorsi tecnologici senza fine. Forse era una nerd anche lei.

Levine continuò a blaterare, Sachs a non ascoltare. Erano le 8:10.

La prossima scadenza dell'Orologiaio incombeva.

Un minuto dopo, la porta che conduceva all'interno dell'azienda si aprì con uno scatto elettronico e venne fuori un uomo alto e snello sui trentacinque. Uno spilungone in jeans arancioni, t-shirt color ruggine e scarpe da corsa blu.

«Detective Sachs e Levine? Ben Emery.»

Si scambiarono una stretta di mano.

A Sachs non sfuggì lo sguardo affascinato di Emery nel notare la sua faccia, e poi farsi malinconico quando si accorse della fede all'anulare sinistro. Dopo un'impercettibile alzata di spalle, l'uomo fece loro segno di seguirli nelle viscere dell'azienda.

L'ambiente era freddo e in penombra, pieno di postazioni di lavoro dominate da monitor e scatole beige chiaro, da cui spuntavano un milione di cavi. A cosa servissero i dispositivi era un assoluto mistero per Sachs, certa che, se Levine o Emery gliene avessero spiegato lo scopo, non ci avrebbe capito niente.

Emery li condusse in lunghi corridoi, fornendo spiegazioni su ciò che faceva la società, come se gliel'avessero chiesto. Di tanto in tanto, Levine annuiva con aria d'intesa e faceva domande entusiastiche.

Raggiunsero una postazione di lavoro in fondo all'edificio, occupata da un omone in camicia hawaiana, pantaloni cargo e infradito nere. Era Stanley Grier, quello incaricato di effettuare l'analisi forense e di craccare la password.

Sachs gli consegnò il mandato che aveva appena ottenuto dal giudice di un tribunale notturno. L'uomo lo esaminò, poi si infilò i guanti di lattice e prese il sacchetto da Sachs, controllando i numeri di serie del computer per accertarsi che i documenti fossero in ordine. Estrasse il dispositivo e lo posò al centro dell'immacolata postazione di lavoro. Poi scrisse nome e firma sul cartellino della catena di custodia.

«È stato controllato per escludere la presenza di esplosivi e radiazioni» disse Sachs.

«Be', lo immaginavo. D'accordo. Mi metto all'opera e vedo di cosa si tratta. Farò un mirroring ma è possibile che debba aprirlo e sfilare l'hard drive.»

«Non è un problema. Anche se, in caso di processo, potrebbe dover testimoniare di non aver modificato alcun dato.»

«Ci sono già passato» replicò Grier.

La assalì un accesso di tosse e i tre uomini guardarono nella sua direzione. Levine ed Emery sembravano preoccupati per lei mentre l'aria corrucciata di Grier suggeriva il suo timore che espirato e goccioline di saliva potessero infettare i server, come se Sachs stesse diffondendo virus digitali, non fisiologici. La detective si astenne dal fornire spiegazioni sull'esposizione all'acido, impegnandosi invece a controllare la tosse.

«Sta...?» fece per chiedere Emery.

«Bene.» Una risposta netta ma offerta con un sorriso riconoscente. «Quanto crede ci vorrà?»

«Impossibile dirlo. Apparteneva a un buono o un cattivo?»

«Cattivo.»

«Allora è probabile che abbia impostato una password impegnativa.» Si acciglò. «Tendono a farlo.»

«Abbiamo bisogno dei dati» disse Sachs. «E il prima possibile. La vittima lavorava con l'uomo che ha sabotato la gru di 89th Street. Potrebbe esserci qualcosa lì dentro riguardo all'ubicazione del prossimo attacco.»

«Be'. Merda. È alle dieci, giusto?»

Sachs annuì.

«Mi do da fare.» Agguantò una manciata di cavi e iniziò a collegarli al laptop e alla propria postazione di lavoro.

Emery li accompagnò fuori dall'edificio e, con un ultimo dispiaciuto sguardo all'inaccessibile Amelia Sachs, augurò loro una buona giornata.

Sachs ricevette una chiamata da Rhyme e salutò Levine con un cenno del capo. L'altro ricambiò, andò alla sua berlina di servizio e partì, diretto in centro.

«Rhyme.»

«Non ti ho sentita, perciò niente miracoli.»

«Il computer? No. Hanno appena cominciato.»

«Te la senti di occuparti di una cosa?»

«Sì» rispose decisa lei.

Rhyme non fece altri accenni alla sua condizione. Poi, con una voce che Sachs trovò insolitamente misteriosa, le disse: «Giusto perché tu lo sappia, è un po' particolare».

35

Una notizia di cronaca.

Lincoln Rhyme era stato ispirato da un servizio alla TV via cavo, cosa che Sachs trovava divertente dal momento che lui non guardava mai la televisione. E, con l'aiuto di Thom, aveva elaborato il «particolare» compito per lei.

Adesso Sachs lo stava svolgendo, entrando lentamente in un garage dell'Upper East Side.

Nel vedere la sferragliante auto sportiva, le si avvicinò un addetto dall'aria ostile, essendo il garage un feudo in cui quel tipo di veicoli non era ben accetto. All'apparire di distintivo e credenziali, però, batté in ritirata, ma senza cambiare espressione. Sachs si chiese se, all'uscita, le avrebbe addebitato i 28,99 dollari l'ora. Immaginava di sì, malgrado fosse lì a svolgere un servizio pubblico.

La teoria di Rhyme riguardava chi avesse davvero assoldato l'Orologiaio per sabotare la gru, adesso che sapevano che non aveva niente a che fare con il movimento di lotta per la casa.

Il settore immobiliare, tuttavia, *poteva* essere coinvolto.

Il servizio che aveva visto parlava degli effetti sul mercato causati dal congelamento delle attività edili. «Mi piace l'idea dell'Orologiaio che escogita un piano per aggirare il sistema» aveva spiegato.

«In che modo?»

«Hale viene assoldato da un immobiliarista. Escogita un piano per far crollare le gru. Il mercato precipita. I mezzibusti adorano quel termine, non è vero? "Precipitare". L'ho sentito quattro volte stamattina. Poi rilevano la proprietà svalutata. Oppure comprano quote di una cosa che si chiama REIT. Fondi d'investimento immobiliare. È stato Thom a scoprirne l'esistenza. Sono come un fondo comune per le proprietà immobiliari, non le azioni. E in un servizio dicevano che, con il blocco dei lavori, i costruttori resteranno indietro con le tabelle di marcia e non raggiungeranno gli obiettivi prefissati. La banca finanziatrice può pignorarli. A quel punto, i responsabili rilevano la proprietà per una miseria.»

Thom aveva messo insieme un elenco di sei immobiliaristi: quattro a Manhattan, uno nel Queens e uno a Brooklyn. Si trattava di società private, molto più inclini a infrangere la legge rispetto a quelle quotate in borsa.

Rhyme aveva diviso la lista a metà tra Sachs e Lyle Spencer, spedendo i due in ricognizione.

Adesso Sachs era entrata nel garage annesso al grattacielo di uffici in cui aveva sede la società del primo uomo sulla lista: Rasheed Bahrani, che con un patrimonio di ventuno miliardi di dollari occupava posizioni inferiori nelle classifiche del reddito.

Mentre percorreva avanti e indietro la rampa del costoso garage, Sachs non cercava lui, bensì la sua auto.

Aveva preso in prestito un lettore di targhe MPH-900 dalla Stradale e, con il nastro adesivo, l'aveva fissato al finestrino del lato guida della sua Torino. Gli obiettivi del lettore analizzavano ogni targa davanti alla quale passava.

Bahrani possedeva quattro auto e Sachs avrebbe potuto cercare manualmente marca e modello dei veicoli. Ma sarebbe andata a rilento e, considerata la scadenza, non potevano permettersi di perdere tempo. Lo scanner era in grado di leggere le targhe all'istante, così lei poteva guidare con tutta la velocità che la conformazione del garage le consentiva ed essere avvisata da un segnale acustico quando il dispositivo ne avesse individuata una.

Il motore rombò rumoroso sotto il soffitto basso quando Sachs innestò la seconda. E, come in ogni garage sulla terra, ogni svolta produceva un allarmante – per lei, irresistibile – stridio.

Due livelli, tre, sette, dieci, dodici... Le arrivò una zaffata di battistrada bollenti.

Arrivò in cima, sgommò in un cerchio fumante e si avviò, levando il piede dai pedali e lasciando che fossero le marce a frenare.

Al nono piano, ebbe un riscontro e frenò.

Eccone una.

La Bentley Mulsanne di Bahrani. Una delle auto più lussuose al mondo.

Non frequentava certi ambienti ma aveva idea che il prezzo si aggirasse intorno al quarto di milione di dollari e il motore sotto al cofano arrivasse a cinquecento cavalli. *Doveva* esserci un turbocompressore. Probabilmente esistevano modi per scassinare una Bentley nuova, ma di sicuro era una tecnica che necessitava della potenza informatica della Emery Digital Solutions. Scassinare una serratura meccanica, ovvero il modo relativamente facile per introdursi nella sua Ford, era fuori questione.

Ma, senza accesso all'interno (e comunque non aveva un mandato), doveva accontentarsi della terra sul pavimento sotto le quattro portiere, nei punti in cui l'immobiliarista ed eventuali passeggeri, magari lo stesso Orologiaio, avevano posato i piedi scendendo dal veicolo.

Mise la prima, spense il motore e tirò il freno a mano, bloccando l'auto sulla forte pendenza. Qualche boccata di ossigeno. Prese uno zaino dal sedile posteriore. Temeva che, se c'era Bahrani dietro al sabotaggio, lui o un addetto alla sicurezza potessero aver previsto un pattugliamento come quello che Sachs stava mettendo in atto. Andò alla videocamera grandangolare che sorvegliava quel livello e vi spruzzò sopra dell'azoto. Lo strato di ghiaccio sarebbe durato una decina di minuti prima di sciogliersi. A quel punto lei sarebbe ormai andata via e il sistema avrebbe ricominciato a proteggere da rapinatori e ladri d'auto.

Indossati i guanti di lattice, si precipitò all'auto e usò fogli elettrostatici per rilevare orme e, servendosi di un'aspirapolvere portatile, raccolse tracce. I campioni finirono in quattro sacchetti diversi, uno per il cemento sotto a ciascuna portiera. Annotò marca e targa su ciascun sacchetto e l'ubicazione dei campioni. Prelevò campioni anche da sotto il portabagagli. I sacchetti andarono tutti nella cassetta del latte che teneva sul retro.

Poi riprese la caccia.

Non ci furono altri riscontri in quel garage e, quindici minuti dopo, era passata al Sospetto Due. Non ebbe fortuna. La Mercedes, la Rolls e la Ferrari che possedeva non si trovavano nel parcheggio che serviva l'ufficio di Willis Tamblyn (con un patrimonio di tutto rispetto di ventinove miliardi di dollari).

Sachs si immise nel traffico e si diresse all'Upper West Side, per controllare l'edificio del Sospetto Tre, il più ricco del gruppo. Sembrava assurdo che uno di quegli uomini, ricchi com'erano, avesse architettato un piano mortale e distruttivo come quello all'unico scopo di guadagnare l'ennesimo centinaio di milioni.

Ma forse il colpevole non aveva tutto il denaro che la stampa o Wikipedia gli attribuivano. Come Bernie Madoff, per esempio.

O forse collezionare proprietà e ricchezza era una sorta di dipendenza per lui. E, come ogni altra persona affetta da dipendenze, ne voleva sempre di più.

Guardò per caso l'orologio dell'auto, installato a destra dell'amperometro e sopra all'indicatore della benzina.

Erano le 8:50.

Un'ora al prossimo attacco.

E, si domandò Sachs, dove sarebbe avvenuto?

36

All'ottavo piano dell'ospedale St. Francis, in una camera a metà del reparto S, la dottoressa Anita Gomez annuncia: «Ci siamo quasi», rassicurando la sudata MaryJeanne McAllister, che sbuffa e grugnisce di dolore. «Otto centimetri. Non ci vorrà molto. Sta andando alla grande.» Il travaglio è cominciato prima; suo marito, fuori città, si sta precipitando a tornare e MaryJeanne è al telefono con lui. A quanto pare, lo preoccupano i suoni che escono dalla bocca di sua moglie. MaryJeanne dice: «Vuole che mi diate qualcosa. Fa troppo male». La dottoressa Gomez si astiene dal dirle che il livello di dolore che sta provando sembra perfettamente normale. Inoltre, la sua paziente non ha voluto l'epidurale, temendo, a torto, che potesse danneggiare il bambino e la dottoressa glielo ricorda. «Lui vuole...» Un grugnito. «Porca puttana...! Parlare con lei.» E le porge il telefono. La dottoressa lo prende, lo spegne e lo mette via. «No!» si infuria la paziente. Ma diventa silenziosa, a parte il respiro. Le due donne aggrottano la fronte. Sentono uno strano rumore. Basso, dall'esterno. Cos'è stato?, si chiede la dottoressa Gomez, ma poi viene distratta dall'urlo soprannaturale della madre. È arrivata a nove centimetri. «Chiami mio marito!» inveisce. La dottoressa Gomez replica allegra: «Si prepari a spingere».

Al settimo piano, proprio sotto alla sala parto, il neurochirurgo Carla Di Vito si sta accingendo a riparare un aneurisma nel cervello di Tyler Sanford nella sala operatoria 11. Il paziente si è presentato con quello che definiva un mal di testa lancinante, il peggiore che avesse mai avuto. Gli esami relativi alla sua condizione – il rigonfiamento di un vaso sanguigno nel cervello – hanno rivelato che non si era ancora rotto ma l'edema era di grosse dimensioni. Di Vito, l'anestesista, due infermiere e un tirocinante sono presenti nella stanza che, ovviamente, è immacolata e sterile, ma rivestita di quelle piastrelle verde bile che, per qualche assurda ragione, gli architetti degli anni Sessanta erano convinti che pazienti e medici preferissero. Sanford è incosciente e una piccola porzione del suo cranio è stata asportata. L'odore di bruciato causato dalla sega aleggia sgradevole come sempre. Trattandosi di un grosso aneurisma, la dottoressa Di Vito utilizzerà un deviatore di flusso invece di bloccare il vaso con una clip. «Come ci si trova?» chiede un infermiere. Si riferisce al microscopio a guida robotizzata Aesculap Aeos sospeso sopra al cervello aperto. «Una meraviglia» risponde la dottoressa. In passato, molti neurochirurghi soffrivano di significativi problemi ergometrici – mal di schiena, soprattutto – restando chini per ore su un paziente. Il microscopio le consente di restare dritta e osservare incisione e procedura su uno schermo verticale in 4K. Mentre prima poteva effettuare un solo intervento del genere al giorno, adesso può farne due senza difficoltà. Alza brevemente lo sguardo sulla sua equipe. «Mettiamoci all'opera.»

Al sesto piano, proprio sotto alla sala operatoria 11, c'è la sala di risveglio 3E. La moglie e il figlio adulto di Henry Moscowitz sono seduti accanto al letto. «Possiamo farla nel padiglione» dice il figlio, David. Sta parlando di dove tenere la festa per il sedicesimo compleanno della figlia, di lì a otto mesi, non perché sia necessario organizzarla sin da ora ma perché spera che l'argomento distragga sua madre dalle condizioni del marito. Lei è sempre in prima linea quando si tratta di feste e David lo sa bene. La donna riflette: «Il padiglione va bene. Non hanno tagliato l'erba come si deve per quello di Edna».

«No» conviene suo figlio. Guardano entrambi l'uomo privo di sensi, circondato da una massa di macchinari. Il chirurgo ha assicurato loro che il quadruplo bypass è andato bene e che dovrebbe risvegliarsi quanto prima dall'anestesia. Adesso David piega la testa da un lato: ha sentito una specie di scricchiolio dall'esterno. Un tuono? No, il cielo è limpido. Ma il breve suono gli ha fatto venire in mente la location della festa. «Dovremmo vedere che dimensioni di tende hanno. Ottobre può essere piovoso.» «Sì» replica sua madre. «Certo.»

A ciascuno di questi tre piani – e, se è per questo, a ogni piano di questo edificio – verso il centro c'è una stanza di circa sei metri per sei. Le porte sono chiuse a doppia mandata e coperte di grossi cartelli: *Pericolo di incendio* e *Vietato fumare*, quest'ultimo risalente a un'epoca diversa ma rimasto comunque perché il messaggio trasmetteva un'urgenza storica, quasi genetica. All'interno di queste stanze ci sono decine e decine di bombole d'ossigeno, anidride carbonica, azoto, protossido di azoto e semplice aria. Alcune di esse sono immagazzinate, altre collegate a tubi inseriti in prese a muro. Ci sono anche bombole di sevoflurano, un anestetico. Pur non essendo di per sé infiammabile, possono verificarsi incendi ed esplosioni quando questo gas reagisce con un assorbente usato nelle procedure di anestesia, l'idrossido di bario, di cui sono presenti qui numerosi contenitori. Inoltre, ci sono recipienti di ciclopropano, dietilenglicole diviniletere, cloroetano ed etilene. Questi spazi sono noti tra il personale come Stanze Dinamite.

Venticinque metri sopra a questa pila di stanze e sale operatorie, si trova il braccio di una gru a torre Swenson-Thorburg AB. Come tutte le altre in città non è più in uso, temporaneamente ferma per via del sabotaggio. Poiché gli unici pesi sul braccio anteriore sono i cavi, il carrello e il gancio, i contrappesi sono stati posizionati vicino alla cabina e bloccati. Fino a qualche minuto fa, il momento – l'equilibrio – era stato raggiunto. Adesso, però, il braccio si sta inclinando, con movimenti lenti e impercettibili, verso l'ospedale. Questo è per via di ciò che nel mondo industriale è noto come «attacco con l'acido», espressione tecnica che nulla ha a che fare con il lancio di una soluzione caustica addosso a un rivale politico o un amante infedele. Significa semplicemente che è in atto una reazione chimica. In questo caso, l'acido fluoridrico è stato rilasciato da un contenitore di plastica e, al momento, sta attaccando l'idrossido di calcio del cemento, per trasformarlo in una pasta di silicato di calcio idrato e, infine, liquefare la sostanza risultante. Una poltiglia di questa mistura sta gocciolando dai blocchi, insieme a pezzetti del carrello posteriore e delle staffe che fissano a esso i contrappesi. Questo residuo sta cadendo sul cantiere ma, essendo il posto abbandonato, nessuno dell'esigua squadra di operai all'ingresso lo nota. Molti di loro credono di aver sentito un gemito o uno scricchiolio. Questo è il suono delle ralle che si scontrano per effetto dell'inclinamento della torre. Ma poiché stanno sorvegliando l'entrata e sono convinti che nessuno possa sabotare la *loro* gru, attribuiscono il suono al vento, a un velivolo o a un camion in lontananza e riprendono a parlare della recente campagna acquisti nella NFL.

37

CONTO ALLA ROVESCIA: 1 ORA

Di nuovo al punto di partenza.

A guardare quei dannati video di sorveglianza. Quello che fanno le guardie giurate, alla ricerca di ragazzini che sgraffignano collanine e caramelle da Walmart.

Ma, con un criminale che aveva la sconsiderata abitudine di sciogliere con l'acido le prove fisiche più importanti, restava ben poco altro da fare.

Un irritato Lincoln Rhyme osservò un fotogramma dopo l'altro, spingendosi all'indietro nel tempo e poi avvicinandosi al presente.

Non era solo. Mel Cooper stava facendo lo stesso a un computer vicino.

Due analisti forensi, i migliori in città, senza reperti da analizzare.

Pur non contento del compito, Rhyme riconosceva la possibilità di trovare qualcosa in quel modo. Malgrado non avesse fiducia nei testimoni, anche i più collaborativi, si fidava dei propri occhi, tanto più perché convinto che, essendo stato privato di così tanto dall'incidente, gli altri sensi si fossero acuiti. Forse era la sua immaginazione, ma aveva finito per credere che ciò che vedeva lui stesso fosse la verità.

Mentre cercava, aveva in mente la domanda che li aveva assillati sin dall'inizio: in che modo l'Orologiaio era riuscito a piazzare l'acido fluoridrico sui contrappesi?

Sapevano che la mattina del giorno prima si era avvicinato

alla gru perché Garry Helprin, il manovratore, aveva visto il suo SUV nei paraggi.

E questo significava che doveva essere presente anche nel filmato, ripreso mentre si avviava alla torre, vi saliva e piazzava l'ordigno. Il manovratore iniziava il suo turno alle 9:00 e probabilmente avrebbe visto un intruso dare la scalata alla torre. Perciò l'ordigno doveva essere stato piazzato prima di quell'ora. Ma quanto prima? Dalla scoperta fatta nel vano del carrello del jet all'aeroporto JFK, sapeva che l'Orologiaio si trovava nel Paese solo da qualche giorno, cosa che perlomeno stabiliva un limite temporale nei filmati da visionare. Questo significava anche che Rhyme doveva esaminare centinaia di ore di riprese, da molteplici fonti. Aveva i filmati di sette videocamere.

Cinque di esse erano videocamere di sorveglianza private con scarsa risoluzione. Due erano migliori, trattandosi di nuovi apporti al Domain Awareness System.

«Niente» borbottò Cooper.

Rhyme guardò l'orologio sulla parete vicina.

Le 9:14.

Poi un'occhiata alla cartina e un pensiero fugace: quale di queste è il tuo bersaglio, Charles?

Tornò allo schermo ed esaminò i fotogrammi più in fretta, concentrandosi sulla notte precedente e la mattina dell'attacco.

Ma l'unica persona che saliva sulla torre della gru era Helprin, poco prima delle nove.

Le telecamere venivano oscurate di tanto in tanto da camion che si fermavano ai semafori o facevano consegne al cantiere o presso edifici e appartamenti vicini. A infastidirlo in modo particolare erano quelli pubblicitari, costituiti da un pianale con sopra un grosso cartellone. Perlopiù pubblicità di sigarette, vietate in TV, e farmaci per curare malanni di natura non specificata. Anche diversi manifesti elettorali. Due, notò Rhyme, invitavano gli elettori a votare per Marie Leppert, la nemica dei cartelli in lizza contro l'uomo che era rappresentante dello stesso Rhyme a Washington, l'ex attivista (e criminale) Stephen Cody.

A un certo punto, un grosso uccello nero per poco non andò a sbattere contro la telecamera, spaventandolo.

In assenza di sospetti lampanti, Rhyme si interessò agli spettatori, ben sapendo che di tanto in tanto i colpevoli tornano sulla scena del reato. Quando le trovava, prese nota in particolare di quelle persone che si erano recate sul posto in due occasioni distinte.

La più curiosa era un senzatetto, minuto e ingobbito, dal bizzarro cappello arancione e marrone, simile a quello di un soldato del diciannovesimo secolo, e uno sporco cappotto marrone. Rhyme lo notò per lo strano abbigliamento, certo, ma anche per l'ossessivo interesse che l'uomo mostrava per il cantiere. Aveva in mano un bicchiere bianco e blu per raccogliere gli spiccioli, ma non si impegnava molto a chiedere la carità. Anzi, ignorava un uomo d'affari che gli porgeva una banconota. Aveva girovagato attorno al perimetro fino a quando l'unità Biotox del dipartimento dei vigili del fuoco era sopraggiunta per neutralizzare l'acido e avevano sgomberato l'area.

Rhyme vide che era tornato un paio di ore dopo. Gran parte degli operai era andata a casa, perciò l'uomo era entrato indisturbato nel cantiere.

Sembrava alla ricerca di qualcosa. Oggetti di valore da razziare? Probabile. Aveva trovato qualcosa: c'era un oggetto di metallo che luccicava nella sua mano. Se trascorreva lì tanto tempo, forse era il caso che Sachs andasse a parlargli. Sempre che fosse possibile rintracciarlo.

La seconda persona che si era recata sul posto due volte era degna di nota solo perché si trattava di un musicista. Portava una custodia per chitarra grigio blu, con *Martin* stampato su un lato. Da un'indagine, anni prima, Rhyme aveva appreso che quello era il miglior marchio di chitarre acustiche al mondo. L'uomo al cantiere era di corporatura media, bianco e con la barba, un cappellino scuro da baseball senza logo ben calcato sulla testa. Portava occhiali da sole. Indossava giubbotto di pelle nero e blue jeans.

La sua prima visita risaliva a un'ora dopo il crollo. Era tornato quattro ore dopo. Rhyme non capiva quale fosse lo scopo della sua presenza lì. A differenza del senzatetto, che era attratto dalle macerie, l'uomo non faceva che scrutare la folla, come se dovesse incontrare qualcuno.

In occasione della seconda visita, aveva girato due volte attorno al cantiere. Non trovando chi o ciò che cercava, era andato via. Rhyme avrebbe potuto ricavare un fermo immagine, ma gli occhiali da sole e la tesa bassa del cappello impedivano il funzionamento del riconoscimento facciale.

La sua presenza, come quella del senzatetto, probabilmente non significava niente. Una coincidenza.

Rhyme continuò a cercare, andando indietro di tre giorni, due, uno. Giorno. Notte. Nessuno si avvicinava alla base della gru a eccezione del manovratore.

Uno pensa che esista un algoritmo in grado di avvistare malviventi che fanno ogni genere di cose, rifletté. Come salire su una gru.

Algoritmi. Computer, dati...

Gli sovvenne che al giorno d'oggi esisteva un nuovo tipo di «polvere» di Edmond Locard nel mondo digitale di bit e byte. Quegli zero e quegli uno in grado di guidarti all'abitazione o all'ufficio del sospetto con la stessa efficienza dei campioni di terreno o delle macchie di sangue.

Ma non in questo caso.

Con un sospiro, tornò al monitor, esaminando la mancata collisione del volatile.

Un momento...

Arrestò il filmato e tornò indietro, un fotogramma alla volta.

La cosa nera riempì lo schermo.

Non era un uccello.

«Mel. È quello che penso?»
Il tecnico guardò. «Sì. Un drone.» Cooper faceva volare «veicoli aerei telecomandati» per hobby e li conosceva bene.
Il fermo immagine aveva immortalato due eliche in funzione.
«Maledizione. Ecco come ha fatto.»
Era illegale far volare droni in città, ma l'Orologiaio non si sarebbe di certo fatto scoraggiare da un divieto.
«Sarebbe abbastanza grande per reggere la carica esplosiva?»
«Un modello commerciale, sì.»
«Sono tracciabili, giusto?»
«Esatto. Federal Aviation Administration, Bureau e Homeland Security. Ma gli ultimi due sono i più attivi.»
«Chiama Dellray» ordinò Rhyme al telefono.
L'agente FBI rispose al primo squillo.
«Lincoln.»
«Fred. Le gru. Pensiamo che l'Orologiaio possa servirsi di un drone per piazzare gli ordigni. Mel dice che voi e la Homeland Security li tracciate.»
«Oh, sì. Siamo noi quelli che fanno per te. I nostri dell'Antiterrorismo. Cercano uccelli per. Tutto. Il. Tempo. Ti metto in comunicazione con un amico. Ancora si nascondono dall'altra parte dell'ufficio, a proposito. Gliela farò pagare per questo e con gli interessi. Tieniti forte.»
Lo sguardo di Rhyme andò sulla mappa delle gru in città. Stava ripensando alle prime ore di quel mattino. Lyle Spencer era tornato dalla sua ispezione alle gru che secondo loro avevano più probabilità di essere il prossimo obiettivo. Spencer aveva riferito che le basi delle gru erano tutte ben sorvegliate.
Con un drone, quelle precauzioni erano inutili.
Poi, una voce baritonale risuonò al telefono. «Signor Rhyme. Agente speciale Sanji Khan, Antiterrorismo. Come posso aiutarla?»

Rhyme gli spiegò che secondo lui l'ordigno usato per sabotare la gru nell'Upper East Side fosse stato collocato con un drone. «Voi li monitorate, dico bene?»

«Sì. Anche la FAA e la Homeland Security. Coordiniamo i risultati. Radar e RF, radiofrequenza. Se c'è un UAV, un veicolo aereo telecomandato, in qualunque posto, ne ricaviamo la posizione. GPS tramite RF è il modo migliore. Il radar è imprevedibile in città.»

«Avete ricevuto notifiche di recente?»

«Notifiche? No.» Poi, Khan aggiunse: «C'è un algoritmo che codifica una risposta solo se l'affare si avvicina a obiettivi di alto profilo... aeroporti, edifici governativi, ambasciate, auditorium, quel genere di cose. Se il volo è sotto i dieci minuti e si tratta di un luogo a bassa pericolosità, ci limitiamo a registrare i dettagli e non andiamo a cercare nessuno. Di solito è qualcuno che lo riceve in dono al compleanno o a Natale e inizia a giocarci senza conoscere la legislazione in merito».

«Se le fornissi data e luogo, potrebbe farmi sapere se lì c'era un drone? E, questo è importante, se è stato tracciato da qualche altra parte in città?»

«Certo... Se ha fatto volare lo stesso apparecchio. Hanno profili unici.»

«Mel, dagli i particolari! Agente, c'è in linea il detective Cooper.»

Il tecnico cercò le informazioni e le comunicò in vivavoce.

Non più di sessanta secondi dopo, un lasso di tempo riempito dal furioso digitare di Khan su una tastiera, l'agente speciale disse: «Ce l'ho. Il rapporto di un volo proprio dove mi ha detto, 89th Street, al mattino presto, prima che la gru venisse giù. Ha sorvolato il cantiere, è rimasto in volo stazionario e poi è scomparso su East Eighty-Eighth».

Era la strada in cui Hale aveva parcheggiato il SUV. La scatola che Helprin aveva visto sul retro del veicolo doveva essere dove teneva il drone.

«In base al profilo, rientra nella gamma Carter Max4000.»
«Grande abbastanza per trasportare qualche litro di liquidi?»
«Facile.»
«Ora, altri voli dello stesso drone?»
«Sissignore. Tre. Classificati come probabilmente casuali, nessuna azione intrapresa.»
«Dove?»
«Uno sull'isolato 400 di Towson Street, Brooklyn. Un altro davanti a un palazzo di uffici, a Manhattan, 556 Hadley, tra SoHo e il centro. L'ultimo al 622 di East Twenty-Third. È fermo da allora. Ma adesso è segnalato. Se si alza di nuovo in volo, lo individueremo e predisporremo un intervento tattico. Vuole essere coinvolto?»

«Sì» rispose Rhyme in tono assente. Stava guardando la cartina. Niente gru in quell'isolato di Brooklyn. Niente gru nei pressi di Hadley. Ma su East 23rd ce n'era una. Un grosso cerchio rosso.

«Mel, cosa c'è a quell'indirizzo, su Twenty-Third?»

Rhyme scoccò un'occhiata all'ora. Poco più di mezz'ora all'attacco successivo.

Il tecnico digitò su una tastiera vicina e un'immagine nitida apparve sullo schermo davanti a Rhyme. Proveniva da un database di immagini satellitari.

Al centro di un complesso a forma di U di edifici di mattoni color giallo-marrone, si ergeva una gru con la cabina e i bracci gialli, montati su una torre rossa.

Gli edifici costituivano il St. Francis Hospital Center.

«Mel, chiama la loro sicurezza e il distretto locale. Devono evacuare il posto. E manda Amelia laggiù. Subito.»

38

Amelia Sachs arrivò all'ospedale e si fermò sbandando. La gru incombeva davanti a lei.

Era al centro del cantiere, il braccio sospeso sopra l'edificio principale, il versante nord della u in cui era disposto il complesso. Non erano ancora le dieci ma il congegno si stava inclinando e dai contrappesi cadevano pezzi di cemento e gocce di liquido. L'acido fluoridrico era già all'opera.

Il momento era stato compromesso.

Sachs alzò lo sguardo. Il vivace colore rosso, la tonalità del sangue fresco. Cadendo, l'affare avrebbe colpito il centro dell'ultimo piano, circa otto piani più in alto. Il braccio frontale superava di venticinque o trenta metri la cima dell'edificio. Per effetto dell'impatto, le svariate tonnellate di acciaio avrebbero accelerato nella caduta, piombando sulla struttura con una forza incredibile, tagliando almeno gli ultimi tre o quattro piani.

Si trattava di una gru che Lyle Spencer aveva controllato la sera prima. Aveva trovato guardie alla base della torre e all'ingresso del cantiere. Ma il messaggio che Rhyme gli aveva inviato qualche minuto prima spiegava perché i suoi sforzi fossero stati una perdita di tempo. Hale stava usando un drone per piazzare l'acido.

Sachs guardò la bombola d'ossigeno sul sedile accanto. Senza indossare la maschera, inspirò a fondo.

Un po' di bruciore, un po' di tosse.

Quella dannata roba le stava corrodendo i polmoni sempre di più, come i contrappesi che aveva davanti?
Una boccata di ossigeno.
Si guardò intorno: come per il primo crollo, c'era un circo di veicoli, luci e persone in uniformi di ogni foggia e colore.
Chiuse gli occhi e abbassò la testa mentre faceva qualche respiro attaccata alla bombola.
Per il momento, bastava così. Doveva andare.
Uscendo dalla Torino, scorse il graduato al comando della situazione, un capitano in divisa, i capelli grigi, sulla cinquantina. Era magro e pallido tanto quanto l'uomo accanto era scuro e robusto, il comandante di battaglione del FDNY, che indossava pantaloni neri e camicia bianca sotto la giacca dei vigili del fuoco, scura con le strisce gialle. I vigili del fuoco non avevano bisogno di caschi di protezione, avevano i propri elmetti, gialli, con la classica forma da pompiere. Il suo mostrava un distintivo sormontato da un altisonante *Chief*, capo, e sotto il numero di matricola. Si chiamava Williams.
Lei inclinò verso di loro il distintivo che portava alla cintura. «Sachs. Major Cases. Sono tra i responsabili di questo caso.»
«Oh» fece il capitano, *O'Reilly* sul suo pettorale. «È con Lincoln Rhyme?»
Sachs annuì, la sua reazione preferita a una domanda che poteva avere numerose risposte.
«È possibile girarla?» chiese alzando lo sguardo. Se il braccio veniva fatto ruotare di novanta gradi, avrebbe avuto sotto di sé la strada, che era stata bloccata, e un crollo avrebbe causato pochi danni.
Il comandante di battaglione rispose: «L'ho chiesto al capocantiere un attimo dopo che il capitano Rhyme ha chiamato per dirci che questa sarebbe stata la prossima a crollare. Ma è bloccata. Le ralle sono già deformate».
Sachs guardò di nuovo l'edificio sul quale era puntata.

L'ospedale aveva un aspetto fragile. Era stato costruito negli anni Sessanta, fatto di alluminio e pannelli di vetro e metallo, blu con un po' di ruggine ai bordi. Era senz'altro dotato di una sovrastruttura in acciaio, ma poco altro per arrestare la forza d'urto del braccio.

Alcuni pazienti, visitatori e membri del personale uscirono di corsa. Ma tanti arrancavano, incapaci di muoversi più in fretta. Zoppicavano, erano in sedia a rotelle. Alcuni si portavano dietro l'asta della flebo, come se fossero compagni robotici di un film di fantascienza.

«Come procede l'evacuazione?»

Fu O'Reilly a risponderle. «Be', abbiamo fatto uscire un sacco di pazienti ambulatoriali, visitatori e personale non indispensabile. Dal primo al quinto piano. Il problema è che sopra ci sono sale in cui sono in corso procedure. Parlo di pazienti aperti, sul tavolo operatorio. Cuore aperto. Chirurgia cerebrale. Parti. Non possiamo mandarli via così. Stanno richiudendo i pazienti che possono e collegando sistemi salvavita ai letti per poterli spostare. Alcuni sono parecchio... com'è che si dice? Fragili.»

«Non possono semplicemente trasferirli ai piani inferiori? Quell'affare non sfonderà l'intero edificio.»

«No, ci serve che siano tutti fuori» rispose Williams. «Il braccio punta anche sui magazzini di gas. Centinaia di bombole e canaline. Ossigeno e gas infiammabili. Gli ospedali sono come sili per cereali. Una scintilla e salta tutto.»

Un gemito risuonò dalla base della torre, che si stava inclinando. Il braccio calò ancora.

Il comandante di battaglione aggiunse: «Ho dato ordine di allestire delle imbragature». Indicò i cavi fissati alla torre, a circa metà altezza, e collegati alle putrelle sulla struttura aggiuntiva in costruzione. «Non so se serviranno a qualcosa. Non mi pare. Stanno già piegando le travi a cui sono fissate. Forse guadagneremo un po' di tempo.»

Dopo un accesso di tosse, Sachs alzò lo sguardo sulla precaria struttura. «Il manovratore è qui?» domandò.
«L'operatore della gru?» chiese il capitano. «Non ce n'è motivo. Il cantiere è chiuso. Perché?»
«Forse lui conosce qualche modo per, non so, spostare i pesi? O per puntellarla in un modo che a noi sfugge?»
«Be', qui non c'è nessuno.»
Le venne allora un'idea.
Tirò fuori il telefono dalla tasca e cercò un numero. Era il cellulare del gruista del primo crollo, Garry Helprin. Lo trovò. Squillava.
Ti prego, rispondi.
Ti prego...
Ma lui non lo fece.
Segreteria.
Maledizione.
Si schiarì la voce. «Garry, sono la detective Sachs. Sta venendo giù un'altra gru. È puntata su un ospedale. Ci dia qualche suggerimento su come rallentarla. Stanno preparando delle imbracature ma non credo che dureranno. Chiami me o Lincoln Rhyme.»
Recitò entrambi i numeri e poi si rivolse al comandante della scena. «Vado a dare una mano con l'evacuazione. La chiamo se ho notizie.»
Un'altra occhiata alla gru. Si era piegata di altri due gradi.
Quanto tempo ancora?
Inutile fare congetture. Agguantò la bombola d'ossigeno dalla Torino e un Motorola dal furgone delle comunicazioni e corse all'entrata.
Nell'atrio caotico e in penombra, vide le porte dell'ascensore aperte e le luci sopra di esse lampeggiare. Ma certo, pericolo di incendio. Erano state impostate in modalità di servizio antincendio. Guardò le scale, invase da un fiume di persone.
Scale.

Scale ripide.
Otto piani.
Oh, merda.
Tre profonde boccate di dolce o e, infilandosi a tracolla la bombola verde, diede inizio alla salita.
Sentendosi mancare l'aria a ogni gradino.

39

Di sopra, lo scenario si rivelò peggiore del previsto. All'ottavo piano, l'ultimo, restavano trenta tra pazienti, visitatori e personale, stretti attorno alle uscite est e ovest in fondo al corridoio. Ma poi, un momento... Sachs dovette integrare la conta raddoppiando il numero dei pazienti; era il reparto ostetricia e ginecologia.

Quelle anguste uscite antincendio erano le uniche vie utilizzabili, dal momento che l'uscita principale, ovvero gli ascensori, non era disponibile. Il sovrannumero era dovuto alle pazienti non ambulatoriali. Madri che avevano partorito pochi minuti prima, altre che avevano subito un cesareo e diverse, stando a un'infermiera, che non erano ricoverate in ostetricia e ginecologia ma trasferite dalle sale risveglio sottostanti, probabilmente a causa di una carenza di posti. Le pazienti di questi ultimi due gruppi erano allettate. Diverse ancora sotto anestesia.

Sachs raggiunse gli altri soccorritori, spingendo verso l'uscita sedie a rotelle e letti di pazienti non in grado di camminare.

Dalla finestra che dava a sud, la torre si vedeva chiaramente. Il reticolo di tubi luccicava al sole del mattino. Non era molto vicina ma quella struttura in sé rappresentava solo metà del pericolo. Una volta crollata, la torre avrebbe tagliato le pareti laterali dell'ospedale e il braccio avrebbe sfondato la parte superiore.

Sotto il suo sguardo, la gru continuò a inclinarsi in avanti.

L'imbracatura stava reggendo?
Non molto bene, a quanto pareva.
Con suo grande sollievo, Sachs apprese che gli evacuati non dovevano arrivare fin giù in strada. Bastava che scendessero al quinto piano, dove c'era un ponte per l'edificio est. Lì, gli ascensori funzionavano.
«Detective» la chiamò un attendente, «non possiamo semplicemente sistemare tutti dove sono? Davanti alle uscite?»
«No. Fuori dall'edificio. Rischio di incendio.» Accennò alla stanza proprio alle sue spalle: il magazzino dei gas di cui le aveva parlato il comandante di battaglione. Il cartello *Pericolo* era piccolo, quello *Vietato fumare* grande, quello *Pericolo, sostanze infiammabili* il più grande di tutti.
In un angolo, da sola, scorse una neomamma sulla sedia a rotelle con il suo piccolo in fasce. Piangeva forte quanto il neonato. Sachs afferrò i manici e spinse la carrozzella in fondo al corridoio, mettendola nella fila per l'evacuazione attraverso le scale. «Riesce a camminare?» le chiese.
In uno stentato inglese, la donna rispose: «Posso. Volevo farlo. Dicono che non posso. Ho chiesto. È contro le regole».
Sachs le sorrise. «Oggi è diverso.» La aiutò ad alzarsi e la guidò a un'uscita, dove la affidò a un infermiere appena emerso dalle scale. Lui prese la paziente per le spalle e scesero insieme. «Un passo alla volta. Stai andando alla grande. Maschio o femmina?»
Le loro voci si persero quando sparirono lungo la scalinata buia.
Una voce crepitò alla radio di Sachs.
«LeRoi. Sono al sette. Sgomberate tutte le sale operatorie tranne tre. Non possono muoversi. Due sono attaccati alla macchina cuore-polmoni, nell'altra sono nel mezzo di un trapianto di rene. E c'è un neurochirurgo che rifiuta di trasferirsi. Dice che ucciderebbe il paziente. Stiamo riducendo al minimo lo staff e mandando via il personale non necessario.»

Dal sesto piano riferirono problemi simili. Era un reparto postoperatorio, con un certo numero di pazienti in stato di incoscienza e in condizioni precarie a seguito dell'intervento chirurgico.

Qualcuno irruppe nella comunicazione. «Ho qui dodici cazzo di letti grandi quanto un matrimoniale. Mi serve gente alla 6-W per portarli giù. Adesso!»

Sachs spedì all'uscita un'altra mamma con il suo neonato e poi notò un certo movimento accanto a lei, in una sala risvegli isolata dal corridoio con un finestrone di vetro smerigliato. All'interno, c'erano tre pazienti ancora sotto anestesia. Una donna anziana, un uomo di una certa età e un adolescente. E una mezza dozzina tra famigliari e amici che si erano rifiutati di lasciare i propri cari.

O che non avevano creduto all'annuncio dell'imminente disastro.

Come gli altri, anche questi letti avevano le rotelle ma erano collegati alle apparecchiature montate alla parete e a vari supporti. Infermiere e inservienti erano impegnati a staccare i dispositivi e a sistemarli accanto ai pazienti addormentati.

Un gemito dall'esterno.

Sachs guardò fuori dalla finestra.

L'inclinazione della torre era aumentata ancora.

«Dovete andarvene subito!» Agguantò un grosso macchinario di plastica, i cui sensori erano collegati al paziente tramite cavi colorati. Lo spinse in mano a uno dei visitatori maschi, che si afflosciò sotto il peso. «Lei.» Indicò una donna sulla trentina. «È ora di mettere al lavoro quei muscoli da palestra. Prenda quello.» Le indicò un altro voluminoso dispositivo. Doveva pesare tra i quindici e i venti chili.

«Io non so se...»

«Lo prenda!»

La donna obbedì e riuscì a reggerlo.

Tutti i macchinari erano alimentati a batterie, così Sachs scollegò le unità dalle prese e indicò la strada.

I tre letti procedettero lenti verso l'uscita ovest, quella meno affollata.

Tossendo, sputando, Sachs avanzò a passo svelto lungo il corridoio, controllando le stanze.

Tutte vuote.

Fino alla s-12.

Entrando, la accolse un suono straziante: un urlo lamentoso, sempre che esistesse una cosa del genere. Una donna in avanzato stato di gravidanza era distesa sulla schiena, cuscini sotto la testa, i piedi infilati nelle staffe. La sua dottoressa – la targhetta diceva *Dott.ssa A. Gomez* – era china in avanti e la incitava: «Spinga». La donna sudava, i capelli scuri incollati alla testa, emetteva suoni innaturali e di tanto in tanto si lanciava in sentite imprecazioni.

Dando per scontato che Sachs, in quanto donna, masticasse l'argomento ostetricia, la dottoressa disse: «È di dieci centimetri».

«È una cosa buona?»

«Ho perso la mia infermiera... Spinga!»

Quindi dicevano davvero così.

Sachs ebbe un accesso di tosse.

«È malata?» le chiese la dottoressa.

«No, esposizione all'acido.»

La donna le schiaffò sul petto lo stetoscopio. «Respiri.»

Sachs obbedì.

«Ancora.»

Di nuovo.

«È tutto a posto.»

«Cosa?»

«Sta bene. Conosco i polmoni.»

Così, uno schiocco di dita.

«Adesso mi serve il suo aiuto.»

«Guardi, sarà meglio che cerchi qualcun altro.»

«E chi?» chiese la dottoressa con autentico sconcerto. Quella porzione di corridoio era vuota.

«Non ve l'hanno insegnato alla scuola di polizia?»

«Ho saltato quella parte.»

«Allora, detective, ci sono otto miliardi di persone sulla terra e ci sono arrivate tutte nello stesso modo. Non è così difficile.» Un rapido sorriso. «Andrà benone. Guanti puliti.» Poi, alla donna: «Respiri. Spinga!».

«Gesù Cristo!» gemette la partoriente.

«Sta... bene?»

«Ah, sì. Alla grande.»

Sachs si strappò via i guanti di lattice blu e afferrò un paio di guanti chirurgici, più spessi di quelli che indossava sulla scena di un crimine. È quasi impossibile infilarli sulle dita umide, perciò soffiò forte per asciugarsele.

Una volta guantata, raggiunse la dottoressa, che disse: «Ho bisogno dei parametri vitali. Quel monitor lì. Me li legga. Temperatura, battito, respirazione, pressione sanguigna. Per il momento solo questo».

Per il momento? Cosa diavolo sarebbe successo poi?

Un altro urlo, a quanto pareva.

Ragazzi, quella donna aveva un bel paio di polmoni.

«Drogatemi, cazzo!»

«Sta andando bene. Spinga!»

Sachs stava leggendo i numeri ad alta voce.

La paziente: «Voglio...».

In quel momento ci fu un boato, una cannonata dall'esterno. La stanza accanto alla loro scomparve in un'esplosione di schegge di vetro, plastica, metallo e cartongesso.

Sachs guardò oltre la parete di vetro.

Era il tirante d'acciaio che il comandante di battaglione aveva ordinato di allestire; l'affare si era spezzato ed era schizzato nella stanza, aveva fatto saltare la porta dai cardini e si era conficcato nel muro del corridoio.

Quelli nel corridoio urlavano, anche se non sembrava avesse colpito qualcuno. In caso contrario, il metallo sarebbe affondato nella carne e nell'osso come un coltello nel burro.

Una fugace visione di tondini insanguinati...

Quanti altri tiranti c'erano? Credeva di averne visti una mezza dozzina.

«Antidolorifici, voglio antidolorifici!»

«Spinga!»

Un altro gemito metallico dall'esterno. La torre si stava piegando sempre di più.

«Voglio...»

Sachs si protese sulla paziente. «Chiuda il becco e spinga!»

40

«Sono andato a trovarlo. Non mi hanno lasciato salire.»
Il detective seduto di fronte a Ron Pulaski annuì alle parole dell'agente.
«Volevo solo augurargli il meglio. Avevo portato delle caramelle. Chi ha bisogno di fiori? Ma non mi hanno lasciato salire.»
«Probabilmente una questione legale. Essendo lei il conducente dell'auto che l'ha travolto.»
«Mi sentivo così in colpa. Dovevo sembrare alquanto depresso. L'infermiera si è impietosita e mi ha detto che se la caverà. Qualche ustione, trauma cranico, ma dovrebbe essere dimesso nel giro di pochi giorni.»
Il colloquio per il quale Pulaski era stato convocato veniva condotto nell'ufficio del detective degli Affari interni, Ed Garner, cosa che faceva sentire l'agente più o meno a suo agio, essendo la stanza ingombra, pile di fascicoli di casi sulla scrivania e file di raccoglitori sul pavimento. Le foto di famiglia rivelavano che il detective e sua moglie avevano due figli, all'incirca dell'età di quelli di Pulaski e Jenny. A tutta la famiglia piaceva pescare, a quanto pareva.
Entrambi gli uomini indossavano completo scuro e camicia bianca, il colletto e i polsini di Garner in contrasto con la pelle scura. La cravatta di Pulaski era rossa, quella di Garner verde scuro, e l'agente pensò che, vestiti così, potevano uscire da One Police Plaza e andare dritti a un funerale.

Il detective aveva un taccuino aperto davanti a sé con accanto un registratore digitale, il puntino rosso della registrazione illuminato.

«Allora, agente Pulaski...» disse Garner.

«Va bene Ron.»

Il cognome gli sembrava troppo ufficiale. Come se fosse già stato incriminato per guida negligente di un veicolo in stato di ebbrezza e un giudice severo stesse per mandarlo in prigione.

«D'accordo, Ron» continuò il detective in tono amichevole. «Bene. Diamoci del tu, allora. Io sono Ed. Ora, sei alquanto sconvolto. Certo che lo sei. Ma cercheremo di fare il prima possibile e poi ti rimandiamo a casa. Solo qualche preliminare da sbrigare. Oggi ci limitiamo a prendere la tua deposizione per un esame interno. Questa *non* è un'indagine penale. L'unico scopo delle mie domande è accertare se le regole amministrative e procedurali del NYPD sono state seguite in occasione dell'incidente su Parker Street.»

Pulaski stava guardando una cartellina. La sua. Non era spessa, mezzo centimetro. Forse meno.

«Agente? Ron?»

Non stava prestando attenzione. Stava guardando il fascicolo.

«Sai di aver diritto a un avvocato.»

«Ne ho contattato qualcuno. Nessuno di quelli con cui ho parlato era disponibile. E voglio tornare in strada il prima possibile.»

Eddie Tarr e la sua berlina rossa erano là fuori da qualche parte.

«Allora.» Sollevò i palmi. «Eccomi qui.»

«Il nostro rapporto andrà alla commissione per il riesame degli incidenti. Hai...»

«Presente? Sì.»

«La commissione stabilirà se c'è stata una violazione delle procedure. E, se c'è stata, quale azione occorre intraprendere. Ora, ho detto che non si tratta di un'indagine penale ma c'è la possibilità che lo diventi. Detective del distretto locale hanno esaminato la scena e sono andati in giro a fare domande. Quella è una cosa distinta. Se i fatti lo richiedono, i risultati saranno comunicati all'ufficio del procuratore. Perciò, due indagini. Mi segui?»

Cosa c'era di così complicato? «Sì.»

«Ora, hai diritto a non testimoniare contro te stesso in un'indagine penale. Ma, poiché questa è di tipo amministrativo, possiamo costringerti a parlare con noi. Se non lo fai, sarai soggetto a sanzioni disciplinari. Rifiuto di collaborare.»

«D'accordo. Ma ciò che dico qui non può essere usato in nessuna indagine penale.»

Garner annuì con un sorriso. «*Se* ce ne fosse una. Esatto.»

Pulaski notò che Garner non gli aveva chiesto se era d'accordo a registrare la conversazione. Probabilmente, nel *Manuale dell'agente di pattuglia* c'erano delle scritte in piccolo che dicevano che, quando ti arruolavi, consentivi a mostri dagli occhi rossi di registrare le tue deposizioni.

«Okay, formalità sbrigate. Dimmi a parole tue cosa è successo.» Il detective fece un mezzo sorriso. «Anche perché le parole di chi altro potresti usare?»

Pulaski non rise, ma il commento del detective allentò un po' della tensione nella stanza. Prese fiato. «D'accordo. Stavo tornando a casa di Lincoln Rhyme dopo aver verificato la pista di un caso che sto gestendo per i Major Cases. E questo SUV era *lì*. Apparso così. Non ho potuto neanche frenare. Solo *bang*.» Tacque, rivedendo il veicolo, sentendo il suono.

«Ricordi a che velocità andavi?»

«Non proprio, forse sessantacinque.»

«Quant'era il limite?»

«L'ultimo segnale che ho visto diceva sessanta.»

«Ma non sei sicuro che fosse quello quando c'è stato lo scontro.»

«Io... No, non ne sono sicuro. No.»

«Ricordi il punto esatto dell'incrocio in cui si è verificato l'incidente? Cioè, l'altro veicolo era sulla corsia di destra o quella centrale per svoltare su Halmont?»

«Non lo so.»

Garner consultò un foglio.

«Eri al telefono. È ciò che mostrano i registri delle telefonate.»

«Sì, è così. Mi aveva chiamato la Scientifica del Queens. Riguardo una scena che avevo analizzato quel giorno.»

«Dov'eri esattamente su Parker quando hai ricevuto la telefonata?»

«Non ricordo bene. Direi una quindicina di metri dall'incrocio.»

«Ora, ti stai avvicinando a Halmont. Quanti pedoni hai visto all'incrocio?»

«Non ricordo. Non ci ho fatto caso.»

«Auto, invece?»

«Neanche questo.»

«E, nell'avvicinarti, non hai visto il semaforo diventare giallo e poi rosso?»

«Io... immagino di no. L'ultima volta che ho guardato era verde.»

«E quando è stato?»

«Non lo so. Come fanno tutti. Alzi gli occhi. È verde. Vai avanti.» Un'alzata di spalle. «Il semaforo? Qualcuno si è accertato che funzionasse bene?»

«Oh, sì. Ci ha pensato la Stradale. Funzionava. È possibile che ti stessi guardando intorno, concentrato sulla telefonata?»

«Stavo ascoltando, sai, ma non proprio concentrato.»

Garner inarcò un sopracciglio. «Sei uscito dall'auto e ti sei gettato tra le fiamme per arrivare a quel SUV. Ci vuole fegato.»

«Non è stato così brutto.»
Anzi, non si era neanche trattato di una decisione. Si era tirato fuori dal finestrino aperto della sua auto e, nel vedere le fiamme levarsi dal serbatoio spaccato del SUV, si era lanciato istintivamente verso il veicolo per aiutare gli occupanti, anche se l'unico a bordo, il conducente, era ormai uscito e giaceva sull'asfalto.
«Va bene, Ron. Ora, il test antidroga positivo. Questo fa scattare l'allarme, capisci. Fai uso di sostanze ricreative?»
«No, mai. Be', a dire la verità, ho provato l'erba una volta. L'ho odiata. È stato anni fa.»
«Ne ho fumata un po' al college» disse Garner. «Mi dava sonnolenza. Mi addormentavo a inglese, dove c'era questo professore che ti avrebbe fatto addormentare comunque. È successo anche a te?»
«Non ricordo bene. Credo di sì.»
«Ma niente più droghe da allora?»
«No.»
«Alcol?»
«Vino o birra. Due, tre volte a settimana.»
«Ora, descrivimi come pensi che il fentanyl ti sia entrato in circolo.»
«Per quello che ne so, ho eseguito l'arresto di uno spacciatore. Un pezzo grosso degli M-42 a East New York. Quando abbiamo sgomberato il posto, ho trovato uno dei suoi luogotenenti. Era disteso a faccia in giù e, sai, inerte. L'ho rigirato sulla schiena, gli ho somministrato il Narcan e iniziato la compressione toracica. Ma era andato.»
«Non portavi i guanti?»
«So che è la procedura ma volevo fare in fretta. Pensavo di riuscire a salvarlo.» Scosse la testa. «La sua gang, sapevano che era lì a morire, e non hanno fatto niente. Niente di niente.»
«Perlomeno hai sbattuto dentro quegli stronzi.»

«Sì... È una cosa che capita, giusto?»
«Cosa?»
«Non superare un test antidroga perché hai toccato qualcuno durante un arresto?»
«Oh, sì. La commissione ci è già passata. Come descriveresti le tue condizioni fisiche?»
«Torcicollo.»
«Oh, non dopo l'incidente. In generale.»
«Buone.»
«Nessuna lesione o ferita?»
«No.»
«D'accordo, Ron, la colonscopia è terminata. Oh, un'ultima cosa. Potresti farmi uno schema di dove ti trovavi all'incrocio al momento dell'incidente?»
«Uno schema?» Fece una breve risata. «Non so disegnare. Dovrebbe farlo mia figlia.»
«Ah-ah. A casa nostra sarebbe mio figlio. Fa' il meglio che puoi.» Garner porse a Pulaski carta e penna e una cartellina sulla quale posare il foglio. Sulla scrivania non c'era spazio per scrivere.
Pulaski fece uno schizzo e riconsegnò il foglio.
Era taciturno, lo sguardo sulle foto di Garner e della sua famiglia. Rimasero lì a lungo.
«Ron?»
Garner doveva avergli chiesto qualcosa.
«Scusa, cosa?»
«Ho detto "Questo è quanto".»
Ron si alzò. «Immagino che ci faranno causa.»
«Oh, sì, alla grande. Ma siamo assicurati. E abbiamo ottimi avvocati. E a tal proposito, qualsiasi cosa faccia la commissione, devi procurartene uno anche tu. Sarai menzionato personalmente nel procedimento legale.»
Pulaski non replicò. Si stava immaginando in veste di imputato al processo.

In tono comprensivo, Garner aggiunse: «Abbiamo degli psicologi su richiesta. Ti consiglierei di vederne uno».
«Non ne ho bisogno. Ho già qualcuno.»
«Davvero? Chi?»
«Mia moglie.»

41

In tono urgente, Amelia Sachs chiese: «Non la sculaccia?».
«Cosa?»
Sachs accennò alla piccola forma insanguinata, umida e grinzosa che giaceva nel rettangolo di stoffa blu tra le mani della dottoressa.
«Sa, una sculacciata sul sedere. Per farla respirare?»
«Oh. Non lo facciamo più. Da anni.»
La dottoressa Gomez risucchiò del viscidume dalla bocca e dal naso della neonata e la sfregò con il panno. Sì, sembrava che respirasse bene e stava piangendo sommessamente.
«Devo tagliare il cordone. Mi serve il suo aiuto.»
Giusto. Bisognava tagliarlo. Questo Sachs lo sapeva. Dalla tasca posteriore tirò fuori il sottile coltello serramanico italiano che portava sempre con sé. Premette il bottone. La lama scattò.
La dottoressa rimase a fissarla.
«Possiamo sterilizzarlo» disse Sachs.
La donna aggrottò la fronte. «Intendevo se poteva tenerla mentre io penso al cordone.»
Oh.
Mise via il coltello. E, con cautela, prese la bambina.
In meno di un minuto, il cordone fu clampato e reciso e, per il grande sollievo di Sachs, la neonata andò tra le braccia della madre, che stava piangendo... forse per paura che un altro cavo si spezzasse o che la gru cadesse. Anche se forse era

a causa dell'esperienza del parto. Entrambe le cose, probabilmente.

«È in grado di camminare?» chiese Sachs.

«Sanguina. Meglio una sedia a rotelle.»

«*Sanguino?*» esclamò la madre. «Non mi ha detto che stavo sanguinando.»

«Sì che l'ho fatto» fu l'allegra risposta. «Andrà tutto bene.» C'era una sedia a rotelle in un angolo. La dottoressa e Sachs vi depositarono la madre.

Sachs la spinse nel corridoio.

Accidenti, adesso entrambe le uscite erano affollate. Il cavo mozzato aveva scatenato il panico, causando una ressa. Numerose persone avevano cercato di portare gli enormi letti giù per le scale, ma non avevano la forza necessaria e pezzi di arredi ingombravano le scale bloccando le vie d'accesso.

I soccorritori stavano cercando di calmare tutti e liberare i letti. Non stava funzionando.

Sachs ripensò alla promessa fatta a Rhyme di limitarsi a ferire l'Orologiaio.

Adesso cambiò idea.

Spinse madre e neonata verso l'uscita più vicina mentre la dottoressa Gomez, accorgendosi preoccupata che un'infermiera era caduta nei pressi dell'altra uscita, si precipitava ad aiutarla.

«Voglio un antidolorifico!» pretese la neomamma.

Sachs la ignorò.

Proprio in quel momento, un altro tirante si sganciò ed esplose nella finestra davanti alla quale la dottoressa Gomez stava passando per raggiungere l'infermiera. La donna scomparve sotto una cascata di polvere e schegge di vetro.

No...

«Dottoressa!»

Sachs non riusciva a vedere se la donna fosse stata colpita. Parcheggiò la sedia a rotelle vicino all'uscita ovest e si avviò verso dove aveva visto l'ultima volta Gomez.

Era impossibile scorgere qualcosa delle conseguenze dell'esplosione. Fumo e polvere erano troppo fitti.

Poi notò qualcosa di strano e si fermò.

Sul pavimento di linoleum davanti a lei, un'ombra apparve e cominciò a muoversi.

Cosa...?

Riempì il pavimento, un reticolo di linee nere.

L'ombra della torre.

Si girò verso la finestra proprio mentre le urla riempivano il corridoio.

«Sta venendo giù!» gridò qualcuno.

Sachs si tuffò a terra e rotolò contro la parete, che immaginava le avrebbe offerto un minimo di protezione. A meno che, certo, la gru non avesse sfondato l'intero piano, seppellendoli sotto a un'asfissiante coltre di detriti...

Claustrofobia...

Perlomeno non le sarebbe toccato patire quell'orrore troppo a lungo; il crollo avrebbe incendiato i gas e i solventi infiammabili, carbonizzando tutti nel giro di pochi minuti.

Notò anche che aveva smesso di tossire.

Aspettò lo schianto...

Continuò ad aspettare...

Lo schianto che non ci fu.

Invece dell'assordante rumore di metallo e vetro che crollavano, si udì un altro suono, sempre più forte.

Tump, tump, tump...

Si alzò e si avvicinò con cautela alla finestra. Si voltò a sinistra e vide che la dottoressa Gomez stava andando dall'infermiera ferita. La gru era ancora lì ma non si muoveva più nella loro direzione.

Tump, tump...

In volo stazionario a una decina di metri sulla torre, c'era un elicottero. Da un verricello sopra il portello aperto era stato calato un gancio che si era fissato al braccio anteriore.

Il velivolo era grosso ma difficilmente in grado di sollevare pesi come la gru. Un operatore, imbracato sulla soglia del portello, manovrava i comandi del verricello. Se la torre avesse ceduto e fosse precipitata, avrebbe dovuto sganciare il cavo per evitare che la gru si portasse dietro anche l'elicottero.

Ma, fino a quel momento, il velivolo stava riuscendo a gestire il carico. La torre stava affondando lentamente.

Giù, giù, adagio...

Sei metri dalla cima dell'edificio.

Poi tre.

Con un riecheggiante clangore metallico, la torre finì per appoggiarsi a quella che doveva essere la putrella d'acciaio della cuspide. L'elicottero rimase in posizione.

Il cavo si allentò e torre e braccio furono stabilizzati.

L'operatore tolse la sicura, rilasciando il cavo. Cadde, scintillante in un raggio di sole, e piombò dritto giù mentre l'elicottero rimase lì fermo per un momento, come l'aureola di un angelo sulla gru genuflessa. Poi si sollevò lentamente nel cielo senza una nuvola.

42

Era fuori dall'edificio principale e guardava le squadre che facevano passare cavi dalla torre e dal braccio a tondini inseriti nella base di cemento della struttura aggiuntiva.
Ricordandole qual era stata l'arma che aveva ucciso in maniera così raccapricciante l'amico del manovratore.
Qui, perlomeno, una conclusione migliore.
Squadre di uomini erano anche in cima all'edificio principale, impegnate a smantellare il braccio e a calarne i segmenti sul tetto, dove, immaginava Sachs, un altro elicottero li avrebbe prelevati.
Il suo telefono vibrò.
«Rhyme.»
«Ho saputo. L'hanno preso al lazo.»
Sachs gli spiegò che Garry Helprin, il gruista, aveva ascoltato il messaggio che lei gli aveva lasciato riguardo all'imminente disastro e aveva chiamato il capo della sua azienda. L'uomo aveva messo a disposizione il loro S-64E Sikorsky per carichi pesanti, che stava operando tra la West 55th Street e il fiume Hudson. Il pilota aveva mollato il carico e si era precipitato all'ospedale. C'erano voluti solo due tentativi per prendere la torre all'amo come una spigola.
«E l'Antiterrorismo al Bureau ha trovato altri due voli del drone» le disse Rhyme. «Ma non nelle vicinanze di cantieri. Un blocco residenziale a Brooklyn e un palazzo di uffici a Manhattan. Stiamo cercando di trovare il collegamento. Percorri la

griglia, Sachs. Ho bisogno di prove. E fammi avere tutte le riprese video che puoi.»

«Cosa?» Un sussurro attonito. «*Tu* vuoi video?»

«È tutto a posto, Sachs. Locard mi ha concesso il nullaosta.»

Chiuse la chiamata.

Sachs fece segno ai tecnici di raccolta prove che stavano indossando le tute ai margini del cantiere. Si incamminò nella loro direzione, facendo una breve deviazione per parlare con due agenti in divisa, giovani, forse nuove leve tra i ranghi della Patrol. «Procuratevi i video della sicurezza dell'ospedale, degli uffici e dei negozi vicini. Schede SD, anche se è preferibile che li carichiate. Qui.» Consegnò loro uno dei suoi biglietti da visita, comprensivo di istruzioni per gli upload sicuri sul suo database NYPD per le prove video.

Un mondo tutto nuovo...

«Sissignora» dissero all'unisono... e in un modo un po' inquietante.

Si incamminarono a passo svelto e Sachs andò a raggiungere il terzetto di addetti alla raccolta prove. Rhyme voleva le prove ma non ce ne sarebbero state molte. Dovevano aspettare che la torre fosse sufficientemente stabile per salirvi e, anche così, l'unico trofeo era il sistema di rilascio ormai disciolto. E che risultati avrebbe loro fornito?

Avevano identificato il drone, le aveva scritto Rhyme in un SMS, ma si trattava di un modello comune, con oltre un migliaio di unità vendute nell'ultimo anno. Certo, era possibile che l'Orologiaio fosse nei paraggi quando aveva guidato il drone fin sulla gru ma, d'altro canto, poteva anche averlo fatto dal suo salotto, a chilometri di distanza.

Una voce interruppe le sue riflessioni. «Signorina? Agente? Donna?»

Si voltò e vide la paziente che aveva aiutato a partorire. Era su una sedia a rotelle. Un inserviente l'aveva spinta fin lì.

«Sono MaryJeanne. Con due N. McAllister. Non ci siamo presentate, non in via ufficiale.» Si scambiarono una stretta di mano. I suoi capelli scuri, prima scompigliati, erano legati in una stretta coda.

Sachs guardò la minuscola neonata, fasciata e addormentata. Non si può dire che siano davvero carini a quell'età, perciò si astenne. «Come state tutt'e due?» chiese invece.

«Lei sta bene. Io ancora dolorante. Ma non posso prendere niente. Non con...» Accennò in basso. «Sa, voglio allattarla. Sono stata... un po' chiassosa. Mi dispiace.»

«È stata brava, davvero.»

«Lo vede quell'affare?» sussurrò, rivolta alla gru. «Ho pensato che fosse finita.»

«Anch'io» replicò Sachs. «Verrà qualcuno a riportarla a casa?»

«Mio marito. La bambina è stata una sorpresa. Be', non intendo in *quel* senso. Voglio dire che era in anticipo. Lui era fuori città ma sta tornando.»

«Ha bisogno di un'altra coperta?»

«Sono a posto così. Sa, non abbiamo ancora trovato un nome che ci piacesse. Ne avevamo a decine se fosse stato maschio. Troy, Erik con la K. Tate... Ma nessun nome femminile. Che ne direbbe, cioè, sarebbe un problema se la chiamassimo come lei?»

Sachs non poté fare a meno di sorridere a quel gesto incantevole. «Mi chiamo Amelia.»

MaryJeanne inclinò la testa e poi si accigliò. «No. Non mi piace. Ne ha un altro?»

Il sorriso di Sachs divenne una risata soffocata. «Di cognome faccio Sachs e non credo vorrebbe usare quello. Ehi. Che ne dice di una cosa un po' diversa?»

«Cosa?»

«Il cognome di mio marito. Rhyme.»

«Come quelle delle poesie?»

«Proprio così.»
«Sì. Questo mi piace. Rhyme McAllister. Può andare.»
Sachs diede un ultimo sguardo alla bambina. La creaturina era tranquilla, aveva smesso di piangere per il momento, immersa in un sonno innocente e invidiabilmente ignara della malvagità che aveva accompagnato il suo arrivo sulla terra.

43

Amelia Sachs stava guardando una gru – di quelle mobili, non a torre – che depositava a terra segmenti smontati di torre e braccio che erano appoggiati al St. Francis. Presto la sezione di carrello che era stata in gran parte fusa dall'acido fluoridrico sarebbe stata accessibile.

Le probabilità di trovare tracce utili?

Non molte, ma forse avrebbero ricavato il marchio di un circuito stampato o magari scoperto che quella concentrazione di acido era unica e, di conseguenza, più facile da rintracciare.

Il telefono ronzò.

«Rhyme» rispose.

«Sachs, dove sei?»

«All'ospedale. Vicino alla gru. Dovrei poter raccogliere campioni quanto prima. Anche foto.»

«Lascia che siano i tecnici ad analizzare la scena. Ho una pista. Dobbiamo muoverci in fretta.»

«Dimmi tutto.»

«I campioni che avete raccolto tu e Lyle? Nei garage? Abbiamo avuto un riscontro positivo. Uno degli immobiliaristi ha lasciato tracce di HF a terra, sotto la portiera dal lato passeggero della sua limousine.»

«Quale auto?» Sachs si chiese se fosse la Bentley.

«È una Mercedes esaminata da Lyle. Appartiene a uno dei più grossi immobiliaristi della zona. Willis Tamblyn.»

Quella che lei aveva cercato dopo la Bentley senza però riuscirci.

«Nessun precedente, ma Lon ha controllato i registri del Comune. Nell'ultimo anno è stato una dozzina di volte nell'edificio del DSE.»

Dunque la teoria di Rhyme si stava rivelando fondata: questo immobiliarista aveva assoldato l'Orologiaio per svalutare proprietà immobiliari così che lui potesse rilevarle per una miseria.

«Abbiamo comunicato la targa al License Plate Recognition e hanno ottenuto un riscontro della Mercedes cinque minuti fa. A circa tre isolati da te.»

«Perciò è qui, a osservare l'opera di Hale. E probabilmente è incazzato che siamo riusciti a impedire il crollo. Dov'è la Mercedes?»

Rhyme le diede l'indirizzo. «Ti sto mandando la foto della Motorizzazione di Tamblyn.»

Sachs guardò il telefono. Sulla cinquantina, capelli diradati, volto severo, come se sorridere fosse una sofferenza. Aveva l'aspetto di... un immobiliarista.

«Vado.»

Chiusero la chiamata. Sachs si sfilò l'ingombrante tuta bianca di Tyvek e indossò di nuovo la giacca di pelle. Era saltata fuori una pista, disse ai tre tecnici di raccolta prove. Dovevano continuare ad analizzare la scena, lei sarebbe tornata presto.

Una corsetta non era una prospettiva piacevole, dati i polmoni e la trachea malconci.

Ma la dottoressa A. Gomez l'aveva dichiarata sana, perciò corsetta fu.

Le sovvenne un'espressione di suo padre, sulla quale aveva basato la propria vita.

Quando ti muovi, non possono prenderti...

* * *

L'agente di pattuglia Evelyn Maple, dieci anni di servizio con il NYPD, stava tenendo lontani dalla scena i fanatici dei selfie.

Sì, la gru era stata stabilizzata e smantellata.

Sì, le squadre sembravano sapere il fatto loro.

Ma lei, madre di due figli, si teneva a distanza, accidenti. Perché chissà cosa poteva succedere. Perché non facevano così anche tutti gli altri?

«Tu, non puoi stare da quel lato del cordone.»

«È nastro, tecnicamente, agente.» Biondina spocchiosa, sul genere cheerleader.

L'agente non era alta, sul metro e sessanta, ed era minuta, perciò le mancava quel fattore di intimidazione che desiderava possedere.

D'altro canto, aveva un distintivo, una pistola e uno sguardo estremamente gelido: una combinazione che tendeva a far sì che la gente le obbedisse.

Nastro, non cordone...

Tu, circolare. Non è prudente. È proprietà privata. Ti farai schiacciare come uno scoiattolo a Larchmont...

Strizzando gli occhi guardò verso dove i contrappesi di cemento della grande gru rossa penzolavano, mentre l'acido, o qualunque cosa fosse, corrodeva i supporti che li fissavano a un carrello di metallo all'estremità del braccio.

C'era qualcuno *lì*?

Sì.

Sul serio?

Qualcuno stava camminando attorno alla base della gru, una massiccia lastra di cemento. Guardava in basso e raccattava cose.

Uno sciacallo.

Maple si infilò sotto al nastro e si avviò verso di lui. Era evidente che fosse un senzatetto: sporco cappotto marrone, una specie di cappello arancione e marrone, scarpe spaiate, niente calzini.

Intento a violare una scena del crimine.
Alla ricerca di spiccioli o oggetti di valore delle vittime?
Disgustoso.
«Signore, mi scusi.»
Lui si voltò, sorpreso.
«Ha un documento da mostrarmi?»
L'uomo la guardò con occhi spiritati, anche se, secondo lei, non pericolosi.
«New York è stata trasformata» disse l'uomo con fervore.
«Mi mostri un documento.»
«Non ne ho. Ma lei non trova che le strade siano più ampie di un tempo? I marciapiedi più puliti. I gerani appesi ai lampioni, gli alberi più evidenti.»
Oh, cielo.
Uno di quelli.
Maple aveva sentito dire che gli attacchi terroristici riguardavano la situazione abitativa e il bisogno di togliere la gente dalla strada. Gente come lui.
L'uomo agitò un braccio. «Vede, si nascondono nelle loro case, hanno paura di quegli affari.» Il palmo era rivolto alla gru. «Perciò chi vediamo per strada? Statue! Leader famosi. E manichini dei grandi magazzini. Adesso sono tutti delle tonalità giuste. L'ha notato?
«E che silenzio! Niente martelli pneumatici, niente allarmi dinamite, pochi clacson. Una sirena o due ma sono rare. Non ti serve la sirena se non ci sono auto da far levare di mezzo mentre stai andando a quella sparatoria o da quello con l'infarto, giusto?
«Trasformata. Le gru vengono giù e la città è tornata indietro di cento anni. È il 1900, solo senza clacson a trombetta su veicoli a combustione interna e *clop clop* di cavalli. E la merda! A New York c'erano centomila cavalli in città. Producevano novecento tonnellate di merda al giorno.»
Mmh. Non ci aveva mai pensato. Ma adesso era stufa di lui.
«Signore, ce l'ha un ricovero in cui stare?»

«In centro.»

«Perché non va laggiù, allora? Questo posto non è sicuro.»

L'uomo fece sbatacchiare il bicchiere. «Questa donna. Mi ha dato una manciata di centesimi. Centesimi! Ma è lei che ci ha rimesso. È lei che si è presa il fastidio. E io ho comunque ventiquattro centesimi.» Inclinò la testa. «Come le ventiquattro ore del giorno. Lei crede ai segni, agente?»

«Perché adesso non se va a casa?»

«Va bene, va bene.» L'uomo si avviò al marciapiede e prese la direzione in cui Maple aveva visto quella detective sparire poco prima, procedendo a passo svelto.

Amelia Sachs. Lunghi capelli rossi.

Alta.

Ah...

Fermatosi, il senzatetto si voltò. «Cosa pensa che ne facessero?»

«Cosa, signore?» chiese Maple con voce stanca.

«Novecento tonnellate al giorno.»

Proseguì lungo il marciapiede.

Doveva essere tutto matto. Un uomo d'affari lo guardò e tentò di infilargli una banconota nel bicchiere. Mancò il bersaglio e il denaro cadde a terra fluttuando.

Il senzatetto si girò a guardare ma lasciò lì la banconota, dieci o venti dollari, e riprese a camminare, animato da quella che sembrava quasi un'intensa determinazione.

44

Sachs era senza fiato mentre si dirigeva a passo svelto dove il License Plate Recognition, il sistema di riconoscimento targhe, aveva localizzato la Mercedes di proprietà di Willis Tamblyn, l'immobiliarista che forse – probabilmente? – aveva assoldato l'Orologiaio per gettare nel caos il mercato immobiliare di New York.

«Rhyme, ci sei? Io sono per strada» chiamò alla radio.

«Quanto ti ci vuole?»

«Tre, quattro minuti. È possibile che Tamblyn sia venuto qui per incontrare l'Orologiaio?»

«Non so. E sto pensando» aggiunse adagio Rhyme «che possa trattarsi di una montatura. Forse Hale è un passo avanti a noi. O crede di esserlo.»

«E l'auto è una trappola?»

«Forse.»

«Hai presente le granate stordenti e le cariche esplosive che Gilligan ha rubato? Uno IED nella Mercedes.»

«Oppure altro acido fluoridrico» replicò Rhyme. «Se a bordo non c'è nessuno, sta' indietro e aspetta gli artificieri.»

«Ricevuto. Ci sono quasi.»

Chiuse la comunicazione e passò alla frequenza tattica.

«Detective Cinque Otto Otto Cinque. ESU. Aggiornamento sul tentato attacco su Twenty-Third. Passo» disse tra un rantolo e l'altro. Poteva anche essere sana ma i polmoni non avevano creduto del tutto alle parole della dottoressa.

Un crepitio e poi: «Amelia. Bo Haumann. Ricevuto».

Stavolta l'intervento richiedeva il capo in persona dell'Emergency Service Unit, non un semplice capitano.

«Bo.»

«Dove sei?» le chiese.

«A tre minuti di distanza. A piedi. E tu?»

«Sei o sette.» La voce dell'uomo era rauca e Sachs si era sempre domandata perché. Per quanto ne sapeva, non era un fumatore. A ogni modo, l'uomo snello e brizzolato aveva senz'altro l'aspetto di uno con la voce così. «Qual è la situazione?»

«Abbiamo l'auto di un certo Willis Tamblyn. Immobiliarista. Forse ha assoldato Charles Hale...»

«L'Orologiaio.»

«Esatto. Per far crollare le gru.»

«Perché?»

«Soldi.»

«Un movente che non delude mai.»

«Sono quasi sul posto, Bo. Vedo il veicolo. Do un'occhiata. Passo.»

«Ricevuto.»

Più avanti, c'era la lunga, lucida limousine nera. Veloce, agile, intelligente. Ma come quella lussuosa macchina che aveva visto qualche ora prima, la Bentley, anche la Mercedes si guidava con l'elettronica, non con il cuore, e lei non ne avrebbe voluta una per tutto l'oro del mondo.

Sachs rallentò e passò a un'andatura disinvolta mentre attraversava la strada, diretta all'isolato dove era parcheggiato il veicolo. Poi, prese fiato. Era un tratto di negozi all'ingrosso e magazzini, perciò c'era pochissimo traffico pedonale. Un ottimo posto per un arresto, essendo minimo il rischio di danni collaterali. C'era però un lato negativo: lei e gli altri agenti, malgrado fossero in borghese, sarebbero stati più evidenti per il perspicace Orologiaio, le cui doti di sopravvivenza erano leggendarie.

Se si trattava di una trappola, però, Sachs dubitava che l'avrebbe fatta scattare quando lei fosse stata all'esterno del veicolo. La quantità di esplosivo rubata da Gilligan non bastava affatto per generare un'esplosione sufficiente a ferire qualcuno a meno che non fosse dentro al veicolo stesso.

Occorreva un grosso IED, chili di C4, per creare un raggio d'azione così ampio da uccidere agenti in prossimità dell'auto.

Tuttavia, rallentò e si avvicinò con cautela.

Arrivata all'altezza dell'auto, diede un'occhiata casuale al suo interno e vide che c'era qualcuno. Dunque, non una trappola.

Un uomo grosso, di carnagione scura quasi quanto la vernice dell'auto, seduto al volante e intento a leggere SMS o a fare un gioco sul telefono. Completo nero e camicia bianca. Sul sedile posteriore c'era una valigia marrone, un modello con le ruote. Era chiusa.

Prima che l'uomo guardasse verso di lei, Sachs virò a sinistra ed entrò in un negozio che vendeva bottoni, dei quali dovevano essercene centomila in esposizione.

Una donna asiatica in abito floreale annunciò: «Solo ingrosso».

A Sachs, ex modella, tornarono alla mente i giorni dei servizi fotografici, quando il product manager della casa di moda spediva una nervosissima e giovane assistente in un negozio come quello per trovare un accessorio per un abito, poiché non sentiva che quello a disposizione «parlasse alla sua visione».

Mostrò il distintivo. «Azione di polizia. Vada sul retro e ci resti.»

Interdetta, la donna sgranò gli occhi, poi fece dietrofront e si diresse alla porta.

«E niente telefonate.»

La commessa mollò il telefono sul bancone come se scottasse e sparì sul retro.

«Bo, sono dentro a Feldstein's Buttons & Fixtures» comunicò alla radio. «Il veicolo è occupato. Maschio, nero, sulla trentina. Grosso. Non so se sia armato. Non mi ha vista. Valigia sul retro, chiusa. Non credo che sia una trappola ma la valigia mi rende nervosa.»

Haumann rispose: «Squadra artificieri e vigili del fuoco in avvicinamento silenzioso, sei o sette minuti. Noi siamo lì tra quattro».

L'autista diede un colpetto all'auricolare e si protese leggermente in avanti. Il motore della Mercedes si accese.

«Bo. L'autista ha risposto a una telefonata e sta mettendo in moto. E si guarda indietro. Tamblyn sta arrivando qui. Forse con l'Orologiaio. Vado a far uscire il gorilla dal veicolo.»

«Puoi aspettare i rinforzi?»

«Non c'è tempo. Stanno per andarsene. Porto l'autista nel negozio, ammanettato. Tamblyn arriva qui, guarda il posto guida. Io lo prendo alle spalle. Se l'Orologiaio è insieme a lui, faccio mettere in ginocchio tutti e due. E vi aspetto.»

Haumann esitò. «D'accordo. Ci sbrighiamo. Vai.»

Non disse «sii prudente» ma dal tono si intuì ciò che pensava.

Sachs uscì dal negozio.

Diede un'occhiata alla strada in entrambe le direzioni.

Una mezza dozzina di persone ma niente Tamblyn.

In prossimità dell'auto, notò che il conducente stava leggendo lo schermo del telefono.

Distintivo nella mano sinistra. La destra vicino alla pistola.

Era legale trattenerlo?, si domandò.

Poteva non essere del tutto costituzionale... una minuscola traccia di acido fluoridrico sull'orma di una scarpa in un garage commerciale a sostegno di una probabile causa? Forse Tamblyn, ma l'autista? Rischiava grosso.

Ma si sarebbe preoccupata della legge più tardi.

Prima doveva acciuffarli.

Era l'Orologiaio quello a cui stavano dando la caccia.

Quando si avvicinò al finestrino, sul punto di bussare al vetro – e puntare la pistola, se necessario – si accorse che qualcuno tra quelli che aveva notato per strada era proprio dietro di lei.

Si voltò a dare un'occhiata e vide un senzatetto. Portava un cappotto sudicio e uno strano cappello, come quello di un signore della guerra mediorientale. Aveva un'aria vagamente familiare. Sì, era presente sulla prima scena!

Amelia Sachs aveva commesso uno degli errori fondamentali nel contesto di un arresto: concentrarsi sul sospetto evidente e abbassare le difese con quello in apparenza innocente.

Ma poi guardò oltre il cappello, il cappotto, le scarpe scalcagnate, la faccia sporca, e si rese conto di averlo riconosciuto non solo dalla scena su 89th Street.

Ma dalle foto della Motorizzazione che Rhyme le aveva appena mandato.

Ripulita la faccia, pettinati i capelli... ed ecco Willis Tamblyn, l'immobiliarista, l'uomo che, adesso ne erano convinti, aveva assoldato l'Orologiaio per far crollare al suolo le gru di New York.

45

Dopo aver chiuso a doppia mandata la porta della sua casa nel Queens, baciò Jenny e disse ciao ai suoi figli; saluto che forse avevano sentito o forse no, essendo di sopra con i loro telefoni e computer. I genitori avevano deciso di tenerli a casa oggi, per via della pubblicità che il loro padre si era guadagnato con l'incidente e la sospensione.

E, malgrado non l'avessero detto ai figli, anche per il rischio che l'indagine su Eddie Tarr poteva comportare.

Come sempre al suo ingresso, arrivarono i cani per accoglierlo con entusiasmo. Auggie era un cane dalla doppia cittadinanza, un mini pastore australiano, alias pastore americano. Corse da Ron con i resti del pupazzo imbottito che aveva da poco sventrato.

«Grazie» disse lui, prendendo l'affare floscio, un drago, e lanciandolo nel corridoio. Il cane andò a recuperarlo e riprese a mordicchiarlo. Sembrava contento di quel riscontro e si mise a strappare e a masticare con ancora più vigore.

Daisy era un caleidoscopio di geni: papillon, pastore scozzese, australiano, jack russell e chihuahua. A volte i bambini ricordavano alla dolce creaturina che il suo primo antenato era un lupo.

Inutilmente.

Notò che Jenny non aveva la solita tuta da casa bensì una gonna nera svasata e una camicetta rossa. Sembrava che avesse in programma una serata fuori con le amiche. «Club del libro?» le chiese.

«Macché. Me ne sto a casa con il mio uomo.»
Un sorriso, un altro bacio.
La faccia lentigginosa di lei si fece seria. «È passato un giornalista. Voleva conoscere la mia reazione al fatto che mio marito fosse sotto inchiesta. Distrazione alla guida e in stato di ebbrezza.»
Ron si accigliò. Sapeva che l'incidente sarebbe stato reso noto, ma come aveva fatto a venire fuori che era al telefono in quel momento?
«L'ho mandato via, con la coda tra le gambe. Non puoi usare lo spray al pepe contro i giornalisti» disse Jenny. «Ne ho il diritto?»
«Ci sono leggi che te lo vietano.»
«Qualcuno ad Albany dovrebbe provvedere.»
La baciò di nuovo, stavolta sulla fronte. Era una trentina di centimetri più bassa di lui e quella porzione di faccia era un frequente punto di atterraggio per le sue labbra. L'aspetto di Jenny era rimasto più o meno lo stesso di quando si erano conosciuti anni prima... Adesso portava i capelli in un caschetto che aveva l'effetto di cambiarle la forma del viso, enfatizzandone angoli diversi. Gli piaceva con i capelli lunghi, gli piaceva con i capelli corti. Per lui era bellissima e lo era sempre stata. Lo sarebbe stata sempre.
Si rese conto che l'incidente l'aveva reso sentimentale e cacciò via quello stato d'animo.
«Il pranzo!» chiamò lei.
Pochi istanti dopo, Martine e Brad scesero le scale come due stuntman. A quanto pare era una gara, con Brad, il maggiore, che batté Martine per un soffio. La moda preadolescenziale imponeva felpe con il cappuccio, entrambe grigio chiaro. E, ovviamente, shorts sformati; a quadri nel caso di Brad, arancione acceso per sua sorella. Lei era sempre la più audace in fatto di stili e tendenze e, con sommo orrore di Ron, aveva già chiesto se i tatuaggi fossero dolorosi.

I due ragazzini, entrambi biondi e con la spruzzata di lentiggini della madre, conoscevano i rispettivi compiti a tavola: versare acqua, bibite e latte, portare i vassoi di affettati, patatine, sottaceti, insalata, fette di anguria. Ron si sedette al solito posto, la sedia con i braccioli. Non lo faceva perché era il capofamiglia, ma perché si trattava della sedia più scomoda di tutte. Avrebbe potuto comprarne una nuova. L'ennesima cosa che adesso aveva il tempo di fare.

Apparecchiarono, mangiarono, parlarono.

Come, Donovan? Va ai Mets? E Boston. Farà schifo... Assolutamente. Posso andare al ritiro... Luis e Harvey ci vanno... Vicino West Point. C'è un tour. C'è un museo militare da quelle parti. Il flauto mi ha stufato... Morgan ha una chitarra. Suo padre le ha comprato una Fender... Oh, dove siamo stati l'estate scorsa, Lake George?... C'è questo video su TikTok... Un gatto... Dopo cena... La verifica? Sì, è andata bene...

La conversazione saltava di palo in frasca, senza toccare però il motivo per cui papà sarebbe rimasto a casa per un po'. I ragazzi erano curiosi ed estremamente perspicaci. Gran parte della loro vita ruotava attorno alle loro squadre di calcio, i loro mondi virtuali, le uscite con gli amici, lo scambio di messaggi. Ma c'erano anche le notizie e i forum e, come chiunque altro, erano al corrente della sospensione del loro padre. Probabilmente più del novanta per cento del personale del NYPD.

Così, terminata la cena e ripuliti i piatti, Ron decise che era il momento.

«Bene. Riunione di famiglia.»

Non era un concetto praticato tra quelle mura. Suo padre aveva convocato riunioni una o due volte l'anno; Ron e Tony, il suo gemello, si sedevano a terra sulla moquette, mentre la madre prendeva la sedia a dondolo e il padre parlava di tagli al personale, di cosa avrebbe comportato un trasferimento dal Queens a Brooklyn, di nonno Bill che era passato a miglior vita o del dottore che gli aveva trovato qualcosa e perciò doveva ricoverarsi in ospedale per un po'…

Era comprensibile che Ron avesse finito per associare l'idea di una riunione ufficiale di famiglia all'infelicità e perciò non ne aveva mai convocata una.

Fino a quel momento.

Si spostarono in soggiorno.

Scelse una poltrona, così che Jenny non potesse sedersi accanto a lui; per qualche ragione, sentiva che questo avrebbe ingigantito la gravità della situazione e turbato di più i figli.

«Sapete un po' cosa sta succedendo. Ma voglio raccontarvi tutto.»

Spiegò loro dell'incidente, di come l'avrebbero sanzionato e perfino incriminato per essere passato con il rosso e aver ferito qualcuno. La persona che aveva tamponato sarebbe sopravvissuta. Per via delle regole del dipartimento di polizia, doveva prendersi un'aspettativa.

Lui e la loro madre si sarebbero assicurati che stessero bene. Era solo una cosa temporanea. Le loro vite non sarebbero cambiate affatto.

E non c'era un modo per nasconderlo o bluffare…

Gli stupefacenti.

Dei quali purtroppo i figli erano al corrente, dato il programma di formazione sanitaria della scuola.

Avrebbe spiegato loro la natura vischiosa, potente del fentanyl. Come lui e la loro madre non avessero mai usato droghe ricreative, a eccezione di un po' d'erba (dire loro tutto, solo non troppo di tutto).

Quella parte era un errore. Quella parte bisognava sistemarla.

I ragazzi fecero segno di aver capito.

Ma avevano capito appieno?

E, del resto, quanto poteva essere convincente se *lui stesso* non era sicuro che la questione si sarebbe sistemata?

L'unica parte di «tutto» che rimase esclusa dalla versione definitiva era l'eventualità che venisse arrestato e finisse in galera.

Un ponte da attraversare più avanti, se necessario.

Chiese se avessero domande.

«Dovremo trasferirci?» volle sapere Brad.

«No, nella maniera più assoluta.»

Martine voleva chiedere qualcosa ma non lo fece. Ron, sensitivo come tutti i genitori, disse: «Non è previsto che io perda il lavoro. In caso contrario, me ne troverei un altro. Semplice».

Il sollievo affluì sulla faccia della ragazzina.

Sensazione che suo padre non provava affatto.

Al pensiero di lasciare l'unico lavoro che avesse mai voluto o di conservare il distintivo ma finire a una scrivania, gli si serrò lo stomaco e il cuore perse qualche battito. Tenne a bada l'impulso di piangere. A malapena.

Brad, il più riservato dei due, disse: «Forse dovremmo, tipo, restare a casa».

Ron gli mise una mano sull'avambraccio. «No, andiamo avanti con la nostra vita. La viviamo normalmente. Non lasciamo che cose del genere ci influenzino. Siamo superiori. Avete mai sentito questa espressione?»

I ragazzini annuirono.

«Allora, è tutto a posto?»

Le risposte furono: «Certo» e «Okay».

Ma erano solo parole. Erano confusi, scossi e, probabilmente, spaventati.

Questo spezzò il cuore a Ron Pulaski.

Che però tirò su una cortina di fumo. «Sparecchiate e finite i compiti. Poi Monopoli con il dolce.»

I loro sorrisi furono autentici. La versione del gioco che preferivano era Dog-opoly. Cosa che avrebbe dato loro l'occasione di riprendere l'argomento di un nuovo membro canino in famiglia.

«Compiti?» chiese di nuovo Ron.

Martine, alle elementari, non ne aveva.

«I miei li ho finiti» annunciò Brad.

Ma lo disse nello stesso modo in cui i delinquenti per strada protestavano con un «sono pulito».

«Tutti quanti?» indagò Ron.

«Più o meno.»

«Più o meno?» Rise. «O la luce è accesa o non lo è.»

Lincoln Rhyme, nel sentire l'espressione «più unico», avrebbe detto: o è unico o non lo è. Come essere incinta. Ron trovò che la metafora della luce fosse più adatta.

«Forse questo tema. Ma è quasi finito.»

«Be', magari puoi finirlo più tardi. Va' a prendere il gioco.»

La faccia del ragazzino si illuminò.

I due prepararono il tavolo nella sala hobby e si portarono dietro i propri concorrenti, Auggie e Daisy. Ron e Jenny andarono in cucina a finire di pulire. Mentre asciugava il bancone, Jenny disse: «Che effetto ha questo su quello che mi hai detto ieri? La tua chiacchierata con Lon?».

Riguardo alla possibilità di subentrare a Lincoln Rhyme.

Se lo licenziavano, niente gli avrebbe impedito di diventare un consulente del NYPD come Lincoln. Solo che la sua credibilità di testimone esperto ne sarebbe uscita a pezzi. E questo significava che non l'avrebbero mai assunto.

Indagato e condannato... be', era davvero sconfortante.

«Dipende dalle conclusioni.»

«Sarebbero degli idioti a mandarti via. Guarda cosa hai fatto su quella scena ieri. La pista sul dinamitardo. La task force sarà al settimo cielo.»

Al settimo cielo...

«C'è la politica, c'è l'opinione pubblica.»

«Com'è andato il colloquio?»

Un'alzata di spalle. «Quello degli Affari interni, lui è stato tranquillo. Non è stato brutto neanche la metà di quello che pensavo.»

Ripensò alla mezz'ora con Garner.
E guardò fuori dalla finestra.
Lei gli andò vicino e gli mise le braccia attorno, la testa contro il suo torace. «Qualsiasi cosa accada, la supereremo.»
Ron resistette alla tentazione di guardare verso la mensola del caminetto.
«Siamo pronti» disse Brad.
«Papà, cosa vuoi essere? Io sono il gatto e Brad il postino.»
«Io faccio l'idrante» esclamò.
«Che schifo.»
Nessuno voleva fare l'idrante a Dog-opoly, ma a Ron non veniva in mente un altro ruolo.
Poi, ancora una volta, si soffermò a guardare fuori dalla finestra.
«Cosa c'è?» Jenny aveva notato il suo sguardo concentrato.
Lui la baciò sulla fronte. «Arrivo subito. Devo fare una telefonata.»
Mentre Jenny tirava fuori dal frigo una vaschetta di gelato, Ron uscì in veranda.
Tirò fuori il telefono, cercò un numero in rubrica e chiamò.
«Ehi, Ron» rispose Lyle Spencer. «Come va? Ho saputo. Amico, mi dispiace per quello che è successo.»
«Sto bene. Grazie. Ascolta, ce l'hai qualche minuto?»
«Per te, assolutamente.»

46

Amelia Sachs gli riconsegnò i documenti. L'uomo vestito come un senzatetto era proprio Willis Tamblyn.

Adesso che poteva guardare oltre il travestimento e la faccia sporca, era palese che fosse l'uomo della foto inviatale da Rhyme. Tamblyn aveva un patrimonio di circa ventinove miliardi di dollari, stando a una ricerca su Google. Ma chi poteva dirlo con certezza? Era stato un immobiliarista a New York e nel New Jersey per tutta la vita professionale. Era nato povero. Negli articoli sul suo conto, la parola «gavetta» appariva di frequente. E una o due volte l'espressione «con una coscienza» compariva nella stessa frase insieme a «immobiliarista», accostamento che sembrava sorprendere lo stesso autore dell'articolo.

Nei paraggi c'erano Bo Haumann e una delle squadre tattiche dell'ESU. La valutazione del rischio era bassa, ma bassa non significava inesistente.

Furono eseguiti controlli anche sull'autista di Tamblyn. Era un ex agente del NYPD, che aveva triplicato lo stipendio, e forse esteso la durata della sua vita, passando al settore privato. Non aveva precedenti e il suo porto d'armi era in ordine.

«Abbiamo trovato prove che la collegano al crollo della prima gru.»

«Be', è ovvio. Ero lì.» Proruppe in una risata ansimante. «Mi ha perfino visto. Ma non se lo ricorda.»

«E invece sì.»

Tamblyn inclinò leggermente la testa. «Quali sarebbero queste prove? Sono curioso.»

«Tracce.» Da' ai tuoi soggetti qualcosa che li faccia parlare, pensò Sachs, ma mai qualcosa che possano sfruttare.

L'uomo aggrottò la fronte, aggiungendo altre rughe alla faccia grinzosa. «Ah. Avete aspirato, o come si dice, la terra all'esterno della mia auto. No, delle auto di *tutti* i grossi immobiliaristi. Chi altri, vorrei sapere. Liebermann? Frost? Bahrani? E pensate che uno di noi abbia assoldato un sicario armato di seghetto che faccia crollare le gru per divertimento e profitto. Un'autopattuglia l'ha avvistata.» Un cenno alla Mercedes. «E ha chiamato la centrale. È così che dite, "chiamare la centrale"?» Mosse la testa su e giù. «Lo so. È stato l'acido! L'hanno detto al telegiornale. Ecco cos'è la traccia. Brutta roba. Mi sono tenuto alla larga.»

Sachs desiderò aver fatto altrettanto, malgrado i polmoni fossero in netta ripresa.

«D'accordo, sì, ero sul luogo del disastro di 89th Street. E all'ospedale.» Un cenno a nord. «*E* al cantiere Bingham dove l'ascensore è precipitato per venti metri e ha spezzato la schiena a un operaio. Ero al cantiere Richard Henderson, sull'Hudson. La grossa torre di vetro? I rifiuti edili non erano stati messi in sicurezza. Una tonnellata di legna di scarto è precipitata da un lato. Ha fatto una caduta di centottanta metri e ha colpito tre operai alla velocità di centosessanta all'ora. Uno è rimasto ucciso. Un altro ha perso un braccio.»

Accennò al proprio telefono, che Sachs gli aveva sfilato dal cappotto e posato sul cofano dell'auto. «Filmo i cantieri, poi scrivo rapporti su come si sarebbero potuti prevenire gli incidenti. Laborers' International, Brotherhood of Carpenters, Plumbing and Pipefitting, Sheet Metal, Painters and Allied Trades... Tutti i sindacati mi fanno rapporto sugli incidenti. Gioco a fare il detective.» Abbassò lo sguardo sul distintivo alla cintura di Sachs, quasi come se ne desiderasse uno.

«È un crociato immobiliarista che salva la vita degli operai.»

Tamblyn apprezzò la definizione.

«Ho incontri regolari con il sindaco e il direttore della sicurezza dello Structures and Engineering.»

Ecco spiegato il motivo delle sue visite lì.

L'uomo si era tolto lo strano cappello e il cappotto. Sembravano sudici ma faceva tutto parte della recita, a quanto pareva. Terra e unto non erano che vernice spray. Sachs, che si sarebbe aspettata un odore sgradevole, adesso non percepiva che un leggero aroma di lavanda. Forse shampoo, anche se Tamblyn sembrava più un tipo da colonia.

«Perché il travestimento?»

«Sono come uno che recensisce ristoranti. Le aziende e gli immobiliaristi mi conoscono. Se dovessero vedermi e il cantiere mostrasse criticità, insabbierebbero tutto. Oppure mi manderebbero via con la forza. A volte sono un turista, altre un musicista di strada. Senzatetto è meglio. Sono invisibile.» Una risata beffarda. «Le sono arrivato alle spalle, no? Se fossi stato l'uomo dietro al crollo, lei sarebbe morta.»

Non poteva dargli torto.

«E quando ti comporti da matto, vogliono solo che tu te ne vada.» Le disse che un'agente l'aveva appena trattenuto sulla scena al St. Francis. Ma, una volta che si era messo a blaterare, lei si era stufata in fretta e l'aveva mandato via.

«Frederick» disse rivolto al suo autista. «Acqua, salviette.» Poi si voltò verso Sachs, che annuì.

L'autista andò verso la parte posteriore dell'auto e prese quanto richiesto dal portabagagli, che Sachs e l'ESU avevano già controllato. Consegnò al suo capo bottiglia e asciugamani dall'aspetto lussuoso. Sachs non aveva mai visto asciugamani così spessi.

Tamblyn si sciacquò la terra dalle mani. L'acqua schizzò e volò via. L'uomo non si curò di chi o cosa si fosse bagnato. Sachs si fece indietro. Quando ebbe finito, l'immobiliarista si asciugò e poi iniziò a rimuovere lo sporco da sotto le unghie con la limetta di un tagliaunghie. «Unghie sporche. Se vuole far credere di essere un'anima sfortunata, se mai dovesse lavorare sotto copertura, le servono unghie sporche.»

Sachs non rispose ma lo trovò un buon consiglio.

L'uomo si ripulì con cura ciascun dito, appallottolando i residui e facendoli cadere sul marciapiede. «Mi crede? Ah, la sua espressione dice "Non proprio"... D'accordo. Chiami questo numero.»

Gliene dettò uno e Sachs lo digitò. Dopo un solo squillo, rispose la voce spazientita di un uomo. «Pronto?»

«Chi parla?» chiese Sachs.

«Chi parla un cazzo. Chi sei *tu* e come hai avuto questo numero?»

«Detective Amelia Sachs, NYPD. Sono con Willis Tamblyn. Con chi sto parlando?»

«Tony Harrison.»

Il sindaco di New York.

«Willis sta bene?»

«Sì. La richiamo al numero del Comune» disse Sachs.

«È...?»

Sachs chiuse la telefonata e chiamò il numero ufficiale. Dieci secondi dopo, stava parlando di nuovo con Harrison.

«Le sue teorie complottiste sono soddisfatte e la mia autenticità è verificata, detective Sachs?»

«Sì.» Forse era d'obbligo un «signore». Ma non era dell'umore giusto.

«Il signor Tamblyn è stato sulle scene delle gru sabotate.»

«Lo so. È quello che fa. C'è altro?»

«No. Io...»

La linea cadde.

«I crolli erano intenzionali» disse Sachs. «In che modo si può prevenire?»

Tamblyn fece spallucce. «Il vento capita. Un cedimento metallico capita. I terroristi capitano. Gli appaltatori devono tenersi pronti per ogni evenienza. Guardi cosa abbiamo imparato sulla Eighty-Ninth. Il manovratore aveva una corda in cabina. Cento dollari di corda gli hanno salvato la vita. L'ho scritto nel mio rapporto. E l'ospedale? Raccomanderò all'amministrazione cittadina di non autorizzare gru autoportanti. Devono essere fissate alla struttura che stanno costruendo.»

«Ha visto qualcuno in uno dei due cantieri che le ha dato l'impressione di essere coinvolto?»

«No. Solo un branco di sciacalli che voleva farsi un selfie sul luogo di un disastro. Allora, posso andare?»

Il telefono di Sachs vibrò.

«Non ancora» disse a Tamblyn. Poi, al telefono: «Rhyme. Ce l'ho. Solo che non è come pensavamo». Gli spiegò della missione dell'immobiliarista e della conferma del sindaco.

«Senzatetto...» disse Rhyme. «Ho visto qualcuno prima, in uno dei video. Fammi controllare una cosa... Ah, sì, è Tamblyn. Ecco cosa aveva in mano, un telefono.» Tacque. «Mettilo in vivavoce.»

Sachs premette il tasto e avvicinò il cellulare a Tamblyn. «È Lincoln Rhyme. È...»

«So chi è... Signor Rhyme.»

«Signor Tamblyn. Il suo aiuto potrebbe esserci utile. Lasci che le sottoponga qualche idea e vediamo cosa ne pensa.»

«Credo di sì. Se è urgente. Ho un impegno.» E si dedicò alle unghie della mano destra.

«Urgente, sì» disse Rhyme. «Abbiamo appena controllato l'orologio del conto alla rovescia. È stato resettato. Solo che stavolta chiunque ci sia dietro ha anticipato l'ultimatum. Un'altra gru cadrà tra appena qualche ora.»

47

«Senatore, ore quattro.»
Non un riferimento al tempo.
Posizione del pericolo.
I due uomini erano a Lower Manhattan, a est di Wall Street.
Un'occhiata alla sua destra e indietro.
Notò un uomo sulla quarantina in jeans, cappellino scuro da baseball e felpa, senza logo, blu navy. Del tipo che prediligevano i ladruncoli di strada. Usa e getta, le chiamavano. Rapini qualcuno, corri e getti via ciò che indossi per fregare quelli che ti stanno cercando.
«Perché pensi che sia una minaccia?»
Peter, l'alto e grosso «specialista della sicurezza personale» rispose: «Si è fermato quando aspettavamo al semaforo, ha fatto una telefonata che poteva non essere una telefonata. Sembrava fasulla». Il sole si rifletté sulla testa calva di Peter.
«L'hai già visto prima?»
«No.»
«Terremo gli occhi aperti.»
Edward Talese, senatore statunitense di New York, era reduce dall'incontro con la responsabile della campagna presidenziale del suo partito. La riunione era andata bene e lui ne aveva ricavato una lista di finanziatori da tenersi ben stretta.
Talese aveva cinquantanove anni, corporatura robusta e capelli biondi tagliati a spazzola, così da minimizzarne la mancanza. Non che gli importasse. La faccia era accartoccia-

ta come quella di un bulldog, anche se le guance ricordavano una razza diversa, un bracco. Talese sapeva che talvolta veniva descritto ricorrendo a metafore canine e a lui stava bene così. Possedeva quattro cani: un levriero, un malinois, un bluetick e un chihuahua. Alcuni trovavano divertente che, dei quattro, il suo unico apporto personale fosse stato Buttercup, che pesava tre chili. E solo perché era in sovrappeso.

In genere, lui e Peter sarebbero stati a bordo della limousine, che era antiproiettile (espressione che, per qualche ragione, lo divertiva, come se l'auto fosse semplicemente *contraria* ai proiettili). Ma il primo incontro aveva avuto luogo presso una sede in centro e, per raggiungere quello successivo, con un finanziatore al Water Street Hotel, era molto più pratico e veloce andare a piedi invece che affrontare il traffico impossibile di Financial District.

Adesso si chiese se quell'esposizione non fosse stata un errore.

Si guardò indietro ancora una volta.

Non capiva se l'uomo fosse ancora lì; la folla dell'ora di pranzo era fitta.

La giornata era limpida. L'intensa luce del sole colpiva obliqua un centinaio di finestre, i raggi riflessi più smorzati e freddi dell'originale ma pur sempre abbaglianti.

Più avanti, scorse il palazzo comunale, maestoso come sempre. Di norma avrebbero tagliato per Steve Flanders Square, davanti all'elaborata costruzione, ma l'accesso alla piazza era interdetto dal nastro giallo della polizia.

«Cos'è successo lì?» domandò il senatore.

«Guardi.» L'altro gli indicò un cantiere con una di quelle gru. Il posto era abbandonato.

«Oh, quei tizi dell'edilizia popolare o chiunque siano.»

La gru era alta solo quindici, venti metri. Ma, immaginò Talese, in grado di causare danni se veniva giù. Alloggi a prezzi accessibili, quello era il loro cruccio. Lo condivideva, ne aveva perfino discusso con il capo dell'Housing and Urban Development… ma uccidere la gente per esprimere il proprio punto di vista?

«Da quella parte.» Peter indicò e si sbottonò la giacca, rivelando l'arma sottostante.

Dopo qualche minuto di percorso tortuoso, scansando persone incollate ai rispettivi telefoni, Talese e Peter emersero di nuovo nel sole. Attraversarono la strada trafficata per raggiungere l'albergo, una struttura notevole se si era amanti del vetro e del metallo. L'aggettivo «accogliente» non si addiceva.

«Lo vedi?» Talese si stava guardando indietro.

«Ha girato. Probabilmente non è niente.»

Una volta entrati nel luminoso e funzionale atrio, si aspettò di essere accolto dal finanziatore in persona, un manager di fondi d'investimento assurdamente ricco. Quando non lo vide, mise mano al telefono. Prima che potesse chiamarlo, però, un uomo alto in completo scuro e camicia bianca gli andò incontro. Peter si riscosse.

«Senatore Talese.»

Non era una domanda. Chiunque in possesso di un televisore sapeva chi fosse.

«Il signor Roth non potrà essere presente al vostro incontro. Ma c'è qualcun altro che vorrebbe vederla.»

«Mi mostri un documento» disse Peter.

L'uomo lo accontentò.

Nel notare il datore di lavoro dell'uomo, Talese rimase interdetto.

A quanto pareva, l'incontro sarebbe stato del tutto diverso da quello che aveva in mente.

48

CONTO ALLA ROVESCIA: 5 ORE

Nella sua abitazione, in linea con Willis Tamblyn, Lincoln Rhyme stava dicendo al telefono: «La persona che sta sabotando le gru è un sicario. Si fa pagare milioni per lavori del genere».
«Accidenti.»
A Rhyme non parve che Tamblyn fosse colpito. Probabilmente, per lui quella cifra era solo il budget di un jet privato.
«Vogliamo sapere chi l'ha assoldato. Se scopriamo quello, troviamo lui. Perciò abbiamo bisogno di un movente.»
Immaginò Sachs quasi sorridere nel sentirgli pronunciare la disdicevole parola con la M.
Rhyme continuò. «Il primo è quello che forse ha sentito al telegiornale: attivisti che vogliono costringere l'amministrazione cittadina a convertire vecchie proprietà governative in alloggi popolari. Ma l'abbiamo escluso.»
«Be', direi» replicò Tamblyn beffardo. «Avrebbe dovuto chiamarmi sin dall'inizio. Ve l'avrei detto. Ci sono un sacco di stronzi nel movimento per il diritto alla casa e in gran parte sono stupidi. Ingenui, come minimo. Ma estorsione? Non è da loro. E comunque non riuscirebbero a mettere insieme un onorario del genere.»
«Poi abbiamo pensato a...»
Tamblyn lo interruppe. «A un amorale immobiliarista. Come me.»
«Sì. Intenzionato a far crollare il mercato per rilevare le proprietà a una miseria.»

Uno sbuffo sarcastico. «E, esattamente, come funzionerebbe?»

«REIT, tanto per dirne una» rispose Rhyme.

Tamblyn parve perplesso da quell'ipotesi. «Sono a lungo termine. E la valutazione si basa su fondi da operazioni e tassi d'interesse. Non sui titoli del "New York Times". Altro?»

«Manipolando il mercato finanziario?» intervenne Sachs.

Adesso una vera e propria risata. «Non dirà sul serio. Se vuoi giocare a *quel* gioco, scegli un titolo azionario, vendi allo scoperto, apri un blog anonimo, posti fake news sui rischi delle auto elettriche o di un farmaco dermatologico, e incassi quando il prezzo crolla. Poi vai in galera, a proposito. Il SEC ci è già passato. Gru che precipitano? A Wall Street verrà il singhiozzo ma se ne saranno già dimenticati all'ora del cocktail.»

«Ritardi nelle costruzioni» tentò Rhyme. «I progetti vanno in bancarotta. Subentra un immobiliarista…»

«E li rileva per due spiccioli? Dove l'ha sentita questa?»

«Un servizio in televisione…»

«Oh, oh… In *televisione*. Ovviamente, *deve* essere vero… Be', l'ultima cosa che vogliono le banche è possedere le proprietà delle quali detengono l'ipoteca. Le scadenze stabilite dai capitolati? Nessuno le prende sul serio. Ci si mette d'accordo.»

Rhyme stava scrutando la lavagna delle prove. Lanciò un'occhiata distratta in direzione della parte sterile del salotto, dove Mel Cooper stava analizzando le altre tracce raccolte da Sachs e Pulaski. Dalla sua espressione era evidente che non ci fossero novità.

«Sachs, mostragli la lista delle proprietà richieste dal Kommunalka Project.»

«Devo incontrare una persona» brontolò Tamblyn.

«Cinque ore. Poi cadrà un'altra gru» disse Rhyme.

«È Lucien's. Lo sa quanto ci vuole per avere un tavolo?»

«Eccola» disse Sachs.

«Signor Tamblyn?» lo spronò Rhyme.

«Sto leggendo, sto leggendo.»

«Ci sono ragioni strategiche per cui il nostro uomo vorrebbe che *quelle* proprietà fossero trasferite a una società? Si tratta di ex strutture governative. Forse ci sono dossier archiviati lì? Laboratori di ricerca? Un motivo geografico? Sono attigue a località strategiche? O, forse, per tenerle fuori dal mercato?»

«Certo che ha proprio una mente contorta» disse Tamblyn in tono distratto. «Notevole. Ma... no.»

«Perché?» chiese Rhyme.

«Il novanta per cento di queste non andrà da nessuna parte tanto presto. Sono congelate. Su liste di non trasferimento.»

«Non trasferimento?» domandò Sachs.

«Sono tossiche. Nel vero senso della parola. Un paio sono contaminate. Le altre? Ci vorranno anni per la bonifica. Doveva saperlo. Sembra che abbia chiuso gli occhi e scelto alcune proprietà del Comune senza pensarci.»

«Quindi, secondo la sua opinione da *esperto*, questi crimini non hanno niente a che fare con il settore immobiliare?» concluse Rhyme.

«Be', questo tizio è il *vostro* assassino da un milione di dollari, non il mio. Ma, da quello che lei mi ha detto, è così. Ha in mente tutt'altra cosa.»

49

«Signor presidente.»
«Edward.»
Il senatore Talese entrò nel salottino. La facciata e la hall dell'albergo potevano anche essere scialbe, tuttavia quella stanza era decisamente lussuosa.
Ma, d'altro canto, si trattava della suite presidenziale.
Il comandante in capo si alzò da un divano che era circondato da un mare di scartoffie e avanzò a grandi passi sulla spugna biancastra della moquette per stringergli la mano. Il presidente William Boyd era un uomo alto e spigoloso le cui origini meticce trasparivano dalla tonalità calda della sua carnagione. Era noto per il sorriso pronto, che esibì anche in quel momento.
Talese, nelle alte sfere del partito di opposizione, si chiese cosa avrebbe pensato Boyd se avesse saputo che aveva appena trascorso le ultime due ore a elaborare strategie per rimuoverlo dalla carica alle elezioni di novembre. Poi decise che non gliene sarebbe importato. Faceva tutto parte del gioco. E, infatti, lui e Boyd avevano lavorato insieme di frequente, mettendo da parte la faziosità quando possibile e facendo approvare leggi frutto di compromessi.
«Senatore.» L'alta, regale first lady era sulla soglia.
«Signora Boyd.»
«Come stanno Emily e le ragazze? I nipotini?»
«Tutti bene, grazie.» Talese notò che anche la figlia della

coppia, dieci anni, era in ottima forma, intenta a picchiettare sullo schermo del suo iPad.

«Vi lascio soli.» La donna si chiuse le doppie porte dietro di sé.

Gli uomini si misero seduti. «A volte, in questo ambiente, non si sente come un mago?» esordì Boyd. «Giochi di mano, diversivi. Conosce qualche trucco con le carte, Edward?»

«Sì, signore. Gioco a Hearts con i miei nipoti e vedo svanire gli spiccioli. Così come il manager di fondi d'investimento che dovevo incontrare... È stato un numero di sparizione.»

«Farei fatica a scovare un uomo ricco che finanzi il bottino di guerra del mio avversario, no? L'ho presa in contropiede.»

«Sì, signore.»

L'uomo si stiracchiò. Malgrado l'apparente salute di ferro, aveva l'aria stanca. Ma, d'altro canto, Talese aveva lavorato con tre presidenti ed erano perennemente stanchi. Quel lavoro ti spompava.

«I sondaggi... Sarà testa o croce a novembre.»

«Una corsa serrata. Sì.»

«I bravi CEO non durano, sia nelle aziende sia nei governi. E con "bravi" non intendo talentuosi o efficienti. Ma che fanno del bene.» Boyd si alzò e si versò una tazza di caffè. Lo guardò con aria interrogativa. Talese fece di no con la testa. «Ha mai visto il film *A prova di errore*, Edward?»

«Tanto tempo fa. I nostri bombardieri ricevono per sbaglio l'ordine di sganciare l'atomica su Mosca. Dobbiamo preoccuparci di una guerra?»

«No, no. Sto pensando a quella scena in cui il presidente chiede all'ambasciatore americano in Russia di sacrificarsi, così sapranno che Mosca è stata distrutta.»

«Lui resta al telefono fino a quando non viene distrutta nell'esplosione. L'ambasciatore russo a New York fa altrettanto.»

Avevano sacrificato le due città per scongiurare una guerra totale. Come scambiarsi le regine al gioco degli scacchi.

Una mossa agghiacciante.

«Ambasciatori fusi» continuò Talese. «Non mi sembra una conversazione molto propizia, signor presidente.»

«Il mio piano per le infrastrutture, Edward...»

«Ah.» E Talese seppe cosa stava per arrivare e comprese tutt'a un tratto il concetto di vedersi passare tutta la vita davanti agli occhi. In questo caso, la sua vita politica. «Appena un po' più popolare dell'olocausto nucleare, glielo concedo.»

Una risata.

La normativa di Boyd prevedeva un'epocale riorganizzazione delle strade, dei ponti, delle gallerie, degli aeroporti, delle ferrovie e affini del Paese. Allo scopo di migliorare la sicurezza e dare lavoro a decine di migliaia di operai.

Gli oppositori, tutti accaniti, sostenevano che il piano avrebbe mandato in bancarotta il Paese.

Talese teneva lo sguardo basso sui nodi nel legno del tavolino da caffè.

«Lei ha letto le bozze» disse Boyd. «Cosa ne pensa?»

«In teoria, potrebbe funzionare.»

In tono evasivo, il presidente disse: «Ho avuto qualche riscontro... non ufficiale, certo. L'idea le piace».

Come le otteneva certe informazioni quell'uomo?

«Edward, mi aiuti a farlo decollare.»

«Signor presidente...»

Boyd si protese verso di lui. «La sua legge contro l'inquinamento idrico? Farò in modo che sia approvata.»

Gesù.

Sarebbe stato un miracolo...

Il senatore sospirò. «A cena, l'altra sera, ho accennato al fatto che la spesa per l'acqua stava per raggiungere uno virgola due miliardi. E Sammi ha detto: "Mi sa che qualcuno ha lasciato il rubinetto aperto".»

Una risatina. «Ci vorrebbero più dodicenni al Congresso.» Tipico di Boyd, conoscere il nome e l'età dei nipoti del suo avversario.

«Se voto a favore, sarà la fine della mia carriera.»

«Ah, non si candiderà prima di quattro anni. Gli elettori se ne saranno dimenticati.»

«Non il mio partito. Dopo questo mandato, non mi resterà che trovare lavoro come accalappiacani.»

Talese guardò fuori dalla finestra mentre il sole inondava la magnifica città con i suoi implacabili raggi.

Non impulsivo come politico, non impulsivo come marito o padre o nonno, il senatore Edward Talese di New York non agì in modo impulsivo neanche adesso. La sua mente rapida mise in ordine fatti e conseguenze e gli fece dire: «Lo farò, signore. Ha il mio voto».

Accalappiacani...

Il presidente si alzò in fretta e prese la mano di Talese tra le proprie.

«Stavo pensando a un titolo per quando scriverò la mia autobiografia» rifletté il senatore. «O quando lo farà il mio ghost writer. Adesso ce l'ho: *Il patto con il Diavolo*.»

Il presidente proruppe nella sua famosa risata.

I due si avviarono alla porta.

«Quel film?» disse Talese. «Quello in cui i due ambasciatori finiscono polverizzati? Perlomeno, hanno evitato la Terza guerra mondiale. Quello sì che è stato un risultato.»

50

CONTO ALLA ROVESCIA: 4 ORE

Nella posta in arrivo di Lincoln Rhyme lampeggiò la richiesta di una riunione Zoom di lì a cinque minuti.

L'organizzatore era il miliardario senzatetto, Willis Tamblyn.

Sarebbe stato il seguito della conversazione di mezz'ora prima.

Dopo che l'immobiliarista aveva bocciato le loro ipotesi sul movente dell'Orologiaio, Rhyme si era chiesto se Tamblyn potesse aiutarli in altro modo.

«Sei mesi» aveva bofonchiato l'uomo.

«Cosa?»

«Il tempo che ci vuole per avere un tavolo da Lucien's.»

«Sarà ancora aperto tra sei mesi, non crede?» aveva chiesto Rhyme.

C'era stata una pausa. «Jacques non ne sarà felice. Cosa le serve?»

«Un immobiliarista ne saprà un sacco sulla storia della città, la sua conformazione geografica, immagino.»

«Vuole scherzare? Una volta qualcuno ha scritto che nessuno ne sa più di Willis Tamblyn sulla città di New York. Mi sono offeso. Dicendo "nessuno ne sa di più" mi hanno messo sullo stesso piano di un immobiliarista qualunque. Il modo giusto per dirlo è più semplice e non prevede l'uso di un pronome negativo. Io ne so più di ogni altra persona vivente.»

«Allora forse può aiutarci a trovare un posto. È il luogo d'incontro dei complici nell'attacco alla gru.»

«Complici.» Tamblyn l'aveva pronunciato adagio, assaporando la parola o il concetto in sé. Forse entrambe le cose. «Questo è ciò che i nostri agenti hanno trovato nel terreno.» E gli aveva inviato una foto della lavagna delle prove.

Andy Gilligan, omicidio
- *terreno argilloso*
- *gusci di ostriche, vecchi*
- *sostanze decomposte, tutte probabilmente vecchie di centinaia di anni:*
  - *lana*
  - *cuoio*
  - *legno verniciato*
  - *liquore*
  - *peli di cavallo*
  - *carbone*

Garry Helprin, tentato omicidio
- *terreno argilloso*
- *gusci di ostriche, vecchi*
- *sostanze decomposte, tutte probabilmente vecchie di centinaia di anni:*
  - *lana*
  - *cuoio*
  - *legno verniciato*
  - *liquore*
  - *peli di cavallo*
  - *carbone*
  - *ammoniaca e acido isocianico*

«Mi lasci controllare.»
Sarebbe stato questo l'argomento della riunione su Zoom.
Rhyme cliccò sull'invito. Apparve la faccia di Tamblyn, in grandangolo, ripresa dal suo cellulare. Era a un tavolo elegante.

Lucien's? Alla fine c'era andato, a quanto pareva.

D'un tratto, l'immobiliarista borbottò a un uomo in giacca bianca. «So che sono al telefono. So che è contrario alla vostra politica. So anche che potrei staccare un assegno per questo posto, su due piedi, e trasformarlo in un fast food. Il maître le dirà chi sono. Adesso se ne vada. Signor Rhyme? Allora, le tracce che avete trovato? Il meglio che posso fare è dirle che, quando si scavano le fondamenta e viene fuori qualcosa che potrebbe essere storico, bisogna comunicarlo all'amministrazione cittadina. E i lavori si fermano e i cuori sanguinanti ottengono ingiunzioni del tribunale per tutelare il sito in vista di ulteriori ispezioni. 'Fanculo se l'azienda fallisce e i lavoratori vengono licenziati.»

Si calmò. «Be', ho già visto le cose che avete trovato. Un contesto militare. Guerra di secessione. Il legno proviene dal calcio dei fucili; i peli di cavallo, be', ci arriva anche lei. La chiave è il liquore. Sapeva che i soldati dell'epoca combattevano da ubriachi? L'ho visto alla TV via cavo. Ha senso. Lei affronterebbe palle di moschetto e baionette da sobrio? Io no.

«Questo, tuttavia, lascia aperte un sacco di possibilità. Campi di battaglia, basi di addestramento, accampamenti. Esercito e marina sono sempre stati di stanza qui. L'argilla e i gusci di ostriche probabilmente significano Manhattan centro, zona sudovest di Brooklyn, nord di Staten Island, Jersey orientale fin giù a Newark. Ma non so quanto possa esservi utile.»

Oltre ottocento chilometri di litorale...

Rhyme alzò gli occhi al soffitto, riflettendo sulle parole dell'uomo.

E poi gli sovvenne.

Basi militari...

Ammoniaca e acido isocianico.

Urea.

Ovvero la principale fonte di salnitro, o nitrato di potassio, usato nella fabbricazione di polvere da sparo.

Studioso di esplosivi, come tutti gli scienziati forensi, Rhyme sapeva che nel diciannovesimo secolo c'era sempre penuria di polvere da sparo e i produttori – alla disperata ricerca di salnitro, la cui fonte principale era l'urina – pagavano i predicatori perché raccogliessero l'urina secca dai banchi delle chiese, dove si accumulava dopo che i parrocchiani restavano seduti ad ascoltare sermoni che andavano avanti per ore e davano libero corso alle proprie funzioni naturali, piuttosto che rischiare la collera di Dio o, più probabilmente, di mostrarsi irriverenti facendo una scappata alla latrina.

«Le viene in mente un posto in quell'area, dove la polvere da sparo veniva *prodotta* all'epoca... e dove potrebbe esserci anche un cantiere fermo?» chiese Rhyme.

«Ah, questa è facile. C'è un cantiere al momento sospeso perché gli escavatori hanno trovato una vecchia struttura militare in cui facevano la polvere da sparo. Tardo diciassettesimo secolo. Giù a Greenwich Village. Lo chiamavano Gunners' Row. Hanno cambiato il nome anni fa. Adesso è Hamilton Court.»

* * *

Davanti a lui, svettava una gru a torre Engström-Aber, un modello autoportante alto sessanta metri.

Giallo acceso con la cabina blu, questo modello era una vera e propria bestia da soma in città. Hale non poté fare a meno di ammirarla. La torre misurava tre metri e mezzo per tre e mezzo e il braccio anteriore, composto da undici sezioni, raggiungeva gli ottantadue metri, mentre quello con i contrappesi si estendeva per ventuno metri. Poteva pesare circa venticinque tonnellate. Com'era prevedibile, costava parecchio noleggiarla. Poche ditte edili possedevano gru a torre: per ammortizzarne la spesa, avrebbero dovuto usarle settimanalmente e non erano molti gli appaltatori che le richiedevano per la costruzione di grattacieli. La E-A veniva 15.900 dollari al mese.

E il tassametro continuava a salire. L'inutilizzo non esimeva dal pagare il noleggio e un folle che minacciava di farla crollare non rientrava nelle calamità naturali previste nel contratto.

Parcheggiò a mezzo isolato dal cantiere. Guardandosi intorno e non vedendo nessuno, a parte gli altri conducenti di veicoli incuranti di lui e del suo SUV, avviò il tablet e trovò il diagramma che era tra quelli che lo sfortunato Andy Gilligan aveva rubato nella sede cittadina del DSE. Distolse gli occhi dallo schermo lucido e osservò l'area circostante.

Sì, eccolo, un tunnel di cemento largo un metro e venti che veniva usato per incanalare l'acqua piovana e la neve sciolta in un sistema di scarico sotto una strada vicina e, da lì, nel fiume Hudson.

Tutto era perfetto. Sì, gli operai diventati guardie erano scrupolosi e prendevano l'incarico sul serio. Caffè e sigarette non li distraevano dal vigilare.

Erano convinti, come le vedette dei raid aerei della Seconda guerra mondiale, che il pericolo sarebbe arrivato dal cielo.

Cercavano uno di quei droni spargi-acido.

E, ancora una volta, le aspiranti guardie stavano guardando ovunque fuorché dove avrebbero dovuto.

Sceso dall'auto, indossò il casco di protezione, giallo come quello degli altri operai, e si tirò fin sul collo la zip della tuta Carhartt. Poi andò sul retro, alzò il portello e tirò fuori il pesante zaino.

Si avviò al tunnel e lo imboccò. Arrivato in fondo, dopo una quindicina di metri, montò sui pioli d'acciaio che, fissati nel cemento, formavano una scala ed emerse vicino alla base della gru.

Sopra di lui, incombeva il braccio. Il vento si era alzato e produceva un fischio sommesso tra i tubi gialli e i cavi neri di supporto. Il manovratore aveva sganciato il freno di rotazione, così che il braccio fosse libero di muoversi nella direzione del vento.

Esaminò la base della torre. Il drone riposava ormai in pace, ma il suo piano non ne richiedeva l'utilizzo. Né quello del delizioso acido fluoridrico. Questo incidente sarebbe stato diverso.

Nel giro di pochi minuti, i pacchetti erano stati consegnati. Hale tornò al tunnel e, da lì, all'auto.

Sedutosi al volante, gettò il casco sul sedile posteriore e si accinse a tornare al suo rifugio di Hamilton Court. Andando via, esaminò ancora una volta il cantiere.

Supponeva che quella particolare gru, pur altissima, attirasse meno attenzione delle altre. L'area che la circondava era stata completamente sgombrata per un raggio di centoventi metri. Perciò se per qualche ragione il terrorista, o lo psicopatico, l'avesse sabotata, non c'erano appartamenti né complessi di uffici da schiacciare.

Ma questo non significava che *non* ci fosse alcun obiettivo entro il raggio d'azione della gru.

A dire il vero, questo era il più importante dell'intero progetto.

51

Sulla soglia c'era il detective Lyle Spencer, più alto di Ron Pulaski di una trentina di centimetri. Indossava un completo nero e camicia bianca, senza cravatta. Pulaski alzò lo sguardo e strinse la mano carnosa dell'uomo.

Entrarono in soggiorno e Ron presentò il detective a Jenny. Anche loro si scambiarono una stretta di mano.

I bambini alzarono la testa dal tabellone del Dog-opoly. «E i nostri figli» disse Jenny. «Martine e Brad. Questo è il detective Spencer.»

«Sei grosso.»

«Brad!» esclamò lei.

«Nessun problema» rise Spencer. Il detective si guardò intorno nella stanza confortevole: mobilio economico, fotografie, souvenir delle vacanze, divise sportive, cimeli di famiglia che risalivano a generazioni prima. Poi gli accessori che fanno di un'abitazione una casa vissuta: cartucce di videogiochi, riviste, ricettari, attrezzatura da calcio e softball, scarpe da corsa spaiate, sacchetti di pretzel e patatine.

Jenny scoccò a Ron un'occhiata di scherzoso rimprovero e lui si rese conto di essersi dimenticato di dirle che avrebbero avuto ospiti.

«Andiamo in veranda.»

«La partita!» esclamò Martine.

«Non ci vorrà molto.»

«Caffè? Birra?»

Entrambi rifiutarono l'offerta di Jenny.

«Detective Spencer?» chiamò Brad. «Era, tipo, nei Corpi speciali?»

«SEAL.»

«Caspita... Team Six?»

«No.»

«Ma faceva missioni segrete.»

«Oh, puoi scommetterci. Ma non posso parlarne.»

«Fico!»

Ron accennò alla cucina e i due uomini la attraversarono, uscendo in veranda. Il rettangolo coperto, senza zanzariera, dava su un pezzo di prato bordato di aiuole in cui non era stato piantato niente. Erano libere da erbacce, però, e piene di fragrante pacciame che Ron e i ragazzi avevano provveduto a spargere personalmente. Non era passato molto tempo, meno di un mese, anche se quel piacevole sabato pomeriggio sembrava risalire a dieci anni prima.

Ron notò l'espressione seria del detective, assente quando era arrivato.

Si voltarono a osservare l'erba.

Riempiendo il silenzio, Spencer chiese a bassa voce: «Quando è successo?».

Quello...

«Oppure possiamo passare oltre. Volevo solo chiedertelo.»

«No. È tutto a posto. Qualche anno fa. Come lo sai?»

«Tua moglie ha detto "i nostri figli". Non "due dei nostri figli". E ho incontrato un maschio più grande e una femmina più piccola. Ma sul caminetto c'era la foto di Brad con una bambina più grande.»

Dopotutto, quell'uomo era un detective.

E guardando la faccia, grossa e dura ma venata di dolore, Ron Pulaski capì un'altra cosa di Lyle Spencer. Avevano qualcosa in comune.

«Cancro» disse Ron. «È successo in fretta. Accidenti, fai di tutto... e a volte tutto non è abbastanza.»

«Mi dispiace.»

«Nel corso degli anni avremo avuto centinaia di ospiti, Jenny e io. Probabilmente hanno guardato la stessa fotografia. Nessuno ha fatto il collegamento. Forse se lo sono chiesto ma non hanno voluto fare domande. Ma non credo. Semplicemente non ci hanno fatto caso. E la tua situazione?»

Lo sguardo rivolto verso il giardino, l'uomo disse: «Non è stato così diverso. Avevamo anche noi una figlia. Poi... era una malattia orfana».

Ron scosse la testa.

«Termine tecnico, ha detto il nostro medico. Una malattia rara. Negli Stati Uniti la definizione vale quando ce l'hanno meno di duecentomila persone.» Una risata fiacca. «L'ho detto a Lincoln. E tu lo conosci. Ha detto che il termine "orfano" viene dal greco. E non significa solo un bambino senza genitori. Può significare un genitore che ha perso un figlio.

«Esistono farmaci per curare le malattie orfane ma le aziende farmaceutiche non li sviluppano su larga scala. Non è redditizio. Una sola pillola potrebbe costare un quarto di milione di dollari.»

«No!»

«È quello di cui aveva bisogno. Io ero su al Nord, un piccolo ufficio da sceriffo. Per pagarla ho preso dei soldi, narcodollari.»

Ron sapeva che Spencer aveva seguito un percorso tortuoso per diventare un detective del NYPD. Sapeva di una condanna ma il governatore lo aveva graziato e aveva ripulito la sua fedina, consentendogli di entrare nelle forze dell'ordine. Si era chiesto cosa fosse successo.

«Il farmaco ha funzionato?»

«Per un po'. Poi ha smesso.»

Se mai esisteva un crimine giustificabile, era quello che Lyle Spencer aveva commesso.

«Lincoln e Amelia lo sanno?» chiese Spencer.

«No.» Non c'era un motivo preciso per cui non gliel'aveva detto. Non l'aveva fatto e basta. «E tu? Hai detto che Lincoln lo sa.»

«L'ha dedotto. Si è chiesto perché fossi disposto a lanciarmi da quel palazzo come un trampolino, il caso del Fabbro a cui abbiamo lavorato un po' di tempo fa.»

Dunque il detective aveva preso in considerazione il suicidio. Doveva essere vedovo o forse sua moglie lo aveva lasciato in seguito alla morte della figlia e l'arresto. Ron sapeva anche che, dopo la lesione alla spina dorsale, anni prima, Lincoln aveva trovato un dottore disposto a mettere fine alla sua vita.

Dopo la morte di sua figlia, Ron non aveva mai pensato a niente di così estremo. Doveva esserci per il resto della famiglia. Ma ciò non significava che lui e Jenny non fossero in un certo senso morti. Una parte di loro sarebbe rimasta per sempre senza vita.

«Una delle cose più difficili» disse Spencer. «Bug, la chiamavamo così, lo sapeva. Sapeva tutto ed era come se l'avesse accettato, andava avanti con la vita che le restava. "Cosa c'è per cena?" oppure "Cioè, papà, davvero? Hai di nuovo dimenticato la password di Netflix?"»

Ron annuiva e, solo a stento, teneva a bada le lacrime. «Lo stesso con Claire, sì. Non ho mai saputo se fosse coraggio o negazione. O qualcos'altro.» Un respiro profondo. «Quello non l'ho mai capito.»

Lo psicoterapeuta aveva detto: «Avete bisogno di accogliere i ricordi e poi fare ciò che lei avrebbe voluto per voi: andare avanti».

Ma lui e Jenny si erano detti d'accordo che si trattava di una stronzata. Quello che Claire avrebbe voluto era piangere davanti a un film Disney, spettegolare con le altre ragazze, flirtare con i ragazzi e bisticciare con mamma e papà una volta compiuti tredici anni, scegliere un college e incontrare la persona giusta e forse, un giorno, avere dei figli.

Ecco cosa avrebbe voluto sua figlia.

Lo stato d'animo dei genitori non era affatto una cosa da tenere in considerazione né doveva esserlo.

Perciò l'avevano compianta allora e la compiangevano adesso. L'avrebbero sempre compianta.

Jenny l'aveva detto meglio: l'avevano superata, sì, ma erano andati avanti? Mai.

Alla fine, Ron chiese: «Allora, cosa stavamo dicendo?».

Spencer sfilò un taccuino dal giubbotto. «Ho fatto qualche ricerca. E, odio doverti dare io la notizia, Ron, ma ti sei cacciato in un guaio bello grosso.»

52

CONTO ALLA ROVESCIA: 3 ORE

La miglior soluzione tattica che poteva elaborare date le circostanze.

C'era ben poca copertura nel vicolo cieco, Hamilton Court, bordato di edifici in vario stato di distruzione creata dall'uomo e di decadimento naturale. Un tempo, il breve tratto di strada era stato un'area commerciale, probabilmente destinata all'ingrosso alimentare, e il Meatpacking District non era lontano. Ma gli immobiliaristi avevano visto lo splendore dei profitti di Manhattan e rilevato l'isolato.

Poi, come aveva spiegato Willis Tamblyn, il progetto era andato in fumo grazie a qualche pezzo di vecchie armi e tracce di rum.

Sachs, all'imboccatura delimitata da una catena, scrutava i sessanta metri di acciottolato davanti a lei.

Le prove indicavano che l'Orologiaio e Gilligan avevano trascorso del tempo lì. La questione, però, era se quello fosse il covo del killer o un posto scelto a caso per sostare e avere una conversazione.

Solo che Rhyme e Sachs non credevano alla seconda ipotesi. Vedute aeree di Hamilton Court mostravano un modulo prefabbricato, di quelli usati come quartier generale nei cantieri. Era impolverato e malconcio, nonché invisibile dalle strade principali. Un ottimo nascondiglio.

La strada è vecchia, gli edifici sono vecchi, aveva inoltre riflettuto Sachs. Un aspetto che avrebbe fatto leva sulla psicologia dell'Orologiaio, come se quel posto appartenesse a un altro periodo temporale.

Analisi che, naturalmente, non aveva condiviso con Lincoln Rhyme, che non vedeva di buon occhio il profiling psicologico.

Mentre dirigeva le tre squadre di irruzione ai rispettivi posti, notò un altro elemento che indicava che il prefabbricato era la sua casa temporanea: una videocamera all'imboccatura del vicolo, rivolta verso l'interno e nascosta in un cumulo di mattoni. Capiva le videocamere sul prefabbricato in sé, ma perché sorvegliare anche la strada che conduceva lì? La risposta logica era che servisse ad avvertire dell'arrivo di forze dell'ordine.

Lei e una delle squadre di irruzione, quattro persone per ciascuna, erano appostate dietro a quel cumulo di macerie e, di conseguenza, alla telecamera.

«Qui è Auto Sette. Siamo pronti. Passo.»

L'auricolare emise un forte crepitio. Abbassò il volume. «Ricevuto, Sette.»

Due detective in borghese in un SUV con il logo di una vera agenzia immobiliare erano parcheggiati su Hudson, a una quindicina di metri di distanza.

All'ordine di Sachs, avrebbero proseguito fino all'imboccatura di Hamilton, entrandovi e bloccando la visuale della telecamera.

«Cinque Otto Otto Cinque» comunicò alla radio. «Squadra Due e Tre, a rapporto. Passo.»

«Squadra Due. In posizione dietro 208 Hamilton. Entrata sul retro aperta. Libero accesso all'obiettivo.»

«Ricevuto, Due. Tre?»

«Tre, siamo al secondo piano di 216 Hamilton. Visuale libera dell'obiettivo. Cecchino e vedetta in posizione.»

«Ricevuto.»

Sachs caricò il suo M4. L'arma poteva sparare in modalità automatica, raffica o semi, e lei impostò il cursore sulla prima.

Cercherò di prenderlo vivo, Rhyme. Ma non rischierò una sola anima delle mie squadre.

Il cuore le batteva appena più veloce del ritmo normale e la leggera accelerazione non era dovuta all'ansia per l'operazione in sé né per la sua riuscita. Era il piacere che provava in momenti come quello; la gioia pura che le montava dentro poco prima di un'operazione tattica. I palmi erano asciutti e, per una volta, non sentì alcun bisogno di affondarsi un'unghia nella cuticola o nel cuoio capelluto. Abitudine compulsiva che si portava dietro sin da quando era ragazza. Al momento, i suoi nervi erano a riposo.

Un respiro profondo. Una minima traccia di congestione. A stento percettibile.

Stai bene...

Si voltò a guardare la sua squadra, due uomini, una donna. Più giovani di lei. Gli occhi fissi. I corpi pronti a scattare come molle. Erano accovacciati... e invidiò le loro ginocchia giovani.

Uno degli uomini stringeva l'arma con le dita contratte. Aveva lo sguardo fisso a terra, le labbra serrate: l'unica porzione visibile della sua faccia, a parte gli occhi, per via dei cappucci Nomex. Si accorse che lo stava guardando. Quando i loro occhi si incrociarono, Sachs annuì.

E lui scese da quel brutto posto dove per un momento si era appollaiato. Doveva essere la sua prima volta.

«Tre» chiamò Sachs. «Cosa vedete? Passo.»

«Gli scuri sono tirati. Zero visuale. Ma abbiamo una traccia termica.»

«Umana?»

«Probabile. Temperatura giusta. E in movimento.»

Allora l'Orologiaio *era* lì dentro.

«Ricevuto. Squadra Due, andate davanti al 208. Notificate. E, agente immobiliare, in posizione.»

Una risata dal detective nell'Auto Sette. «Ci muoviamo.»

Il SUV superò Sachs e la Squadra Uno, poi entrò nel vicolo

cieco, bloccando la telecamera di sorveglianza. La donna robusta, resa ancora più tale dal giubbotto antiproiettile sotto il vestito a fiori, scese dal veicolo e agguantò una pila di cartelline dal sedile posteriore. Un potenziale acquirente della proprietà, anch'egli un detective dell'ESU, sbucò dal lato passeggero e si guardò intorno, con l'aria di valutare se quello fosse un posto per cui sborsare mezzo miliardo di dollari.

«Tre, reazioni alla presenza?»

«Negativo. Si trova al centro del modulo. Non si muove più. Forse è seduto a un tavolo.»

«Cinque Otto Otto Cinque a Due. Entriamo prima noi, voi ci seguite.»

«Ricevuto. Passo.»

«Tutte le squadre. Ricordate gli ordini. Regole d'ingaggio speciali. Un invito alla resa. Se ignorato e c'è il minimo segno di pericolo, è autorizzata forza letale.»

Tutti confermarono.

Sachs fece un respiro profondo, fiutando pietra bagnata e acre gas di scarico del SUV. Via la sicura dall'arma, dito fuori dal grilletto, controllo sulla direzione dell'arma.

«Squadra Due, ci muoviamo.»

Un'occhiata dietro di sé, cenni dalla squadra.

Poi i quattro uscirono allo scoperto e avanzarono veloci verso il prefabbricato, tenendosi bassi.

«Tre, traccia termica?»

«Si è spostata di circa mezzo metro. Lontano dalla porta. Lenta. Non credo che vi abbia visti.»

«Ricevuto.»

Dieci metri dalla porta.

L'Orologiaio, stava pensando Sachs... quello sarebbe stato il loro ultimo confronto?

Sei metri...

La Squadra Due era guidata da Sharonne Brown, una donna con la quale lavorava da anni. L'agente ESU aveva la stessa corporatura di Sachs, alta e magra, con l'unica differenza che Brown andava in palestra almeno un'ora al giorno e riusciva a sollevare novanta chili sulla panca piana senza versare una sola goccia di sudore.

Sachs annuì e la squadra di Brown si mise dietro di lei, scaglionata, per una migliore posizione di tiro e per evitare di essere un bersaglio troppo evidente per un eventuale cecchino dall'interno.

Tre metri.

«Tre, ci siamo. Traccia termica?»

«Si è spostato ancora, ma non è vicino a nessuna finestra.»

Le balenò un pensiero fugace: Gilligan aveva rubato e consegnato all'Orologiaio i documenti del DSE, tra i quali cartine di passaggi sotterranei, molti dei quali si trovavano lì e più a sud. Era possibile che avesse pianificato una fuga attraverso un tunnel?

Forse, ma loro avevano l'elemento sorpresa.

A ogni modo, non c'erano altre variazioni tattiche possibili, data la disposizione del luogo e l'urgenza della situazione.

Sachs indicò le finestre e Brown incaricò due dei suoi agenti di tenerle sotto tiro. Hale non avrebbe tentato la fuga da quella parte ma erano ottimi punti da cui sparare. Poteva perfino aver montato lastre d'acciaio dietro agli scuri e sparare da una feritoia.

La Squadra Tre fece rapporto. «Si è spostato di qualche centimetro, ma non verso le finestre. Non sa che siete lì.»

Oppure teneva una mitragliatrice puntata sulla porta, in attesa del primo che fosse entrato.

Poi arrivarono al prefabbricato.

Non era previsto che bussassero. L'agente addetto agli esplosivi venne avanti veloce e piazzò in fretta una carica di C4 sulla piastra della serratura. Doppio strato.

Erano tutti dotati di maschera antigas e grembiule di neoprene, per proteggersi dall'acido fluoridrico e dal gas. Ma

Sachs aveva deciso che non dovevano indossare l'equipaggiamento durante l'assalto. Sarebbe stato pericoloso limitare il campo visivo e il movimento delle armi. Se era dentro, non doveva esserci troppo rischio di esposizione a quella roba.

Ma, proprio mentre stava pensando a questo, le tornò in mente l'operaio edile disteso nel tunnel, sulla prima scena, la pelle che si dissolveva, il sangue che ribolliva. Questa immagine aveva sostituito quella dei tondini insanguinati.

Scrutò la squadra. Gli agenti annuirono. L'artificiere si preparò ad azionare il detonatore, astenendosi però dall'esclamare «Fuoco in buca!». Non volevano offrire all'Orologiaio il minimo sentore della loro presenza.

Sachs fece di sì con la testa.

Il pacchetto esplose con uno schiocco netto e lei avanzò.

53

Ron Pulaski aprì il documento che Lyle Spencer gli aveva portato.

«Ho chiesto un favore» disse Spencer. «È una bozza. Ci stanno ancora lavorando.»

Ron abbassò lo sguardo sul foglio che aveva in mano.

Durante il corso del colloquio, è apparso che il Soggetto Pulaski...

«Soggetto?» mormorò. «È *così* che mi chiamano?»

... aveva solo un vago ricordo dell'incidente, nonostante fosse avvenuto da poco, e ha ammesso di esserne rimasto solo leggermente ferito. Ha usato le espressioni «Non lo so» e «Non ricordo» di frequente. Ha ammesso che non era concentrato al momento dello scontro...

Sulla stramaledetta telefonata. Su *quella* non ero concentrato.

A un certo punto del colloquio, aveva lo sguardo perso nel vuoto e non ha neanche sentito la domanda che gli era stata rivolta.

Perché stavo guardando la foto della famiglia di Garner e pensando a mia figlia morta...

Ha ammesso di aver fatto uso di droghe e che gli provocavano sonnolenza.

Ma che diavolo...? Mezza canna venti anni prima?

Non ha saputo dire con certezza di aver visto se il semaforo fosse verde.
Ha mentito riguardo a eventuali ferite. Nel corso di un'indagine, ha subito una ferita alla testa che, a quanto pare, ha richiesto un considerevole lavoro di riabilitazione. La ferita ha avuto come conseguenze perdita di memoria e confusione. C'è poco nel fascicolo personale del NYPD *in merito alle sue condizioni. Suggerisco di recuperare il referto medico originale e allegarlo a eventuali raccomandazioni da parte dell'intera Commissione agenti coinvolti in incidenti.*
La sua rappresentazione grafica della scena è risultata infantile. Non è neanche in grado di disegnare una linea retta.

Perché mi hai fatto sedere di proposito davanti a una scrivania piena zeppa di fascicoli. Non avevo altro posto su cui scrivere se non le gambe. Cristo...

Le mie conclusioni sono che, sebbene la quantità di sostanze nel suo organismo fosse trascurabile, data la presenza di stupefacenti e la totalità delle sue risposte confuse e dei ricordi frammentari, sarebbe consigliabile per il dipartimento terminare il rapporto con il Soggetto Pulaski o assegnarlo a una posizione amministrativa nel NYPD. *Non ritengo che il dipartimento possa permettersi il rischio che il Soggetto Pulaski provochi un'altra situazione potenzialmente letale.*

In fede,
T.J. Burdick, viceispettore

Burdick.
Accidenti.

«Manca tutto il contesto, cazzo» borbottò, usando una parola che di rado gli sfuggiva dalle labbra e mai in casa. «Per quanto ne so, hanno alterato la registrazione per farmi apparire come uno zombie.»

«Di che ferita parlano?» domandò Spencer.

Gli occhi sul prato, tacque per un po' prima di rispondere. «Un caso. Il primo con Lincoln e Amelia.»

Spiegò che, mentre era alla ricerca di un sosco, aveva girato l'angolo di un edificio tenendosi troppo vicino al muro. Il malvivente, che era lì appostato, l'aveva colpito alla fronte con un manganello.

Il bozzo non ci aveva messo molto a sgonfiarsi ma la lesione al cervello era rimasta. Aveva perso la memoria, la capacità di prendere decisioni e risolvere i problemi più semplici.

I suoi genitori, Jenny e suo fratello non gli avevano fatto mancare il loro sostegno e l'avevano aiutato con la riabilitazione. L'avevano anche incoraggiato a tornare al lavoro.

Cosa che lui non riusciva a fare.

Non si trattava di paura. Come il vecchio adagio che esorta a tornare in sella dopo una caduta: significava che eri rimasto ferito una volta e temevi che potesse capitare di nuovo. Lui non ricordava nemmeno l'aggressione, figurarsi il dolore che aveva sofferto.

A turbarlo era il timore di mettere in pericolo un collega, un passante.

Di esitare nel momento di entrare in azione.

Di non analizzare a dovere una situazione e di non prendere le decisioni giuste.

E così aveva evitato del tutto il rischio. Malgrado rinunciare all'amata divisa da agente di pattuglia lo facesse stare male, aveva scelto di nascondersi. Se ne stava a casa, camminava, beveva caffè e guardava le partite. Era combattuto se passare a un altro ambito lavorativo. Magari come programmatore presso il dipartimento di Statistica del NYPD. Era importante, cercava di convincersi. Era necessario avere cifre precise quando era tempo di bilanci.

Poi era arrivato Lincoln Rhyme.

E con la sua caratteristica arroganza e insofferenza, aveva detto a Ron quello a cui tutti gli altri continuavano a girarci intorno: fattene una ragione.

«Tutti quanti hanno *qualcosa* che non va, recluta. Mmh?» E non si era disturbato ad abbassare lo sguardo sulle proprie gambe inerti.

Due mesi più tardi, il giorno dopo l'ultima seduta di riabilitazione, Ron aveva indossato di nuovo la divisa.

Adesso, guardando il minuscolo giardino, disse a Lyle Spencer: «È un lavoro su commissione».

«Perché?»

«Burdick stava contaminando la mia scena del crimine. Potevamo parlarne in privato ma lui si stava mettendo in mostra davanti ai giornalisti. L'ho minacciato di trattenerlo per intralcio. L'ho quasi ammanettato.»

«E così ti ha messo Garner alle calcagna.» Spencer scosse la testa. «Una vendetta personale? Amico, è proprio un colpo basso... e, devo dirlo, ci si è messo davvero d'impegno. Deve avercela a morte con te. E quei tuoi referti medici. Saranno un problema. Per la miseria, potrebbero perfino falsificarli. Farli apparire peggiori. Magari dicendo che hai riportato danni permanenti.»

Referti medici, stava pensando Ron Pulaski.

Referti medici...

«Ti ringrazio, Lyle.»

«Quando vuoi. Non ho pazienza per le stronzate. Soprattutto quando vengono dai nostri.»

Ron fece il giro della casa per accompagnare Spencer alla sua auto. «E, sai, se c'è qualcosa di cui vuoi parlare...»

Spencer annuì, ben sapendo che Ron non si riferiva alla montatura di Burdick. «Lo stesso vale per te.»

Si strinsero la mano e Spencer salì sulla sua auto personale. La Dodge si inclinò a sinistra sotto il suo peso.

Fermo sul prato rasato, che tanto amava curare, Ron rimase a guardare l'auto del detective fino a quando non sparì in fondo alla strada.

E ripensò ai referti medici.

E poi pensò a un'altra cosa, che adesso non riusciva proprio a levarsi dalla mente.

Una vendetta personale? Amico, è proprio un colpo basso... Ci si è messo davvero d'impegno.

54

CONTO ALLA ROVESCIA: 2 ORE

«Ho sentito l'odore, Rhyme.»

Amelia Sachs entrò in casa portando il reperto più bizzarro che lui avesse mai visto: una porta di metallo, sigillata in un involucro di cellofan. Al posto dei cardini non c'erano che grappoli di fori di proiettile.

Notò che anche i guanti non erano i soliti di lattice. Erano neri. Neoprene, probabilmente. Capì quale fosse l'odore di cui parlava Sachs.

«Il modulo prefabbricato? Dopo aver buttato giù la porta, l'ho sentito. Ho fermato tutto e fatto marcia indietro. Aveva messo una trappola, cariche su un paio di fusti di HF. Il posto ormai è andato.»

«Feriti?»

«No, le squadre stanno bene.»

Gli spiegò che Hale li aveva raggirati di nuovo. La traccia termica che dimostrava la sua presenza all'interno era solo una lanterna o una lampada riscaldante impostata su 36,5 gradi e fissata a un Roomba.

«Un cosa?»

«Un aspirapolvere che puoi programmare e si muove da solo.»

Esisteva una cosa del genere?

«Almeno le cariche erano piccole. Se ci fosse stato mezzo chilo di C4 e avesse fatto saltare in aria i fusti, *quello* sì che avrebbe creato problemi.»

Amelia Sachs tendeva a usare affermazioni riduttive quando si trattava della propria incolumità.

«E quella?» chiese Rhyme, indicando la porta.

«Volevo *qualcosa*» brontolò Sachs. «Ho messo la maschera, ho svuotato due caricatori sui cardini e l'ho divelta poco prima di dover schivare l'acido.» Aggiunse un esasperato: «Sono parecchio incazzata. Dovrò fare un FDR. Non sono esentata. Ho controllato».

Ogni volta che l'arma in dotazione faceva fuoco, anche accidentalmente, l'agente doveva compilare un Firearms Discharge Report, un rapporto relativo all'uso dell'arma. Erano interminabili. L'amministrazione cittadina prendeva sul serio le armi da fuoco e ancora di più il loro utilizzo.

Posò l'ossigeno e prese di nuovo la porta. «Mel. Qui.»

Cooper venne fuori dall'area sterile del salotto e, protetto dal neoprene, la alleggerì del carico.

«La maniglia» disse Rhyme.

Sachs stava annuendo. «Scommetto che non ha usato sempre i guanti e deve aver dato per scontato che, se ci fosse stata un'effrazione, l'acido non solo avrebbe ucciso gli intrusi ma anche ridotto in poltiglia la maniglia e tutte le tracce che vi aveva lasciato sopra.»

Quindici minuti più tardi, ebbero delle risposte. Sulla maniglia c'erano le impronte dell'Orologiaio. Qualche granello di sabbia, simile a quelli nel campo in cui era morto Gilligan e altre delle tracce che avevano indotto Tamblyn a suggerire loro Hamilton Court. C'era anche un capello corto con ancora il bulbo, perciò se ne poteva analizzare il DNA. Ma sarebbe stata una formalità, dal momento che le impronte digitali non lasciavano adito a dubbi.

«E tracce di silicone» disse Cooper.

Rhyme aggrottò la fronte. «Difficile da rintracciare. Una delle sostanze più comuni sulla terra. Esistono centinaia di fornitori. Dal silicio si creano trimetile, dimetile e metilclorosilano. Il risultato è quella roba flessibile, resistente al freddo e al calore che viene usata, be', per un milione di cose diverse: lubrificanti, industria alimentare e farmaci, mastici, guarnizioni, sigillanti. E non lo trovate magnifico? Ha eccellenti proprietà di rilascio *e* adesione. Immaginate una contraddizione del genere.»

La chimica non abbandonava mai la mente di Lincoln Rhyme.

Cooper chiamò all'interfono. «Quindi troppe possibilità per scoprire per cosa lo sta usando.»

«Mmh» fu la conferma di Rhyme.

«Ha usato qualcosa fatto di silicone per contenere l'acido?» ipotizzò Sachs.

«Probabilmente no. L'HF lo degraderebbe. E se si trovava sulla maniglia, allora si tratta di un gel o un liquido.»

Aveva rischiato la vita per niente?, si stava chiedendo Rhyme.

Ma tenne a mente ciò che diceva durante i suoi corsi: una sola traccia di farina non vi dice granché. Ma tracce di lievito, tuorlo d'uovo, latte e sale potrebbero condurvi a un fornaio assassino.

E in questo caso? Cos'altro avevano scoperto che poteva aiutarli a restringere la ricerca? Scrutò le lavagne. E non vide risposte.

Il telefono del laboratorio ronzò.

Era Dellray, dal suo cellulare.

«Fred.»

Rispose una voce dall'accento britannico. «È emerso un fatto interessante, Lincoln. Alquanto interessante.»

Chi diavolo era?

«Sei tu?»

«In incognito. Sono Sir Percy Thompson, proprietario di casinò e playboy londinese. Se ancora esistono i playboy. Devo restare nel personaggio. L'accento è un po' complicato. Voglio dire rischioso. Punto a Covent Garden.»

«Cosa c'è di così interessante?»

Fred Dellray non era il tipo che si faceva prendere dalla fretta, ma tagliò comunque qualche antefatto e intreccio secondario. «Ha a che fare con i tuoi droni. Nessun rapporto dopo l'ospedale. Ma ho qualcosa di interessante sugli avvistamenti precedenti.»

Rhyme si ricordò dei droni. Due dei voli segnalati non erano stati nelle vicinanze dei cantieri. «Dov'è che erano?»

«L'isolato 400 di Towson Street, Brooklyn» rispose l'agente FBI. «Poi il complesso di uffici, 556 Hadley, Manhattan. Mi chiedevo che genere di parentela accomunasse i due voli. Potevano essere fratelli? Cugini?»

Il solito gergo di Dellray era del tutto assente. La cosa era disorientante. Sachs gli aveva fatto guardare alcuni episodi della serie *Downton Abbey* (non male, aveva concluso) e Dellray parlava proprio come uno di quei personaggi.

«Non ho trovato niente di lampante» continuò. «Ma stavo giocando con un nuovo gioco che abbiamo qui. Si chiama ORDA, che si potrebbe definire un acronimo, ma noi sappiamo che...»

«È un acronimo solo se è esso stesso un nome.»

«Esatto. Questo sta per Obscure Relationship Data Analysis.»

«Lo conosco. L'ho usato anche io.»

«Tu, l'imperatore delle prove?»

All'inizio, Rhyme era stato scettico nei confronti del software, che processava trilioni di dati estrapolati da due o più cose – luoghi, eventi, persone – che sembravano non avere niente in comune. Ma il software era in grado di trovare i collegamenti più labili.

«E?» chiese Rhyme.

«E il cervello elettronico ha prodotto la summenzionata *cosa* interessante. Un certo individuo vive nell'isolato che è stato preso di mira a Brooklyn. E il suo ufficio si trova nell'isolato che ha sorvolato a Manhattan.»

Rhyme e Sachs si scambiarono un'occhiata.
«E di chi si tratta?»
«Questa sembrerebbe la giornata giusta per le tue lezioni di educazione civica, Lincoln...»

55

Era una follia, quello che stava facendo.
Evadere dalla recinzione di filo spinato del partito di appartenenza e votare il piano per le infrastrutture del presidente.
Per fare del bene...
Mentre si recava a un'intervista insieme a Peter, la sua guardia del corpo, il senatore Edward Talese stava facendo ipotesi su cosa gli sarebbe successo quando avrebbe espresso il proprio voto a favore nell'aula del Senato.
Addio agli incarichi di prestigio.
Accalappiacani...
Non poté non sorridere.
Pensando all'attaccamento che aveva per Buttercup, tutti i suoi tre chili.
Camminarono per un altro mezzo isolato e Talese si rese conto di essere affamato. «Ci fermiamo da Ross's.»
«Sissignore. Ottimo.»
Nei momenti di stress, cosa c'era di meglio di un sandwich al pastrami «alto un chilometro», sbattuto sul bancone davanti a te da salumieri arcigni, che solo a malincuore ti concedevano un cetriolino extra come se fossi un rapinatore di banca che chiedeva banconote di piccolo taglio?
Talese amava quel posto.
Camminarono in silenzio per un lungo tratto, schivando i pedoni e il traffico del centro, proprio come avevano fatto nella direzione opposta non molto tempo prima. Ma adesso c'era

una differenza. La fulgida luce del sole non c'era più, oscurata da uno strato di prepotenti nuvole.

Aspettava con ansia quell'intervista, che probabilmente si sarebbe focalizzata sulla sua legge contro l'inquinamento idrico. E, a quella prospettiva, sentì dentro di sé un'esplosione di pura gioia: adesso aveva il sostegno di Boyd. La legge sarebbe passata senz'altro. Sarebbero venuti fuori altri argomenti, certo, ma in quella fase della sua carriera, così tanti anni di incarico elettivo alle spalle, così tanti giorni di lotta politica, non dubitava di saper rispondere o eludere qualsiasi domanda che i giornalisti, inquisitori ma facilmente prevedibili, gli avrebbero posto.

«Nessun segno, signore.»

Peter si stava riferendo all'uomo in tenuta monouso che avevano visto prima. Probabilmente un cittadino come tanti per le strade di Manhattan. Uno dei milioni. Un operaio, un professore, un turista.

Ma poi gli sovvenne che, se qualcuno avesse saputo della sua conversazione con il presidente e fosse stato intenzionato a far sì che *non* votasse il disegno di legge di Boyd, qualcuno a cui un enorme disegno di legge sulle infrastrutture creava problemi, quell'individuo avrebbe potuto fare ricorso ad azioni molto più serie rispetto a semplici pressioni politiche.

Se moriva, il governatore avrebbe nominato un nuovo senatore che portasse a termine il mandato, e quella persona non avrebbe dato il proprio sostegno al piano del presidente.

Proprio allora gli capitò di notare qualcuno che, dall'altro lato della piazza, guardava nella sua direzione. Era grosso, con la carnagione scura. Non sembrava meticcio, ma olivastro.

Tenendo gli occhi sul telefono, avanzava seguendo una traiettoria che presto avrebbe intercettato quella dei due uomini.

La giacca del completo era troppo larga e il senatore si domandò se fosse armato.

«Peter.»

«L'ho visto anch'io, signore.»

«È da solo?»

«Impossibile dirlo. Per strada, sì. Ma qualcun altro in un edificio? Non saprei.»

Troppe finestre da cui un cecchino poteva sparare.

Era un collega dell'uomo che l'aveva seguito prima?

E se lo era, e Talese era il loro bersaglio, quale poteva essere la loro missione lì, in pubblico?

Anche se, ripensando ad alcuni casi che aveva gestito come procuratore, era incredibile quanti sicari professionisti avessero sparato a qualcuno nel bel mezzo di una strada affollata. E perfino i testimoni più collaborativi non avevano visto niente di utile.

L'omone era sempre più vicino e ignorava Talese e la sua guardia del corpo. O così dava a vedere. I suoi occhi osservavano l'ambiente circostante, le persone, le finestre, le auto...

Talese sentì il cuore battere al triplo del ritmo normale.

Rallentò il passo.

E poi, una voce brusca risuonò alle sue spalle.

«Senatore?»

Talese si voltò in fretta.

Ci siamo? Un proiettile?

Anche Peter si girò di scatto, la mano dentro la giacca.

Ma l'uomo che li aveva approcciati portava un distintivo dorato alla cintura. Detective del NYPD.

Talese rimase interdetto. Si guardò attorno, notando che l'uomo in procinto di incrociarli era sempre più vicino.

«Detective, c'è un...» cominciò a dire.

Ma il poliziotto lo interruppe in tono irritato. «Il suo telefono è spento.»

«Il mio... Oh.» Rovistò nella tasca. L'aveva spento, come da protocollo degli incontri con il presidente, così che non potesse essere usato per registrare o per guidare un missile Hellfire.

«Sono Lon Sellitto.»

Ancora una volta, Peter disse: «Mi mostri un documento».
Talese si aspettava che l'uomo corpulento, dall'impermeabile sgualcito, avrebbe fatto opposizione. Portava un distintivo, dopotutto. Ma, senza esitazioni, esibì il tesserino.
La guardia lo esaminò e mandò un SMS. Nel giro di pochi secondi, il telefono ronzò. Rivolse un cenno di assenso al suo capo. «Autentico.»
«Ascolti» disse Talese, accennando dietro di sé. «C'è qualcuno...»
Non ebbe bisogno di finire la frase perché Sellitto salutò con la mano proprio la persona a cui il senatore si stava riferendo.
L'altro uomo li raggiunse e mostrò il proprio distintivo. Somigliava a quello di uno sceriffo dei vecchi tempi.
«Sono lo sceriffo federale Michael Quayle, senatore. Il suo telefono è spento.»
«Lo so, lo so.» Talese riavviò il dispositivo, che immediatamente mandò una raffica di notifiche di SMS e messaggi in segreteria.
«Bene, detective, sceriffo. Di che si tratta?»
«Dopo che avremo trovato un posto più riparato, senatore» disse Sellitto.
«Voglio proprio...»
«Via da qui» ribadì Quayle, in un tono che non ammetteva repliche.
Un SUV nero accostò al cordolo e frenò sgommando. Lo sceriffo fece segno al senatore di salire per primo e questi obbedì. Il veicolo sembrava ben più che solo antiproiettile.
Una volta a bordo, Sellitto disse al conducente: «Palazzo federale».
«Sissignore.»
Il SUV partì a gran velocità, sobbalzando sulle strade sconnesse. Nessuno aveva la cintura e Talese dovette aggrapparsi forte alla maniglia in alto.

«Okay» disse, guardando il detective con espressione eloquente. «Lei sa degli attacchi alle gru in città?» chiese Sellitto.
«Certo. Un'organizzazione terroristica interna che chiede alloggi a prezzi popolari.»
«No. Quella è una copertura. Per distrarci da ciò che davvero il sosco ha in mente.»
«E sarebbe?»
«La sua morte.»
Talese annuì adagio. Quindi, forse, i timori della giornata non erano poi così paranoici, dopotutto.
«Chi è?»
«Conosciamo l'identità dell'esecutore materiale. Ma non del mandante...»
«La mia famiglia...»
«Sono al sicuro. Abbiamo una squadra a casa sua.»
«Lui... quest'uomo, l'esecutore materiale. Dov'è?»
«Non lo sappiamo. Lo stiamo cercando.»
«Come l'avete scoperto?»
«Le gru sono state sabotate con l'impiego di droni. La Homeland Security ci ha fornito una mappa di altri voli. Ha sorvolato l'isolato in cui lei vive, a Brooklyn, e anche i dintorni del suo ufficio qui.»
«Gesù.»
«È il caso che sappia, detective» intervenne Peter, «che, un'ora fa o poco più, stavamo andando a un appuntamento e sembrava che qualcuno ci stesse seguendo. L'ho beccato e ha imboccato un'altra strada.»
Sellitto tirò fuori un taccuino, di quelli malconci che usano sempre i detective in TV. «Descrizione.»
Talese e Peter gliela fornirono.
«Ci sono motivi per cui qualcuno la vorrebbe morto? Whistleblowing? Vecchi condannati che sono tornati per vendicarsi?»
«No...»

Ma stava guardando fuori dal finestrino, riflettendo. Si trattava dell'eventualità a cui aveva pensato prima? Che qualcuno lo voleva morto per via del suo voto a favore della normativa fiscale?

«Non ne ho idea. Cioè, sì, ho messo dentro un sacco di cattivi. È stato anni fa. Ma alcuni erano dei sociopatici. Posso rintracciarne i nomi e vedere se qualcuno è stato rilasciato di recente.»

Sellitto lo guardò per un momento e poi mise via il taccuino, sostituendolo con il telefono.

«Ho un'intervista con la TV tra un'ora» disse Talese. «Possiamo fermarci agli studi?»

«No.»

«Ma è la CNN.»

Continuando a messaggiare, il detective replicò: «La risposta è sempre no. E mi faccia il favore di starsene indietro».

«Indietro?»

«Sì, lontano dal finestrino. Sta mettendo in pericolo anche me.»

56

CONTO ALLA ROVESCIA: 1 ORA

«Talese è al palazzo federale.»
Il vivavoce diffuse le parole di Lon Sellitto nel salotto.
«L'ipotesi?» volle sapere Rhyme. «Chi lo vuole morto e perché?»
«Dice che non lo sa. Ma l'ha detto, tipo, al sessantotto per cento.»
«Si può fare di meglio?»
«Posso provarci. È un politico. O sono evasivi o mentono. Preferisco un sicario della mafia tutta la vita. Quelli cantano come cinciallegre.»
«Sei passato dal dipartimento tecnico, giusto?»
«È la cosa più strana che abbia mai fatto per te, Linc.»
«Ma l'hai fatta?»
«Sì.»
«Ne riparliamo più tardi.»
Appena chiusero la chiamata, il telefono vibrò di nuovo.
«Qui Rhyme.»
«Detective, sono Ben Emery. Emery Digital Solutions. Due dei suoi agenti hanno portato qui un computer da craccare. Volevo aggiornarla.»
Ah, ottimo.
Rhyme sperava ancora che le e-mail sul laptop di Gilligan potessero rivelare chi aveva assoldato Hale, per quale scopo e dove potevano avere luogo i futuri attacchi. Magari un nascondiglio alternativo, adesso che quello principale si era autodistrutto.

«Avete trovato qualcosa?»

«Purtroppo va a rilento.»

Ma non era quella l'epoca dei supercomputer? Gli adolescenti non erano in grado di hackerare un computer mentre messaggiavano e contemporaneamente giocavano ai videogame?

«Stiamo provando a craccarlo» continuò Emery, «ma ha usato un hash SHA-256.»

«E sarebbe?» Dalla voce di Rhyme trasparì l'insofferenza.

«Secure Hash Algorithm 256.»

Un sospiro. «E "hash" è?»

«Un software che trasforma una sequenza di dati in un'altra. Per proteggere qualcosa con un codice, si crea una password, giusto? Poi la si inserisce in un generatore di hash e diventa una sequenza di dati. Diciamo che la password è il suo nome: Lincoln Rhyme. Ho adorato quel suo libro, a proposito...»

«Signor Emery...» borbottò Rhyme.

«D'accordo. Allora. Le ho appena inviato l'hash del suo nome. Ce l'ha sul telefono.»

Arrivò un SMS.

49b14a858f2c023331d308310de984acad
097cd510ed2e5cb0185fab284be511

«Bene. La password è il suo nome. Qualcuno ha bisogno di craccarla. È facile trovare l'hash, non c'è motivo di nasconderlo, dal momento che gli hash sono unidirezionali. Non è possibile ritrasformarli nella password. Come non è possibile trasformare macinato di bovino in controfiletto. Ma ciò che si *può* fare è iniziare a digitare caratteri nel generatore di hash. A caso, sperando in una corrispondenza. E, dopo qualche ora di tentativi, decidi di provare con *Lincoln Rhyme*...»

«E *bang*. Scopri che quell'hash corrisponde all'hash della password. E sei dentro.»

«Proprio così!» Sembrava contento che Rhyme avesse capito. «È ciò che stiamo facendo adesso. Immettiamo parole e caratteri, sperando di trovare un hash che corrisponda. Non li digitiamo, ovviamente. Viene fatto tutto in automatico. Parliamo di circa un trilione di hash al secondo.»
«Eccellente. Allora, lo craccherete quanto prima? Qualche ora, mi diceva?»
Una pausa. «Be', detective, quella era solo una semplificazione. Ecco perché l'ho chiamata... se non ci siamo riusciti finora, significa che probabilmente ha usato una combinazione di maiuscole, minuscole, numeri e caratteri speciali come punti interrogativi e simboli di percentuale.»
Rhyme aggrottò la fronte. «Mi sta dicendo che potrebbe volerci un giorno o più?»
Questa pausa durò di più. «Uhm. Se ha una password di quindici caratteri, cosa non insolita, circa duecento milioni di anni.»
«È... è uno scherzo?»
«Ehm, be', no, signore» disse l'uomo che, apparve evidente a Rhyme, probabilmente non scherzava mai sulle questioni informatiche.
«Ce l'avrete un computer più veloce lì.»
«Non ha importanza. Perfino con Fugaku, in Giappone» disse quasi con reverenza, «si potrebbero eliminare al massimo qualche centinaio di migliaia di anni. Ma forse saremo fortunati e avrà usato qualcosa di più breve.»
Ah, di nuovo la dannata parola con la F.
«Mi informi nell'istante in cui avrete trovato qualcosa» fu la superflua raccomandazione di Rhyme.
«Senz'altro, signore. Ah, una domanda.»
«Sì?»
«Quella detective Sachs. Solo per sapere. È sposata, vero?»
Gliel'aveva chiesto sul serio?
«Mmh. Sì.»

«Okay. Grazie.»
Chiusero la chiamata.
Rhyme ordinò al telefono: «Chiama Pulaski».
Poco dopo: «Lincoln. Come procede il caso?».
«C'è stata qualche svolta. Il settore immobiliare non c'entra. Le gru sono un depistaggio. Ci ha spinti a concentrarci sui droni che portavano l'acido mentre invece li stava usando per tenere d'occhio il suo vero obiettivo. Hale è stato assoldato per eliminare un senatore. Edward Talese.»
«Perché?»
«Non lo sappiamo ancora. E il computer di Gilligan è stato un fiasco. L'esperto dice che potrebbero volerci duecento milioni di anni per craccarlo.»
«Quanti?»
«Duecento milioni.»
«Ah, be', che sollievo. Pensavo avessi detto duecento *miliardi*.»
«A quanto pare, il tuo senso dell'umorismo non è in congedo retribuito. Cosa fai?»
Una pausa densa quanto quella di Emery. «Non sono pronto a rispondere in questo preciso momento.»
Rhyme non aveva idea di cosa significasse tale affermazione, né voglia di scoprirlo.
«Ho una domanda. Che numero di scarpe porti?»
«Cos'è, un fischietto per cani?»
«Un cosa?»
«Una domanda che in realtà riguarda tutt'altro.»
«Quando io faccio una domanda, Pulaski, riguarda quella domanda. Che numero?»

57

Eccola che se ne va, un'altra parte di storia.
Aveva ottantotto anni, Simon Harrow. La testa calva, la schiena curva. Ma nel complesso niente dolori, a parte quei giorni umidi in estate e primavera... Il rimedio? Non uscire di casa nei giorni umidi d'estate e primavera.
Starsene sul balcone a guardare il centro di Manhattan.
Eccola che se ne va, distrutta dagli immobiliaristi.
Stava guardando il patchwork di lavori edili nei pressi dell'Holland Tunnel, l'arteria che dalla città, passando sotto all'ampio e regale fiume Hudson, portava nel cuore industriale del New Jersey.
Per il momento, il suo terreno era al sicuro dalla palla da demolizione. Il vecchio appartamento di SoHo godeva di equo canone, per il sommo disappunto del padrone di casa che di tanto in tanto gli mandava il sovrintendente del condominio di mattoni rossi per «vedere come se la cavava», ovvero per scoprire se Harrow gli avesse fatto la cortesia di morire, consentendogli di portare l'affitto alle stelle.
Harrow, però, era determinato a restare in vita per i suoi figli, i nipoti e i bisnipoti, il pappagallo Rimbaud... e lo stesso padrone di casa. Era l'amore a motivarlo nel caso dei primi. La ripicca nel caso dell'ultimo.
Con il caffè che si raffreddava e il «New York Times» ripiegato sulle gambe, osservava il cantiere. La fase della demolizione era conclusa e una nuova serie di edifici cominciava a

emergere, nonostante i lavori fossero fermi in via temporanea grazie a qualche folle che aveva preso di mira i cantieri.

La sua opinione riguardo la fine dell'ennesimo quartiere di Manhattan – in questo caso i margini sudoccidentali di SoHo – non era affatto negativa. Qualcuno aveva definito New York una creatura che viveva e respirava, ma Harrow non pensava a quel luogo in maniera così limitata. Considerava i cinque *boroughs* come un albero evolutivo, con tante specie che apparivano e si adattavano ai tempi o, in caso contrario, si estinguevano.

Selezione naturale in stile urbano.

Quello era un quartiere che aveva subito notevoli trasformazioni. Nell'ultimo quarto del ventesimo secolo, South of Houston era passato da fuligginoso industriale a professionale, chic e artistico.

Cambiamento...

Uno dei più significativi era stato ciò che stava guardando in quel momento: l'Holland Tunnel, che aveva richiesto una massiccia riconversione del quartiere per fare spazio alle torri di ventilazione e alle rampe di accesso.

Il suo sguardo andò all'entrata della galleria. Suo padre era un bambino quando la galleria era stata aperta negli anni Venti e Harrow senior era rimasto affascinato dal progetto proprio come gli altri ragazzini di allora amavano i dirigibili, i cowboy e i Dodgers. L'uomo elargiva a suo figlio aneddoti sulla costruzione della galleria. Frese meccaniche, simili a enormi lattine, affondavano nella terra sotto al fiume, su entrambi i lati degli Stati attigui. Quelle che andavano dal New Jersey verso est si muovevano più veloci dovendo affrontare un terreno perlopiù fangoso, della consistenza di dentifricio. Gli sterratori sul lato di New York dovevano vedersela con la roccia. Per via del rischio che acqua e fango filtrassero nelle gallerie durante la costruzione, l'area dei lavori veniva tenuta in atmosfera iperbarica e gli sterratori dovevano essere sottoposti a decompressione dopo il turno di lavoro, come fanno i sub per scongiurare la malattia dei cassoni.

Malgrado non lo turbasse il concetto di una città che cambiava pelle, Harrow non accettava che uno degli edifici in costruzione nei paraggi gli avrebbe oscurato la visuale sulle Palisades.

D'altro canto, poteva trattarsi di un progetto residenziale e la prospettiva di ciò che avrebbe potuto scorgere attorno a una piscina compensava la perdita del paesaggio alterato.

«Speriamo che sia residenziale» disse, sorseggiando altro caffè freddo.

Rimbaud, appollaiato su un vicino trespolo, non intervenne, preso com'era dal lisciarsi le penne.

Harrow aggrottò la fronte: nel cantiere aveva visto balenare due lampi luminosi. Pochi istanti dopo, seguirono due boati.

Era successo qualcosa alla base della gru.

Oh, Signore, era uno di quegli attacchi!

L'enorme affare iniziava a inclinarsi.

Si tolse gli occhiali, ne pulì le lenti e li inforcò di nuovo.

Il suono di un clacson riempì l'aria.

Si stava inclinando sempre di più.

Poi, come una marionetta a cui avevano tagliato i fili, piombò giù. Il suo appartamento si trovava a poco meno di un chilometro di distanza e ci vollero un secondo o due perché il suono dell'impatto gli giungesse alle orecchie.

«Merda» imprecò con voce strozzata. Afferrò il telefono e digitò il 911, nonostante fosse sicuro che già decine se non centinaia di chiamate avessero già intasato il centralino.

Una voce vicina lo spaventò. «Merda!»

Alzò gli occhi. Rimbaud stava guardando la nuvola di polvere in lontananza. Il volatile gracchiò ancora: «Merda. Uh-huh. Merda».

58

Jenny aveva fatto una battuta quando era nata Martine. «Hai mai notato l'odore? È Eau d'Hospital.»

E, inspirando, Ron Pulaski aveva replicato: «Già. Hanno tutti lo stesso odore. Sconsiglio di avviare una start-up per venderlo. Secondo me è un mercato ristretto».

Pulaski sentì lo stesso odore adesso che percorreva, a testa bassa, il corridoio dell'ala dell'amministrazione generale.

Si trovava nell'East Side General Hospital illegalmente. Perlomeno il punto in cui era in quel preciso momento, le viscere dell'edificio. Naturalmente poteva trascorrere tutto il tempo che voleva nell'area visitatori. Ma varcare la porta di sicurezza con il tesserino scaduto del NYPD e un distintivo argentato che Brad aveva comprato al negozio dei souvenir dopo il tour in un grosso studio cinematografico? No. Non andava affatto bene. Non era in divisa – quello sarebbe stato un reato ancora peggiore – ma aveva un completo scuro e la camicia bianca. E una cravatta che indossava forse tre volte l'anno.

Dunque, un detective con il distintivo d'argento. Probabilmente nessuno si sarebbe accorto di quella contraddizione.

Aveva firmato il registro ma la grafia era illeggibile, come la dicitura nella casella *Stampa il tuo nome*. Pensò al trucco del detective Garner, che gli aveva fatto disegnare uno schema approssimativo della scena dell'incidente, e al piano di Burdick, che intendeva sfruttare i suoi referti medici per estrometterlo.

Ci volle un momento perché la rabbia si dissipasse.

Un cenno cordiale agli infermieri, due uomini paffuti di buonumore. Superò un refettorio, una stanza per le fotocopie, diverse sale riunioni... e infine giunse sul luogo del suo imminente secondo reato: *Referti*.

Entrò nell'ampia stanza – quindici metri per sei – e vide che era vuota. Si sedette a una postazione vicina e accese il computer. I fascicoli medici erano archiviati lì in forma digitale oltre che cartacea, si era informato. Per trovarli bisognava inserire il nome del paziente, la sua data di nascita e quella di ricovero. Oltre a far apparire il fascicolo sullo schermo, queste informazioni fornivano l'ubicazione di quello fisico.

Apparve un energico avvertimento contro la violazione del diritto alla privacy dei pazienti, protetta dalla normativa HIPAA. Ma sparì dopo due secondi.

A caccia, adesso.

Si aspettava passaggi tortuosi e impegnativi.

Lo stomaco annodato, la fronte e le mani sudate.

Niente di tutto ciò.

Non erano richieste password e, in meno di un minuto, trovò esattamente ciò che cercava.

Venti minuti più tardi uscì dall'ospedale a grandi passi con una decina di fogli, piegati nelle dimensioni di una lettera, nella tasca interna della giacca del suo completo da matrimonio-laurea-funerale.

Un senso di soddisfazione per l'operazione.

Adesso era il momento della seconda parte della missione: una visita a uno sfasciacarrozze nel Queens.

Stava pensando al modo migliore per arrivarci quando si accorse di un veicolo che stava rallentando dietro di lui.

Un'occhiata alla sua destra, verso lo scassato furgone bianco.

Messo a fuoco il finestrino del lato guida, si fermò all'istante nel vedere due cose contemporaneamente. Una era il conducente con una maschera da sciatore.

La seconda fu la canna dell'arma puntata verso di lui poco prima che facesse fuoco.

* * *

«C'è un problema, signor presidente.»
L'agente del Secret Service Glenn Wilbur, un uomo alto, le spalle larghe e il completo impeccabile, stava guardando nella seconda camera da letto della suite.
William Boyd alzò gli occhi dalla valigia di sua figlia, che stava aiutando a fare i bagagli. C'erano così tanti peluche, felpe della Disney e stivali UGG e solo un borsone da palestra a disposizione.
Accennò con la testa al soggiorno e seguì l'agente, lontano dalle orecchie dei famigliari. Sua moglie era al telefono, immersa in una conversazione, probabilmente progetti per la campagna in vista delle imminenti elezioni. Gestiva de facto la sua campagna ed era dannatamente brava. Se a novembre avesse vinto, probabilmente sarebbe stato soprattutto merito suo.
«Dica pure.»
«Ha presente quelle gru?»
«Gli attacchi, certo.»
«Ne è appena caduta un'altra.»
«Gesù. Scriverò una dichiarazione. Ci sono feriti?»
«Quattro persone in auto in condizioni gravi. Nessun morto.»
«Ritiene che sia una questione di sicurezza. Per noi?»
«Ne abbiamo discusso, con la squadra. Si dice che con il suo piano per le infrastrutture si stia facendo un sacco di nemici. E la gru che è appena crollata ha appena bloccato l'Holland Tunnel.»
«Il nostro percorso per andare a Newark?»
«Sissignore. Adesso è il parcheggio del George Washington Bridge; stanno convergendo tutti lì. Dovremo usare il piano B.»

«E sarebbe?»
«Approntiamo il Marine One. C'è un eliporto nei pressi delle Nazioni Unite. Saremo lì tra mezz'ora.»
«Siamo vicini al Verrazzano. Perché non trasferire l'Air Force One al JFK?»
«È bloccato anche quello. E anche se la gru è solo una coincidenza, dobbiamo considerare compromesse tutte le strade per l'aeroporto.»
Il presidente sorrise. «Per eccesso di cautela.»
Una delle espressioni preferite di Wilbur.
L'agente annuì. Era la sua versione di un sorriso.
«Prenderemo strade secondarie per l'eliporto. E un convoglio civetta andrà al LaGuardia via Queensboro.»
Fece una telefonata e attivò il vivavoce.
«Agente Murphy» disse la voce.
«Dan. Sono Wilbur. Sono qui con il presidente.»
«Salve, signore.»
«Dan.»
«Abbandoniamo il piano A» spiegò Wilbur. «Passiamo a quello B.»
«ONU, eliporto. Ricevuto. Fattori specifici di rischio?»
«Non al momento. Manda lì il Marine One all'istante. Sto elaborando il percorso con SIRDEE. Lo invierò tramite SMS agli autisti e al resto della squadra.»
Un mondo tutto nuovo, rifletté Boyd. SIRDEE, l'algoritmo per determinare il percorso più sicuro, era installato in un enorme computer da qualche parte che, alla velocità della luce, passava in rassegna centinaia di fattori per individuare il tragitto migliore per i funzionari governativi che dovevano spostarsi da un posto all'altro. Nel presentare il programma al governo, l'azienda sviluppatrice aveva fornito un esempio. Il software aveva preso in esame tutti i parametri noti della visita presidenziale a Dallas il 22 novembre 1963, concludendo che il percorso meno sicuro da Love Field al Trade Mart, dove

il presidente John F. Kennedy avrebbe parlato, era attraverso Dealey Plaza e davanti al Texas School Book Depository.

«Chiamo il NYPD» disse Murphy. Una pausa, poi: «Una sola cosa. Possiamo tenere d'occhio il percorso di superficie, ma non c'è tempo per controllare quello sotterraneo fino all'ONU».

Wilbur scoccò un'occhiata al presidente. «Oppure possiamo restare dove siamo e aspettare che sgomberino l'entrata della galleria. Sette, otto ore, direi.»

«Credo che ci siano un centinaio di possibili strade per l'eliporto» osservò Boyd. «Le probabilità che qualcuno sappia con esattezza dove piazzare un ordigno... Be', non accadrà.»

«Fa' scendere il convoglio, Dan» disse Wilbur.

«Chiamo subito» replicò Murphy, e riattaccò.

Wilbur andò alla porta e uscì per comunicare il nuovo programma agli agenti nel corridoio.

«Papà.»

Il presidente si voltò verso la soglia, dove sua figlia teneva tra le braccia un grosso coniglio con in testa un fazzoletto a quadretti. «Elisabetta non ci entra.»

Peccato che non ci fosse un algoritmo in grado di elaborare il modo migliore per far entrare tutto nel borsone da palestra di una bambina di dieci anni.

Boyd la raggiunse e prese il peluche. «Nessun problema, tesoro. La metto in una delle mie.»

59

«È fatta» gli disse Simone.
Per quelle ultime fasi del progetto, non stavano usando alcuno strumento di comunicazione elettronico. Solo conversazioni di persona.
Charles Hale, al volante del suo SUV, guardava fuori dal parabrezza. Quella parte della città era deserta. *Tre* gru regnavano sul quartiere e tutti se ne stavano in casa. Se proprio dovevano andare al supermercato, lo facevano correndo.
Sentì la debole voce del conduttore alla radio e alzò il volume.

«*... Le autorità ipotizzano che ci vorranno dalle otto alle dieci ore per riaprire l'Holland Tunnel, dopo che un'esplosione ha abbattuto la gru di un cantiere in Varick Street questo pomeriggio. È la terza gru a essere distrutta negli ultimi due giorni... La polizia continua a brancolare nel buio. Molti cantieri della zona sono rimasti chiusi...*»

Hale si voltò a guardare la donna accanto a lui. Indossava pantaloni di pelle neri, un maglione marrone scuro e giubbotto abbinato ai pantaloni. Oggi i capelli – adesso tinti di castano scuro – erano legati in una doppia treccia, fissata in fondo da un nastro color cremisi.
«Una domanda» chiese piano Hale.
Simone inarcò un sopracciglio.

«C'è qualcuno?»

Si scoprì sorpreso ad averglielo chiesto.

Ma non dell'esitazione di lei.

Nonostante la domanda potesse avere un centinaio di contesti, Simone sapeva a cosa si riferiva.

Infine, la donna disse: «Non sono brava in queste cose. Finisce. Finisce sempre. Per il suo bene, per il mio». Dopo un momento: «Lo stesso per te, immagino».

«Lo stesso.»

«Sono stata sposata. Per un po'. Idea mia. Ero giovane. Non una buona decisione.»

Hale pensò al periodo di lei in Africa.

Le circostanze cambiarono...

Un cenno di diniego per spiegare che lui non era mai stato sposato.

«Ci sono confini entro i quali dobbiamo vivere» disse lei. «Le persone come noi. È tremendamente filosofico, no?»

«Ma vero.» Le rivolse un altro sorriso.

Una sirena risuonò in lontananza. Si fece più vicina. Non era preoccupato ed era evidente che non lo fosse neanche lei. Se fossero andati a prenderli, l'avrebbero fatto senza annunciarsi.

La sirena dell'auto della polizia o dell'ambulanza risentì dell'effetto doppler man mano che si allontanava e, alla fine, svanì.

Hale guardò l'orologio.

Doveva passare alla mossa successiva.

Il tempo scorreva inesorabile.

Sempre, sempre...

«Conosci Praga?» le chiese.

«Abbiamo fatto un lavoro lì, io e la mia squadra. Mi sarebbe piaciuto restarci per un po'. Ma abbiamo dovuto andarcene.»

«Nella Piazza della Città Vecchia, c'è un orologio astronomico medievale. L'Orloj. I turisti vanno a visitarlo. Un sacco di turisti. Grandi folle durante il weekend. È difficile che la sorveglianza veda qualcosa. Ci andrò l'anno prossimo. Il primo sabato di maggio.»

Lei gli prese la mano. La stretta, con le dita intrecciate, fu molto più intima di un bacio.

Nello specchietto retrovisore, Hale credette di vedere qualcuno guardare il SUV. L'atteggiamento gli ricordò l'uomo che aveva visto nel monitor all'imboccatura di Hamilton Court la sera prima. Reggeva qualcosa, una valigia, gli sembrava.

Si voltò a guardare.

Ma la figura non c'era più.

Adesso che si era girato del tutto, prese lo zaino dal tappetino.

Ne tirò fuori una scatola bianca, quindici per quindici per cinque. Era tenuta chiusa da un elastico. Gliela porse. Perplessa, Simone ne aprì il coperchio.

E ne estrasse l'orologio d'osso, quello di cui le aveva parlato, quello costruito dal prigioniero politico russo.

«Ah.» Si soffermò a osservarlo a lungo. «Volevo portarti qualcosa. Una ruota, di quelle che uso nei miei motori a vapore. Le nostre sono ruote vere.»

«Non ingranaggi che fingono di essere altro.»

Lei lo guardò negli occhi.

Hale le mostrò come impostare l'ora e dov'era l'interruttore che azionava i minuscoli bilancieri. Lo caricò.

Simone si accostò l'orologio all'orecchio e parve trovare piacevole il ticchettio. Come lo era sempre per lui.

La donna rimise il dono nella scatola e lo ripose nel proprio zaino, dal quale Hale vide spuntare il calcio di una grossa semiautomatica. Lei scese dall'auto e si piegò per parlargli dalla portiera aperta. «Lo farai adesso?»

Lui annuì.

E sperò che, se avesse detto qualcosa, non fosse una banalità, come «buona fortuna» o «abbi cura di te».

Non lo fu.

Non gli disse che una sola parola. «Praga.»

60

Fine del gioco...
Lincoln Rhyme stava pensando a ciò che lo aveva impensierito prima. Non essere in grado di cogliere la strategia dell'Orologiaio e vincere la loro mortale partita a scacchi.
E se non fosse stato quello il nocciolo della questione?
Forse la domanda doveva essere: qual è il tuo *vero* obiettivo?
E se non ti interessasse dare scacco al re?
Forse è la regina che vuoi. O il suo alfiere? Oppure l'alfiere del re?
O una semplice pedina, che un giorno avrebbe potuto assurgere al ruolo di matriarca della scacchiera, girando tenace e inosservata fino ai lontani confini del mondo-scacchiera.
E anche se per te sarà scaccomatto e il re ti viene portato via... a te non importa. Dopotutto, hai vinto tu.
Lon Sellitto ricevette una telefonata. Fu una conversazione lunga e, a quanto pareva, allarmante.
Riattaccò. «Okay, Linc. Stanno succedendo un po' di cose. Era l'ufficio del sindaco. Il contatore è sparito dal sito, 13Chan. E quelli dei Reati informatici e il Bureau stavano monitorando le conversazioni. La parola chiave era "Kommunalka". Hanno intercettato un'e-mail. Da account anonimo di Philadelphia ad account anonimo di qui, a Manhattan. Dice: "È ora. Fa' l'ultima e piazza i pacchetti come discusso sui percorsi alternativi. E mantieni la facciata di Kommunalka. C'è gente che sta con-

trollando, non ci credono. Non possiamo lasciare che ci trovino. Ricorda: 'Gli uomini fanno la propria storia', Karl Marx".»

«Ecco perché non riuscivamo a trovare Kommunalka. È una copertura per qualche altra organizzazione radicale. Gruppo X.»

«E "Fa' l'ultima"» intervenne Mel Cooper. «Si riferisce a una gru?»

«Quindi è stato il Gruppo X ad assoldare l'Orologiaio e...» Il telefono di Sellitto ronzò e il detective rispose. Anche questa conversazione fu inquieta. «No, merda. Mandami i dettagli.» Chiuse la chiamata. «Un'altra, Linc. Una gru.»

«Dove?»

«In centro.»

Mel Cooper aveva sintonizzato il telefono su un notiziario. «È stato in un cantiere vicino all'entrata dell'Holland» disse. «Nessun morto. Feriti. Alcuni gravi.»

Sellitto li aggiornò con informazioni che probabilmente non erano state rese note. «Stavolta è diverso. Ha usato il C4.»

«Ah, questo sì che è significativo.»

«Perché?»

«Il tempo.»

«Eh?»

«Ovvio» bofonchiò Rhyme. «Non può sapere con certezza quanto ci mette l'acido a corrodere i contrappesi delle gru. Ma, per qualche ragione, aveva bisogno che questa cadesse a un orario preciso. Al minuto.» Accigliato, scrutò la lavagna delle prove, la cartina della città. «L'Holland è chiuso?»

«Almeno per otto ore, ma forse dicono di più. Il traffico è...»

«Sì, sì, sì, sono certo che esista un adeguato e trito aggettivo o pronome per definire la congestione stradale. Perché quell'ora, perché quel posto?»

Rhyme si soffermò su una annotazione in particolare.

Il senatore Talese ha riferito un possibile pedinamento lungo il tragitto per un appuntamento al Water Street Hotel.

- *Il soggetto era un maschio bianco, in jeans, occhiali da sole, cappellino, felpa (probabilmente usa e getta). Corporatura media.*
- *Ha cambiato strada quando ha visto che Talese e la sua guardia del corpo si erano accorti della sua presenza. Impossibile sapere se un altro osservatore ha preso il suo posto.*

«Ci siamo sbagliati, credo» disse Rhyme, rabbioso.
«Com'è possibile?»
«Se ha usato il C4 sulla gru, avrebbe potuto piazzare un dispositivo sul drone e uccidere così Talese. No, il drone serviva a *pedinare* Talese, non a ucciderlo. E quando l'Orologiaio ha scoperto che sapevamo del drone e quindi non poteva più usarlo, è passato alla sorveglianza umana per seguire il senatore... Perché? Sa dove vive Talese, sa dov'è il suo ufficio...»
Silenzio.
«Ma *non* sapeva dove sarebbe stato l'appuntamento di questo pomeriggio. Chi doveva incontrare Talese. *Ecco* cosa voleva scoprire. Chiamalo. Dobbiamo saperlo subito.»
Sellitto prese il telefono dalla tasca, scorse il registro e fece una telefonata.
Il senatore rispose al secondo squillo.
«Detective, cosa c'è di nuovo?» chiese l'irritato interlocutore in vivavoce.
«Senatore, ho bisogno di sapere una cosa» disse Rhyme.
Una pausa.
«È in linea con Lincoln Rhyme» spiegò Sellitto.
«Oh.» L'irritazione cedette il posto a una contenuta ammirazione.
Di nuovo...

«Oggi lei stava andando a un appuntamento e ha notato qualcuno che la seguiva. Il motivo dell'appuntamento? Chi c'era?»

L'esitazione si interruppe con la cauta affermazione: «Stiamo parlando di sicurezza nazionale».

«Non mi servono segreti di Stato. Ho solo bisogno di sapere chi c'era al dannato appuntamento.»

Uno sbuffo di sorpresa, probabilmente per il tono brusco di Rhyme. «Intendevo dire, signor Rhyme, che non posso.»

«Il criminale non ha preso di mira lei. Vuole la persona o le persone che stava andando a incontrare. La stava usando per trovarle.»

«Oh, Gesù. Non lo sapevo... Dovevo incontrare il presidente.»

«Suppongo degli Stati Uniti.»

«Proprio così.»

«D'accordo, ha senso» intervenne Sellitto. «A Philadelphia, c'è un'organizzazione radicale che si è inventata il Kommunalka Project. Che vuole che la città faccia qualcosa che non può, cioè trasferire quelle proprietà. Perché sono tossiche.

«Questo fornisce loro il pretesto per sabotare le gru. Le prime due erano solo per fare scena. Quella importante era solo l'ultima. Che ha bloccato l'Holland Tunnel. Il presidente deve usare un percorso alternativo che il Secret Service non ha il tempo di dichiarare sicuro. E Hale ha piazzato bombe lungo tutti i percorsi possibili. Cazzo, forse è per questo che Eddie Tarr è in città!»

«Boyd... sapete quanto è impopolare» disse Mel Cooper. «Ci sono state minacce... si tratta di un piano infrastrutturale che sta cercando di spingere al Congresso. Il Secret Service ha già sventato tre o quattro piani per assassinare il presidente.»

Rhyme seguì a stento le conversazioni che si svolsero quando Sellitto chiamò il Secret Service e Cooper contattò la Visitor Security Division del NYPD, che dal nome ricordava un ufficio di pubbliche relazioni per boy scout, mentre invece coordinava la tutela dei funzionari nazionali ed esteri.

Allontanando il telefono dall'orecchio, Sellitto spiegò a Rhyme: «Un convoglio civetta sta andando al LaGuardia. Quello vero è diretto all'eliporto nei pressi dell'ONU. Dannazione, ecco perché ha chiesto a Gilligan di rubare schemi e mappe del DSE... tutte le gallerie e le fondamenta. Piazzerà ordigni nel sottosuolo».

Gli occhi del criminologo erano sulla lavagna alla quale erano fissati con il nastro quegli stessi documenti rubati di cui Sellitto stava parlando.

«Linc, ci sei?» Sellitto brandiva il telefono come una pistola.

«Mmh.» Gli occhi sullo schema.

Il detective alzò il telefono. «Linc! Il Secret Service sa che capisci Hale. E conosci la città... Il convoglio è in movimento. Dove credi che possano andare in sicurezza?»

«Lon, per favore. Ti dispiace? Ti sposteresti un pochino a sinistra? Non vedo la lavagna.»

61

Le chiamate che stava ascoltando allo scanner della polizia usavano abbreviazioni ma non c'erano dubbi riguardo al loro significato.

La traduzione era coadiuvata dall'urgenza nelle voci.

Cons prioritaria... Viaggiatore Uno... Necessario corridoio ovest da Avenue A, e Otto in loc spec a Port Authority. Da CC SMS in arrivo. CDG, per percorso. Controllare incroci, verificare punti di appostamento. Rapporto a comandanti di unità...

CDG...

Crittografia del giorno.

Charles Hale si domandò se le autorità pensassero che il nuovo percorso del convoglio presidenziale fosse davvero sicuro.

Oppure erano sulle spine, agitati e sudati, chiedendosi se non fossero stati doppiamente beffati un'altra volta?

Dopotutto, erano responsabili della vita dell'uomo più potente del mondo.

C'erano decine di voci che intervenivano, alcune che passavano ad altre frequenze...

Era seduto al volante del suo SUV, parcheggiato all'ombra di un tetro caseggiato di soli cinque piani ma che la facciata scura faceva apparire più alto.

Davanti a lui, l'auto della polizia bianca e blu, che era parcheggiata a bordo strada, accese i lampeggianti e ripartì silenziosa. Anche una berlina nera senza contrassegni. Targa governativa.

Quando le due auto si furono allontanate ed ebbe la certezza che non ce ne fossero altre nelle vicinanze, Hale avanzò e fermò il SUV appena oltre un tombino al centro della strada. Accese il lampeggiante giallo sul cruscotto e scese dal veicolo. Indossava una maglia del dipartimento dei Lavori pubblici, un gilet catarifrangente arancione e casco di protezione, stavolta biancastro.

Servendosi di un gancio, sollevò il chiusino e fece ricorso ai muscoli per tirare fuori dal retro del SUV e posare a terra la finta macchina del pane di Simone. La estrasse dalla scatola. Dal verricello montato sul retro dell'auto tirò un cavo, lo agganciò al dispositivo e lo calò nel passaggio sotto la strada. Poi fu la volta di un carrello manuale e infine dello zaino.

Scese lungo i pioli fissati nella parete di cemento. Erano viscidi e Hale si mosse con cautela. Arrivato in fondo, si mise lo zaino sulle spalle e, con una certa fatica, infilò la piastra del carrello sotto al dispositivo e cominciò il breve viaggio nel tunnel buio, facendosi luce con una lampada LED montata sul casco. Procedeva con sicurezza lungo il percorso, memorizzato grazie ai documenti che Andy Gilligan aveva rubato. In prossimità della sua destinazione, ebbe bisogno di una guida più precisa e così si affidò alla geolocalizzazione del telefono, proseguendo per circa tre metri fino all'esatta posizione.

Dallo zaino, tirò fuori una puleggia e la fissò a una conduttura dell'acqua in alto. Poi agganciò un pezzo di corda di nylon alla «macchina del pane» e la issò più in alto possibile. Bloccò la puleggia e legò un capo della corda a un tubo a terra. Poi aprì lo sportellino sul fondo dell'ordigno, premette il tasto di attivazione e un puntino luminoso passò dal verde al rosso.

Si fermò.

Credeva di aver sentito un odore niente affatto meccanico provenire dalla base del dispositivo. Era floreale? Sì.

E questo gli servì a capire perché lo trovasse familiare.

L'aveva sentito la sera prima. A letto.

Poi tornò su in strada e si guardò intorno. Nessuno. Echi di sirene rimbalzavano tra gli edifici lì e altrove, provenienti da un centinaio di direzioni diverse allo stesso tempo in quella città architettonicamente complessa.

I coni stradali che aveva prima sistemato sull'asfalto tornarono nel retro del SUV e, poco dopo, spento il lampeggiante giallo, si avviò lungo le strade acciottolate.

Un'ultima sosta e poi la sua missione finale.

62

«È pulito.»

Lon Sellitto stava guardando lo schermo del computer collegato al dispositivo di sicurezza, che aveva definito uguale a quelle «diavolerie della TSA» in aeroporto.

Rhyme l'aveva preso sulla parola, non volando più da anni. No, niente esplosivi né radiazioni.

Stavano esaminando un pacchetto avvolto in carta marrone, indirizzato a Rhyme e senza mittente. L'avevano consegnato qualche minuto prima. Il corriere l'aveva lasciato, aveva suonato il campanello e proseguito per il suo giro.

«Raggi X?» domandò Rhyme.

Sellitto esaminò lo schermo del dispositivo in questione. «Un affare rettangolare. E una busta.» Il suo telefono ronzò. Diede un'occhiata al display. «È l'agente che ho mandato dietro al corriere.» Accettò la chiamata. «Cos'hai scoperto? Sei in vivavoce.»

«Sì, detective. Lavora per Same-Day, un servizio di consegne commerciali. Locale. Tutto regolare. Lo conosco. Mio cognato...»

«Sì, va bene. Cosa ti ha raccontato?»

«Era da Starbucks, 57th Street. Arriva un tizio con un pacchetto, quello che ha ricevuto lei, e dice che è nei pasticci. Stava andando a consegnarlo ma ha ricevuto una telefonata, un'emergenza in famiglia, e deve andare nel Jersey, tipo adesso.»

«Okay» intervenne Rhyme, «si è inventato una storia, ha offerto dei soldi al ragazzo e lui li ha presi. Più di quanti ha detto a te, naturalmente.»
«Duecento.»
«Più probabile cinquecento. Che aspetto aveva il tizio?»
«Bianco, sui cinquanta, corporatura media. Tenuta da jogging. Cappellino, occhiali da sole. Sbarbato.»
«Ha altro con sé?»
«Zaino. Nero anche questo. Ha dato al corriere scatola e denaro e se n'è andato. Il ragazzo ha preso il treno per il centro e ha consegnato il pacco a casa del capitano Rhyme. Oh, il tizio ha anche detto qualcos'altro. "Lascialo dietro la porta e suona il campanello. Alla persona che vive lì non piacciono gli sconosciuti."»
Rhyme scoppiò a ridere.
Dopo che Sellitto ebbe riattaccato, Rhyme gli disse: «La scatola. Aprila, ma lì dentro». Gli indicò la camera per l'esame delle biotossine. «A giudicare dallo scanner a raggi X, non ci sono frecce avvelenate. Ma questo non significa che non ci sia veleno. Ricorda la nostra teoria sul botulino, l'Orologiaio che vuole introdurne un po' di nascosto. Parecchio improbabile, ma siamo prudenti.»
Sellitto osservò la struttura, alta circa mezzo metro. Plexiglas, tripla guarnizione e pressione negativa, collegata a un sistema di filtraggio chiuso. Su un lato, era inserito uno spesso paio di guanti di neoprene. «Non so come funzioni quel dannato affare.»
«Quanto può essere difficile, Lon? Apri il coperchio, ci infili il pacchetto, chiudi il coperchio.»
«Sì, sì, va bene.»
Rivolgendo le spalle a Rhyme, Sellitto depose la scatola nel dispositivo. Rhyme si avvicinò e lo osservò mentre toglieva l'involucro e tagliava via il nastro con un taglierino.
Lentamente. Molto lentamente.

«Non farmi venire l'ansia, Linc.»
«Cosa sto facendo?»
«Mi stai guardando.»
«Chi altri dovrei guardare?»
«Com'è che si chiama quel veleno?»
«Botulino» rispose Rhyme in tono allegro. «La tossina più letale sulla faccia della terra. Duecento grammi sono in grado di uccidere la popolazione mondiale.»
«Spassoso, Linc. Esilarante.» Una pausa. «Non stai scherzando, vero?»
Rhyme guardò nel grosso contenitore mentre il detective rivelava il contenuto del pacchetto.

La tecnica standard per stabilire la presenza del letale botulino, che prevedeva l'utilizzo di ratti, era stata sostituita da altre più umane. Ma in questo caso non erano necessarie analisi. Gli oggetti, avvelenati o meno, potevano restare all'interno.

Sellitto li estrasse dalla scatola: la busta e l'affare rettangolare. Quest'ultimo era un portafogli, che aprì e dal quale sfilò diverse carte.

«Be'.» Un sussurro.

Le mostrò a Rhyme.

Quella in cima era la patente di guida di Ron Pulaski.

63

La cosa generava confusione.

Omofona è una parola che si *pronuncia* come un'altra parola ma si scrive in maniera diversa e ha un significato diverso: l'ago e lago.

Omografa, parente stretta, è una parola che si *scrive* nello stesso modo di un'altra ma ha un significato diverso e può essere o meno pronunciata in maniera diversa: pèsca e pésca.

Omonimo, secondo molti manuali, è la definizione generale che comprende entrambe, anche se alcuni puristi – direttori di giornale e universitari diciannovenni patiti dell'argomento, per esempio – di tanto in tanto eccepiscono.

Charles Vespasian Hale si trovava di nuovo a Central Park, riflettendo su queste novità grammaticali, mentre osservava la casa di Lincoln Rhyme con il binocolo da birdwatching.

Stava pensando alla parola *watch*.

Ecco Hale, esperto di *watches*, «orologi», che fingeva di praticare bird*watching* quando in realtà era impegnato a «osservare», *watching*, l'abitazione dell'uomo che stava per uccidere, mentre la polizia, i cui «turni di guardia» si chiamano *watches*, stava «cercando», *watching*, lui.

Alcuni omonimi derivano da radici molto diverse: «pèsca», il frutto, deriva dal latino *persica malus*, cioè mela di Persia; «pésca», invece, l'attività del pescare, deriva dal latino *piscari*, derivato a sua volta da *piscis*.

La parola *watch* è della varietà più comune, con tutti i significati moderni derivanti dalla medesima radice, il sassone *wæce*. Il sostantivo significa «veglia», l'aggettivo «vigile», entrambi nel contesto di un turno di guardia.

Dopo aver cambiato ancora una volta veicolo, in un garage su West 46th Street, Hale aveva pagato mille dollari a un corriere perché recapitasse il pacchetto a Rhyme. Poi si era recato lì in auto. Puntò il pesante binocolo Nikon tutt'intorno, come alla ricerca di un uccello che era andato a posarsi su un ramo vicino, ma l'obiettivo restava l'essenziale struttura marrone dove tanti dei suoi piani erano stati distrutti.

Dal granello di sabbia.

Oltre le finestre senza tende, vedeva balenare di tanto in tanto il lampo di un movimento.

La causa dell'attività doveva essere il pacchetto.

Si guardò intorno alla ricerca di minacce.

Nessuna. Sapeva che l'abitazione era ben sorvegliata, da esseri umani nascosti e videocamere molto visibili. Ma lì, a una certa distanza, era al sicuro. Per quanto importante Rhyme fosse, il NYPD non poteva schierare un'intera squadra di agenti, sparpagliati nel parco e con l'obiettivo di proteggerlo.

Guardò ancora e si bloccò, notando qualcuno a est.

Dall'altro lato del parco, c'era un uomo che stava guardando nella sua direzione.

Si trattava dello sconosciuto che credeva di aver visto già due volte, a Hamilton Court e, poco prima, dietro il SUV dov'era seduto con Simone?

Troppo lontano per dirlo.

In tal caso, a quale organizzazione apparteneva, sempre che ce ne fosse una?

Era evidente che non fosse il NYPD né l'FBI. A quel punto sarebbero già intervenuti.

Un operativo straniero l'avrebbe rivoluto nella giurisdizione dove erano state sporte accuse contro di lui. E ce n'erano tante di quelle. Ma l'estradizione avrebbe comportato l'intervento delle autorità locali.

Molto più probabile che questa persona avesse in mente altro... Un rapimento.

C'erano, inoltre, quei nemici che si sarebbero fatti giustizia da sé e in fretta.

Anzi, altro che giustizia. Meglio chiamarla con il suo nome: vendetta.

Ma forse non era niente.

Solo un altro birdwatcher...

E, infatti, quando guardò di nuovo, la persona era sparita.

Spostò il binocolo da dove era puntato – un tremolante uccellino dal piumaggio nero e marrone – all'abitazione di Rhyme.

In quel momento, ci fu un trambusto. Lon Sellitto stava uscendo in tutta fretta. Il corpulento detective parlò per qualche istante alla coppia di poliziotti all'esterno, i quali annuirono, corse all'auto e partì a tutta velocità.

Il dono era stato aperto.

64

Il mal di testa era feroce.
Quando tornò a vedere, Ron Pulaski inspirò a fondo, come se potesse servire a mandar via il dolore.
Strano a dirsi, funzionò. Un pochino.
O forse il mal di testa derivante dall'essere messi fuori combattimento da un sedativo per cavalli diminuiva naturalmente al risveglio.
Si guardò intorno. Facendo il punto della situazione.
Giaceva su un materasso gonfiabile, nell'angolo di una stanza senza finestre. Un seminterrato, ipotizzò.
La cruda illuminazione proveniva da una singola lampadina in alto. La porta era di metallo e, di sicuro, chiusa a chiave.
Cercò di alzarsi e lo sforzo gli provocò un'altra girandola di dolore nella testa. E vide di nuovo tutto nero. Si mise disteso.
Poi si rialzò e controllò la porta.
Blindata, sì.
Tornò al materasso.
Ripensò ai minuti prima del buio totale.
La maschera da sci.
Il muso della pistola spara-sonniferi, il proiettile che doveva contenere abbastanza farmaco da stendere un cavallo di grosse dimensioni.
Nel corso di un caso al quale aveva lavorato con Lincoln e Amelia, qualche anno prima, Pulaski aveva appreso che il farmaco in questione, usato da una moglie sul marito, era una

combinazione di etorfina e acepromazina. Gli effetti collaterali al risveglio non avevano fatto parte dell'indagine, ma Pulaski poteva testimoniarne almeno uno: ti faceva sentire un vero schifo.

Si mise a sedere, adagio. Poi, avendo riacquistato un relativo controllo, si alzò di nuovo in piedi. Stordito, ma sarebbe rimasto sveglio.

E in posizione eretta.

Si guardò intorno con maggiore attenzione. Sul pavimento dall'altro lato del materasso, c'era il referto medico che aveva rubato all'ospedale. Telefono e portafogli, però, erano spariti. Il primo perché il reato di rapimento prevedeva la sottrazione alla vittima dei mezzi per comunicare con il mondo esterno. Il secondo serviva a dimostrare che la vittima era nelle loro mani.

E chi erano questi *loro*?

C'era dietro Hale, ma probabilmente non era lui lo sparatore con la maschera da sci.

E doveva esserci anche un altro attore. In più di un'occasione, Lincoln gli aveva detto che Charles Hale non lavorava mai solo per se stesso. Aveva sempre un cliente.

E quella persona o organizzazione?

Ai piani alti, a tirare i fili. Ma non aveva senso cercare di indovinarne l'identità.

Non aveva abbastanza elementi.

Pulaski notò l'assenza di acqua in bottiglia, cibo, gabinetto. La permanenza sarebbe stata breve.

L'avrebbero liberato presto.

Oppure avevano in mente qualcosa di più permanente.

Niente finestre o altre porte né tantomeno pannelli segreti.

Al centro della stanza, c'era una gabbia in cui era alloggiato il sistema di climatizzazione. Ma era fissata al pavimento con pesanti lucchetti. Tuttavia vi si avvicinò e, assalito di nuovo dalle vertigini, si sedette sulla rete metallica, abbassando la testa.

Poi, esaminò la gabbia.

Impossibile aprirla.

Ma... un momento. Non si trattava di un climatizzatore. Era una specie di ordigno improvvisato. Notò un vasetto sigillato fatto di una specie di robusta plastica. Era pieno di un liquido fin quasi all'orlo.

Sospirando, Pulaski lesse l'etichetta sul contenitore.

HF
Acido fluoridrico

Aguzzando la vista, studiò l'ordigno. Collegata al vasetto, c'era una scatola metallica, cinque per cinque per sette centimetri e mezzo, da cui spuntava una corta antenna. Ricevendo un segnale, la carica esplosiva nella scatola sarebbe detonata e avrebbe mandato in frantumi o sciolto la plastica, liberando il liquido corrosivo nell'ambiente circostante.

Si ricordò della spiegazione di Lincoln Rhyme su ciò che l'acido e il gas da esso creato provocavano al corpo umano.

Ritenne più saggio trovare un posto migliore dove sedersi e tornò al materasso.

Anche se immaginava che la distanza non avrebbe fatto differenza. Una volta saltato in aria il contenitore, nessun punto della cella sarebbe stato sicuro.

Ron Pulaski si mise disteso e rivolse la mente ai suoi cari: Jenny e i bambini. Brad, Martine e, naturalmente, Claire.

65

Adesso Lincoln Rhyme era solo.
Sellitto se n'era andato.
Sachs era in centro. E anche Thom era via.
Poco prima di uscire, il caregiver aveva versato in un bicchiere di cristallo una generosa dose di single malt invecchiato dodici anni. Adesso, la mano destra di Rhyme stringeva il Waterford. Pur non essendo un peccato sociale bere scotch da un bicchiere di plastica e con la cannuccia, come aveva fatto per anni, la bevanda sembrava avere un sapore migliore nel vetro. Non c'erano studi in doppio cieco a riguardo, ma Rhyme ne era convinto.
Bevve un sorso e tornò a interessarsi alla lettera contenuta nel pacchetto. Sellitto aveva scattato una foto attraverso il plexiglas del contenitore per biotossine e adesso l'immagine era nel tablet di Rhyme.

Mio caro Lincoln,
Come puoi vedere, ho il tuo collaboratore Ron Pulaski. Sarà impossibile trovarlo, perfino con uno come te che analizza le prove.
Ormai avrai capito qual è il mio piano. Non ho potuto introdurre uno IED *in casa tua né spararti con un fucile di precisione. Non avrei comunque voluto. Sarebbe stata una inelegante soluzione alla situazione. E, se un po' mi conosci, saprai che considero fondamentale il concetto di grazia.*

Perciò ho incaricato un assistente di portare a termine il nostro lavoro. E chi? Nientemeno che tu. Morirai per mano tua, oppure il giovane Pulaski sarà mio.

E la sua morte sarà tutt'altro che piacevole. L'acido fluoridrico, come abbiamo imparato nei giorni scorsi, è il grande squalo bianco delle sostanze chimiche. Posso temporizzarne il rilascio nella stanza in cui è prigioniero. Una morte lenta e dolorosa.

Manda via tutti da casa tua. Inventati delle scuse, anche se la migliore sarebbe cercare il povero Ron. Mandali, che so, nel Jersey.

Quando sarai da solo, collegati al sito in basso. È proximato – un termine imbastardito che non accetteresti, ne sono certo – e irrintracciabile.

Accedi dal tablet collegato alla tua carrozzina.

E non perdere tempo.

L'orologio, se preferisci, corre.

Rhyme digitò l'URL e, quasi all'istante, udì la voce dell'uomo, in tempo reale.

«Lincoln.»

Lo schermo era nero.

«Non funziona» disse Rhyme. «Non ti vedo.»

«No, infatti. La mia videocamera è spenta. Ma tu sei visibile a me. Ora, vai alla seconda libreria venendo dal fondo del salotto. Quella con i vecchi libri. Quelli antichi sulle indagini criminali.»

Rhyme rimase interdetto. «Come... Ah, te ne ha parlato Andy Gilligan. Il mio Giuda.» Andò alla libreria di rovere. Tre o quattro dozzine di volumi. Uno non era antico quanto gli altri. *Crimini nella vecchia New York*. Era stato fondamentale nel primo caso al quale lui e Sachs avevano lavorato, per rintracciare un rapitore seriale ribattezzato il «collezionista di ossa».

«E?» chiese Rhyme.

«C'è la riproduzione di un libro risalente alla metà del Seicento.»

Perfino la copia aveva duecento anni.

«Proprio un bel titolo. Me l'ha detto Andy» continuò Hale.

Guardandolo, Rhyme recitò: «I trionfi della vendetta di Dio sul lacrimoso ed esecrabile peccato dell'omicidio (volontario e premeditato)».

Un sottotitolo aggiungeva un'altra decina di righe alla copertina.

«È il primo libro conosciuto di crimini realmente avvenuti» disse Rhyme.

Il killer rifletté: «Crimini... Sempre un'ossessione. Le iniquità, la crudeltà che noi umani ci infliggiamo a vicenda. Basta pensare alla popolarità di certi programmi TV e podcast».

«Non guardo e non ascolto.»

«So che non lo fai. Ho scelto quel libro perché era improbabile che l'avresti sfogliato per rispondere a una spinosa questione forense dei giorni nostri.»

«Ah, mai liquidare così le vecchie tecniche. A volte possono rivelarsi utili. Non sia mai che sostituiamo i sensi con la tecnologia, come credo sarai d'accordo. Il passato dovrebbe servire il presente.»

«Passiamo oltre, Lincoln. C'è qualcosa dietro al libro.»

Rhyme sollevò il volume dalla mensola e, goffamente, lo mise da una parte. Allungò la mano e trovò ciò che vi era stato nascosto dietro: un panno blu arrotolato. Lo posò sul vassoio della carrozzina e lo aprì. Guardò le due siringhe ipodermiche.

«Di che sostanza si tratta?»

«Fentanyl. Ora, l'elettrocardiografo. Collegati.»

Rhyme si soffermò a osservare gli aghi. «No.»

Una pausa.

«Prima c'è una cosa che devo fare» disse il criminologo.

«Più aspetti...»

«C'è prima una cosa che devo fare» ripeté con fermezza. «Gli uccelli.»

«Gli...?»

«I falchi pellegrini. Fanno il nido sul mio davanzale. Di sopra.»

«Mai avrei pensato che fossi tipo da animaletti domestici, Lincoln.»

Una risata vuota. «Animaletti domestici? Non direi. Hanno scelto di vivere qui. Non so perché. Piccioni più grassi su questo lato del parco, forse? Scoiattoli più stupidi? Ma qui hanno fatto il nido e io mi sono divertito a guardarli nidificare, procreare e cacciare. Vado di sopra.»

Hale era combattuto. «D'accordo... Ecco cosa farai. Hai un pulsiossimetro sulla carrozzina. Mettilo a un dito e accendilo, così posso vederne il display.»

Rhyme fece come gli chiedeva. «È abbastanza chiaro?»

«I tuoi livelli di ossigeno sono buoni, Lincoln. E il battito più basso di quello di tanti altri, date le circostanze.»

«La frequenza del battito aumenta quando l'adrenalina si riversa nel flusso sanguigno per via della reazione di lotta o fuga. Non posso fare nessuna delle due cose. Quindi, perché agitarsi?»

«D'accordo, va' di sopra ma tieni il segnale attivo. Una telefonata e Pulaski muore.»

Una risatina. «Hai vinto, Charles. Non ho trucchi a disposizione. Voglio solo vedere i falchi un'ultima volta.»

Rhyme pilotò la carrozzina al piccolo ascensore e premette il bottone che lo avrebbe portato al secondo piano. Uscì dalla cabina, girò a sinistra nel corridoio e, da lì, nella camera da letto principale, che dava su Central Park West. Il vetro antiproiettile della finestra deformava la vista della vegetazione e del lontano bastione di eleganti palazzi dell'East Side.

Guardò il nido.

Gli uccelli, una coppia e due piccoli, voltarono il capo nella sua direzione. Le facce, per natura, emanavano sospetto ostile, qualunque fosse il reale sentimento che nutrivano. Del quartetto, i più giovani erano di gran lunga i più aggressivi. Si scontravano per il gusto di farlo. I loro genitori cacciavano prede a trecento chilometri all'ora non per il gusto di uccidere. Per loro equivaleva a fare compere per la cena.

Rimase a osservarli per un minuto buono, poi disse: «Bene. Sono pronto». Abbassò lo sguardo sulle siringhe. «Due. Nel caso me ne sfuggisse una, suppongo. Fentanyl...» Aggiunse sarcastico: «Che adorabile miscuglio di fenetile, piperidinil, fenil-propanamide. Sai che puoi modificarne la potenza spostando il gruppo metil- nella terza posizione della sequenza. Immagino che questa sia la più forte. Allora, ho la tua parola riguardo a Ron?».

«Hai la mia parola.»

Rhyme sospirò, guardò ancora una volta gli uccelli e infilò l'ago nella vena sul dorso della mano sinistra. Premette adagio lo stantuffo.

Aveva ormai la testa ciondoloni quando l'ultima goccia entrò nella vena.

La frequenza cardiaca sul sensore iniziò un conto alla rovescia.

Nel giro di dieci secondi, sul piccolo display apparve *0*.

E lì rimase.

66

Come per così tanti costrutti umani intesi a interpretare la natura indifferente, il tempo non conosce intervalli naturali. Abbiamo deciso che fossero ore, minuti e secondi. Perciò, malgrado si potesse affermare che Lincoln Rhyme era morto alle 10:14:53 p.m. di martedì 16 aprile, il modo più accurato per dirlo era il lapalissiano «ha vissuto da quando è nato a quando è morto».

Requiescat in pace, Lincoln.

Hale mise il tablet nello zaino e, ancora accovacciato tra i cespugli, prese il telefono e lesse i messaggi che aveva ricevuto poco prima. Erano da parte del pilota, il quale riferiva che l'aereo era a Teterboro, l'aeroporto privato nel New Jersey, e pronto a partire in qualsiasi momento. Il tragitto in auto richiedeva quaranta minuti.

Questa parte della missione era completata, sì, ma Hale decise che era stato poco preciso nel considerare la morte di Rhyme come il gran finale. Quella era la penultima missione.

Gli orologi non sono morali né immorali. Contano un secondo dopo l'altro, segnando i momenti di gioia, cordoglio, dolore, piacere e crudeltà, ma restano del tutto indifferenti a quanto accade a un particolare scatto della lancetta.

Quello era anche lo schema per Charles Vespasian Hale, che senza la minima influenza dei sentimenti eseguiva i suoi incarichi nel modo più logico possibile, incurante delle conseguenze per chicchessia.

E perciò fu senza alcun rimorso, né gioia, che digitò il numero per far esplodere la carica sul vasetto di acido nel seminterrato del magazzino dove Ron Pulaski era prigioniero. L'aveva tenuto in vita fino a quel momento nel caso Rhyme avesse voluto la prova che stesse bene.

Lincoln Rhyme era morto pensando di aver salvato la vita al giovane. Questo doveva avergli dato un po' di serenità.

Ma Hale non poteva permettersi un altro granello di sabbia negli ingranaggi della sua vita.

Pulaski era l'erede di Rhyme e possedeva quella grinta che lo avrebbe motivato a fare quanto necessario per trovare Hale e riportarlo a New York perché fosse processato – riteneva l'agente capace di farlo – o per ucciderlo seduta stante.

Doveva andare.

E Amelia Sachs?

Non era una minaccia così grande. Aveva in sé il senso di giustizia, come un filone di diamanti. Ma non la vendetta. Non avrebbe scelto di rinunciare al proprio compito di fermare i cattivi in città per la lunga e forse futile missione di dare la caccia all'assassino di suo marito.

Hale aveva calcato la mano nel descrivere a Rhyme gli effetti dell'acido fluoridrico su Ron Pulaski. Non c'era alcun meccanismo temporizzato nell'ordigno. L'acido nel contenitore avrebbe invaso la stanza tutto in una volta. Una morte dolorosa, sì, ma breve. Ormai doveva essere morto.

Hale si guardò intorno e, non scorgendo pericoli, si issò lo zaino in spalla.

Con un fugace pensiero a Simone, si avviò al SUV e, da lì, alla sua nuova vita.

67

Il suo mondo era in fermento.
Un allocco barrato! Raro a Central Park, e Carol non se lo sarebbe perso per niente al mondo. Era notte, sì, ma i birdwatcher seri uscivano a tutte le ore, soprattutto con la prospettiva di avvistare la straordinaria creatura che era alta quanto il gufo della Virginia, da quaranta a sessantacinque centimetri, e aveva la particolarità di essere l'unico gufo sulla terra con gli occhi marroni.

Come gli altri appassionati presenti a Central Park, sarebbe stata paziente e caparbia e avrebbe ignorato il dolore al collo, causato dal guardare in alto tra gli alberi.

Camminava veloce, la macchina fotografica che le rimbalzava sul petto, il binocolo per la visione notturna in una mano. Non si indossavano mai due accessori contemporaneamente. Il rumore che provocavano sbattendo uno contro l'altro avrebbe spaventato la preda. E sempre scarpe con la suola di gomma, silenziose come la farina rovesciata.

Poi rallentò. Non per via dell'allocco o di un altro volatile. Aveva notato una persona più avanti, in lontananza, venire verso di lei. Stava attraversando il cono di luce di un lampione.

Era...?

Sì, era lui! David. Il birdwatcher dell'altro giorno. L'uomo celibe, con un lavoro.

Indossava una tuta marrone chiaro, che forniva qualche indizio sulla sua professione, e aveva uno zaino sulle spalle.

Era tornata diverse volte in quella zona con la speranza di rivederlo.

Non vedeva l'ora di dirgli dell'allocco barrato, con quello avrebbe fatto colpo di sicuro, e magari potevano dargli la caccia insieme.

Poi, magari, gli avrebbe proposto un caffè.

Non era mai la donna a proporre per prima l'alcol, ma se l'avesse fatto *lui*...

Ah, la complessa coreografia del gioco delle coppie.

Un uccello passò come un lampo. Non un lampo marrone, perciò non era l'allocco in questione. Lei lo ignorò e rallentò il passo, incollandosi un sorriso sulla faccia e tirando su la schiena.

Adesso lui era più vicino, gli occhi sul telefono.

Quando furono a una decina di metri, gli rivolse un vivace: «David!». Chissà se si sarebbe ricordato il suo nome. Certo, lei si sarebbe identificata. Odiava quando le persone davano per scontato che tu sapessi chi fossero.

Lui si fermò. E alzò lo sguardo. Era accigliato.

Dannazione, sentì di non aver gestito bene la situazione. Era troppo lontana quando l'aveva chiamato. Avrebbe dovuto aspettare.

Ma poi Carol si accorse che non stava guardando lei ma *dietro* di lei.

Si voltò e le sfuggì un verso strozzato.

Una rossa alta in jeans e giubbotto antiproiettile stava arrivando a passo svelto, alla testa di una decina di poliziotti, alcuni in assetto di guerriglia. Impugnava una grossa pistola nera. Altri sgusciarono dai cespugli accanto e dietro a David.

Che, ipotizzò adesso Carol, poteva non essere affatto un David.

Lui scosse la testa e tirò su le mani.

Carol aveva visto naufragare potenziali storie d'amore per svariate ragioni.

Nessuna di esse prevedeva l'arresto.

«Lei, continui a muoversi» le disse severa la rossa.

«Be', non c'è bisogno di arrabbiarsi» replicò Carol, che però si affrettò ad allontanarsi.

Quando fu a una certa distanza dagli agenti, si voltò a guardare e vide che stavano ammanettando David. Teneva gli occhi rivolti verso l'alto e la donna si domandò se, malgrado i pasticci in cui si trovava, non fosse davvero un birdwatcher e avesse avvistato qualcosa di importante.

Ma no, stava fissando la casa proprio di fronte a Central Park West. Si chiese cosa avesse rapito a tal punto l'attenzione dell'uomo.

Notò il nido di falchi pellegrini sul davanzale. Ma non poteva essere quello. Erano uccelli notevoli ma comuni.

Ah, vide poi che stava guardando *sopra* al nido, dove un uomo bruno era seduto alla finestra.

Dopo un po', l'uomo indietreggiò con un movimento fluido e scomparve, come se stesse galleggiando.

Gli uomini spettrali alla finestra e gli amanti criminali, però, sparirono dai suoi pensieri quando apparve nel suo campo visivo un uccello, seguito poi da un intero stormo.

Erano pettirossi maschi, che si radunavano sui rami per dormire, mentre le femmine e i piccoli restavano a terra.

Non si poteva definire un avvistamento raro ma il raduno – inquietante nella sua reminiscenza del film di Hitchcock *Gli uccelli* – valeva la pena immortalarlo.

Con cautela, per non spaventarli e farli fuggire, sollevò la fotocamera, impostò la modalità di visione notturna e premette il tasto per aggiungere il gruppo addormentato alla sua collezione.

68

Rhyme scrutò l'Orologiaio mentre Sachs lo conduceva nel salottino e lo faceva sedere su una delle poltroncine di vimini.
La tuta marroncina aveva un'aria posticcia addosso a lui, ma Rhyme sapeva che si trattava di un costume per il dramma in scena oggi.
Sembrava molto diverso dall'ultima volta che si erano visti. Il chirurgo estetico gli aveva aggiunto dieci anni e qualcuno, o forse lui stesso, gli aveva tirato via una buona metà dei capelli.
I polsi erano ammanettati e a quello sinistro c'era un grosso orologio color argento, il cui quadrante scuro mostrava una decina di finestrelle.
Complicazioni...
Sachs passò l'orologio al rilevatore di nitrati.
«Pulito.»
Lo erano anche i suoi due telefoni ma, per sicurezza, si trovavano al momento nel contenitore anticontaminazione.
«Ron Pulaski» disse Hale.
«È al sicuro. Sono deluso dalla tua bugia, Charles.»
C'era un'ombra di sollievo nei suoi occhi alla notizia che il giovane agente era sopravvissuto? Rhyme credeva di sì.
«Vado a percorrere la griglia nel magazzino» annunciò Sachs. «Appena i vigili del fuoco finiscono di rimuovere l'acido.» Scoccò un'occhiata a Hale. «Potrebbe condurci nella direzione di Donna X.»

Questo provocò senza dubbio una reazione. Sconcerto. Per un istante. Poi, come nebbia al sole, si dissolse.

Quando Sachs se ne fu andata, Rhyme disse a Sellitto: «Lasciaci soli, ti dispiace?».

«Linc...»

«Ho il bottone antipanico.»

Il detective annuì. «Va bene. Ma gli agenti restano qui fuori.»

«D'accordo.»

Sellitto lanciò uno sguardo all'Orologiaio, si versò una tazza di caffè dal bricco di Thom e uscì.

Rhyme si avvicinò all'uomo.

L'accigliato silenzio dell'altro equivaleva all'ovvia domanda. Come?

«Una soffiata dei servizi segreti in Inghilterra. Hanno intercettato conversazioni riguardo un tentativo di uccidermi. Qualcuno nel Regno Unito che comunicava con qualcuno qui a proposito dell'incarico.

«Ho chiesto a un mio studente, una mente davvero brillante, di calarsi nella parte del killer. Quale sarebbe stato il modo migliore per farlo? Ha concluso che l'assassino sarebbe arrivato a me sfruttando un mio punto debole. Qualcosa che fosse per me di importanza vitale. Qualcosa di cui non potevo fare a meno. E che mi avrebbe reso imprudente. Ha ipotizzato che si trattasse delle prove. E ha concluso che il killer avrebbe piazzato del botulino in qualcosa che Amelia poteva raccogliere sulla scena di un crimine.»

Hale annuì e, malgrado le circostanze, parve colpito.

«Tipo sveglio, il tuo studente. Una tattica niente affatto insensata. Ma... il botulino? È una rogna maneggiarlo. Anche peggio dell'acido.»

«Ho pensato, però, che sabotare le prove fosse troppo scontato» proseguì Rhyme. «Ma le sue premesse erano solide. Mettermi davanti a qualcosa di importanza vitale. Ho la fama di essere burbero, acido, sgarbato. «Stronzo» hanno detto in qualche occasione. Ma, in realtà, *tengo* alle persone. Be', alcune persone. Ron è una di queste. Amelia. Mel Cooper. Lon. Qualcun altro. Persone per cui mi sacrificherei.

«Ho pensato che avresti preso Sellitto, Amelia o Ron. Probabilmente Ron. Sarebbe stato più facile rapire lui invece di mia moglie. Lei si porta dietro un coltello serramanico, sai. Ed è il miglior tiratore del dipartimento. Ho chiesto al Tech Services del NYPD di nascondere un localizzatore nelle loro scarpe. Siamo arrivati da Ron dieci minuti dopo che si è risvegliato nella tua cella.

«Per quanto riguarda la tua visita qui, al parco.» Rhyme accennò alla finestra. «Hai tentato di uccidere il primo gruista per via di quello che aveva visto nel tuo SUV. Un binocolo. E quel libro? Con la copertina sgargiante? L'abbiamo trovato, alla fine. *Birds of New York*.»

«Come hai fatto con le siringhe?»

«La mia mano è troppo malferma per un'arma da fuoco. Non riuscirei a impiccarmi, no? Il veleno sarebbe stato perfetto. In che modo me l'avresti somministrato? Be', Andy Gilligan lavorava per te. Avrebbe potuto nascondere qualcosa qui dentro. Sembrava interessato ai vecchi libri, perciò è quello il primo posto dove abbiamo cercato. Abbiamo trovato gli aghi. Scambiato il fentanyl con acqua distillata e modificato un pulsiossimetro che potesse essere controllato da remoto, così che contasse alla rovescia fino a zero.»

Gli occhi di Hale esprimevano tutto il suo sgomento. «I falchi... ecco perché i falchi. Ti avrei fatto collegare all'elettrocardiografo qua sotto.» Accennò al macchinario. «Ma tu ci avevi già pensato. Sei andato di sopra, così l'unico indicatore di parametri vitali sarebbe stato il pulsiossimetro. *Tu es egregie excogitator.*»

«Accetto il complimento. E altrettanto a te.» Rhyme scosse la testa con sincera ammirazione. «*Tutte* le complicazioni del tuo piano... per depistarci. Notevole, Charles. Primo, il movimento per la lotta per la casa. Kommunalka?»

«Ti è piaciuto, Lincoln? Mi sono immaginato un branco di radicali barbuti che vivono in una casa di legno ad Astoria e a turno si leggono a vicenda *Il Capitale* fino a tarda notte.»

«Quando abbiamo capito che era una messinscena, abbiamo deciso che si trattava di una mossa per manipolare il mercato immobiliare.»

«Cosa?» Hale sembrava confuso.

«Qualcuno ti aveva assoldato per sabotare le gru e far crollare il mercato immobiliare. Eri sul libro paga di un barone predone, se ancora esistono, che avrebbe rilevato le proprietà per due soldi.»

Una risata sfuggì dalle labbra di Hale. «Non ci ho mai neanche pensato.»

«Davvero?»

«Spetta a *te* il merito di questa, Lincoln. No, volevo portarti dritto al complotto omicida. Una misteriosa cellula di Philadelphia, che ce l'aveva con il piano infrastrutturale del presidente. Le gru che vengono giù e l'ultima che blocca l'Holland Tunnel. Il presidente deve usare un percorso alternativo per lasciare la città e *bang*.»

«E per convincerci di questo, hai fatto volare di proposito il drone davanti alla telecamera del Domain Awareness System. I droni ci hanno portati al senatore Talese. E Talese ci ha portati al presidente. Suppongo che sia stato Gilligan a fornirti i dettagli del suo viaggio a New York e dell'incontro con il senatore.»

«Andy era una miniera di informazioni.»

«Un ottimo piano. Ci ha impedito di cercare in altri posti, come, diciamo, la Emery Digital Solutions. Così da poter piazzare lì il tuo ordigno.»

«No.» Un sussurro affranto. Così impassibile... Hale non sembrava il tipo di uomo da avere una reazione del genere. Rhyme rimase raggelato da ciò che vide.

Fino a quel momento, Hale doveva aver sperato che la sua missione principale fosse ancora in piedi. Adesso sapeva che i suoi piani erano andati in fumo.

L'uomo crollò la testa.

«Continuavo a chiedermi della morte di Gilligan» continuò Rhyme. «Perché l'avevi ucciso? E c'era qualcosa di strano nell'omicidio? Una cosa spiccava. Il suo computer. Be', un computer che *tu* avevi comprato e sul quale avevi scritto il suo nome. Volevamo entrarci e chi si è presentato per aiutarci se non Arnold Levine, investigatore dei Reati informatici del NYPD? Come se noi, o qualcuno della squadra, l'avesse contattato. Ma nessuno l'aveva fatto. Era stato lui ad attivarsi. Vale a dire, *tu*.

«Abbiamo trovato del silicone, ingrediente principale per la guarigione degli esiti da chirurgia estetica, e un capello, uno dei tuoi, che era stato strappato via. Ti sei reso più vecchio e calvo. Così che Amelia non ti riconoscesse alla Emery Digital. Avevi bisogno di lei perché potevi mascherarti da poliziotto quanto volevi ma solo un vero agente poteva ottenere un mandato per entrare nella Emery.

«E qual era lo scopo di tutto quanto? Introdurti nell'azienda e geotaggare i server che ti interessavano. Così, questo pomeriggio, ti sei vestito da tecnico riparatore.» Rhyme accennò alla tuta marroncina. «Sei andato sotto terra e hai piazzato l'ordigno proprio sotto di loro.»

A quel punto, Rhyme aggrottò la fronte. «Ma non sono riuscito ad andare oltre. Quello che non capivo – e non capisco tuttora – è il motivo. Cos'è tutta questa storia, Charles?»

Fine del gioco…

L'Orologiaio gli rivolse un sorriso mesto. «Molto semplice, Lincoln. Avrei viaggiato nel futuro.»

69

Rhyme disse: «So che la Emery si occupa della sicurezza per un sacco di edifici governativi, compreso il National Institute of Standards and Technology. Vuoi dire che avresti manomesso l'orologio atomico?».

Hale inclinò la testa a quella che sembrava un'osservazione curiosa. «Non esiste un solo orologio atomico. Ce ne sono diciannove in tutto il mondo. Se uno venisse alterato, gli altri annullerebbero ogni eventuale scarto all'istante.»

Gli occhi dell'uomo si posarono sulle lavagne delle prove. Vi accennò con la testa. «Quando realizzo un orologio, faccio lo stesso. Schematizzo tutto su una lavagna. Al termine della progettazione, quando sono pronto a iniziare, non c'è più uno spazio vuoto... appunti, schemi, diagrammi di flusso.» Tacque per un po'. Poi mormorò: «Il futuro...». Si girò di nuovo verso Rhyme. «La mia professione non è redditizia quanto potresti pensare, Lincoln. Grandi onorari ma anche grandi costi. Ho progettato di ritirarmi in un posto lontano... dove costa mantenere l'anonimato.»

Corrompere funzionari era un'altra voce di spesa, suppose Rhyme.

«Sai cos'è l'NTP?» chiese Hale.

«No.»

«Sta per Network Time Protocol. Invia l'ora atomica alle reti che regolano gli orologi di computer, telefoni, sistemi GPS, strumentazione scientifica, aviazione... qualsiasi cosa dipenda da tempistiche precise. Quando il tuo computer, telefono, tablet, auto, televisore mostrano tutti che sono le 11:34, devi ringraziare l'NTP.

«Ora, diciamo che vuoi loggarti su un sito sicuro. Una banca, il tuo conto di intermediazione, una commissione elettorale, lo US Army, un sito porno. Clicchi sull'URL, Uniform Resource Locator. Il tuo browser ha bisogno di verificare il certificato di sicurezza del sito per assicurarsi che sia autentico. Non ti tedierò con la differenza tra HTTP e HTTPS e i Secure Socket Layers. Ti basta sapere che se il certificato è valido, puoi loggarti e inviare e ricevere tutte le informazioni riservate che vuoi – coordinate bancarie, password, social, foto osé, qualsiasi cosa – e avere la certezza che sia sicuro.

«Ma i certificati hanno una data di scadenza. Dopo quella, i dati inviati dagli utenti sono lì alla portata di tutti, decodificati. La Emery gestisce la sicurezza del traffico web per centinaia di reti in tutto il mondo.»

«Perciò i tuoi virus infettano le reti e spostano il tempo in avanti, oltre la data di scadenza dei certificati di sicurezza.»

«Proprio così. Effettuo il login, rubo ciò che voglio, resetto l'orologio ed esco. Passano settimane o mesi prima che qualcuno se ne accorga. Sempre che lo facciano.»

Rhyme si scoprì a provare una riluttante ammirazione per ciò che Hale aveva fatto.

«È imperfetto, ma ho pensato di poter accedere magari a cinquanta reti su mille di quelle che violavo. Avrei dato la caccia a fondi d'investimento e banche d'affari. Bonifici da un milione di dollari ai miei conti offshore… O questo è ciò che sarebbe successo… Se non fosse stato per te.»

«Non l'hai caricato?»

«No. L'avevo programmato per dopo, quando le reti sarebbero state intasate dal traffico sul presidente Boyd.»

«Ecco perché il finto attentato.»

«Avrebbe impegnato comunicazioni e polizia e distolto NYPD e FBI dalla Emery. Un attentato richiede tutto l'equipaggio.»

Rhyme stava guardando le foto del dispositivo che Hale aveva issato sul soffitto sotto la società di cyber security. «Ma come funziona? I server della Emery Digital non sono schermati o qualcosa del genere?»

«Da intrusioni cellulari e radio, sì. Ma non dall'induzione.»

«Forza elettromagnetica.» Rhyme lo sapeva da un caso precedente, in cui qualcuno aveva usato come arma la rete elettrica di New York. «Nikola Tesla ha progettato un sistema di trasmissione della corrente elettrica senza fili. Non è mai diventato di uso comune ma adesso usiamo caricabatterie a induzione per i telefoni e tablet.»

Un cenno di assenso. «Be', la corrente è elettricità. Lo sono anche i *dati*. Ecco cosa fa il dispositivo. Trasmissione elettromagnetica dei virus per infettare i protocolli temporali.»

Tra i due uomini calò il silenzio.

«Sono scettico» disse Rhyme dopo un po'.

Hale distolse gli occhi da una fotografia che stava guardando. Un'immagine di Rhyme e Sachs sul Lago di Como, dove non solo si erano sposati ma avevano anche fermato un assassino nei giorni trascorsi lì. Aggrottò la fronte. «Scettico?»

«Questo piano... le gru, gli attivisti per la casa, l'attentato... solo per riempirti le tasche? Non mi sembra da te. Non riesco a immaginarti senza un cliente.»

«Era tempo di scendere dalla giostra.» Poi, in un sussurro: «Ogni cosa giunge al termine, no? Non lo pensi anche tu?».

«Cosa puoi dirmi della donna con cui stavi lavorando? Quella che ha rapito Ron?»

«Niente di niente, Lincoln. Niente.»

Rhyme sapeva che le prove avrebbero potuto fornire piste, ma Hale sarebbe rimasto del tutto reticente riguardo alla sua collega.

Hale si incuriosì nel vedere qualcosa sulla mensola del caminetto.

«Posso?»

Rhyme annuì.

Hale andò al caminetto e osservò un orologio d'oro da taschino, realizzato da Breguet, un rinomato artigiano vissuto tanti anni prima. Il quadrante era bianco, i numeri romani. Alcune piccole finestre mostravano le fasi lunari e un calendario perpetuo. Rhyme sapeva anche che conteneva un paracadute al suo interno, un meccanismo antiurto rivoluzionario per l'epoca.

Era stato un dono dell'Orologiaio, risalente ad anni prima e accompagnato da un messaggio di avvertimento.

«Hai continuato a caricarlo.»

«A cosa serve un orologio che non funziona? Un bell'oggetto, forse.» Rhyme fece spallucce. «Ma la bellezza è sopravvalutata.»

«Senz'altro.» L'Orologiaio posò l'orologio sulla mensola.

Rhyme stava guardando di nuovo fuori dalla finestra, gli occhi rivolti verso un punto a circa trecento metri di distanza, dentro Central Park. Un leggero luccichio in lontananza, che poi svanì.

«L'hai visto anche tu?» chiese Hale.

«Due volte. Filmati della sorveglianza. Vicino alle gru.»

Annuendo, Hale disse: «Non so chi sia. Hai qualche idea?».

«Il fratello di Andy Gilligan.»

«Ah, Mick. Questo spiega perché sapesse del prefabbricato di Hamilton Court. L'ho visto lì ieri sera. Deve averglielo detto Andy.»

«È ammanicato. Crimine organizzato.» Poi, Rhyme aggiunse: «L'ho visto con la custodia di una chitarra».

«Ecco cosa aveva in mano, allora.» L'ombra di un sorriso solcò la faccia di Hale. «E sospetto che non sia uno studioso di Andrés Segovia o Jeff Beck.»

«Adesso lo vedi?» chiese Rhyme.

Hale strizzò gli occhi. «No. Andy mi ha detto che andavano a caccia.»
«C'è una porta sul retro qui. Dà su un vicolo cieco. Possono fare il giro con il cellulare della polizia.»

Dopo un lungo momento durante il quale gli unici suoni furono gli sporadici schiocchi di assestamento di una vecchia struttura e il traffico esterno, Hale disse: «Anche senza leggere Einstein, sappiamo che il tempo si espande e si contrae. È veloce quando fai un bambino, lento quando lo partorisci. Sai cosa fa il tempo quando ti trovi in una cella di tre metri per tre, Lincoln? Si rivolta contro di te. Il tuo miglior amico diventa un pitone. Non fa per me».

«Io mi sono adattato.» Rhyme accennò alla carrozzina.

«Abbiamo in comune parecchie cose, Lincoln. Ma adattarmi non mi interessa proprio.»

Rhyme notò che gli occhi di Hale si erano posati sul sacchetto per le prove contenente i suoi cellulari usa e getta.

«Vuoi fare una telefonata?» Stava pensando a Donna X.

Hale rifletté ma, che fosse per l'esile probabilità che qualcuno potesse rintracciarla o per qualche altra ragione, fece di no con la testa. «No. Non credo» rispose in tono malinconico.

Guardò il monitor che mostrava la strada dirimpetto alla palazzina. Due autopattuglie erano lì in attesa, ciascuna con dei poliziotti a bordo. Sul marciapiede non c'era nessuno.

Il suo sguardo incrociò quello di Rhyme.

Il criminologo annuì.

Hale andò all'ingresso, sparendo alla vista di Rhyme. Poco dopo, ci fu lo scatto del chiavistello. La luce disegnò un trapezio sul marmo dell'ingresso mentre i cardini della porta cigolavano piano. L'ombra nitida e allungata dell'uomo passò rapida dalla porta al body scanner.

Calò il silenzio.

Poi Rhyme trasalì nel sentire due suoni, uno a un secondo dall'altro.

Il primo era il tonfo di un proiettile che colpiva l'Orologiaio al petto. L'altro una fragorosa fucilata da Central Park.

Hale fu scaraventato all'indietro nell'ingresso, lui e il pavimento entrambi schizzati di sangue.

Rhyme sentì le grida dei poliziotti che balzavano fuori dalle auto e si accovacciavano sul lato più vicino a casa sua, alla ricerca di un bersaglio. Anche se il criminologo sapeva che il cecchino si era ormai dileguato.

Quasi all'istante si udì il lontano lamento delle sirene, sempre più vicine.

Rhyme si concentrò sull'uomo disteso sulla schiena. Si muoveva adagio, cercava di tirare su le gambe, afferrando l'aria con le lunghe dita come per cercare una corda di sicurezza.

O un set di strumenti di orologeria.

Avrebbe girato la testa così che potessero scambiarsi un ultimo sguardo?, si domandò Rhyme.

Non lo fece.

70

«Mi racconti tutto, capitano Rhyme. I dettagli.»
Il detective Lawrence Hylton e la sua voce dall'inflessione caraibica erano tornati. Il funzionario che si occupava di ogni cosa agli Affari interni. Erano le nove del mattino, il giorno dopo la morte di Hale.
«Il deceduto e io abbiamo dei trascorsi. Pensavo di riuscire a convincerlo a dirmi cosa ci facesse qui, perché ci fosse lui dietro alle gru crollate, al tentato assassinio, al sabotaggio della società di cyber security. Chi fosse il suo complice. Abbiamo avuto una conversazione. Penso che abbia guardato il monitor e pensato di poter aggirare gli agenti appostati di fuori. È andato all'ingresso, ha aperto la porta e gli hanno sparato prima che io potessi premere il pulsante antipanico.»
Accennò al pannello di controllo della carrozzina.
«A volte, i segnali del mio cervello sono un po' ritardati.»
Di rado Rhyme si giocava quella carta. Aveva deciso che la situazione lo esigeva, nonostante quella non fosse affatto la verità. «Dov'era il cecchino?»
«Non ne siamo sicuri, ma crediamo su quel grattacielo. 72nd Street. In mezzo al parco. Duecentocinquanta, trecento metri. Piccolo calibro. Due ventitré, probabilmente.»
Un fucile d'assalto. Quelle armi avevano la canna corta ma sparavano dritto e veloce e, con un buon mirino, erano abbastanza precise da uccidere qualcuno a distanza. Inoltre, entravano alla perfezione nella custodia di una chitarra.

«Chi altro c'era in casa?»
Rhyme non era affatto in vena di interrogatori. Ma, date le circostanze, optò per una blanda collaborazione.
«Nessuno. Ero da solo.»
«Quando è uscita sua moglie, la detective Sachs?»
«Quaranta minuti circa prima dell'accaduto. L'ora precisa gliela darà il marcatempo della telecamera di sorveglianza. Poi è andato via anche Lon Sellitto. Amelia ha dei testimoni sulla scena di Ron Pulaski. E Lon è andato a One PP. Nel caso stesse insinuando che il cecchino potesse essere uno dei due.»
«Non lo stavo facendo.» Una replica asciutta. Hylton diede un'occhiata al taccuino. «E il suo assistente...»
Rhyme si scoprì stranamente toccato da quanto era successo. Non scosso ma... *vuoto*. Era quella la parola giusta. «Non è il mio assistente» precisò rigido. «"Caregiver". O "aiutante". Un assistente ha una connotazione diversa. E, in generale, un compito più semplice.»
«Il suo caregiver, allora. Come mai non era qui?»
«Perché era andato a fare compere.»
«Ah. Ma lasciarla da solo qui, non è... Be', voglio dire, non è rischioso?»
«Di rado i tetraplegici commettono suicidio. O si lasciano morire di fame nel giro di un'ora o due.»
«Capitano.» Hylton parlò con faticosa pazienza.
«Thom Reston ha tante, tante doti. Il tiro di precisione non è tra queste.»
«Ammetterà quanto tutto questo sia strano.»
«Ho commesso un errore di giudizio fidandomi di Hale. Pensavo che sarebbe stato più collaborativo se non fosse stato ammanettato a un termosifone.»
«E, guarda caso, una persona si era posteggiata per spargli» fu la piccata replica del funzionario.
Rhyme scelse di non dire ciò che gli era venuto in mente:

una persona si *apposta*. Un'auto si *posteggia*, che sia per tendere un agguato o meno.

«Il sospetto era in custodia. Era stato preso. Avrebbe trascorso il resto dei suoi giorni in una stanza tre metri per tre. Crede davvero che un agente del NYPD avrebbe commesso un omicidio di secondo grado solo per abbreviare l'iter giudiziario?»

Hylton non rispose. Cercò indicazioni tra i suoi appunti. Che, a quanto pare, non gliene offrirono nessuna. «Lei cosa pensa? Se dovesse fare un'ipotesi.»

«Non ho bisogno di fare alcuna ipotesi. So chi era il cecchino. Il fratello di Andy Gilligan.»

«Manderò una squadra a casa sua.»

«Sì, dovrà fare la solita trafila.»

«È sparito, dice?»

«Sparito.»

Hylton chiuse il taccuino. «Ho anche bisogno della deposizione dell'agente Pulaski. Dov'è adesso?»

Rhyme guardò l'ora su uno schermo vicino. «Impegnato, al momento. Ma sono certo che la chiamerà appena si sarà liberato.»

71

L'ustione stava guarendo bene.

Il dottor Amit Bakshi si fermò a guardare la cartella clinica elettronica di Aaron Stahl, lo studente il cui SUV era stato travolto dall'auto dell'agente del NYPD, provocando un'impressionante conflagrazione a Lower Manhattan.

Medico del pronto soccorso con dodici anni di esperienza in città, Bakshi aveva curato svariate vittime di incidenti stradali. A New York, le ferite tendevano a essere meno gravi, dal momento che non si poteva guidare così veloce rispetto a New Castle, in Pennsylvania, dove aveva iniziato la pratica medica, e la State Route 17, con quella curva.

La Zona Morta.

A New York, raramente le auto esplodevano in una fiammata, ma i paramedici che lo avevano portato in ospedale avevano spiegato che l'incidente era stato un caso fortuito: l'auto del poliziotto aveva spinto il SUV di Aaron addosso a materiali da costruzione, delle sbarre o tubature, che avevano squarciato il serbatoio del carburante. Le moderne norme di sicurezza adottate dai produttori di automobili riguardavano solo le lamiere taglienti.

«Ehi, dottore.»

«Salve, signore» replicò Bakshi. Riteneva che essere un po' formali fosse di conforto per i pazienti. Perfino per un diciannovenne.

Rivolse un cenno del capo e un sorriso alla sorella maggiore di Aaron, Natalia, seduta accanto a lui.

La donna, prossima alla trentina, ricambiò il saluto con un sorriso tirato e continuò a mandare SMS. Era pieno di cartelli che vietavano l'uso dei telefoni cellulari. Non c'era un'anima che li rispettasse.

Bakshi aveva cercato di capire quale fosse la loro situazione famigliare, senza però riuscirvi. Nessuno dei due genitori era venuto a trovarlo. Forse fratello e sorella erano orfani.

Bakshi rivolse la sua attenzione al paziente. C'erano le domande base da porre, i parametri vitali da controllare e altri dettagli da conoscere. Come lo spionaggio, la medicina si basava in primis sulle informazioni.

Esaminò la ferita.

Il giovane era in netta ripresa.

«Ha un bell'aspetto. Domani potrà andare a casa.»

Aaron fece una smorfia. «Il dolore. Accidenti, fa ancora parecchio male.»

Commenti come quello rappresentavano un segnale d'allarme per Bakshi, come per tutti i dottori nella posizione di poter prescrivere antidolorifici. Certo, i farmaci esistevano per un valido motivo. Ma il confine tra sollievo e abuso era spesso sottile quanto un filo da pesca. Sul foglio di ricovero, Aaron aveva scritto che beveva tre bicchieri di vino alla settimana e non faceva uso di sostanze ricreative.

La risposta standard di dieci milioni di pazienti.

Si poteva fare copia-incolla.

«È solo... non è solo l'ustione. Anche il collo, la botta.»

Le lastre di Aaron erano risultate negative ma il dolore era una creatura a sé stante: al contempo scaltro e mago dei travestimenti, appariva, spariva, attaccava, si ritirava e poi arrivava alle spalle.

«Le faccio una ricetta per quattro giorni. Poi si consulti con il suo medico di famiglia.»

«Fantastico. Grazie.» La gratitudine sembrava espressa con una punta di risentimento.

«Domani?» chiese Natalia. «Non oggi?» Non aveva alzato la testa mentre messaggiava e Bakshi si rese conto che stava replicando alla sua affermazione di prima.

La donna continuò. «Vorrei portarlo via di qui appena...» La frase si interruppe bruscamente e con un verso strozzato.

«Nessuno si muova» intimò la voce severa di un uomo dalla soglia.

Bakshi si voltò di scatto.

«Merda» imprecò Aaron.

«No!» mormorò sconcertata sua sorella.

Nella stanza stava entrando un uomo snello e biondo che, con un'espressione più che truce, alternava lo sguardo tra il paziente e la sorella.

«È lui, quel Pulaski! È quello che ha travolto Aaron!»

«Signore...» Bakshi si zittì nel vedere la pistola in mano all'uomo.

«Ci darebbe un minuto?» domandò Pulaski.

«Io... io...»

«Non può stare qui!» protestò Natalia. «Non dovrebbe stare qui! Chiami la sicurezza!»

Stringendo la cartella clinica, Bakshi si voltò a guardare la postazione delle infermiere. Era vuota.

«Aiuto!» gridò Natalia.

«Sst...» fece Pulaski, reagendo con una smorfia alla sua richiesta.

Pulaski guardò Bakshi che, sottovoce, disse: «Posso andarmene?».

«Le ho appena chiesto di farlo, no?» Adesso Pulaski sembrava quasi divertito.

Il dottore indietreggiò adagio nel corridoio e poi, quando ritenne che fosse prudente, corse silenziosamente alla postazione più vicina e agguantò un telefono dal suo supporto.

72

«Ron» chiamò la voce dalla soglia. Un'agente del NYPD, alta e in divisa, entrò nella stanza. I capelli castani erano raccolti in un pratico chignon.

«Ehi...» L'agente, Sheri Sloane, voltò il lungo viso bruno verso Aaron e lo squadrò dalla testa ai piedi. Poi osservò la donna.

«Che diavolo succede?» sbottò Aaron.

«Lei è sospeso!» disse Natalia. «Lui ci ha detto...» Si interruppe, accortasi del passo falso. «Abbiamo saputo che l'avevano sospeso.»

A Pulaski non sfuggì il modo in cui aveva iniziato la frase.

Sloane si infilò i guanti di lattice blu e si avvicinò. «Potrebbe alzarsi?»

«Io...»

«In piedi» ordinò Pulaski.

Con un'espressione carica di rabbia, la donna obbedì. Sloane la perquisì minuziosamente. Poi passò alla sua borsa.

«Pulita.»

Lei e Pulaski si scambiarono i ruoli. Sloane estrasse l'arma e lui rinfoderò la propria. Avevano lavorato insieme in passato e conoscevano a memoria la coreografia.

Pulaski infilò un paio di guanti e tirò su le lenzuola del paziente, tastandole con attenzione. Poi passò allo zaino. Era disarmato anche lui.

Natalia rise sbigottita. «Sta cercando di intimidirci! Di spaventarci... così non le faremo causa! Quando la trascineremo in tribunale, sarà così fottuto...»

Pulaski aggrottò la fronte in modo esagerato. «Tribunale? Crede davvero che sia una mossa saggia?»

«Non può rivolgersi a noi in questo modo» intervenne Aaron con il tono petulante di uno scolaretto; anche se in realtà era uno studente solo nel senso che non si era ancora diplomato.

«Sst!» Pulaski agitò una mano come per scacciare da sé il fumo di un falò. «Allora, togliamoci il pensiero e passiamo alle cose tecniche. Natalia Baskov e Aaron Stahl, siete in arresto per complicità in condotta fraudolenta, per alterazione delle procedure di polizia, per intralcio alla giustizia... questa vale sempre.»

«Varie ed eventuali» replicò Sloane. «Una delle mie preferite.»

«Ci saranno anche altre accuse ma ci basta questo per cominciare.»

«Che mucchio di stronzate» borbottò Aaron.

Baskov non era affatto sua sorella né una parente, bensì la figlia di un capo mafia di Brooklyn. Aaron era un allibratore di suo padre, nonché delinquente a tutto tondo.

L'agente recitò la formula Miranda e, quando i due ebbero dato segno di averla compresa, disse: «Desiderate rinunciare al diritto di restare in silenzio? Prima che rispondiate, però, lasciate che vi dica cosa abbiamo scoperto. Potrebbe esservi utile».

Aaron si mise di nuovo a fare lo smargiasso. Baskov gli intimò: «Chiudi il becco» e si rivolse a Pulaski. «Vada avanti.»

«Primo, sono stato reintegrato in servizio. Giusto perché lo sappiate. Inoltre, sono stato autorizzato dal procuratore distrettuale della contea di New York a proporvi di aiutarci in un'indagine in cambio di un possibile, e ribadisco *possibile*, accordo in merito alle accuse. Ho bisogno che stiate a sentire. Lo farete?»

Aaron tentò: «Ma che diavolo...?».

«Staremo a sentire» lo interruppe Baskov.

«Ci sono alcune cose che mi hanno incuriosito riguardo all'incidente e ho pensato di dare un'occhiata. Sono andato nell'archivio dei referti medici dell'ospedale e ho trovato il risultato dei suoi esami del sangue.» Adesso aveva davanti un Aaron d'un tratto meno insolente e decisamente più preoccupato.

Erano quelli i documenti che aveva con sé quando l'assistente di Charles Hale, Donna X, l'aveva tramortito e trascinato nella stanza dell'acido. (La notizia di Lyle Spencer, secondo cui Burdick aveva intenzione di usare contro di lui il suo referto medico riguardante una vecchia ferita, avrebbe potuto ispirare qualcuno a introdursi in ospedale e rubare quel referto allo scopo di distruggerlo. Cosa che, naturalmente, Pulaski non avrebbe mai fatto. «Prendere in prestito» il referto di Aaron Stahl, tuttavia, pur rasentando un po' il limite, faceva parte della sua indagine.)

Pulaski proseguì. «Aaron, i tuoi esami del sangue mostravano la presenza di triamcinolone e lidocaina. Analgesici iniettabili. Che *non* erano stati i paramedici a somministrarti. Te li eri iniettati *prima* dell'incidente, così che non fosse troppo doloroso. Perché sei stato pagato per venirmi davanti con l'auto ed essere travolto. Ho idea che non ti aspettassi il rogo, ma» fece spallucce «ogni cosa ha il suo lato negativo, dico bene? Nella tua cartella clinica, inoltre, è presente il Narcan, somministrato probabilmente due giorni fa. Hai una dipendenza da oppiacei, Aaron. Il che significa che hai uno spacciatore. E pertanto accesso al fentanyl. Qualcuno tra la folla che mi ha aiutato dopo lo schianto è riuscito a mettermene un po' sulla pelle. Ecco perché sono risultato positivo. Cavoli, potresti perfino aver pagato un paramedico. Chissà.»

Pulaski si domandò se Aaron avesse di proposito infilato un braccio nella fiammata imprevista per poter chiedere ai medici altri antidolorifici.

Un'ipotesi davvero triste.

«Dopo di che sono andato a controllare il tuo SUV carbonizzato, allo sfasciacarrozze nel Queens, dove l'avevano trainato. E indovina cosa ci ho trovato dentro? Un mucchietto di plastica che era stato un Opticom.»

«Merda» borbottò Baskov.

Gli Opticom sono telecomandi che spesso usa il pronto intervento per cambiare le luci del semaforo così che, per esempio, un mezzo antincendio possa trasformare tutti i rossi sulla sua strada in un'onda verde.

«L'hai usato per cambiare il semaforo quando sono arrivato all'incrocio. Nessuno ci stava facendo caso fino alla collisione, così tutti hanno visto che il mio semaforo era rosso e il tuo verde. Oh, un'altra cosa che non è bruciata del tutto: il casco di protezione che indossavi. E abbiamo anche un'ultima cosa. Il testimone principale secondo cui sono passato con il rosso? Theresa Lemerov? Non la si può definire esattamente imparziale. Un mio amico poliziotto a Brooklyn l'ha seguita. È stata a casa di tuo fratello tutto il giorno e...»

«Un momento» abbaiò Aaron.

Pulaski inarcò un sopracciglio.

«Mio fratello?»

«Evan Stahl. Theresa, il testimone principale, conosceva la tua famiglia e questo...»

«Mio fratello.» La faccia di Aaron era paonazza di rabbia. «Il suo amico ha detto che ha passato la notte lì?»

«Cosa?»

«Theresa ha passato la notte con mio fratello?»

«Oh, Gesù, Aaron» intervenne Baskov. «Lascia perdere.»

«Quella puttana!» imprecò Aaron. «Diceva che non avrebbe avuto più niente a che fare con lui. Ho un incidente, per poco non brucio vivo e la prima cosa che fa lei è correre da Evan. Oh, e quel coglione...»

«Vuoi stare zitto?» disse Baskov.

Parole sante.
«Allora, dov'ero rimasto? Giusto. Sapevo che Burdick mi stava incastrando ma pensavo che volesse farmi licenziare per la figuraccia davanti ai giornalisti. Ma c'era molto di più dietro. Era per la mia caccia a Eddie Tarr.»
L'espressione interdetta di Baskov fu la prova che la teoria era esatta.
«Tarr aveva bisogno di sviarmi da un omicidio sul quale stavo indagando, così avrebbe potuto portare a termine il suo incarico qui. Ha pagato Burdick per levarmi di mezzo. Prima Burdick ha cercato di farmi sospendere dalla scena di un crimine e, quando non ha funzionato, ha assoldato suo padre.»
Un'occhiata a Baskov. «Ha inscenato l'incidente.
«Perciò, eccoci al punto. Voglio Burdick. Un caso solido. D'oro. Ne ho solo uno circostanziale. Voglio testimoni.»
«Se le fornissi una dichiarazione...»
«Ehi, anch'io so delle cose!» L'arroganza di Aaron era diventata disperazione.
Essendo figlia di un capo mafia, le bastò uno sguardo per zittirlo. «E e-mail, date, luoghi» aggiunse.
«Questo sì che mi scalda il cuore» commentò Pulaski.
«Io cosa ne ricavo?» volle sapere Baskov.
«Noi» si affrettò a dire Aaron.
«Il procuratore distrettuale può garantire che lo Stato non chiederà più di quattro anni, carcere di media sicurezza.»
«Può metterlo per iscritto?»
«No. E l'offerta sta cominciando a scadere.»
«D'accordo, d'accordo.»
«Anche io!» esclamò disperato Aaron.
E, poiché gli aveva distrutto la comodissima auto, Pulaski disse: «Non so se avremo bisogno di te. Dovrò pensarci».
«Be', è più o meno come ha detto lei» confermò Baskov. «Burdick aveva un collega al dipartimento. Un tizio di nome Gilligan. Un detective.»

Ah, interessante. Le fece cenno di andare avanti.

«Ma su una cosa si è sbagliato. Sì, Burdick è venuto da mio padre e l'ha pagato perché lei non rompesse le scatole a Tarr. Solo che i soldi, e l'idea dell'incidente, venivano da un'altra persona. Si chiamava Hale. Charles Hale, credo.»

Gesù.

Quindi l'ordigno che aveva fatto crollare l'ultima gru era uno degli IED di Tarr.

Il caso di omicidio di Pulaski, in apparenza scollegato, li riportava dopo un giro completo all'Orologiaio.

Si sentì un trambusto provenire dal corridoio; agenti in divisa erano arrivati per portare Baskov in centrale e Aaron Stahl nell'ala detentiva dell'ospedale Bellevue.

Dopo aver condotto via i prigionieri, Pulaski chiamò Lon Sellitto per dirgli com'era andata. Quando riattaccò, si avviò all'uscita insieme a Sloane. «Come sei riuscito a mettere insieme tutti i pezzi, Ron?» gli domandò lei.

Le raccontò del rapporto contraffatto che Burdick aveva sottoposto alla Commissione agenti coinvolti in incidenti. E dell'osservazione di Lyle Spencer riguardo agli sforzi messi in atto per estromettere Pulaski.

«Poi ho pensato alla telefonata che ho ricevuto poco prima di arrivare all'incrocio. Quel tecnico della Scientifica. Si trattava di un problema, la catena di custodia di reperti trovati sulla mia scena. Io non faccio errori con le catene di custodia. Mai. Oggi ho parlato con quella persona. Burdick l'aveva costretta a chiamarmi, così da poter sostenere che ero distratto alla guida.»

«Burdick ce l'hai in pugno» disse Sloane. «Ma la domanda è: pensi di poterlo denunciare? E rinunciare a Tarr?»

Pulaski si soffermò a riflettere. «Dipende» rispose.

«Da cosa?»

«Da quanto è veramente subdolo.»

* * *

«Buonasera, sono Amber Andrews con le ultime notizie. Agenti dell'FBI e del Bureau of Alcohol, Tobacco, Firearms and Explosives hanno fatto oggi irruzione nell'hangar di un piccolo aeroporto di Bergen County, New Jersey, arrestando un uomo sulla lista dei maggiori ricercati dell'FBI. Eddie Kevin Tarr, quarantatré anni, è considerato uno dei più pericolosi dinamitardi del mondo e ha venduto un numero imprecisato di ordigni esplosivi improvvisati, gli IED, a terroristi e crimine organizzato nel corso dell'ultimo decennio. Tarr è il presunto responsabile della bomba che ieri ha abbattuto la gru a torre a Lower Manhattan, causando la chiusura dell'Holland Tunnel per quasi sedici ore.»

III

NECROLOGIO

73

«Penso che abbiamo delle foto» disse Pulaski. «Lei.»
Rhyme capì: Ron si riferiva alla complice dell'Orologiaio. Donna X.
I due uomini e Amelia Sachs erano nel salotto. Pulaski si era impegnato al massimo per rintracciare la donna, che era stata rapida con la pistola narcotizzante e aveva costruito o commissionato il magico dispositivo a induzione di Hale.
«La voglio. Niente di personale» aggiunse disinvolto.
Cosa che lo rendeva *alquanto* personale, nell'opinione di Rhyme. Ma non aveva importanza. A quanto pareva, il giovane agente aveva ottenuto qualche risultato.
«Stavo esaminando i filmati delle telecamere attorno a Hamilton Court e ho trovato mezzo secondo di loro due insieme. Hale e la donna. Ho fatto uno screenshot. Non era granché ma l'ho migliorato con Stable Diffusion. Lo conosci?»
«No.»
«È un AI, un generatore di immagini a partire da un testo basato sull'intelligenza artificiale. Ho caricato il fermoimmagine e ho continuato a modificarlo, come fanno i ritrattisti. Poi ho inviato il file JPG al Domain Awareness per cercare corrispondenze. Mi hanno appena chiamato. Ci sono dei riscontri.» Si sedette alla tastiera e cominciò a digitare. Pochi istanti dopo, erano in videoconferenza, tipo Zoom ma con un livello maggiore di sicurezza, con la sala di controllo del DAS.

L'agente Bobby Hancock era un uomo massiccio con una barba non vietata ma inconsueta nel NYPD.

«Ron.»

«Bobby. Procedi pure.»

«Quello è Lincoln Rhyme?»

Il criminologo rispose con uno spazientito e frettoloso: «Sì, sono io, proceda agente».

«Certo. Dall'immagine che ci ha fornito Ron, abbiamo effettuato una ricerca capillare e trovato il soggetto. Quell'affare, lo Stable Diffusion? Ne abbiamo parlato con i piani alti e vogliono mettere su un'unità per l'intelligenza artificiale generativa. Uno strumento molto utile.»

Rhyme e Sachs si scambiarono un'occhiata. Il criminologo provò ancora una volta un moto di orgoglio per il suo protetto. Vide che anche per Sachs era lo stesso.

«L'abbiamo individuata due volte in compagnia di Hale. E abbiamo un avvistamento in solitaria, West Side e Midtown. Eccole.»

Le immagini apparvero sullo schermo. Non in alta definizione ma abbastanza nitide. Era sulla trentina, ipotizzò Rhyme. Graziosa nel complesso, non una modella. Magra, forse atletica, ma gli indumenti, jeans e felpa con lo stemma di una squadra, erano ingannevoli. I capelli biondi erano legati in una complicata treccia.

Nelle prime due immagini, camminava sul marciapiede insieme a Hale. In una, si guardavano intorno con diffidenza. Nell'altra, si guardavano tra loro.

Nella terza immagine, lei era sul marciapiede in una parte della città con vecchie case brownstone, non dissimili da quella di Rhyme.

«Sono riprese da filmati» disse Rhyme. «Ce ne sono altre che valga la pena vedere?»

«Macché. Sempre dello stesso tipo, mentre cammina. Uno, due secondi ciascuna.»

Donna X non aveva in mano niente, come per esempio una tazza di caffè, che tramite un intensivo lavoro di polizia potessero ritrovare e analizzare alla ricerca di impronte.

«Grazie, Bobby.»

«Di niente.»

«Quella in cui è da sola» disse Pulaski. «Ho guardato le immagini del quartiere. Potrebbe essere un isolato nel West Thirties. Un brutto incendio un paio di giorni fa. Doloso. Un lavoro da professionista. Termite e napalm. Forse una coincidenza. Ma le truffe alle assicurazioni non usano acceleranti del genere. È roba da esercito. Ho mandato una squadra a fare domande in giro.»

«E assicurati...»

«Che sappiano degli IED all'acido» concluse Pulaski.

Sachs studiò a lungo una delle fotografie.

Dal suo sguardo, Rhyme capì che aveva trovato qualcosa.

«Cosa c'è, Sachs?»

«La faccia di lei. La seconda immagine, guarda lui.»

«Mmh.»

Pulaski era perplesso. «Cosa vedi?»

Nessuno dei due rispose. «Come la gestiamo?» chiese Sachs.

La risposta balenò all'istante nella mente di Rhyme. «Thom! Thom!»

Il caregiver apparve. «Ho una pentola sul fuoco.»

«Be', levala dal fuoco. Ci serve altro aiuto.»

«Sì?» borbottò Thom.

«Tu ci sai fare con le parole» disse Rhyme.

L'uomo reagì con una smorfia a quell'evidente lisciata.

«È vero» protestò Rhyme, vedendo la sua espressione.

«Di cosa hai bisogno?»

«Semplice. Voglio che tu scriva un necrologio.»

74

New York è sede di numerosi quartieri in cui vivono celebrità e persone potenti.

Ma nessun posto ne ha una densità maggiore di questi centosessanta ettari.

Woodlawn Cemetery, nel Bronx, appena a sud di Westchester County, ospita Miles Davis, Duke Ellington, Otto Preminger, Mark Twain, F.W. Woolworth e Celia Cruz, la Regina della Salsa, e altre decine di persone famose.

Anche famigerate. Ellsworth «Bumpy» Johnson, il leggendario gangster di Harlem, è sepolto qui.

Come lo è qualcuno dal passato altrettanto inquietante, una recente aggiunta: Charles Vespasian Hale, la cui tomba Amelia Sachs, Ron Pulaski e Lyle Spencer stavano osservando da un capanno degli attrezzi nei pressi di North Border Avenue, una strada più o meno parallela a East 233rd Street.

Come gran parte del cimitero, quest'area ricordava una tenuta di Long Island piuttosto che un'ambientazione sinistra e piena di gargoyle degna di un romanzo di Stephen King.

La tomba era stata scelta – da Lincoln Rhyme – perché vicina a un gruppo di fitti cespugli, che adesso stavano fornendo riparo a una mezza dozzina di agenti dell'ESU in pieno assetto militare e mimetiche.

Nel rispondere alla sua richiesta, più simile a una pretesa, i piani alti avevano messo in chiaro di non poter impegnare un gran numero di agenti né di poterli impegnare troppo a lungo.

Ma Rhyme e Pulaski avevano fatto notare che Donna X avrebbe senz'altro lasciato la città al più presto, sempre che non lo avesse già fatto, pertanto l'impegno degli uomini non sarebbe durato più di un giorno.

E quante probabilità c'erano che si facesse vedere?

Assolutamente non trascurabili, erano convinti Rhyme e Sachs.

Questo a causa della seconda delle immagini di Hale e Donna X tratte dalle telecamere a circuito chiuso: quella che rivelava una particolare espressione sul viso di lei. Era il modo in cui Rhyme e Sachs a volte si guardavano e come avevano visto fare a Pulaski e sua moglie Jenny.

Era indubbio che Hale e questa donna fossero amanti.

Perciò Rhyme aveva deciso di attirarla lì con il necrologio, opera magistrale di Thom. Spiegava come l'uomo responsabile del crollo delle gru fosse stato un criminale di professione e raccontava curiosità sui suoi anni giovanili. In gran parte congetture, ma un necrologio a pagamento non aveva bisogno di seguire le regole del vero giornalismo. Anzi, c'era un solo dettaglio che contava: la sua sepoltura a Woodlawn.

Quando l'articolo era andato online, un'ora prima, Sachs e gli altri erano già in posizione.

Sarebbe venuta a dargli l'ultimo saluto?

Era un gesto sentimentale nei confronti di un uomo che era indiscutibilmente anaffettivo.

Tuttavia, lo sguardo di lei – e quello che lasciavano intendere gli occhi di lui – seppur attutito dagli occhiali, era inequivocabile.

In ogni caso, non avevano alternative nella caccia a Donna X. Perciò, ecco il terzetto che aspettava in un capanno asfissiante, in mezzo a sacchi di fertilizzante che, rifletté Sachs, potevano anche avere una puzza tremenda ma avrebbero offerto una buona protezione dai proiettili, nell'eventualità di un conflitto a fuoco.

La giornata era adeguatamente minacciosa e buia, e il cielo stava per replicare la pioggia di prima.

Ottimo per l'operazione. Pochi visitatori presenti.

A differenza dei multimilionari templi, luogo dell'eterno riposo di cadaveri multimilionari, la tomba di Hale era semplice. Una targa sul terreno come lapide. Incisa in tutta fretta data la necessità. Nome e data. Thom aveva suggerito di aggiungervi il quadrante di un orologio. Rhyme aveva detto: «No».

Passò un'altra ora. Per la terza volta, Sachs comunicò alla radio: «Restare in allerta».

Negli appostamenti, il pericolo più probabile non è il conflitto a fuoco ma addormentarsi e lasciare che il soggetto vada via indisturbato.

Stava scrutando ancora una volta il cimitero quando una serie di spari e un grido singhiozzante la fecero trasalire. Provenivano dall'esterno. «Aiuto! Aiutatemi! Ambulanza!» La voce di un uomo.

«Stronzate» disse Pulaski. «È lei. Un diversivo.»

Sachs agguantò la radio e fece per gridare: «Nessuno si muova! Restate in posizione!».

Dannazione. Troppo tardi. Un'agente dell'ESU si era alzata ed era uscita dai cespugli. Poi si era affrettata a mettersi al riparo.

Istinto... e chi poteva biasimarla? Ma la donna, forse, aveva svelato l'intero gioco.

«Ron, chiama il distretto locale. Probabilmente hanno già mandato qualcuno, ma assicurati che controllino la situazione. E che ci richiamino per dirci cosa hanno trovato.»

Mentre Pulaski era al telefono, Sachs puntò un potente binocolo Nikon sul lato opposto del cimitero cercando il riflesso di lenti, nel caso anche Donna X li stesse sorvegliando con un binocolo.

Niente.

Ma, naturalmente, Sachs aveva avuto l'accortezza di oscurare le lenti del proprio binocolo. Perché Donna X non avrebbe dovuto fare altrettanto?
«Detective Cinque Otto Otto Cinque a caposquadra ESU» disse alla radio. «Vedete *qualcuno* vicino alla tomba?»
«Negativo, detective» rispose il capitano. «C'era un giardiniere e una coppia anziana. Ma non vicino alla tomba. E sono andati via quando hanno sentito gli spari.»
«Ricevuto.»
«Non si vede un'anima» disse Pulaski. «E probabilmente questo è l'unico appostamento della storia in cui ha senso dire *anima*.»
Con l'ombra di un sorriso, Sachs continuò a scrutare. «D'accordo, Charles... Parla con me.» Sottovoce. Forse gli altri sentirono, forse no. «Cos'ha in mente la tua ragazza?»
Una chiamata dal distretto locale al suo telefono. «Sì?»
«Cinque Otto Otto Cinque?» La voce di un uomo, accento del Bronx.
«Proceda.»
«Appena sentito gli agenti sul posto. Ce l'abbiamo, detective. Senta questa. Qualcuno, una donna, ha dato dieci K a questo senzatetto, sì, proprio così, *dieci*, per sparare nel terreno fuori dal cimitero e gridare aiuto. L'abbiamo trovato a un paio di isolati da qui. Se ne stava seduto sul marciapiede a bere whisky. Nessuna resistenza. Sembrava parecchio felice.»
«Vi ha detto qualcosa di lei?»
«Sì. Non voleva che pensassimo che avrebbe usato l'arma per ferire qualcuno. Aveva solo bisogno di soldi. Ha consegnato la pistola. È fredda. Niente matricola.»
Sachs sospirò. «Aveva le trecce? Bionda? Sui trenta?»
«Esatto. Solo che era castana.»
Quindi si era tinta i capelli.
«E cosa indossava?»
«Qualcosa di scuro. Non ricordava altro.»

«Il denaro?»

«Dice che l'ha dato a una chiesa.»

«Sì, come no. Non lo vedremo mai.» Sachs continuò a guardarsi intorno. Nessun segno di movimento umano.

L'agente continuò: «Ha un paio di precedenti. Droga. Ubriachezza molesta. Anche se lo condannano, cosa di cui dubito, farà sei mesi. Non è abbastanza per convincerlo a mollare i soldi».

E anche se avessero trovato il denaro, improbabile, a cosa sarebbe servito? Donna X non si sarebbe tradita toccando le banconote.

Sachs chiuse la chiamata e sospirò.

«Pensava che saremmo tutti corsi alla sparatoria lasciando la tomba incustodita?» chiese Spencer.

«Non aveva intenzione di arrivare fino alla tomba. Voleva solo capire se eravamo appostati.»

«Stanarci.»

«Esatto. Ha preso il volo appena l'agente è uscita allo scoperto. Accidenti. Colpa mia. Avrei dovuto dire a tutti di aspettarsi una mossa del genere.»

Accennando agli agenti, Spencer replicò: «Istinto. Per poco non l'ho fatto anche io».

«Già.»

Il comandante ESU si mise in contatto. «È andata, giusto?»

Probabile, pensò Sachs. Disse invece: «Forse».

Una pausa. Era la *sua* operazione. Avevano bisogno della sua autorizzazione per andarsene.

«Restate in posizione.»

Un'altra pausa, più irritata stavolta, sempre che la tecnologia fosse in grado di trasmettere tale emozione. «Ricevuto, Cinque Otto Otto Cinque.»

Due ore dopo, arrivò l'inevitabile chiamata. «ESU a Cinque Otto Otto Cinque.»

«Proceda.»

«Detective, dobbiamo ritirarci. Spiacente, ma i miei devono tornare in servizio.»

«Capisco.»

La donna era ormai lontana. Adesso che sapeva dell'appostamento, avrebbe dato per scontato che la tomba sarebbe stata sempre sorvegliata, forse da una telecamera, forse da agenti in borghese.

La squadra ESU emerse dagli alberi e raggiunse Sachs, Spencer e Pulaski fuori dal capanno. Discussero riguardo a chi avrebbe stilato il rapporto e il comandante ESU la guardò in un modo che sembrava dire «tua l'operazione, tue le scartoffie». Sachs acconsentì. Si avviarono verso dove erano parcheggiate le rispettive auto e un furgone anonimo, all'ombra di una stradina dirimpetto a 233rd Street. D'istinto, Sachs si fermò all'improvviso. Pulaski la guardò voltarsi indietro.

«No» mormorò, quasi strozzata.

I tre tornarono di corsa alla tomba. Lì, sulla targa che fungeva da lapide di Hale, c'era un foglio ripiegato, tenuto fermo da un cerchio dipinto di rosso e largo una decina di centimetri.

Si guardarono intorno con attenzione.

«Gli spari...» disse piano Sachs.

Pulaski annuì. «*Era* un diversivo.»

Lo era eccome. Ma non per distogliere l'attenzione dalla tomba mentre Donna X vi sgattaiolava furtiva. No, lo scopo era proprio quello che pensavano, ovvero un trucco per stanarli, per scoprire cosa indossavano gli agenti in servizio di sorveglianza.

Così da potersi vestire allo stesso modo. Doveva avere un intero guardaroba nella sua auto o furgone. Il tipo di intuizione che avrebbe avuto lo stesso Hale.

Si era mescolata agli altri, invisibile, perché anche lei era in tenuta tattica dell'ESU.

Che Sachs trovò dietro a un albero, a una dozzina di metri dalla tomba.

Donna X era stata in mezzo a loro per tutto il tempo, da quando aveva consegnato pistola e denaro al senzatetto.

Sachs afferrò la radio.

«Detective Cinque Otto Otto Cinque a centrale. Passo.»

«Procedi, Cinque Otto Otto Cinque. Passo.»

«Siamo all'operazione a Woodlawn, North Border Avenue, vicino al lago. Il sospetto era qui dieci minuti fa. Ma se n'è andato. Ho bisogno di un'allerta fuggitivo in tutta la città. Femmina, bianca, sui trenta, capelli scuri con le trecce. Corporatura media. Forse indumenti scuri. Probabilmente armata. Sto caricando un'immagine del Domain Awareness.» Staccò il telefono dall'orecchio per inviare la foto al server sicuro della centrale.

«Ce l'ho, detective.» Una pausa. Donna X assomigliava ad altre centomila abitanti della città di New York. «Altro da aggiungere?»

Intendeva auto, cicatrici, calzature, altri tratti particolari, direzione di marcia, località note.

Tutte informazioni di cui Sachs non era in possesso.

«Negativo.»

«Ricevuto, Cinque Otto Otto Cinque.»

Chiusero la comunicazione.

Tornò da Pulaski, che stava guardando il biglietto tenendolo tra le mani guantate.

«È una poesia.»

Sachs non riuscì a trattenere una breve risata. Be', non era mai successo prima.

Dopo aver letto i versi, chiamò Rhyme.

«Ho sentito, Sachs. Ci ha fregati.» Sembrava divertito, come se una parte di lui avesse sempre saputo che chiunque fosse entrato così in intimità con Hale doveva possedere la prontezza mentale per eludere un'improvvisata trappola della polizia. «Cos'ha lasciato?»

«Una poesia.»

«Mmh. Leggila.»
Sachs si infilò i guanti e prese il foglio.

Stagione

Per C.V.H.

Da qualche parte, nelle cellule delle mele d'autunno
avviene un cambiamento:
la curiosa investitura della maturazione.
Così l'amore, anch'esso un tipo di stagione,
completa il cuore
e ci avvicina all'appagamento.
A meno che...
Un corvo o un'improvvisa gelata
o uno schizzo di sangue sulla parete di un salotto
accorcino il tempo necessario per quei fini
e lascino gli inappagati
a meditare sui modi per fare ammenda.

Rhyme grugnì. La poesia, ancora meno della narrativa in prosa, non figurava nel suo mondo. «E cosa credi che voglia dire?»

Sachs ridacchiò. «È una poesia d'amore, Rhyme.»

«Mmh. In che senso?»

«Dice che l'amore ci cambia. Ci rende interi, come una stagione fa maturare i frutti. Ma quella è solo una parte del messaggio.»

«Cos'è il resto?»

«Una minaccia. Fare ammenda. Sta dicendo che verrà a cercarci. Ah, c'è anche qualcos'altro.»

«Quello l'ho capito» replicò Rhyme. «Il "sangue sulla parete di un salotto". Sa come e dove è morto. Era nel parco quando è successo. A osservarci.»

Avevano perso un nemico e ne avevano guadagnato un altro.
«Scritto a mano?»
«No, computer. Carta comune.»
«Irrintracciabile, naturalmente. E il pezzo di metallo?»
«Una ruota.» Sachs raccolse il disco metallico dipinto di rosso, del diametro di una decina di centimetri. Dal mozzo si dipartivano dei raggi. «Parte di un orologio, direi.»
«Fammi vedere.»
Sachs accese la fotocamera e aprì l'app per il live stream, inquadrando la ruota che aveva in mano.
«Non viene da un orologio. Abbiamo seguito un caso, anni fa. Il Brooklyn Museum of Industry.»
«Ricordo. Vagamente.»
«È la ruota in miniatura di un motore a vapore. Un giocattolo, forse, o materiale per hobbistica.» Dopo una breve pausa: «Chissà se ha un motivo sentimentale o pratico».
«Cosa intendi, Rhyme?»
«I sentimenti profondi non facevano parte del corredo genetico di Hale. Ho la sensazione che lo stesso valga per Donna X. Penso che abbia lasciato la ruota per una ragione. Per condurci in un posto. O *lontano* da quel posto.»
«Se è così, allora è brava quanto lui ad architettare piani.»
Sachs sentì una leggera risata all'altro capo della linea. «Quanto ci abbiamo messo a scoprire il vero nome di Hale?»
«Anni. L'abbiamo conosciuto come? Richard Logan, Gerald Duncan e, finalmente, Hale.»
«Ma l'abbiamo *sempre* conosciuto come l'Orologiaio... Anche a Donna X serve un soprannome.»
«A me sta bene. Ma non mi viene in mente niente al momento.»
Dopo un breve silenzio, Rhyme disse: «Forse ne ho uno. Pensando alle sue trame, a tutta la pianificazione. Che te ne pare di "Ingegnere"?».
«Mi piace. Ma sai cosa mi piacerebbe di più?»
«Cosa?»

«Vederla in prigione.»
«Arriverà quel giorno, Sachs. Arriverà quel giorno.»
Sachs ci sperava.
Anche se non riusciva a scacciare dalla mente gli ultimi versi della poesia:

e lascino gli inappagati
a meditare sui modi per fare ammenda.

Conclusero la telefonata.
Anche Ron, fino a quel momento al telefono, riattaccò. «Ho appena chiesto un mezzo della Scientifica. Comincio con la spirale.»
«La cosa?»
«Oh, adesso procedo per spirali. Non griglie.»
Idea interessante. L'avrebbe osservato e magari l'avrebbe testata sulla sua prossima scena.
Il caposquadra dell'ESU li raggiunse. Il massiccio veterano dell'esercito dai capelli a spazzola fece una smorfia. «Spiacente, detective. Nessuna traccia di lei per strada. E ho controllato l'ufficio del cimitero. Le telecamere a circuito chiuso erano in funzione quando siamo arrivati ma, chissà come, sono andate in tilt dieci minuti fa. Tutti i dati sono stati cancellati.»
Prevedibile.
«Non abbiamo indizi su dove sia andata.»
Pulaski rise. «Oh, abbiamo indizi in quantità. Dove si trovava il senzatetto quando i due hanno parlato, la pistola, la poesia. Le strade verso e dalla tomba. La tomba stessa. La ruota. Le telecamere di sicurezza fuori dal cimitero.»
«Non mi sembra comunque granché» replicò il graduato dell'ESU.
«Non è necessario che lo sia. Purché ci indirizzi da *qualche parte.*» Pulaski si infilò le soprascarpe e un nuovo paio di guanti di lattice. «E partiremo da lì.»

75

«Lincoln, il notiziario.»
La voce di Thom chiamava dalla cucina, dove stava preparando la cena. Rhyme non sapeva quale fosse il menù ma aveva un ottimo profumo. Di solito pensava al cibo come carburante – la sua venerazione era riservata alle bevande – ma a volte apprezzava un buon pasto. E il suo caregiver era la persona giusta per crearne uno.
«Perché?» chiamò a sua volta Rhyme.
«Ho sentito fare il suo nome.»
«Otto milioni di persone in questa città, Thom. Possiamo restringere un po'?»
«Accendi e basta.»
«Le notizie» mormorò Rhyme, azionando il telecomando, «sono i garzoni della storia...» Lo schermo si animò. «È una pubblicità! Cosmetici, capelli lunghi e immagini al rallentatore. Inutile. Nessuno shampoo ti darà quei capelli se già non li avevi così prima dello shampoo.»
«Be'» propose Thom con un sospiro, «o aspetti senza lamentarti o cambi canale.»
Cambiò canale.
Stava parlando una conduttrice bionda, la faccia truccatissima più seria che mai.
«... *ha negato le accuse. Ma sostenitori e finanziatori stanno già prendendo le distanze dal deputato.*»
Apparve una foto, formato francobollo, nell'angolo in bas-

so a destra dello schermo ingombro. L'uomo con il quale Lyle Spencer aveva parlato del Kommunalka Project.
Il deputato Stephen Cody.
Il sottopancia diceva: *Le e-mail del deputato mostrano solidarietà nei confronti degli aspiranti assassini del presidente.*
La voce bassa del mezzobusto fornì i dettagli.

«Tra le e-mail scoperte ci sono quelle in cui il deputato Cody è accusato di aver detto, testuali parole, "è un peccato che l'attentato sia fallito. Boyd ha ancora un anno per mandare a rotoli il Paese". In un'altra, pare che abbia scritto, cito: "Nessuno si rende conto che quel suo piano infrastrutturale..." ometto il termine che ha usato, "... il ceto medio?". E, ancora: "Che ci voleva a uccidere un vecchio? Dov'è Oswald quando c'è bisogno di lui?".

«Oswald è naturalmente un riferimento a Lee Harvey Oswald, l'uomo che assassinò il presidente John F. Kennedy nel 1963.

«Che l'attentato sia reale o meno è oggetto di indagine da parte delle autorità federali e cittadine.

«Cody ha negato di aver scritto le e-mail e le definisce parte di un complotto volto a danneggiare la sua campagna. WLAN News non ha confermato in modo indipendente l'autenticità delle e-mail, sebbene un assistente, parlando in via ufficiosa, ha detto che provengono dal server sicuro di Cody, al quale solo lui ha accesso.

«Cody era considerato il favorito nell'imminente sfida con Marie Leppert, donna d'affari di Manhattan ed ex procuratore federale, candidata alla carica pubblica per la prima volta.

«Quindici anni fa, Cody è stato condannato per violazione di proprietà privata e atti di vandalismo nel corso di manifestazioni ambientaliste in Pennsylvania.»

Intervennero poi sulla questione molti altri politici, tra cui il senatore newyorkese Edward Talese.

Thom comparve sulla soglia. «Che te ne pare come colpo di scena?»

Porse un bicchiere di vino al suo capo, che lo ringraziò con un cenno. Un cabernet. Alcune persone erano in grado di capire la provenienza dell'uva, la natura del suolo sul quale crescevano i vigneti, l'anno in cui era stato imbottigliato. Rhyme sapeva distinguere solo due cose: conteneva alcol e aveva un gusto non sgradevole.

Il suo sguardo tornò al televisore. Sullo schermo apparve un'immagine del deputato che usciva da una berlina nera per entrare nella propria abitazione a Manhattan, attraversando a testa bassa e in tutta fretta una folla di giornalisti. Un fuoco di fila di domande lo investì, scatenando uno strepito di voci davanti alla villetta. L'unica domanda comprensibile attraverso la TV fu: «Deputato, lei sostiene la riforma verde ma guida una limousine. Qual è il suo commento a riguardo?».

Una critica che sembrava poco incisiva, considerando che l'uomo era accusato di aver accolto con favore la prospettiva di un rovesciamento violento del governo.

Mentre Thom spariva di nuovo in cucina, Rhyme andò all'ingresso. La Scientifica l'aveva dichiarato di nuovo accessibile; pavimento e pareti erano stati ripuliti dal sangue dell'Orologiaio.

Fermò la carrozzina più o meno nel punto in cui era atterrato il proiettile. I suoi occhi si posarono sul marmo.

Dieci minuti dopo, sentì la voce di Thom. «Chi c'è?»

«Cosa?» chiese Rhyme distratto.

«Ho sentito che parlavi con qualcuno.»

«Non direi.»

Rhyme tornò in salotto, posò il vino su un tavolino e ordinò al telefono: «Chiama Sachs».

76

Rhyme e Lon Sellitto erano nel salotto, intenti ad ascoltare in vivavoce. Amelia Sachs era al garage su West 46th Street dove, due giorni prima, Charles Hale aveva cambiato il proprio SUV con un altro prima di recarsi al parco e mettere a dormire Rhyme per sempre.

«Niente telecamere» riferì. «È strano. Quasi tutti i garage della città le hanno. Hale deve aver cercato parecchio prima di trovare questo.»

«E visto che aveva intenzione di andarsene subito dopo avermi ucciso» replicò Rhyme, «non gli sarebbe importato di venire ripreso mentre cambiava auto. Ma gli sarebbe importato *eccome* se stava incontrando qualcuno in segreto. Qualcuno che sarebbe rimasto qui, a differenza sua.»

«Proprio così, Rhyme. Niente telecamere nel garage, *ma*... ne ho trovata una in un negozio dirimpetto. Ho una sequenza temporale. Una limousine è entrata nel garage quindici minuti prima dell'arrivo di Hale ed è ripartita tre minuti dopo che lui è uscito con il suo nuovo SUV. Ho controllato la targa della limousine. E non crederete a chi è intestata.»

* * *

«Vedo un addetto alla sicurezza» disse la voce dell'agente ESU attraverso l'auricolare del Motorola. Il baritono più intenso che Sachs avesse mai sentito e, se avesse deciso di lasciare la polizia, avrebbe avuto un futuro come annunciatore radiofonico o voce narrante di audiolibri.

«Ricevuto. Io vedo i due. ESU Squadra Due?»

«Non vedo nessun altro. Solo il soggetto e la guardia, che è armata. Ho visto una pistola alla cintura, sulla destra. Grossa. Forse una quarantacinque.»

Sachs era di nuovo in un negozio, di elettronica stavolta, non bottoni. Si trovava in centro a Manhattan, poco distante da Wall Street. Riparata dalla merce in vetrina, teneva d'occhio i due individui che procedevano lungo la strada. La guardia del corpo era oltre un metro e novanta, stessa corporatura di Lyle Spencer. Aveva la testa rasata, comune tra gli esperti di sicurezza ex militari o ex poliziotti.

«Cinque Otto Otto Cinque a ESU Tre» comunicò alla radio. «Cosa vedete?»

La donna, Laticia Krueger, cecchino, era in cima alla First Federal Bank, una struttura di cinque piani il cui tetto offriva un'ottima visuale sulla strada nonché un perfetto punto di appostamento per un tiratore e la sua vedetta.

«Solo i due, detective. Soggetto e guardia.»

«Ricevuto. ESU, tutte le unità. Faccio la chiamata.»

In totale, c'erano otto agenti dell'Emergency Service Unit nei paraggi.

Sarebbero stati necessari?

Era il momento di scoprirlo.

Sachs tirò fuori un cellulare e chiamò un numero tra quelli della selezione rapida.

Mentre lei guardava la coppia avvicinarsi, la guardia aggrottò la fronte e pescò dalla tasca il telefono. Diede un'occhiata al numero e rispose.

«Ehi, Barney» gli sentì dire Sachs, «Siamo su Rector. Saremo all'auto tra...»
«Qui è la detective Amelia Sachs, NYPD. Ho io il telefono di Barney. Il suo collaboratore è in custodia. Non mostri reazioni a questa telefonata.»
«Cosa...?»
«Ho detto: niente reazioni.»
L'uomo tacque.
«C'è una squadra che sta per entrare in azione e arrestare il suo capo. Sappiamo che lei è armato. Siete circondati da una mezza dozzina di agenti tattici e un cecchino vi tiene sotto tiro. No, non si guardi intorno. Continui a camminare come se niente fosse. Dica "proprio così", se ha capito.»
«Proprio così.»
«Ora, estragga l'arma dalla fondina, solo pollice e indice, e la lasci cadere dietro all'idrante che state per incrociare. Continuate a camminare per altri sei metri. Poi si fermi e si stenda a faccia in giù sul marciapiede. Ha capito?»
«Senta, io...»
«Dica "altroché", se ha capito.»
Una pausa. «Altroché.»
«Il suo capo è armato? Se mente, sarà intralcio alla giustizia.»
«No.»
«Ha una seconda arma?»
«No.»
«Collaboratori in zona?»
«No.»
«Sta andando benone. È un grande attore. Degno di Netflix. D'accordo, ci siamo quasi.»
Sachs si allontanò dalla vetrina e uscì dal negozio. «Ora» disse al telefono, e riattaccò.
La guardia gettò la pistola nel punto esatto e continuò a camminare. Stava contando i passi. Quando arrivò a venti, si

gettò a terra. Con più forza del necessario. Fece una smorfia di dolore.

Al Motorola, Sachs comunicò: «ESU, in azione, in azione!».

Il datore di lavoro della guardia si accorse che questi era rimasto indietro e, voltandosi, lo vide a terra. Fece per raggiungerlo, probabilmente per il timore che avesse avuto un infarto.

Ma a quel punto, con gli agenti entrati in azione, fu chiaro cosa stesse succedendo. E la preoccupazione si tramutò in disgusto.

Sachs stava per intimare «mani in alto!», ma non ce ne fu bisogno.

Marie Leppert, da quell'ex procuratore federale che era, lo fece di sua spontanea volontà.

77

In genere, i prigionieri venivano portati a Central Booking. In questo caso, però, essendo coinvolto Lincoln Rhyme, il prigioniero aveva fatto una deviazione.

Al momento della cattura, Sachs aveva informato Marie Leppert dei suoi diritti e l'aveva arrestata per omicidio, condotta pericolosa, terrorismo e quella splendida accusa valida per ogni cosa, «associazione a delinquere», creatura dello statuto Racketeer Influenced and Corrupt Organizations. In base al RICO, odiato allo stesso modo da mafiosi e da colletti bianchi criminali, Leppert e Charles Vespasian Hale contavano come organizzazione.

Vai a capire...

Ora, avvolta nella corazza protettiva del Quarto e Quinto emendamento, Leppert era seduta di fronte a Rhyme, sulla stessa sedia che Hale aveva occupato qualche tempo prima.

Erano presenti anche Sachs e Lon Sellitto.

Con la voce lagnosa di un bambino accusato di qualcosa, Leppert disse: «Non è colpa mia».

Rhyme inclinò la testa. «No?»

«Lo giuro... Tutto quello che è successo, tutte le cose *brutte*. È stato Hale. Non io.»

«Dove l'ha conosciuto?» volle sapere Sachs. «In Texas, giusto?» Si era grossomodo ripresa dai fumi dell'acido, ma la sua voce era ancora bassa e minacciosa.

Rhyme chiese: «I suoi progetti messicani?». Hale aveva

avuto rapporti d'affari laggiù anni prima, ritenendolo forse un posto in cui ritirarsi.

«Esatto» rispose la candidata. «Facevo ricerche sui cartelli e i politici locali del Nord, Chihuahua soprattutto. Alcuni di quelli con cui parlai mi raccontarono, quasi con ammirazione, di questo americano. Era una specie di consulente. Aiutava i politici a farsi eleggere.»

Credibile, fino a quel punto. Hale non era solo un assassino. Rhyme ce lo vedeva a fare dossieraggio politico, anche se i suoi piani probabilmente prevedevano ben altro che solo pubblicità negativa e campagne di pubbliche relazioni.

Ma Leppert stava fingendo di ignorare questo lato delle «consulenze» di Hale?

Rhyme non lo sapeva. E il suo poligrafo umano, Lyle Spencer, non era presente.

«Ricordo di essermi chiesta chi fosse» continuò la donna. La sua espressione si fece seria. «Vedevo l'attività di procuratore solo come un trampolino di lancio. Volevo una carica pubblica. Lasciai il dipartimento di Giustizia e provai a candidarmi per un seggio a Houston. Non andò bene, non in una rete di bravi ragazzi come quella. Una ragazza del New England non poteva sperare di farcela.» Scoccò a Sachs un'occhiata d'intesa.

Non fu ricambiata. Sua moglie non era tipo da consentire a nessuna rete di bravi – o cattivi – ragazzi di distoglierla da ciò su cui aveva messo gli occhi. Né il tipo che ricorreva a giochetti per arrivare dove voleva.

«Sono tornata a casa qui, ho lavorato a Wall Street per qualche anno e trovato finanziatori per un comitato di azione politica. Ho deciso che volevo il seggio di Cody. Ma, appena ho avviato la campagna, ho capito che non avrebbe funzionato.»

Le sue labbra sottili si assottigliarono ancora di più.

«Perciò ha riscosso qualche favore in Texas e fatto recapitare un messaggio a questo... *consulente*. Hale» concluse Rhyme.

«Non credevo che si sarebbe fatto vivo, ma mi ha contattato immediatamente.»

La donna si protese verso di lui e Rhyme fiutò un profumo o uno shampoo floreale. La specie vegetale gli sfuggiva. «Non ho fatto altro che chiedergli di spostare l'ago politico in mio favore. Dossieraggio, qualsiasi cosa. Come fanno di continuo i candidati. Lui ha accettato e si è messo all'opera. Ha voluto conoscere il background di Cody. Quando ha saputo che era stato un attivista radicale e aveva scontato una condanna in carcere, ha detto che avrebbe sfruttato la cosa. E ha continuato per conto suo. Le gru sabotate, l'attentato al presidente... Non me ne ha mai parlato. Lo giuro su Dio.»

«Non ha trovato un po' sospetto che volesse essere pagato in diamanti non rintracciabili?»

Nello zaino di Hale c'era una busta da lettera contenente gemme che dovevano valere mezzo milione di dollari: questo lo scopo dell'appuntamento nel garage poco prima che Hale si calasse nella parte del birdwatcher a Central Park per uccidere Rhyme.

«Be'...» Stava pensando alla svelta. «Ho pensato che fosse per via delle tasse. Ma erano affari suoi.»

«L'avrebbe detratta come spesa aziendale?» chiese Sellitto.

«Ehm. Sì. Certo che sì.»

Nel corso degli anni, Rhyme aveva imparato che alcuni sospettati, spesso ex forze dell'ordine e procuratori, immancabilmente pensano di potersi cavare d'impaccio a forza di parole. Se fosse stato lui il suo avvocato, le avrebbe detto: «Chiudi il becco. Adesso».

«Quindi non era a conoscenza dei risvolti illegali del suo piano?» le chiese.

«No!»

«Neanche uno?» la incalzò Sachs.

«No, no, no! Le gru, il tentato assassinio... Introdursi nella società di cyber security e caricare le e-mail contraffatte... È stata tutta una sua idea!»

E con questo:
Beccata.
La coreografia dell'interrogatorio, elaborata con cura e in anticipo da Rhyme e Sachs, aveva sortito l'effetto desiderato. La trappola era scattata.

Non era di dominio pubblico come le e-mail fossero finite nell'account di Cody. Non c'erano stati comunicati stampa riguardanti il dispositivo a induzione di Donna X o la Emery Digital.

I loro sguardi si incontrarono. «Voglio il mio avvocato» disse Leppert.

Sachs si alzò e, infilando il taccuino nella stessa tasca posteriore che conteneva il coltello serramanico, disse: «Ne ha diritto. In centrale».

Leppert si voltò verso Rhyme. «In che modo? Come l'ha scoperto?» chiese in un sussurro.

«Oh, avevo un informatore.»

«Chi?» volle sapere amareggiata la donna.

Ma Lincoln Rhyme non rispose.

* * *

Ora, il giorno dopo l'arresto di Leppert, era finalmente il momento della cena di Thom.

Il profumo era irresistibile.

Rhyme individuò pesce delicato, odore di funghi più pungente di quelli comuni, aglio, vino bianco. Vermut, decise. Anche pane fresco.

Sachs era seduta a tavola e Lincoln Rhyme era ancora una volta nell'ingresso in cui era morto Charles Hale.

Con in mano un Glenmorangie invecchiato.

Stava pensando all'altro giorno, alla conversazione con Thom, dopo che era stato nell'ingresso, fermo sul punto in cui l'Orologiaio era morto.

«Chi c'è?»
«Cosa?»
«Ho sentito che parlavi con qualcuno.»
«Non direi...»
Ah, ma non era proprio la verità.

Gli sovvenne ora ciò che aveva detto a Marie Leppert: era stato un informatore a condurli a lei.

Ed era così.

Lo stesso Charles Vespasian Hale.

E, per essere più precisi, il suo fantasma.

Era con lui che Rhyme aveva parlato nell'ingresso.

Charles, se mai qualcuno dovesse chiedermelo, negherò fino in fondo che sto parlando con una persona che non è più su questa terra. Ma devo dire che c'è qualcosa che mi turba. Hai liquidato il mio scetticismo riguardo all'idea che avessi fatto tutto questo per te e che, no, non avevi clienti.

Avevi sostenuto una buona causa per il tuo interesse privato: modificare i server NTP *e mettere insieme abbastanza denaro per garantirti risorse illimitate per la tua vita in Venezuela o qualsiasi altro posto avessi eletto a paradiso personale.*

Ma, riflettendoci, adesso sono convinto di aver ragione. Un orologio esiste per una ragione: serve al suo possessore. E lo stesso vale per te.

Tu sei, se me lo concedi, al servizio di qualcuno, come un orologio.

Ma di chi?

Prendiamo in esame tutta la vicenda: io sospetto che il complotto omicida sia fittizio e che il tuo obiettivo sia piazzare il famigerato dispositivo sotto la Emery Digital. *Ne discuto con te. E tu cosa fai? Be', improvvisi, naturalmente, e ti inventi che volevi hackerare il* Network Time Protocol. *Ma, se ci pensi, non sarebbe stata una fatica del diavolo solo per guadagnare un po' di soldi? Non hai agganci rumeni o cinesi che sarebbero felici di hackerare direttamente un fondo d'investimento o una banca?*

Il lavoro di un weekend e, tutt'a un tratto, sei più ricco di cento milioni.

*Perciò, cancelliamo l'*NTP *dall'equazione. È chiaro che tu ti sia introdotto nella Emery Digital per uno scopo. Qual era?*

È possibile che il dispositivo di Donna X servisse a manomettere l'account di posta elettronica di qualcuno? Magari qualcuno i cui messaggi hanno fatto di recente scalpore in TV, *perché si schieravano a favore del più orribile dei crimini: l'assassinio del presidente.*

Il deputato Stephen Cody?

Un uomo che il mio esperto in interrogatori, Lyle Spencer, ha controllato a fondo, trovandolo più pulito che mai.

E, se così, chi ci avrebbe guadagnato dalla contraffazione?

Tanto per dirne una, la candidata che era dietro a Cody nei sondaggi: Marie Leppert, ex procuratore in Texas, vicino al Messico, dove tu avevi una base operativa.

Ecco qual era lo scopo di tutto quanto: screditare Cody, il tempo sufficiente per fargli perdere le elezioni. Il Kommunalka, la cellula radicale segreta, l'assassinio... Tutte complicazioni.

Non rispondi, Charles, eh? Non mi aspettavo che lo facessi. Ma credo ai tuoi occhi, quegli intensi occhi azzurri che mi immagino adesso mentre mi dicono che ci ho preso in pieno.

Be', c'è un modo per saperlo con certezza.

E così, conclusa la loro «conversazione», Rhyme era tornato nel salotto e aveva ordinato al telefono di chiamare Sachs.

Mentre Rhyme aveva contattato la Emery Digital e avuto la conferma che, sì, la Emery gestiva entrambi gli account .com e .gov di Stephen Cody, Amelia si era recata al garage dove Hale aveva effettuato l'ultimo scambio di veicoli, scoprendo il suo appuntamento con Marie Leppert.

«*Quod erat demonstrandum*, Charles. Ho dimostrato la mia tesi.»

Adesso, stasera, mentre si dirigeva in sala da pranzo, Rhyme si fermò. Il suo sguardo andò all'orologio sul caminetto. Il Breguet.

E scoppiò in un'improvvisa risata di comprensione. Hale aveva avuto bisogno di un modo per mettere in atto il falso attentato deviando il percorso del presidente. Avrebbe potuto scegliere un modo qualsiasi; ad esempio, una serie di bombe, concludendo con un piccolo ordigno nell'Holland Tunnel. Sarebbe bastato quello.

Ma aveva deciso di sabotare le gru.

Perché?

Teatralità, certo. Una gru che crolla convogliava l'attenzione della città.

Ma c'era un'altra ragione, era convinto Rhyme, e fu quella la causa della sua breve risata.

Perché le gru ricordano le lancette – le *mani* – degli orologi.

C'era anche un significato ulteriore? Evitando di ricorrere al poker, ne scelse uno: Hale intendeva dire che con quel complicato piano – risultato poi l'ultimo della sua vita – aveva dimostrato di possedere la stessa destrezza e capacità di inganno delle *mani* di un prestigiatore?

Un gioco di associazioni per chiunque riuscisse a capirlo, anche se Rhyme aveva la sensazione che fosse dedicato esclusivamente a lui.

«La cena» annunciò l'aiutante.

Notando l'assenza di occhi indiscreti, Lincoln Rhyme alzò il bicchiere in direzione dell'orologio e bevve un sorso.

Andò poi in sala da pranzo, dove Thom stava portando in tavola la prima portata e Amelia Sachs stava accendendo le candele.

Ringraziamenti

I romanzi non sono il frutto dello sforzo di una sola persona. Crearli e affidarli alle mani e al cuore dei lettori è un lavoro di squadra, e mi considero più che fortunato ad avere il miglior team del mondo! I miei ringraziamenti (in nessun ordine particolare perché ero troppo pigro per pensare all'ordine alfabetico e non mi fidavo di ChatGPT per questo compito) vanno a: Sophie Baker, Felicity Blunt, Emilie Chambeyron, Berit Böhm, Dominika Bojanowska, Penelope Burns, Annie Chen, Sophie Churcher, Francesca Cinelli, Isabel Coburn, Lizz Burrell, Tal Goretsky, Luisa Collichio, Jane Davis, Alice Gomer, Liz Dawson, Julie Reece Deaver, Marco Fiocca, Aranya Jain, Jenna Dolan, Mira Droumeva, Jodi Fabbri, Cathy Gleason, Alice Gomer, Laura Daley, Ivan Held, Ashley Hewlett, Sally Kim, Hamish Macaskill, Julia Wisdom, Cristina Marino, Ashley McClay, Shina Patel, Bethan Moore, Seba Pezzani, Rosie Pierce, Claire Ward, Sophie Waeland, Kimberley Young, Harriet Williams, Abbie Salter, Roberto Santachiara, Deborah Schneider, Sarah Shea, Mark Tavani, Madelyn Warcholik, Claire Ward, Alexis Welby e, naturalmente, tutti quelli che in modo impeccabile lavorano nei settori di produzione, amministrazione e vendita della macchina editoriale. Siete i migliori!

Finito di stampare nel mese di settembre 2024 su carta HOLMEN
con fibra vergine proveniente da foreste sostenibili
holmen.com/paper
presso Grafica Veneta – via Malcanton, 2 – Trebaseleghe (PD)

Printed in Italy